长篇现实主义小说

RONG RU

楚鱼◆著

荣辱

知我者谓我心忧，不知我者谓我何求。

——作者引自《诗经·黍离》

天津出版传媒集团

天津人民出版社

图书在版编目（CIP）数据

荣辱 / 楚鱼著 . -- 天津 : 天津人民出版社，
2019.6
ISBN 978-7-201-14672-0

Ⅰ . ①荣… Ⅱ . ①楚… Ⅲ . ①长篇小说 – 中国 – 当代
Ⅳ . ① I247.5

中国版本图书馆 CIP 数据核字 (2019) 第 094095 号

荣 辱
RONG RU
楚鱼 著

出　　版　天津人民出版社
出 版 人　刘　庆
地　　址　天津市和平区西康路 35 号康岳大厦
邮政编码　300051
邮购电话　（022）23332469
网　　址　http://www.tjrmcbs.com
电子信箱　reader@tjrmcbs.com

责任编辑　章　赪
封面设计　王　鑫

制版印刷　涿州汇美亿浓印刷有限公司
经　　销　新华书店
开　　本　787 × 1092 毫米　1/16
印　　张　20
字　　数　263 千字
版次印次　2019 年 6 月第 1 版　2019 年 6 月第 1 次印刷
定　　价　59.00 元

序

生活多为日常琐碎，小说却是要讲故事的。楚鱼君的长篇小说《荣辱》，写机关人物的生活常态，读来却兴味盎然。小说主人公叶知秋，不甘庸常平淡，时刻自省自律，拒绝随波逐流，耻于蝇营狗苟。我们常见血气方刚的青年，满怀抱负，踌躇满志，往社会上走一遭，便在冷酷的现实面前败下阵来。信奉人生如戏者，终究被生活戏弄；只把人生当舞台者，粉墨登场却免不了凄然谢幕。叶知秋不作勇士状，他听从内心深处正义与良知的召唤，面对荣辱得失的取舍与抉择，灵魂经历了拷问与洗礼，实现了自我救赎和精神回归。

虽说日常生活波澜不惊，但《荣辱》所涉及场域却是静水底下暗流潜涌。叶知秋的人生轨迹是诸多现实中人的真实写照，他由基层往大机关步步向上，自己敬业刻苦，得人知遇恩惠；有命运的眷顾，也有世事洞明人情练达的回馈。人缘越来越广，天地越来越宽，仕途越来越通。但是，他所见的人生与社会镜像越来越光怪陆离。笑容可掬礼贤下士的上司，一夜之间就因贪污腐败锒铛入狱；眼看着就要飞黄腾达八面威风的官员，顷刻之间就成了阶下囚；各种或堂皇、或体面的场合，言笑晏晏间，觥筹交错间，哼哼哈哈间，说不定早有十面埋伏；一个正儿八经的会议，也许就布下了一个计谋；一个滴水不漏的电话，可能就完成了一场幕后交易；一个看似言不及义的餐叙，其中玄机人人都心领神会。叶知秋见到的是一个一个的局。他有时是局中人，有时是局外人，有时是破局人。他有升迁的得意，有挫败的迷惘，有陷入权力漩涡的挣扎，有游走在情感边缘的痛苦。他敢于同贪腐官员斗智斗勇，捍卫法律和正义的尊严；他竭力维护群众利益不受损害，坚守职业操守和道德底线。或许，叶知秋不是常人眼里的功成名就者，但他是聊可自足心安理得的人生赢家。人活在世上，并不是一本糊涂账，最终都是要清算的。荣辱、得失、成败、赢输，定局并不在最后的霎那。大风漫天，萍末豫焉。这是普适的生活逻辑，却常被人说成神秘的宿命。

《荣辱》描绘了一幅当代中国风俗画，各种人物的塑造都栩栩如生。小说里的人物不管着墨多少，都能给人留下深刻印象。这当然得益于楚鱼君的笔力，但更得益于他对生活深切而独到的洞察。楚鱼君并不刻意遵循某些文学黄金定律，他的写作是照着现实的本来面目，依着自己对生活的理解，秉着内心明亮温暖的那团火光。络绎奔会于笔底者，皆为元气丰沛的真实生活，有光明和希望，也有叹惋和忧伤。

读这部小说，我眼前时刻浮现出作家楚鱼的模样，谦谦君子，温润如玉。他是格局开阔襟怀宽广的读书人，读他的文字能想见其心底的沟壑和大千。

是为序。

王跃文

在一次书画展上，我看到一幅名家遗墨，写着“荣辱不惊”四个大字，苍劲有力，浑然天成。荣与辱，是事物的两个极端，二者关联，往往互为因果，相互转化。盛荣之下，稍有不慎，稍微放纵，就会自取其辱；卑贱如草，奋发向上，争得天时地利，也能欣欣向荣。大道至简。这四个字里，隐藏着阴阳转化、对立统一的朴素道理。我把这幅字，送给了小说的主人公叶知秋，让他挂在书房。

一

站在洲际酒店33层顶楼的围栏外沿，大风凛冽，刮在耳边呜呜作响，叶知秋深吸一口气，双手紧紧抓住栏杆，慢慢朝前挪。从这么高的地方往下看，楼下的行人像蚂蚁，汽车像一排排的甲壳虫。

前方两三米远，栏杆外的平台上蹲着一个神情恍惚的青年男子，倾斜着身子，似乎随时会从这一百多米的高楼顶层跳下去。他叫李平安，一个小时前，叶知秋还在省信访局接访大厅接待过他，答应想办法为他追回打工的血汗钱。

六个上访人里，李平安领头，他长着一张圆圆的娃娃脸，说着一口难懂的运水县话，反复念叨："我带着村里老乡到张老板的工地打工，辛辛苦苦一年，没有领到一分钱工资，我哪有脸回去过年，怎么跟老乡们交代？"

叶知秋好言安慰，留下上访材料，把自己的手机号码给了他，答应一有消息就会和他联系。劝了好久，李平安答应回去等消息，结果却跑到邻街的洲际酒店准备跳楼。

每到年关，农民工讨薪的事情就多起来。虽然劳动、工商等部门加强监管，开展过专项治理，但电视里仍时不时会播出农民工为讨要工资上访，堵门、堵路的事情。碰到这类上访，叶知秋总会尽力安抚当事人，防止出现过激行为，然后在第一时间内找职能部门协调。现在是省"两会"特别防护期，谁也不愿意出现影响社会稳定的事情。

经过法院判决或劳动部门仲裁的拖欠薪酬事件，叶知秋能够协调督促法院、劳动部门加大执行力度，对可能酿成重大事端、造成群体性事件的隐患，还可以启动应急处置方案，通过司法救济、劳动救济先行垫付部分薪酬，稳定当事人情绪，控制住事态。叶知秋最怕碰上李平安这种情况，连用工合同都没有签，与老板仅有个口头协议，从法律上讲连基本的合法权益都无法保障。

李平安离开信访大厅后，叶知秋打电话给省住建厅维稳办王主任。特别防护期间，省直厅局维稳办主任的神经都绷得紧紧的。王主任接了电话，不敢大意，说："叶处长，我马上了解情况，15分钟后给你回复。"

王主任辗转找到建筑工地的开发商，一了解，才知道张老板是个小包工头，开发商已经按工程进度付了工程款，是张老板私自将民工工资截留了。

叶知秋知道自己拿开发商和张老板没辙，但省住建厅多的是办法，张老板就算躲在地缝里也找得出来。叶知秋同情李平安，想为他讨个公道，话就说得硬："王主任，这事请您费心，现在是省'两会'特别防护期，哪个部门出了事情都要严格追查责任。张老板拖欠的工资总共 18 万元，你要开发商找到他，实在不行，让开发商先垫付。上次联席会上，省委领导反复强调绝不允许出现拖欠农民工工资的上访事件。"

王主任当维稳办主任多年，大风大浪见得多，孰轻孰重分得清，回答毫不含糊："欠债还钱，天经地义，何况是农民工的血汗钱！坚决按叶处长的指示办，我想办法争取三天之内把工资追回来。请你做好上访人的工作，千万别闹出动静。"

叶知秋说："人家就是讨工资，没有什么过分的要求。工资到手，他们就高高兴兴回家过年了。我跟领头的那位农民工说好了，他答应回去等消息。"

哪知电话刚放下，手机就响了。李平安声音哽咽，说："叶干部，我想来想去，没脸回家，干脆跳楼算了，一了百了！"

叶知秋急得头皮发麻，问清楚李平安在哪里，带着处里的小赵火急火燎往洲际酒店跑。到了酒店，看到酒店前坪围着黑压压一大群人在看热闹，消防车、警车都来了，省电视台都市频道的记者正架着摄像机往楼上拍。

叶知秋在心里狠骂李平安唯恐天下不乱，向负责警戒的民警亮明身份，带着小赵进了电梯。

李平安的确想把事情闹大。他上访有了心得：如今事情大闹大解决，小闹小解决，不闹不解决。因为追讨工资的事，他受够了白眼和老乡们的指责，一个人受的气和委屈太多，容易钻牛角尖。李平安想要死就死得轰轰烈烈，否则太不划算，便溜进这家五星级酒店，爬上顶楼后，给电视台、报社、110 还有叶知秋都打了电话，说一个小时之内再要不到工资，就从楼上跳下去。

叶知秋上了顶楼，看到两个民警和三个消防战士正在劝说李平安，可是无论说什么，李平安就是不愿意从栏杆外的平台上下来。

叶知秋不顾大家劝阻，翻过栏杆，双手抓着栏杆慢慢靠近，说："李平安，是我。我在省信访局接待过你，我有话要对你说。"

李平安没想到叶知秋会跑到这里来，又吃惊又感动，带着哭腔说"叶干部，你是好人。我没碰到过你这样和气的干部，又让座又倒茶。我知道你想帮我，可是你要张老板付工资就像要他在自己身上剐肉一样，难得很。"

叶知秋尽量把声音放平缓，说："李平安，你不要冲动。你死了，家里的老婆孩子谁管？再说了，为了几万块钱，你就跳楼，你的命也太不值钱了。你不是答应我等消息吗？我正要告诉你，我通过省住建厅找到了张老板，三天之内保证把工资交到你手里。"

李平安一脸怀疑，问："省住建厅是干什么的？张老板怎么会听呢？"

叶知秋说"李平安，住建厅管工程项目建设，工地要施工必须住建厅批准，工地完工要住建厅验收。张老板要想揽活干、要想赚钱就得听住建厅的话。住建厅的领导出面，肯定药得死鱼，你要相信我。"

李平安见叶知秋说得认真，不像在骗自己，将信将疑地问："那姓张的欠了我们 18 万元，三天之内能付清吗？"

叶知秋肯定地说："李平安，我自己是农村出来的，知道老乡们进城挣个钱不容易。我不会骗你，你下来吧，这里太危险了。"

李平安看了看叶知秋，还有些犹豫。叶知秋心里着急，用话激他："李平安，如果三天之内没有拿到钱，你再跳也不迟。"

小赵和民警、消防战士也一起劝，李平安被说得回心转意了，慢慢站起来，可能是蹲得太久，身子竟然踉跄着向外倒去。叶知秋顾不得危险，一个箭步冲上去，一手紧紧拽住他，一手牢牢抓着栏杆。大家立马拥上前去，把他俩拉过栏杆。

李平安一屁股瘫坐在地上。叶知秋好一会儿才回过神来，看了看楼下，冷汗直冒，刚才只要有点闪失，自己和李平安就摔成肉饼了。

民警要带李平安到派出所去训诫，叶知秋悄悄对带队的民警说："教育一下算了，有人欠了他和老乡的工钱，一时想不通，走极端了。"

民警会意，说："我们心里有数。这种人值得同情，但不教育也不行，要不然今天这个要跳楼、明天那个要上吊，搅得鸡犬不宁。"

叶知秋又好言对李平安说："工资的事，我会想办法，钱一到我会打电话联系你。"

此时，李平安明白闯了大祸，哇哇大哭起来，一个劲地给叶知秋鞠躬，赔不是。

民警把李平安带走，消防战士也撤退了。小赵递了根烟给叶知秋，说：“叶处长，刚才太危险了，差点出大事，我吓得要命。你何必这么拼？”

叶知秋摆摆手，猛吸几口烟，突然想起什么，说：“小赵，你快跟楼下的记者联系一下，请他们不要报道此事。”

小赵一拍脑袋：“哎哟，一着急，我倒忘了。”急忙下楼去了。

叶知秋抽完一支烟，怦怦乱跳的心才缓和下来。他坐电梯下楼，小赵等在大堂，一脸焦急，跑近说：“都市频道的记者牛皮哄哄，说什么现在抢条新闻不容易，要想不播这条新闻，得他们领导说了才行。”

现在电视台记者都有采编任务，播一条新闻结算一单，与收入直接挂钩。叶知秋心想，这事不大不小，没必要去找省委宣传部新闻处，便打电话给省电视台总编室主任薛松林说：“松林，今天有个农民工追讨工资要跳楼，我们正在协调处理，都市频道有记者拍了条新闻，现在是省‘两会’期间，你帮忙协调一下，让他们别播了。”

薛松林是叶知秋的大学同学，相互调侃惯了，说：“都市频道最喜欢播这种抢眼球的题材，收视率高，老百姓爱看。叶处长，别人是私事公办，你这是公事私办。公家的事，最好公事公办，要他们不播，得省委宣传部正式来函。”

叶知秋打断他的话：“去去去，你少来。这种新闻播出来，惹了麻烦还不是你们自己‘了难’？看起来是你帮我，其实是我在帮你。你是总编室主任，这点办法想不出来？”

薛松林笑了，说：“好啦，叶大处长，都市频道的老总我很熟，我跟他说说。”

叶知秋朝小赵眨了眨眼，表示搞定。

薛松林又说：“对了，高振宇今天到宏东来，晚上王建军约大家一起聚聚。”

叶知秋说：“好啊。好久没见振宇，估计陪领导出差来了。你大嘴吃四方，省城哪个角落没骗吃骗喝过？你找个安静点的地方，咱们老同学好好聚聚。”

薛松林应道：“得了，我一个小记者没见过什么世面。我定好地方，发信息给你。”

叶知秋、高振宇、王建军、薛松林是大学同班同学，一个寝室睡了四年，知根知底的铁哥们儿。高振宇是班长，叶知秋是团支部书记，王建军和薛松林却是学校有名的“愤青”。一般来说，大学里班干部与“愤青”之间往往水火不容，难得相处，但应了“英雄惺惺相惜”这句话，四个人因思想活跃、才华横溢走到一起，成为宏东师大有名的“四剑客”。毕业后，高振宇分配到南岭市市委办，因材料写得好，被分管党群的市委副书记崔鸿鹄看中，当了秘书。崔鸿鹄一路高升为市长、市委书记，高振宇一直鞍前马后跟着，最近提拔为市委办副主任。王建军是省城人，毕业后开了家广告公司，前些年又转行卖教辅资料、学生牛奶，倒腾几年，不知怎么就发达了。王建军豪爽性格深入骨髓，多年来保持着吃饭喝酒泡吧泡妞抢着买单的好习惯。薛松林爱好文学，诗歌散文写得花团锦簇，大学就加入中国作家协会，毕业后留在宏东电视台当记者。他刚入行时喜欢写负面新闻报道，江湖地位有了，却不被领导待见，日子过得惨兮兮。忽然有一天开了窍，采编的都是弘扬主旋律和正能量的稿子，其中一篇被评为全国年度优秀新闻稿，马上就红了，调到总编室，不久当上总编室主任。四个人平常电话联系得多，聚在一起少。每次高振宇到省城来，四个人总要抽空儿聚聚。

叶知秋回到局里，将事情向局长王一禾做了汇报，只是略去冒险救人的情节。王一禾边听边点头，说：“知秋，你这事处理得好，积极、主动、及时、稳妥。等下我会给住建厅厉厅长去个电话，请他过问这件事情。”

叶知秋说：“您出面，效果肯定会更好。这些农民工挺可怜，辛辛苦苦打工的钱却讨要不回来。李平安是被逼得没有退路，才这么干的，换位思考，要是我，说不定也会这么做。”

王一禾颇有触动，说：“知秋，你能这么想是对的。每个干部都要这么想就好了。在信访局做群众工作，就要设身处地为老百姓着想，为老百姓解决实际困难。”

汇报完，叶知秋准备告辞，王一禾突然问：“知秋，你报考的事情考虑得怎么样了？”

一周前，叶知秋向王一禾汇报过省政府办公厅在省直厅局公开招考选调干部，自己拿不定主意是否报名。王一禾鼓励他：“人往高处走，水往低处流，有机会去省政府办公厅工作，当然是件好事。你可以试一下，机会难得。”事情一多，叶知秋忘了，王一禾倒记在心上。

叶知秋实话实说：“我还是下不了决心。我挺喜欢接访处的工作，经常和老百姓打交道，感觉蛮充实。真的调到省政府去，只怕适应不了。”

王一禾端着茶杯，缓缓喝了口茶，说：“知秋啊，年轻人目光要长远一点。

有机会，还是要争取。省政府办公厅庙大菩萨大，对你今后的发展会好一些。”他顿了顿，又说：“我明年就要退休，我不在局长岗位上，说话的分量就轻了。你考虑清楚，如果决定去，办公厅那边我还可以去说一说，推荐一下。”

王一禾这番话，让叶知秋很感动。说起来，王一禾对叶知秋有知遇之恩。叶知秋大学毕业作为省委组织部的选调生分配到嘉林县当了一名乡镇干部，既吃得苦、霸得蛮，又比其他人思维开阔，敢于创新，在基层摸爬滚打几年后担任了石虎乡党委书记。四年前，省委从基层选拔一批优秀乡镇党委书记到省直厅局任副处长，王一禾作为评委全程参与选拔考核。在面试环节，相貌俊朗、气质儒雅的叶知秋面对考官的提问从容应对，对答如流，给王一禾留下深刻的印象。这批干部分配时，王一禾到省委组织部点名要了叶知秋。他有意让叶知秋陪着出过几趟差，留心观察，发现叶知秋谦逊低调，不仅文字功夫好，而且处理问题果敢机敏，就格外器重，尽力提携。很快将叶知秋调整到核心业务处室，担任接访处副处长。

叶知秋从乡镇考进省城，鲤鱼跃龙门，体会到古人因何能写出“春风得意马蹄疾，一夜看尽长安花”这样的诗句来。他运气又好，碰上王一禾。王一禾的能力和魄力在省直厅局有口皆碑，过去信访系统的拿手活是踢“皮球”，他担任局长后大刀阔斧实行改革，创新“五个一领导包案法”“网络＋阳光接访”等做法，成功化解一大批信访积案，成为全国信访系统的典型。他识才爱才，对有能力、品行好的年轻干部关爱有加。叶知秋便把王一禾作为榜样，怀着知恩图报的想法，勤勉努力工作。

见王一禾如此支持，叶知秋就说：“您这么一说，我更有信心，会报名试一试。”

王一禾说：“人一辈子就那么几次机会，抓住了就可能改变命运。你年轻，有机会就要把握住。考不考得上无所谓，关键对自己是个锻炼。”

叶知秋告辞出门。王一禾又喊住他：“下周我要去金凤县调研，你一起去吧。把反映金凤县修建高速公路违规拆迁造成拆迁户集体上访的材料带上。”

叶知秋刚回到办公室，梳着大背头的余佑德叼着根烟跟了进来。余佑德是省信访局资历最老的处长，每逢提拔就有人告状，处长一当十三年，一直提不上去。他成天牢骚满腹，总怪苍天无眼、组织不公，久怨成疾，心胸愈发狭隘。叶知秋到接访处后，运用在乡镇工作时积累的经验做法，成功处理了一大批群众来信来访，全局上下评价甚好。余佑德总觉得叶知秋锋芒太盛，有超越自己的势头，就时不时出点阴招打压。有同事善意提醒叶知秋莫“功高盖主”，叶知秋一笑了之，该干的事情照干，该发表的意见照说，不与余佑德争风斗气。

余佑德听小赵说了李平安的事情，轻描淡写地表扬了叶知秋几句，说：“知秋，这事情要抓紧处理，没处理好怕引发大的事件。待会儿我向王厅长专门作个汇报，看他有什么指示。”叶知秋知道他要去邀功，也不点破。

余佑德一脸的忧国忧民，踱了几步，又说：“这件事情是不是考虑写个材料，总结几条做法，争取在省政府《工作动态》发篇稿子，把我们做的工作宣传宣传。”

事情还没有处理完，就在琢磨总结经验，叶知秋强忍着心中不快，说：“我建议材料先缓一下，等把农民工的工资追回来再说。住建厅虽然做了承诺，但还是等事情圆满处理完再总结稳妥些。”

叶知秋说得委婉，余佑德仍皱起眉头，说：“处理事情和总结做法并不矛盾，可以同步进行嘛。上次省里召开防范和清理拖欠农民工薪酬的联席会，省委领导反复强调要防止农民工讨薪问题反弹，出现问题一律严肃追责。专项清理整治领导小组组长是省委常委、省纪委书记孔坤之，材料写好后专报孔书记一份，让他知道我们用实际行动在抓落实。”

叶知秋不想与余佑德纠缠下去，说：“那好，我叫小赵先写个初稿，我修改好再送你把关。”

余佑德点了点头，装作不经意地问：“知秋，听说这次省政府办公厅在招人，你打不打算报考？”

叶知秋含糊地说：“我符合报考条件，可能会报名考一下。”

余佑德不愿意叶知秋去报考，有叶知秋这样的副手，他这个处长当得省心省力，假意关心地说：“知秋，这件事我劝你要慎重考虑。有机会到省政府办公厅工作固然是件好事，如果考上了还好，一旦考不上会让领导留下不好的印象，觉得你这山望着那山高。再说，我的资历这么老了，组织上迟早会解决我的副厅级。我的岗位一腾出来，还不就是你的？你去省政府办公厅，换了新的环境，熟悉同事和领导要一段时间。”

叶知秋明白余佑德的真实想法，索性挑明说：“余处长，这件事我向王局长汇报了，他支持我报名。我想既然是公开招考，各单位都会鼓励符合条件的同志参加！”

听出叶知秋话绵里藏针，余佑德只好悻悻地说：“那是，那是。既然决定报考了，就好好准备吧。”踱着方步离开。

叶知秋向王一禾汇报时，还有点犹豫是否报考，然而此刻，已经下定决心报考，而且一定要争取考上！叶知秋实在不愿意在余佑德这种无才无德的庸人手下工作，觉得是浪费生命。王一禾尽管器重自己，但是局里资历老的副处长太多，中层干部积压得厉害，破格提拔自己不太可能。或许，报考是摆脱目前困境的机会。

快下班时，叶知秋收到薛松林发来的信息：“晚餐订在华雅轩 666 包厢，恭候光临！”

省城堵车厉害，到了上下班高峰期打不到出租车，叶知秋提前出发，好不容易才拦到一辆出租车，直奔华雅轩而去。

华雅轩是城郊宏水河畔的一个高档酒店，园林式庭院，林木森森，曲径通幽，是个闹中取静的好去处。叶知秋下车，看了看表还早，便一个人在园林里闲逛，估计时间差不多了，才进包厢。

王建军已经等候多时，一边要服务员倒茶，一边笑道：“欢迎叶处长，振宇待会儿就到，松林还在审个稿子，说稍微晚点。”

叶知秋说：“没事，咱们边聊边等。上回听你说过准备转行，搞一个 PPP 的污水处理项目，进度怎么样？”

王建军说：“还在洽谈。现在教辅资料不好做了，而且监管越来越严，我的公司也面临转型，前期接洽了一个市政工程项目。不过，现在政府里面缺乏专业人才，好多事情谈不到一块。我建议他们先找专业团队咨询一下 PPP 的运行和管理模式。”

叶知秋亦有同感，说：“现在知讯发达、信息更迭太快，除了专业领域，还有许多新知识需要去了解和掌握。尤其是机关干部不加强学习，容易被淘汰。”

正说着，高振宇满面春风进来，逐一与俩人握手。高振宇当了市委办副主任后，举手投足颇有领导派头，说“同学们等辛苦了！咦，松林怎么还没有到？”

叶知秋见他西装革履，笑着说：“看来还是要当领导。振宇提拔后精神面貌焕然一新，气色越来越好。”

王建军说松林还在审稿子，高振宇便感慨地说：“讲起来，还是建军最好，时间自由，身体自由，又实现了财务自由。我们仨都在体制内，朝九晚五，领着一份微薄薪水，干不完的活，操不尽的心，幸福指数太低！”

王建军不以为然，说：“你们当干部的，站着说话不腰疼，不知道我们小百姓生活的艰难。我办什么事都得求人，到处都是大爷。”

高振宇说的是实话。旁人都羡慕领导秘书风光，叶知秋见得多，知道领导秘书并不好当，言行处事谨小慎微，常常身不由己。

三人坐下，寒暄闲聊一阵儿。叶知秋问振宇来省里有何公干，振宇说：“这次陪崔书记过来开会，他晚上有事，我才能抽空儿出来和老同学聚一聚，放松一下。”

过了一会儿，薛松林到了，对叶知秋说：“你交代的事情办好了。我费尽口舌，都市频道才答应把那条新闻撤下来。”

叶知秋拱手说：“谢谢，等下敬你一杯酒。”

入席后，王建军说：“咱们四个人平常难聚到一起，我带了几瓶好酒，今晚咱们好好喝几杯。”

叶知秋、薛松林都看着高振宇。高振宇平日里小心翼翼侍候领导，难得放松，再说老同学聚会，不用拿腔拿调，点头同意。

王建军带了四瓶 15 年的茅台酒，要服务员先开两瓶，拿四个杯子倒均匀。酒瓶打开，满屋酒香。薛松林说：“我听台里一个退休的老总讲过，真茅台酒一打开，整个房间都是酒香。现在茅台酒作假厉害，有人习惯了假茅台的口感，喝到真茅台酒反而认为是假的。”

王建军说：“我这酒可是从茅台酒厂直接拿的，现在市面上有钱也难买到真茅台酒。”

高振宇说：“建军太客气了，老同学聚会没必要搞得这么奢侈。”

叶知秋笑着说：“建军是资本家，我们帮着消费一下没关系。只是你招待标准搞得这么高，以后我们怎么请振宇吃饭？”

说笑间，菜陆续上桌。酒不是好东西，但酒桌上没有比酒更好的东西。酒过三巡，四人的话匣子打开，气氛变得愈发热烈。高振宇打发服务员出去，低声对三人说：“这次陪崔书记到省里开会，听说分管环保的刘副省长调到外省去了，省里空缺一个副省长的职位，好多人盯着这个位置。知秋，你听到什么消息吗？”

叶知秋心里苦笑，省直厅局的副处长用扫帚一扫一箩筐，自己能知道什么信息呢？他又不愿让高振宇轻看了，嘴里含含糊糊地答应着。

高振宇喝了口酒，说：“知秋啊，你是真糊涂还是装糊涂啊？有个副省长的空缺，下面不少人就铆足了劲，听说有人都跑到北京去活动了。”

叶知秋与崔鸿鹄没有直接打过交道，但多次听高振宇提到他年富力强，有能力有抱负，颇想干一番事业。叶知秋举起酒杯，说：“振宇，人事问题非常敏感，何况是省部级干部。现在领导岗位是稀缺资源，一旦有位置空缺，肯定竞争激烈。不过，崔书记政绩、口碑皆好，有很强的竞争实力，希望他能把握住这次机会。”

高振宇将杯中酒一饮而尽，微微一笑，说：“如果崔书记能上这个台阶，那就太好了。只要我继续为他服务，就可能会调到省城来，咱‘四剑客’又能聚在一起了。”

叶知秋点点头，说：“那就最好。你放心，我会关注这方面的信息，有情况及时告诉你。”

王建军、薛松林听他俩说得热闹，插不上话，只顾喝酒吃菜。酒酣耳热之际，两瓶酒见了底，王建军提议再开一瓶四个人平分。薛松林酒量小，直摆手，叶知秋、高振宇都有一斤左右的酒量，刚才喝了五两，状态正好。

王建军说：“你俩在官场打拼，最讲究‘上’，‘三’就是‘上’，酒要喝三瓶，你俩快点上台阶。”

这话说得动听，第三瓶酒开了。还是四个杯子平分，王建军怕薛松林喝醉，将他杯中的酒倒了些给自己。

酒倒好后，叶知秋提议：“‘人生得意须尽欢，莫使金樽空对月’。我们一起举杯，为我们的友谊，干杯！”四人都一口将酒喝完。

酒足饭饱，王建军还要安排洗脚。高振宇怕崔鸿鹄找他，急着要回宾馆，薛松林要回电视台值晚班，知秋也想早点回去，四人就约好下次再聚。

走到门口，高振宇把叶知秋拉到一旁，低声道：“知秋，我在省里还要待几天，有空儿的话我俩一起去看看孟老师吧？”

叶知秋答应道：“好的。我也好久没去了，虽说住在一座城市，但真正见面的机会很少。”

王建军派司机送高振宇回宾馆，然后又叫了辆出租车送叶知秋、薛松林。薛松林喝高了，舌头打卷说：“知秋，我看你和振宇俩人累，还是建军自由自在好！一入侯门深似海呀，深似海……”

见他说醉话，叶知秋便不搭理他，送他到省电视台门口，看他踉踉跄跄地走进办公楼，叶知秋才又钻进出租车。一路飞驰中，叶知秋想起当年在学校里，四个翩翩少年经常在寝室熄灯后通宵达旦地开“卧谈会”，常因观点不同争得面红耳赤。人到中年，那些激情四溅的话语和理想似乎随着日子一起消逝了。

二

回到家里，妻子李晓蕾还在忙家务，儿子亮亮已经睡了。叶知秋酒劲上来，换了双棉拖鞋一屁股呆坐在沙发上。李晓蕾看他只顾坐在沙发上发呆，嗔怪道：“人家忙得要死，你也不来帮帮手。”

叶知秋把心绪收了回来，让李晓蕾坐在身旁，搂着她说：“今天高振宇来了，几个老同学聚了一下。一高兴，大家都喝得多了点。”叶知秋的生活圈子不大，几个要好的同学、朋友李晓蕾都认识。

李晓蕾说：“振宇这几年走得比较顺，市委办副主任是副处级干部吧？听别人说市里的副处级就相当于省里的副厅级，他又是给市委书记当秘书，你们这拨同学里，我看他将来最有出息。”

叶知秋笑笑，心想：女人就是现实。有哲人说过，女人是生活的精算师。每个女人都经历过纯情、率真的少女时代，对未来的一切充满憧憬，而那些风花雪月、浪漫柔情总会被现实无情粉碎，让女人比男人变得更清醒、更务实。高振宇现在势头好，或许前景光明，但仕途是一场长跑，谁能够坚持到最后，胜负输赢往往无法预料。他心里这么想，口里并不反驳，柔声问道：“亮亮睡了吗？”

李晓蕾没有领会他的柔情，正色说道：“对了，亮亮上学的事情你要操心，就要读小学了，进不了厚德小学，我可不答应。”

叶知秋一听，有些犯愁。厚德小学是省城最好的小学，师资力量强，教学质量高，每年招生名额有限，家长们挤破脑袋都想把自家的孩子往里送。他打了个酒嗝，说：“读小学，主要考虑就近原则，接送方便。别让孩子把时间耗在路上。没有必要非得进厚德小学。”

李晓蕾听了这话不高兴，说：“厚德小学是名校，教学质量甩普通学校几条街。你好歹要想办法，我自己受点委屈没事，别委屈了孩子。”

李晓蕾话中有话。她家境好，人漂亮，是贤妻良母型的女人。她大学毕业后分配到嘉林县卫生局，经人介绍认识了叶知秋。当时，叶知秋还在石虎乡上班，李晓蕾倒不嫌弃，觉得他蛮有才华又靠谱。俩人相识后坠入爱河。婚后，李晓蕾不娇气、不势利，对双方父母孝顺，对知秋这边的乡下亲戚从不另眼相看。小两口日子过得甜蜜温馨，后来生了儿子亮亮，家里更平添许多欢乐。叶知秋调到省信访局后，李晓蕾为调进省城，放弃公务员身份，到省人民医院当护士，三班倒不说，还经常受患者和家属的气。虽然辛苦劳累，李晓蕾却从不抱怨，反而宽慰知秋："不管怎么样，总算解决了两地分居，一家人团聚就好。"

叶知秋是农村长大的孩子，从小接受"知足常乐"人生观教育，时常庆幸自己福气好，能娶李晓蕾当老婆，把家里安顿得舒适熨帖。李晓蕾从不曾说起调动受委屈的事，这次为亮亮上小学，倒提出来了。

想到这里，叶知秋搂住李晓蕾，吻着她的耳垂，说："好啦，我过段时间就去联系学校。我自己的儿子，我还不尽力？"

省住建厅维稳办王主任有点能耐，第三天就让张老板将 18 万元工资送到省信访局。

叶知秋主持召开调解会。张老板凸着肚子像怀了十个月身孕，点头哈腰蛮吃力，一个劲地道歉，一会儿说对不起李平安他们，一会儿说给政府添麻烦，一脸谦卑，不时瞅瞅王主任的脸色。叶知秋狠狠训斥张老板，不留一点颜面，训得张老板的胖圆脸一阵儿红、一阵儿白，脑壳栽栽的。

叶知秋悄悄问王主任："你使了什么招数，这么快就把钱搞定了？"

王主任说："我能有什么招？那个开发商有个项目正在厅里报批，我跟他说拖欠农民工工资的事情不搞好，那项目就搁一个月再说。他听我这么讲，去找张老板的积极性比我还高。"

调解很顺利。李平安和其他五个老乡都来了，见厚厚一堆百元大钞摆在会议室桌上，也不再和张老板计较。双方很快签了调解协议。

临走时，李平安紧紧握着叶知秋的手，动情地说："叶干部，真的太感谢你了，没有你，我李平安可能都不在这世界上了！"说着眼泪就流了下来。

叶知秋说："老李，以后碰到什么事情多往好处想，无论什么难关总会过去的。你们把钱放好，平平安安回去和家人团圆，注意安全！"

李平安和老乡们千恩万谢地走了。

每次顺利圆满处理一起上访事件，叶知秋会有小小的成就感，特别是看到上访人露出满意的笑容，总会让他心情愉悦好一阵子。

刚回到办公室，手机响了，高振宇打来电话问："知秋，下午有时间吗？陪我一起去看看孟老师吧。我开车接你。"叶知秋答应了，俩人约好碰面的地方。

放下电话，叶知秋不由得想起孟澄明老师来。大一入校，校领导在年级大会上向大家介绍年级辅导员孟澄明。那年孟澄明五十多岁，说话慢声细气，唯有一双眼眸清亮，仿佛一眼能看穿你。见面会上，孟澄明不像其他老师那样叮嘱大家要遵守纪律、搞好学习，却说："同学们，大学四年最重要的是什么？相信每个人都会有自己的理解和答案。我的看法是，要学会独立思考。一个人掌握了知识，并不一定拥有智慧。从知识中获得智慧才是学习的最高阶段。智慧其实就是我们常说的创造力。这种创造力从哪里来？来源于独立思考。所以，你们到大学来，不是要做一个听话的乖孩子，不是要得到多少本证书，而是要成为一个独立思考的人。"孟澄明的话被潮水般的掌声打断，学生们瞬间喜欢上这个眼眸清亮的瘦高个老头儿。

叶知秋记住了这个老头儿最后送同学们的一句话："思考时的痛苦是暂时的，不会思考的痛苦才是终身的。"

孟澄明是年级辅导员，同时还教中国古代文学史。他上课从不点名，从不拖堂，既没有课堂笔记，又不布置作业。选修他的课，学分最容易得。因为他会给每个学生及格。他是全校唯一在教室抽烟的老师，一节课抽三支烟，第三支烟抽完，下课铃一定准时响起。他开的课堂堂爆满，经常有外系的学生跑来蹭课。

叶知秋最喜欢孟澄明讲课时潇洒通达的风度。孟澄明讲《四书》《五经》，孔孟的仁义礼智信、宋明程朱理学以及明清经世致用学说。在课堂上，孟澄明是真正的主角，他能用最短的时间迅速凝聚学生的注意力，用最浅白的话说清最深奥的道理，让人觉得一节课的每分每秒都过得舒畅无比。孟澄明讲授老子庄子的清淡无为，竹林七贤的魏晋风骨，李白、杜甫、苏东坡的壮阔诗怀，王夫之的知行合一，让所有听课的人如醉如痴。特别是孟澄明大声诵读宋代大儒张载"为天地立心，为生民立命，为往圣继绝学，为万世开太平"的名句时，那番慷慨与豪迈，在叶知秋心里留下了深深的烙印。毕业后很长一段时间，特别碰到困难和挫折时，他总会想起那节课，想起孟澄明诵读这段话时炯炯的眼神。

有天晚自习，薛松林从图书馆借了本书溜进教室，神秘兮兮地告诉叶知秋："这个孟老头儿不简单，有些来头。你看看这本书。"叶知秋接过一看，是本《宏东编年史》，里面记载"文革"期间孟澄明28岁成为省革委会副主任，曾经为保护老干部挺身而出与造反派斗争，结果被打倒判刑入狱，从人生的巅峰跌到谷底。"文革"结束后，他平反出狱，恢复工作，辗转安排到宏东师大。

孟澄明渊博的知识和跌宕起伏的人生经历充满神秘色彩，让叶知秋、高振宇、薛松林、王建军景仰不已。特别是孟澄明开明的作风、睿智的思想和包容的情怀深深吸引着他们。他们有空儿都喜欢找孟澄明交流。孟澄明把他们当成自己的孩子，时不时喊他们到家里吃顿饭，打餐"牙祭"。四个人里面，孟澄明尤为喜欢叶知秋和高振宇，认为叶知秋心性纯良，宽容大度，看问题、做事情能独立思考，坚持底线；而高振宇机敏灵活，目标明确，认准的事情总要想办法达到。在孟澄明的推荐下，叶知秋、高振宇都在大三那年入党，成为校优秀学生干部。

往事历历在目，让人感慨逝水流年。高振宇准点接了叶知秋，让司机驱车往麓山脚下的宏东师大驶去。

高振宇打开一个礼品盒，说："上次听说孟老师在练毛笔字，我托人找了方墨砚，作礼物送给他。你看看，如何？"

叶知秋平日里也练书法，因而对文房四宝皆有所知，接过来一看，是方歙砚，砚面上刻着几簇翠竹，砚中呈现着金星纹理，不禁赞道："好砚！你在哪里找到这么好的砚台？"

高振宇说："对砚台之类我完全不懂。只知道洮砚、端砚、歙砚是三大石质名砚，而洮砚、端砚珍贵稀少，多是收藏、把玩用的，歙砚质地好，价格还不是那么高不可攀。上次到江西婺源，我特意请朋友帮忙挑了一方带给孟老师。"

叶知秋笑着说："你还算用心，孟老师没白疼你。砚台的实用功能是磨墨，砚的品级主要是看下墨、发墨的好坏。下墨讲求快慢，发墨讲求粗细，但往往下墨快的发墨粗，发墨好的下墨慢。所以，好的砚台既能很快发起墨汁，墨汁又不会滞结在砚上，磨出的墨汁形状如油。下墨、发墨均佳的砚台极其珍贵。"

高振宇问："什么叫下墨、发墨？"

叶知秋说："简单说，下墨就是磨墨时，很快有墨汁的意思；发墨是指墨在砚池中生光发艳，随笔旋转流畅。如果试用一锭好墨，在优、劣不同的砚上磨墨，劣砚下墨快，砚石粒子粗，磨的墨汁粒子也粗，故墨多无光，写出来的字缺乏神采。优墨配上好砚，既下墨也发墨，字画自然神采奕奕。”

高振宇又问道：“磨墨都有这么多学问，那么三大名砚又有何优劣呢？”

叶知秋接着侃下去：“端砚硬度较软，发墨更好，歙砚硬度较硬，下墨更好，而洮砚硬度较于端、歙之间，下墨优于端砚而发墨优于歙砚，所以从下发墨上来讲是二者调配得最好的，因此洮砚最为书画家们喜爱。可惜洮砚产自甘肃洮河，砚石在大河深底，绿如蓝、润如玉，采得砚石还要经过繁杂的工序才能制成一方砚台，得之为无价之宝。自唐代以来，老坑洮砚是皇家贵族、富商巨贾才能拥有，寻常百姓难得看到，到现在更是一砚难求。”

高振宇说：“那你说我买的这方歙砚，好在哪里？”

叶知秋端详一番，用手轻轻摩挲着砚面，说：“你这方歙砚，又叫雨点金星砚。古人常说歙砚石质坚密细腻，色黑深沈，纹理自然，以青黑多金星者为上品。这些金星是砚石中融有谷粒的结晶物，在光线照耀下会熠熠发光，犹如天空中的星斗，而且金星久研磨而不褪，越磨越亮。你这方砚台，星如雨点，灿然遍地，是歙砚中的佳品，孟老师一定会喜欢。”

高振宇听了，悬着的一颗心落地，眉眼皆露笑意。叶知秋猜他买这方砚肯定花了不少钱。

车子开到校门口，叶知秋要司机停一下，进了一家花店，买了一大束康乃馨。

孟澄明住在学校家属区的一座小山坡上，只有一条小路蜿蜒盘旋，车子开不上去。高振宇要司机在车里等，和叶知秋下车往孟澄明家走去。读书的时候，他们四个人常常从坡下比赛谁最快冲上坡，每次高振宇总是趁大家不注意抢跑，最先冲到坡顶。

山坡上几栋楼房颇有年代感，有栋楼房一整面墙上爬满爬山虎，冬日里叶子都枯萎了，愈发显得萧瑟。到了孟澄明住的一楼小院里，却见一丛翠竹伸出墙头，枝叶青碧，生机盎然。

叶知秋按响门铃，师母前来开门。师母认出他俩，笑呵呵接过康乃馨，迎他俩进门。孟澄明正伏在客厅的桌子上写着什么，桌上杂乱摊着一堆书。看到俩人进门，孟澄明高兴地站起来，迎上前握手，笑着说：“好久不见，知秋兄、振宇兄，别来无恙？”

孟澄明喜欢和学生们称兄道弟，退休后这个习惯一直不变。叶知秋、高振宇读书时就习惯了他这般称呼，不感到唐突，过去觉得孟老师平易近人，现在有老顽童的味道。

高振宇双手递过礼盒，说：“孟老师，您喜欢练书法，我给您带了一方石砚，知秋鉴赏了说是方好砚。”

“我说的不算，孟老师看过好才能算好。不过振宇用心，从江西婺源找回来的金星歙砚。不说别的，光他这番心思，就要表扬。”叶知秋竖着大拇指。

孟澄明连声道谢，笑着收下，说：“知秋、松林、建军他们在宏东，有空儿都会来看我，振宇你在南岭市工作，来一趟不容易。你们都成家立业了，瞧着你们有出息，我和师母可高兴喽。”

高振宇说：“孟老师，我虽然好久没有过来看您，但您的教诲牢记在心。瞧您的气色，比当年级辅导员时还好，那会儿，我们可没少让您操心。”

叶知秋接过师母沏好的茶，说：“孟老师，从某个角度来说，您和师母的变化比我们小。毕业后这十多年，是我们一生中经历事情最多、变化最快的阶段。从一个毛头小伙儿到结婚生子、工作变迁，觉得时间过得飞快，而时间在您和师母这边流逝得慢些。”

大家都笑了。高振宇说：“是呀，回想起来，还是当年读大学的时光最快乐，简单、透明、充实、纯净。”

孟澄明感叹说：“知秋说得有道理啊。人生就像一条河流，经过激流险滩时，最刺激也最短暂，大多数时间在平缓流淌。年轻人喜欢追求大风大浪的刺激，随着年纪的增长才能逐渐领悟到平淡时光的美好和不易。当然，人生要经历很多个阶段，到了一个生命阶段就做应该做的事情，这才叫作顺其自然，乐天知命。”

叶知秋看到桌上摊了一堆书和一沓照片，随意翻看时竟然看到一张孟澄明与周恩来总理的合影，连忙喊高振宇过来看。俩人细细翻看那沓旧照片，有的是参加中央会议，有的是站在主席台讲话，还有好多张孟澄明与中央首长合影的照片，照片上的孟澄明风华正茂，意气风发。

孟澄明看着俩人翻看照片，并不阻拦。

看着这些泛黄的照片，又看着桌上摊着一个厚厚的日记本，叶知秋说：“孟老师，我猜呀，您一定是在写回忆录。”

孟澄明笑而不答。

高振宇说："孟老师，您经历过那么多的大风大浪，与好多风云人物因缘际会，有过交往，这是宝贵的人生财富，太值得记录下来。"

孟澄明眼眸依旧明亮，说："现在人老了，刚刚发生的事情记不得，过去的事情却历历在目。我经常思考，在那个疯狂的岁月，为什么人们会失去正常的思维，包括那么多的知识分子？虽然也有人发出不同的声音，说出内心的真实想法，但是那样微弱、那样渺小，整个国家和民族付出的代价是多么沉重！这些年，我一直在思索一个问题，知识分子是一个民族的精英群体，当国家和民族命运出现在历史的拐点时，应该怎么去做，应该去做什么？反思'文革'的书籍汗牛充栋，但我是那段历史的亲历者，更加深切地体会到'千人诺诺，无一人谔谔'会对一个国家和民族造成多大的损失和破坏。我是一名老党员，尽管也犯过错误、受到过挫折，但对党的信仰和忠诚始终如一，对真理的追求至死不渝。我有责任、有义务去记录那些发生在我身上的事情，让更多人去反省、去思考。这个念头在我的脑海里挥之不去，年纪越大、越强烈。所以，我想静下心来，记录那些经历过的事情，给后人留点参考资料。"

师母这时插话说："我要他别写，再提过去的事情难免会伤人伤己，过去经历了那么多的磨难，想开一点、看透一点，没有必要再去惹火上身。他听不进去，顽固的性格一点也没改。"

孟澄明摆摆手，制止她再说下去。

叶知秋很好奇那张与总理的合影，问："孟老师，您跟我们说说这张照片吧？"

孟澄明缓缓地说："那是在人民大会堂，总理听完我的汇报后，非常满意。散会后，总理与全体会议代表合影留念，我提出和总理单独照张照片，没想到总理爽快地答应了。当时总理已经快 70 岁了，人非常消瘦，看着都让人心疼。在那个风雨飘摇的岁月，总理身上有股说不出的力量，只要看到他、一听他说话，我们心里就特别踏实。当时，总理要了解各地发动'文革'的真实情况，鼓励大家讲真话，反对说假话。我把了解的情况如实向总理做了汇报，得到总理表扬。"他的语速很慢，似乎沉浸在往日的回忆里。

叶知秋说："我看了一些资料，说总理当时身体状况已经很差，出现了尿血的症状，可是他却不当一回事，仍然抱病工作。"

孟澄明说：“我们都知道总理在抱病工作，被他那种忘我工作的精神深深地感染。总理很消瘦，说话的声音不大却非常有穿透力，思维异常敏捷，说的话切中要害。”

叶知秋、高振宇凝神听着。孟澄明目光变得深邃，说：“‘人民总理爱人民，人民总理人民爱’，这句话当年风行一时，老百姓用朴素的语言表达了对总理最真挚的感情。总理始终坚持人民利益高于一切，真正做到了为党和人民的事业鞠躬尽瘁，死而后已。他的家国情怀让人钦佩！”

叶知秋、高振宇被他的情绪感染，心中泛起波澜。现在闲谈中很少听到有人说起国家、民族、人民这些名词，就算听到也感觉别扭，而此时此刻孟澄明这番话却深深震撼着他俩。

孟澄明说：“知秋、振宇，你们都在机关工作，要始终记住总理说过的一句话——我们国家干部都是人民的公仆，应该和群众同甘苦，共命运。”

叶知秋说：“听了孟老师今天这些话，真是胜读十年书，有种豁然开朗的感觉。”

高振宇附和着说：“是场精神洗礼。我上了那么多党课，在党校学习过那么多次，没有今天这么受教育。”

孟澄明笑了，说：“知行合一最重要。是不是真正记住这些话，要看你们的实际行动。”

看看时候不早，俩人起身告辞。孟澄明和师母留他俩吃了饭再走，高振宇说“我晚上还得赶回南岭市去，下次来，再好好陪孟老师喝几杯。”

孟澄明坚持送俩人到下坡的马路旁，握手别过。

高振宇与叶知秋并肩走了几步，忽然说：“知秋等我一下，我还和孟老师说几句话。”又折身返回，拉着孟澄明说着什么。

叶知秋驻足，远远地望着，心想：振宇素来心思缜密，办事谨慎，这次来拜访孟老师，一定是有什么事情相求。振宇大概是觉得单独拜访孟老师显得唐突，所以要自己陪着过来。再一想那方贵重的歙砚，他心里愈发肯定。

过了好一会儿，高振宇才过来，只字不提与孟澄明说了些什么，叶知秋也不问。

司机开车子送叶知秋回省信访局，俩人约好下次再聚。

叶知秋回办公室刚坐下，小赵送了个材料过来，说：“余处长催了几次，还亲自撰写了标题，说今天晚上要加班把材料弄好，明天上班报给他。”

叶知秋看了一眼标题——《关于有效防范拖欠民工薪酬引发群访的对策与思考》，心里愈发不痛快：上午才处理好李平安讨要工资的事情，晚上就总结经验，明天就上报领导，有这么安排工作的吗？他见小赵写好了初稿，不便打击小赵的积极性，就说："行，你放我桌上，我抽空儿改一稿，争取明天上午报给余处长。"

小赵笑笑："余处长抓工作就是快节奏，善于总结经验。"见叶知秋没有应话，小赵又说："对了，余处长要看一下金凤县拆迁群众集体上访的材料，我记得上次整理好后就放在你这里了，你能不能找找？"

叶知秋"喔"了一句，从桌上一沓材料里找出一个资料袋，说："全都在这里。余处长怎么要看这份材料？"

小赵摇摇头，说："不知道，他就让我找这些材料。"

小赵走后，叶知秋想：余佑德要金凤县那份材料干吗？王一禾提起过下周准备去金凤县调研，是不是跟余佑德也说了，让他做点准备？琢磨了一会儿，理不出头绪，叶知秋就静下心来修改材料。

修改完材料，叶知秋一看手表，7 点多了，突然想起今天李晓蕾值夜班，早上出门里要他去幼儿园接亮亮，自己竟然忘记了。他连忙出办公室，急匆匆往省直机关幼儿园赶。

到了幼儿园，大门紧闭，远远望去亮亮所在班上的教室一片漆黑。叶知秋心急如焚，向守传达的大爷说明情况，大爷仔细看了他的工作证，指着一扇亮着灯的教室说："你到那儿去看看，没按时接回去的孩子都集中在那里。"

叶知秋三步并做两步到了教室，看到值班的年轻女老师只顾低着头玩手机，亮亮和另外一个小男孩儿趴在地上玩玩具。叶知秋喊了声儿子，亮亮见了他直往怀里扑，带着哭腔说："爸爸怎么才来？好多小朋友都回家了，只剩下有我和隔壁班的强强了。"

叶知秋抱着亮亮说："爸爸才下班，咱们去吃肯德基。"

这时年轻女老师才抬起头，皱着眉头说："工作再忙，也要记得来接孩子呀。再说了，我们老师 8 小时上班，难道就不需要休息吗？"

叶知秋不想解释，赔着笑脸准备走，谁知亮亮一定要强强同去吃肯德基，强强也想去，可怜巴巴地望着。

叶知秋问女老师："这个孩子家长怎么还没来？"

女老师不耐烦地看了强强一眼，低声说：“这孩子蛮可怜的，听说父母亲感情不好，正在闹离婚。”

叶知秋心有不忍，加上亮亮又吵着要强强一起去，就说：“老师，能不能这样，我把手机号码留给你。你打个电话给强强家长，就说亮亮的爸爸带他们在幼儿园对面的肯德基吃饭，孩子有个伴也不孤单。你要强强家长直接打电话给我就行了。”

女老师正等得不耐烦，一听有这样的好事，马上答应下来。她从花名册上找到强强父亲的电话，打过去，电话通了却没接，编个信息发过去，很快收到回复：“好的，谢谢！”

叶知秋便带着亮亮和强强去了肯德基，点了一大堆食物。肯德基店里人很多，明明知道这类食品吃多了不好，可拗不过孩子们喜欢，仍有很多家长带孩子来吃。叶知秋吃不惯汉堡，点了杯咖啡，看亮亮、强强边吃边玩。他给李晓蕾打了个电话，说带亮亮在外面吃饭，让她放心。

直到 8 点 30 分，店里的人渐渐少了，强强爸爸还不见踪影。叶知秋知道幼儿园多数都是省直机关干部的孩子，机关里加班加点，无法按时上下班是常有的事，可拖到这个时候没来接孩子也不太寻常。到了 9 点，叶知秋看到一个身材高大、相貌堂堂的男子进了肯德基店，朝这桌走来。

叶知秋估计是强强爸爸，便起身打招呼，果然强强看了男子一眼，面无表情地叫了句：“爸爸。”

男子有些尴尬，连声向叶知秋道谢，说：“不好意思，我刚从外地出差回来，给你添麻烦了。”

叶知秋理解地说：“大家都是上班族，没关系，一点都不麻烦，两个小朋友玩得挺开心。”

男子看到强强与亮亮笑闹成一团，眉眼才略微舒展，感叹说：“现在的孩子找个伴玩都不容易，城市越大，人却越孤单啊。”

叶知秋接过话说：“听说二胎政策要放开，放开二胎之后最大的受益者是这些孩子。从小有伴一起成长，童年才会更快乐。”

男子递了支烟过来，叶知秋示意店内不能吸烟，俩人就把烟收起来，看着孩子们玩耍，有一句没一句地闲聊。男子得知叶知秋在省信访局工作，便主动留了手机号码，说：“我叫古力志，在省政府上班，有机会多联系。”

时间不早，男子与叶知秋握了握手，客气几句便匆匆带着强强走了。

强强朝亮亮恋恋不舍地挥了挥手。

回家的路上，亮亮懂事地对叶知秋说：“爸爸，我不会告诉妈妈你今天很晚才来接我。”

叶知秋问：“为什么不告诉妈妈呀？”

亮亮说：“如果告诉妈妈，妈妈肯定会怪你，你和妈妈吵架了，我就会像强强一样，谁都不来接了。”

第二天上午，叶知秋把材料送给余佑德。余佑德接过材料随手放在桌上，问：“知秋，听说王局长下周要到金凤县调研，我把材料看了一遍，涉及的问题还比较复杂，处里要再集中研究一下具体解决的办法。这个事情的来龙去脉我最清楚，我会去向王局长汇报。”

原来余佑德是想陪同王一禾调研。叶知秋并不计较，说：“前几天王局长提起过这件事，要我们准备一下相关材料，具体调研的时间还没有定。”

余佑德说：“最近处里事情多，调研你就不参加了，我会跟王局长说一声。”停了会儿，他皱着眉头说：“知秋，以后处里的工作要多商量、通气，等形成一致意见后再报告领导，免得造成工作被动。”

后面一句话是批评叶知秋，弄得叶知秋莫名其妙。余佑德说：“李平安讨薪一事处理得非常好。我去跟王局长汇报，他说已经知道了。你单独向他报告过吧？”

肯定是余佑德向王一禾邀功时碰了“软钉子”，叶知秋解释说：“那天劝阻李平安跳楼后，需要协调省住建厅，事情紧急，你又在外面开会，我就请王局长请出面给住建厅厉厅长打了电话，协调尽快解决此事。”

余佑德“嗯”了一句，说：“我知道都是为了工作，但规矩还是要讲的。”

叶知秋不愿再多做解释，借口说还要改材料，起身走了。

回到办公室，叶知秋感到烦躁：余佑德心胸狭隘，嫉妒王一禾器重自己，总是担心自己抢了他的风头，就连陪领导下基层调研都想方设法阻挠。可是，自己根本不屑与这种人计较。君子远小人，与小人争锋，岂不自降格调？

王一禾带队调研的事情延期了。过了几天，王一禾在电梯里碰到叶知秋，问：“知秋，听余佑德说你们处里最近事情多，忙不过来？”

叶知秋笑笑，说：“快过春节了，事情的确比较多。”

王一禾说："金凤县采取过硬措施解决了拆迁群众的实际困难，集访暂时平息，矛盾没那么尖锐了，调研的事过一阵儿再说。还是你陪我去。"

叶知秋心想王局长果然世事洞明。

春节期间，叶知秋闭门谢客，把省政府近年来出台的政策法规和经济社会发展规划，以及省领导重要场合的讲话都细细地阅读、钻研一番，对一些观点、数据牢记在心。省政府办公厅招考要的是写材料的"笔杆子"。如今写材料是个苦差事，机关里能写材料的人是稀缺资源，到哪儿都受欢迎。叶知秋从基层选调招考上来，写材料是真功夫，特别是到省信访局接触的人和事多了，眼界大开，公文写得既有理论深度又接地气。虽说心中有底，叶知秋却也不敢大意，毕竟省直机关高手如云。

节后上班，叶知秋推掉一切应酬，吃过晚饭就进书房，潜心钻研文件资料，常常过了 12 点才上床睡觉。

李晓蕾看他辛苦，劝道："老公，现在单位招考进人竞争激烈，听说有的公开招考都早已经事先内定，只是走走过场。硬碰硬地公平竞争，我不担心，但是怕走形式、搞潜规则。咱老乡易天水在省纪委工作，信息渠道多，托他打听一下情况，你准备考试也更有把握。"

谁都明白"功夫在诗外"的道理，可是这种招考必须要有真才实学，玩花架子不行。省政府办公厅招人去写材料，又不是招人当官。叶知秋晓得没有过笔试关，找谁都没有用。然而，李晓蕾的话还是提醒了他。

易天水是叶知秋的老乡，在省纪委案审一室当副主任，是省纪委最年轻的处级干部。俩人年纪相仿，是老乡又颇谈得来，时不时会打个电话、小聚一下。易天水性格刚毅，疾恶如仇，不知是不是因为在纪委工作养成了这种性格，浑身透着股凛然正气。叶知秋喜欢和他聊天儿时那种"天地有正气，杂然赋流形"的感觉。

叶知秋打电话给易天水，把事情细细说了，请他帮忙了解一下招考的细节。易天水声音爽朗，说："知秋，你好好准备，现在都是凭真才实学吃饭，这种公开招考就是要招硬笔杆子，我看你希望很大，认真备考不会有问题。"

易天水的声音像他这个人一样透着满满正能量。叶知秋说："天水兄，我心底这么想，也希望是一场公平公开的竞争，可是又担心人员内定，'陪太子读书'。"

易天水说："你呀，还是老思维老观念。现在招考、选拔干部，程序透明，制度规范，监督又严，谁也不会去碰这根高压线。如果我们机关干部都心存疑虑，更别说‘吃瓜群众’了。我帮你问问情况，再给你回话。”

易天水是那种永远让人开悟开怀的朋友。他为人公道正派，说话从来不绕弯，公事私事分得很清，遇事敢较真碰硬，像活在革命样板戏里的人物。叶知秋觉得他虽然有个性，但对朋友却很热心，待人处事特别真诚。

果然，易天水打听一番，回电话说：“知秋，我帮你问了一下省政府办公厅组织招考的朋友，考试完全公开、公平。你一定要坚定信心，不要七想八想。4月份笔试，重点考申论，写一篇领导讲话或是调研文章。过了笔试，再组织面试，按1：2的比例进行考察。整个流程很快，据说新招的干部要在7月底前到岗。”

易天水的话极大地鼓励了叶知秋，他更加心无旁骛，两耳不闻窗外事，全力以赴备战招考。

功夫不负有心人。4月底，叶知秋参加考试，考题是某领导要下基层调研，从提供的材料中提炼一个观点为领导写一篇调研提纲。叶知秋仔细研读附件材料，选了一个新颖的角度切入，洋洋洒洒写好，第一个交卷。

不久，叶知秋就接到面试通知，面试也非常顺利，叶知秋的综合得分排第一名。消息传到省信访局，同事纷纷向叶知秋表示祝贺。王一禾特意将叶知秋叫到办公室鼓励了一番，同时叮嘱分管人事的俞副局长做好迎接省政府办公厅前来考察的准备。

余佑德见了叶知秋，脸紧绷着，表情复杂地说：“你这次为局里争了光，但是还有1：2的考察，不管能否最终入选，你还是要把手头的工作干好，不能甩担子。”

叶知秋不屑与他计较，笑着说：“余处长，你放心，我会把手头的事情干好。能不能去，八字还没有一撇，不管到哪里，对我来说都一个样，都要干好工作。”

余佑德端着架子，点了点头。

三

7月的清晨，金凤县千亩荷花开得遮天蔽日。王一禾按下快门，终于抢下晨曦里露珠如断线珍珠般四散滚落在荷叶上的镜头。为捕捉露珠坠落的瞬间，足足耗费了一个多小时。前面几张，不是因为光线问题，就是因角度没有选好而作罢。

王一禾端起哈苏 H3D 数码相机，仔细察看照片，无论光线、构图、色彩都称得上完美——荷花的粉红与荷叶的碧绿映衫出露珠的晶莹。他满意地笑了起来，望着一眼无边的荷塘念出一句诗来：“接天莲叶无穷碧，映日荷花别样红。”

这句诗是南宋诗人杨万里留下的名句，收录在中学语文课本。这句诗太过通俗易懂，王一禾念出来未免稍显流俗，但此情此刻，荷花朵朵，荷叶田田，无边无际，满塘荷香，这句诗倒是贴切应景。

春节前，王一禾就准备到金凤县协调处理一百多名拆迁户围堵省政府大院的群体上访事件，后来县里千方百计落实拆迁政策，缓解了矛盾，因而调研的时间一延再延。直到 7 月初，王一禾才决定带着叶知秋专程过来。除了调研之外，还有一个重要原因，就是金凤县千亩荷塘深深吸引着王一禾这样的摄影“发烧友”。

金凤县是景江市最偏远的一个山区县，地处麓峰山脉以北，毗邻洞阳湖，自古盛产荷花。这些年农业产业结构调整，县里狠抓农业经济作物规模种植和农产品深加工，在传统荷花产业上做文章。荷花又称莲花，一身是宝，花、茎、莲子、莲蓬、莲藕皆可食用，通过深加工生产出的“金凤莲子”“金凤藕粉”被打造成国家农产品地理标志，成为全国知名品牌。老百姓种荷花的收入远远超过种水稻，积极性高涨。金凤县抓住机会，每年夏季召开一次“荷花节”，既是招商引资，也是农产品推介。

因处麓峰山北，交通不便，产出的新鲜莲蓬、莲藕和蜜橘、梨子等农产品运不出去，老百姓意见很大。县里痛下决心申报修建一条连接省城的宏金高速公路，好不容易争取到国家立项，但是因为修路的拆迁补偿问题，公路沿线周边近千家拆迁户多次集体到市委市政府、省委省政府上访。春节前，一百多人在省政府门口静坐了一整天，成为全省挂牌督办的重大信访事件。事情不处理好，将直接影响到宏金高速公路建设。为此，县里高度重视王一禾此次实地调研，在家的县委常委集体陪同王一禾。

周围陪着的人见王局长如此雅兴，纷纷附和。有人伸过头去看刚刚拍的相片，连声称好。县长钟向阳边看边夸：“王厅长的摄影技术真是一流，我是外行，说不出哪里好，只觉得看起来舒服。”他不喊王一禾局长，而喊王厅长，似乎觉得喊厅长才显得尊敬，要不然省信访局局长喊局长，县里的信访局局长也喊局长，岂不乱套?

王一禾谦虚地摆了摆手，说：“照相是雕虫小技，上不得台面，好玩而已。”

钟向阳诚恳地说：“我代表县委、县政府和金凤县一百多万父老乡亲强烈请求您参加这届荷花节摄影大赛。这张照片就是幅上佳的作品，只要起个响亮的标题，金奖非它莫属。”

众人皆称是。王一禾笑着说：“不是我的照片好，是这千亩荷塘风光好啊！这些年金凤县在产业结构调整上是动了脑筋，下了功夫的。如果宏金高速公路顺利开工、如期修通，那可是造福一方、流芳百世的好事情。这是你们这届县委、县政府为金凤县的父老乡亲们办的大实事！也是你们最大的政绩啊！我一定邀请牧南同志过来看看，赏赏荷花，总结推介金凤县的经验。”

王一禾说得随意，旁人听起来意味深长。牧南同志全名曾牧南，是宏东省人民政府省长，王一禾喊省长的名字喊得如此亲切随便，让人觉得他与省长关系非同一般。王一禾的这些话也不像一个省直部门厅局长的口气，倒颇有省级领导的派头。

钟向阳赶忙说：“这是省委、省政府正确领导的结果，更离不开王厅长和省直厅局的大力支持。”感谢的话说完，他又把话题转到照片上，说：“王厅长如果能参加本届荷花节摄影大赛，整个比赛的档次和规格都会大大提升。您给这幅照片起个标题吧？”

王一禾沉吟片刻，说：“就叫‘金凤晨荷’怎么样？”众人都说这个名字契题，与照片配在一起珠联璧合，只差说是天仙配了。

王一禾的乡音比较重，金凤晨荷听起来像“金凤沉禾”，叶知秋站在一旁，暗觉犯了名讳，却不便点破。

时候不早，钟向阳恭请王一禾用早餐。王一禾拍到了满意的照片，心情大好，乐呵呵地点头应允。县委接待办的人七手八脚地将他的三脚架、长镜头短镜头收好，鼓鼓囊囊装了两大包。这些本是叶知秋干的活，但到了县里，人家抢着帮他干了。

钟向阳看着这些叫不上名字的摄影器材，夸道：“行家一出手，就知有没有。瞧王厅长这些装备，就知道是个行家！”

王一禾心里最乐意别人夸他专业，嘴里却谦虚说："纯属业余爱好。我不打牌，不跳舞，总不能退休后没事干啊，最近和几个朋友学着拍拍照，既锻炼了身体，又陶冶了情操。"他指了指跟在身后的叶知秋说："小叶知道，我平常事情多，哪里有空儿出来采风哟。再说了，要拍到好的照片，技术好、装备好还不行，还得要靠机缘，创作这东西往往灵光一闪，机缘巧合才拍得出好作品。"

众人又皆点头。王一禾接着说："拍了这么多年，真正满意的作品不多。下周，我的个人摄影展在省展览馆举办，有兴趣的同志可以过来看看，多提宝贵意见。"

众人赞叹不已。钟向阳明白夸什么都不如夸王一禾摄影技术棒，仔细问了展览的时间，说一定会到场学习。

叶知秋月底即将调到省政府办公厅去，这次是最后一次陪王一禾出差，便顺着话说："钟县长，我陪王局长出差多，还是第一次看他拍到这么满意的照片，说明金凤县钟灵毓秀、风清俗美。"这话是夸金凤县人杰地灵，听起来却像表扬钟向阳会办事。

钟向阳脸上愈发荡漾着谦恭的笑。从荷塘到停车的地方有段距离，王一禾走在最前面，腰杆子挺得笔直，步子迈得大，脚踩在青石板上"咚咚"作响，根本看不出快六十岁了。

钟向阳快步跟在后面说："王厅长，玩摄影是门技术活，经常接触大自然，寄情于山水，我也想学。到时候拜您为师，您可要收下我这个弟子呀。"

王一禾听了，颇为快意，笑声朗朗地说："我哪敢收县太爷当徒弟啊。你们年轻人要大干快上，只争朝夕，别学我这老头子革命意志消退，玩物丧志啊。"

人老了爱说重话。王一禾年底就要从省信访局局长位置上退下来，近来特别喜欢说些早日让贤的话。王一禾在位期间，正逢全省信访事件激增，省、市、县、乡都建立了信访联席会议制度，每月对进京赴省上访通报排名。王一禾抓住时机，不断强化省信访局职能。他有句名言"权力不在大小，在于运作"，在他的运作下，省信访局在省直厅局中的地位不断提升，全省机关绩效评估、社会治安综合治理考评、"双文明"评选等重要考核都要征求省信访局的意见。王一禾是历届信访局长当得最风光体面的一位。坊间传说，如果不是王一禾年龄大了，组织上还考虑提拔他到省政府当秘书长。

众人簇拥着王一禾上车，去怡园吃早餐。王一禾为拍晨曦的荷花，起了个大早，钟向阳等县领导陪着起了个早，忙乎大半天，大家饥肠辘辘，这餐早饭吃得格外香。

吃完早餐，钟向阳请示说："王厅长，县委李书记正在从省里往回赶，您看是先听县里的汇报，还是先到实地看一看？"

钟向阳的话其实只说了一半。这次王一禾搞突然袭击到金凤县来，事先并没有打招呼。李书记头天到省里汇报、协调荷花节相关事宜去了，听说王一禾来县里现场督办群体上访事件，十万火急地往县里赶。

王一禾在官场摸爬滚打几十年，自然明白钟向阳的意思。金凤县离省城五百多公里，全是省道国道，还有一百多里的山路，紧打紧算，李书记赶回来最快也到了中午。因为事情涉及宏金高速公路建设，按照惯例，上午听汇报初步掌握情况，下午实地考察才有针对性，然而县委书记快马加鞭地赶回来，肯定是想亲自汇报，体现县委的重视，上午开汇报会不妥。县委办安排日程时为难，汇报到钟向阳这里，钟向阳做不了主，只得征询王一禾的意见。

王一禾体谅县里的难处，大度地说："李书记既然往回赶了，上午我们就实地看看，下午再听县委、县政府的汇报。"

钟向阳松了口气，心想省里的领导就是水平高，话说半截就全懂了。

县政府办安排了一辆考斯特车，早已等候在宾馆前坪。王一禾气宇轩昂地走过去，就在此时，三个操着宏东口音的人围上来，叶知秋眼尖，认出走在前面的是易天水。

王一禾认识易天水，以为他们也在金凤县出差，碰到了前来打招呼，便笑呵呵地主动去握手。没想到，易天水似乎没有瞧见他伸过来的手，冷冷地说："王一禾同志，我现在向你宣布，省纪委正式对你采取'两规'措施，请你配合，在规定的时间、规定的地点就监察事项涉及的问题做出说明。"

话音刚落，站在一旁的工作人员就向王一禾出具了《中共宏东省委纪律检查委员会实施"两规"通知书》。

这突如其来的变故，让叶知秋、钟向阳等人惊得目瞪口呆。叶知秋根本来不及与易天水打招呼，只能眼睁睁看着王一禾被省纪委两个干部左右架着上了一辆商务车，绝尘而去。

很多年以后，叶知秋都忘不了这一幕，如此吊诡而戏剧性的情景，让他终生难忘。

回到省里，已是传言满天飞。省信访局机关一如往常，大家按时上班下班，但空气里弥漫着一股说不出来的味道。有人慌乱恐惧，有人事不关己，更多的人在静观事态发展……

余佑德有些幸灾乐祸，他在王一禾手里压了多年，一直没有得到重用，串门聊天儿时隐藏不住话语里的兴奋："王局长平常教育别人一套套的，谁知道却……人哪，在位时莫得意，为人须顾后，上台终有下台时。"

叶知秋无法置身事外。他相信王一禾的人品和为人处事的原则，但是，现在有很多事情谁又说得清楚呢？省信访局是个清水衙门，领导干部贪污受贿的概率不大，但是再穷的寺庙里也有富方丈。如今有的领导干部是潜水的"双面"人，没有真凭实据，省纪委又怎会轻易"两规"一名正厅级干部？

省委组织部很快宣布由俞副局长主持工作。省纪委专案组找局机关副处以上干部分别谈话，动员干部职工对王一禾腐败问题提供线索。专案组找叶知秋谈过两次，叶知秋一五一十地作了回答，见没有问出什么有价值的线索，专案组就不再找他。

局里的大小事务照常运转。王一禾的办公室在 8 楼东头，到厅党组会议室开会要路过这间办公室。叶知秋每次经过，都忍不住会看几眼，只觉办公室那扇紧闭的门就像一个黑窟窿，吞噬了许多秘密。

过了一个星期，就有人说，王一禾在协调处理省城棚户区改造时，利用职务便利收受开发商贿赂，涉案金额达两三千万；又有人说，是内部人举报，纪委掌握的是棚户区改造的线索，审问时王一禾交代的是另外的事情，结果一挖再挖，愈发不可收拾。这些话像长了翅膀，从一间办公室飞到另一间办公室，从机关单位传到了坊间。没多久，宏东上下都知道省信访局王局长栽了。

王一禾原本打算在省展览馆举办的个人摄影展悄无声息地取消了。

李晓蕾一开始担心叶知秋受到牵连，后来看他没事，就把在外面听到的传言告诉他。这天，李晓蕾又提到王一禾的事情，叶知秋不耐烦地打断她，说："王局长在位时对咱们挺关照，你别瞎打听，不靠谱的话别瞎传，晚上咱们去看看金姨吧。"

叶知秋调到省城后，还是王一禾出面把李晓蕾调到省人民医院。李晓蕾点头应允，她早就寻思着去探望金姨。

吃过晚饭，夫妻俩买了水果往王一禾家里去。王一禾家在省信访局机关家属区，穿过小花园，拐个弯就到了。这些年，宏东省直厅局大多新建了办公楼，同时配套修建家属区。省信访局原本没有单独修建机关院落的能力，可是王一禾硬是霸蛮，顶住各方面的压力，协调各方，修好了新办公大楼和家属区，配套中央空调、24小时热水，满院栽着花草和名贵树木，成了省直机关的一流大院。

过去王一禾家里总是灯火通明，一眼就能看到，现在望过去黑黢黢的，客厅的大灯关了，阳台拉着的窗帘透出隐隐一丝光亮。

李晓蕾轻声问："金姨会在家里吗？"

叶知秋说："她不在家里，能到哪儿去？儿子王剑在加拿大读书，一时半会儿回不来。"

到门口，叶知秋按了门铃，轻声唤道："金姨，我是小叶。"过了好一阵子，门才开了，金姨侧身让叶知秋夫妇进门，迅速将门关上。

进了屋，平常热情好客的金姨连茶也不倒，坐在沙发上抹眼泪。叶知秋一时不知说什么好，李晓蕾主动倒了一杯水递给金姨，劝道："金姨，你别伤心。我和知秋早就想过来看您。"

金姨端过茶，哽咽着说："老王现在不知道在哪里，我既看不到他，也没有他的消息。他这么大年纪了，怎么遭得起罪。唉，造孽啊……"

叶知秋看着金姨的模样，心里过不得，只好说："金姨您要保重身体，现在事情没查清楚，外面的风言风语多，您不要听瞎传的谣言。王局长吉人自有天相，不会有事的。"最后这句话，叶知秋的安慰苍白无力，谁都知道省纪委不会轻易对一名厅级干部采取"两规"措施。

金姨哭得声音都很虚弱，说："我家老王平常为人正派，得罪了小人，一直有人暗地里'起拱子'告状。有人提醒过他要注意，他不当回事，此次只怕是躲不过这一劫。我现在没有别的奢望，只要他人平安就行了，什么官啊、钱啊，都可以不要。"

叶知秋问："省纪委找您了吗？"

金姨苦笑了几声："家里他们查抄了两次，连老王那些摄影器材都抄走了，问的那些事我怎么知道？老王从来不在家里谈工作上的事。"

李晓蕾拉着她的手，关切地问："剑伢子在加拿大还好吧？"

"王剑一听他爸出事就要订机票回来，我坚决不准他回来。他回来只会添乱，又解决不了问题。"金姨还算明白事理，没有乱了分寸。

叶知秋说："缓一下回来是对的。"他曾听人说过王剑不争气，是个化生子，名义上到加拿大留学，其实是在国外嫖赌逍遥，还欠了一屁股赌债。王一禾的钱大概都用在填堵儿子的窟窿上了。

金姨止住哽咽，说："小叶、小李，谢谢你们过来。我家老王没看错人，真是日久见人心、落难见真情！我会照顾自己，你们没有特别要紧的事不用过来。"

知秋和李晓蕾只能说些安慰的话。过了一会儿，金姨主动提出让他俩早点回去。叶知秋心知不宜久留，就说："金姨，剑伢子在国外，鞭长莫及。家里有什么事，不方便让别人帮忙，你就叫我。您把我当自己孩子使唤，不要见外！"

听了这话，金姨老泪纵横，紧紧握着叶知秋和李晓蕾的手，连声道谢。

回家的路上，李晓蕾倚偎着叶知秋说："我觉得金姨好可怜。王局长在位时，家里的人川流不息，帮她做家务、陪她打麻将、聊天儿的人起堆。到了这时候，只怕鬼都没一个上门。"

叶知秋叹了口气，说："现在一些干部没当官没掌权时，满腹牢骚，一旦有了权力，又抵挡不住金钱、美色、利益的诱惑。台上、阶下，往往只是一念之差。王局长待人处事比较公道，出事后说他坏话的人不多，不像有的领导在位时霸道嚣张，倒霉时墙倒众人推，那才好凄凉呢。"

李晓蕾说："听说王局长的案子，是咱老乡易天水带头办的？你有没有找他打探点消息？"

叶知秋说："那天在金凤县，就是易天水把王局长带走的。这个案子的确由省纪委案审一室在办，纪委正式立案调查的案件，是不允许打探消息的。再说了，我也不想麻烦易天水，让他为难。"

李晓蕾点了点头，搂着他的腰，说："咱们多帮帮金姨，做不了的事，犯不着去碰高压线。我觉得啊，你把工作干好，对我好、对亮亮好，一家人平平安安就行了。"

叶知秋笑了，说："你不是老要我多找领导、多汇报吗？这会儿想法不一样了？"

李晓蕾正色说："你不要觉得我现实。我们医院分管后勤的江院长在位时管着后勤中心一两百号人，什么事别人都争先恐后帮他办了。退休没几天，生病住院想用下车都用不到。在不在位、有没有实权，硬是不一样。"

叶知秋说："这样的例子多。有的领导一退休，人就苍老好多，主要是退了之后心态不平衡。他们没有想清楚权力是老百姓给的，权力也是暂时的。既然权力不是私有财产，又不是哪个人的，失去的时候，用不着那么患得患失。”

李晓蕾嘟着嘴说：“道理是这个道理。我的意思呢，在机关工作，总是要朝前看，有机会还是要把握住，这也是一种积极的态度。总不能不求上进，一辈子浑浑噩噩地混日子吧？当然喽，健康第一，平安第一，什么事情不要强求，要顺其自然。”

叶知秋心里一直不畅快，周末就去“舍得茶馆”找老芒聊天儿。老芒沏了一壶二十年的九子普洱茶，俩人边喝边聊。

叶知秋是在一次民间画展上认识的老芒。那个画展是省美协为几个业余作者举办的，叶知秋被薛松林叫去凑热闹。展厅布置得简洁雅致，展出的画作不多，叶知秋一幅幅地看过来，当看到一幅约四平方尺的画时被吸引住，驻足流连。画中两个中年男子袖手而立，站在一棵盛开的梅花树下抬头赏花，画首题着一句话——“放下世间事与君同看花”，寥寥几笔，禅趣溢出画来。

薛松林见他痴醉的模样，便拉了作者老芒过来，介绍他俩认识。叶知秋见老芒四十来岁，穿着一身蓝色唐装，清瘦挺拔，不像一些画家不修边幅的模样，顿生好感。交谈起来，老芒幽默风趣，俩人谈得很开心。

告辞的时候，老芒递过一个画匣给叶知秋说：“那幅画你喜欢，就送给你吧。”

叶知秋推辞说：“我对画完全不懂，这幅画送给我是明珠暗投。礼太重，我可不敢收。”

老芒笑着说：“宝剑赠壮士，书画馈知音。我的画不值几个钱，我画画儿纯粹就是好玩。朋友喜欢，我就送给他们，一分钱不要；不喜欢的人，出价再高我也不卖。”

叶知秋见他说得诚恳，人也豁达豪爽，就收了下来。回到家里，叶知秋把画小心翼翼挂在书房，越看越喜欢。

后来交往多了，彼此熟悉起来，俩人成了无话不说的朋友。老芒做生意赚了钱，老婆、孩子已经移民美国，他不愿意跟着去，在城南白沙井旁开了一家不起眼儿的茶馆，取名“舍得”。老芒性情洒脱，过着闲云野鹤般的日子，琴棋书画、佛法道教、古董收藏、喝茶玩牌、美食旅游、摄影钓鱼，无一不喜无一不精，而且交游广阔，三教九流都有朋友，是个地地道道的“玩家”。朋友们都羡慕老芒——身体好又不缺钱，真正地风流快活。

茶喝过两泡，老芒见叶知秋眉宇不展，便问何故，叶知秋把将调到省政府办公厅的事情说了。

老芒说："好事呀，值得庆贺。树挪死，人挪活，多一些经历，总是好的。"

叶知秋说："我在信访局和老百姓直接打交道，感觉比较充实。调到省政府办公厅去，主要是写材料，务虚的东西多，能不能适应，心里没底。"

老芒喝了口茶，说："虚与实是相对的。到省政府工作，主要是政策层面的制订，多了解基层的实际情况，出来的东西自然就实。我看你呀，主要是顾虑放弃熟悉的工作，去适应和挑战新的环境，内心忐忑。"

老芒看问题敏锐犀利，叶知秋所顾虑的何尝不是这些？叶知秋点头说："老芒你说得极是。我只是给自己找一些理由和借口罢了。人要从熟悉的环境去一个陌生的环境，多少有些不安。不过，既然作了选择，我就有信心去适应新的环境。"

天南海北聊扯一通，叶知秋还是忍不住与老芒聊起王一禾。王一禾是他仕途的领路人，他从内心里敬佩王一禾的能力和人品。尽管王一禾对他有知遇之恩，但是对王一禾的尊敬已经超越了个人私情，更多的是佩服王一禾处理协调棘手问题、整合资源强化职权的能力。王一禾被查处，就如同心中偶像崩塌，带来的震撼和迷茫，让叶知秋内心久久不能平静。心中的困惑如一团火已经把他炙烧得太久太难受，他太需要向人倾诉！

老芒静静地听着，让叶知秋尽情地倾诉、宣泄。直到他不再说话，老芒才给他重新斟上一杯茶，说："这个世界上没有人尽善尽美。每个人都有多面性，有时会展现好的一面，有时会暴露恶的嘴脸。人是社会关系的总和，每个人看待人与事，总容易按照自己的好恶作判断，会有不同的衡量标准。你所说的王局长我不认识，也不了解，但是，无论他怎样能干、对你怎么好，他都触碰了职业生涯的底线。一个人丧失了底线，必定会失去所拥有的一切。"

叶知秋说："是啊。可能是太熟悉了，情感上接受不了。我们经常看到贪官落马的消息，也就当新闻看看，不会像身边熟悉的人出事后这般让人警醒。"

老芒说："每个人所受的教育所处的环境不同，对事物的认知也千差万别，除了大家都必须遵循的一些准则，每个人都会有自己为人处世的原则，这些原则或许就是底线吧。关键是这些底线面对诱惑时，能不能坚守住。"

叶知秋若有所思，说："也许，正如康德所说的，在这个世界上，有两样东西值得我们仰望终生：头顶上的星空和心中的道德律。星空因其寥廓璀璨而深邃，让我们仰望和敬畏；道德因其庄严神圣，值得我们一生坚守。”

老芒笑了，说：“话题说沉重了。不管如何，知秋，你坚持自己的理想和信念，是不会错的。”

不久，省政府办公厅到省信访局考察叶知秋，考察反馈的情况很好，没过多久，就发了商调函过来。同事见了叶知秋都免不了恭维几句，叶知秋一一道谢。

叶知秋很快办好移交手续，准备第二天去省政府办公厅报到。临走前，叶知秋想了想，去俞副局长办公室辞行。

俞副局长原本不苟言笑，省委组织部宣布他主持信访局工作后，他变得平易近人起来，见了机关干部会主动打招呼。因王一禾赏识叶知秋，俞副局长一直对他有些疏远。叶知秋敲门进去，俞副局长正拎着包准备出门，站着听了几句，不等叶知秋说完，便打断说：“知秋，恭喜你啊。我本来应该送你去报到的，但实在是抽不开身，我会安排人事处张处长送你。我马上要去省政府参加一个协调会，下次找机会给你饯行。”说完拎包走了。

叶知秋本想挨个给局领导、各个处室的同事辞行，可被俞副局长搞得灰头土脸，一下子兴致索然。

叶知秋回办公室清理东西，接访处的几个同事主动过来帮忙，嚷着要给他饯行。小赵动情地说：“叶处长，这些年跟着你学到很多书本上学不到的东西，舍不得你走。可一想你是高升，我们都很高兴，你到了办公厅后要常回来看看。”

叶知秋说：“我这叫什么高升，不过是调个单位而已。咱们还是好同事，多打电话，多联系。”

余佑德听到办公室的欢笑声，踱着方步走过来，假意恭贺说：“叶处长到了省政府工作，可别忘了我们这些难兄难弟呀！苟富贵，莫相忘！”

人逢喜事百事宽。此刻，余佑德满嘴的江湖腔听起来也不那么讨厌了。叶知秋抽屉里还有一条用来待客的好烟，拆开来一人发了一包，笑着说：“我发配到清水衙门去了，以后过来办个事你们莫脸难看、事难办呀。”

众人哄笑说：“你这话说倒了。你提拔到省政府当领导去了，我们以后办事好办多了。”

闹了一阵儿，同事们陆续散去，叶知秋把门虚掩着，静静地坐下，点了根烟。叶知秋调到省信访局后在这间不足十平方米的办公室待了整整五年，现在真要离开，难免有些不舍，有些惆怅。

到省政府办公厅去，是正确的选择，还是错误的决定？叶知秋不知道答案。也许，根本就没有答案。

下班时间已过，办公楼人去楼空，四周更安静了。叶知秋起身拿着抹布将办公桌仔细地抹过一遍，直到抹得一尘不染。

四

省政府大院内栽满成排成列的樟树、榕树、银杏树、桂花树、玉兰树，郁郁葱葱，华荫如盖。叶知秋在省信访局时，每次到省政府办文、开会，完事就走，没太留意大院内的花草树木。今天到省政府办公厅报到，透过车窗，满目枝繁叶茂，葱茏流翠，心情无比舒畅。

省政府大院原是国民党的省党部，解放战争后省政府就在这个院内办公。无论是国民党、还是共产党的长官都喜欢种树，虽然信仰不同，但中国官员们千百年来为官一任造福一方的心结却是相通的。白云苍狗，岁月匆匆，又有谁会记得十年前、二十年前的长官姓甚名谁呢？历朝历代的官员们或许认为栽种树木是留下任职痕迹，彰显政绩的一种方式吧。“前人栽树后人乘凉”。如今省政府大院内树木森森，花团锦簇，宛若一座城市公园。

院子很大，进大门一道武警警卫门岗，进各栋办公楼又有一道门岗。省政府办公厅在一号楼，省长、副省长都在一号楼办公，所以一号楼也称“省长楼”。

陪同叶知秋报到的省信访局人事处小李还是头次进省政府，东看看西瞧瞧，一股兴奋劲。

按理说，叶知秋过来报到，省信访局应该派个厅领导送过来，才显得重视。俞副局长曾说过要送叶知秋报到，可是今天别说厅领导，就连人事张处长都没来送他，派了一台车，打发小李过来办理手续。叶知秋心里虽然不是滋味，却没有丝毫表露。毕竟，今天是到省政府报到的第一天，他终于离开了省信访局，摆脱了王一禾“红人”的标签和余佑德的纠缠打压。

进了一号楼，叶知秋迎头碰上一个人，看着面熟，正想着怎么称呼，那人主动打招呼道：“叶处长你好，今天过来办事吗？”

叶知秋猛地想起是强强的爸爸，一下子却记不起名字，便笑着说：“强强爸爸好，这么巧，在这里碰到你？”

古力志热情地说：“我就在省政府办公厅上班，没记错的话，你是在省信访局上班吧？这里我比较熟悉，有什么事情我可以帮你联系。”

叶知秋说：“哦，那太巧了。我已经从省信访局调过来了，今天报到。”

古力志微笑着说：“好啊，那我们成同事了。这次选调过来的干部，都是百里挑一的人才。我的办公室在 302 房，有空儿你可以过来坐坐。”

俩人握了握手，挥手别过。

叶知秋找到办公厅人事处，姜处长见了叶知秋，非常热情。姜处长负责招考工作，带队到省信访局考察叶知秋，俩人彼此熟悉。姜处长说：“郑风浪副秘书长非常重视这次招考工作，对新进的同志要亲自谈话，我陪你到他办公室去。”

郑风浪在省政府副秘书长中排名第一，分管人事、信访、维稳工作，是办公厅的大忙人。他原来在省水利厅当办公室主任，有个特点，对领导的脚步声非常敏感，哪个领导脚步声重，哪个领导脚步声轻，哪个领导脚步急，哪个领导脚步缓，他都特别清楚。当然厅长的脚步声，他最为熟悉，厅长的脚步一响，他就能飞快地起身，迅速做出最正确的反应。背地里就有人笑他，“耳朵挂在厅长脚板上”。老厅长官运亨通，晋升为分管农业的副省长，后来又当了常务副省长。郑风浪服侍老厅长有功，跟着到了省政府办公厅，从办公厅副主任一直干到排名第一的副秘书长。老厅长一退休，郑风浪就停止前进的步伐，开始原地踏步，副秘书长一当就是八年。

姜处长轻轻敲了敲虚掩的门，正在批阅文件的郑风浪抬起头，见了叶知秋，主动站起来握手，笑着说：“状元来报道了，欢迎，欢迎。”

叶知秋有些不好意思，握了手后，笔直地站着。郑风浪示意他坐下，亲自给叶知秋倒了杯热茶。

见郑风浪这么礼待下属，叶知秋心里温暖，说：“秘书长，我初来乍到，很多事情还要请您多多点拔、指教。”

郑风浪坐回办公桌后面的真皮转椅，摆了摆手，说：“小叶，你前程似锦啊。办公厅的工作与信访局还是有区别，你慢慢熟悉，争取尽快进入角色。‘师父领进门，修行靠自身’，能有多大的造化，要看你自己的修炼了。”

寒暄几句，郑风浪叮嘱姜处长到隔壁办公室为叶知秋办理工资、党组织关系。姜处长走后，郑风浪看了看叶知秋，语气郑重地说：“小叶，有个事情我还要单独与你谈谈。”

叶知秋不知什么事，下意识直起腰认真听他说下去。郑风浪缓缓地说：“这次办公厅选调的三名同志，都是精挑细选，优中选优的笔杆子，本来准备把你们都安排到综合处、秘书处。但是前几天，档案处向秦明副省长汇报，说材料任务重，需要加强力量，强烈要求安排一名同志。组织上反复权衡，觉得你比较合适，另外两个同志，年轻一点，就让他们到综合处、秘书处锻炼锻炼。”

叶知秋心里顿时凉了一截：谁都知道档案处是办公厅的边缘处室，爹不疼、娘不爱的，把自己分配到档案处，虽然说得这么重要，却明显是忽悠人。自己就是冲着省政府办公厅综合处、秘书处岗位报考的，现在却节外生枝。事情来得突然，叶知秋一时不知说什么。

见他不说话，郑风浪语重心长地说：“知秋同志，你不要有想法，这种安排是暂时的，过一段时间会根据工作需要再作调整。你刚过来，到档案处熟悉熟悉也好。再说你到档案处三个月的试用期满后会直接任命副处长，方便你开展工作。你要沉住气，要相信组织，组织会把最优秀的干部放到最适合的岗位上。”他停顿了一会儿，加重语气说：“这个安排，是经过秦副省长同意的。”

最后一句话说得很轻，却不容商量。叶知秋听得明白，就说：“郑秘书长，我坚决服从组织的安排。既然决定从省信访局到办公厅来工作，我就做好了吃苦、干事、奉献的准备。我会按您要求的去做。”

这番话让原本尴尬的气氛变得融洽和谐起来。郑风浪高兴地说：“等会儿我带你到档案处转转，认识一下新同事，今后有什么问题和困难可以直接来找我。”

不一会儿，报到手续办好，郑风浪就打电话给档案处李心平处长，说：“叶知秋同志过来报到了，我带他到处里与大家见个面。”

郑风浪领头，姜处长、叶知秋跟在后面上了二楼。走廊尽头就是档案处，李心平等候在办公室门口，见了叶知秋口气淡淡地说：“欢迎，欢迎。”他戴着副老式眼镜，一条镜腿断了用胶布缠着，眼神从镜框上斜视打量，叶知秋被瞧得浑身不自在。

郑风浪介绍李心平是办公厅的老处长，要叶知秋多向他学习。李心平不咸不淡地摆摆手，说：“哪里，哪里，我是老朽了，要向年轻人学习才对。知秋同志是省信访局的笔杆子，我早听说了。档案处材料工作比较薄弱，你过来，肯定会有所改观。”

郑风浪打着哈哈说：“老李啊，不是你缠着秦省长要人，我可舍不得知秋啊。人家是笔试第一、面试第一，办公厅其他几个处室都争着要呢。”

叶知秋连忙说：“我服从组织安排。到档案处，我会尽力干好工作，请各位领导放心。”

李心平又带着叶知秋到处里转了转，挨个向大家介绍。档案处一共六个人，副处长赵磊、调研员乔大姐、主任科员郭凡、张超、内勤小易。李心平叮嘱小易：“叶处长与郭凡坐一个办公室。你今天把叶处长的办公室清理好，该配的办公用品要配备到位。”

叶知秋与档案处的同事一一问好，大家都表示欢迎这位新同事。省政府机关的办公室面积不大，三十来平方米，科级、处级干部都是两个人一间，厅级以上干部才单独一间。叶知秋的办公室虽然不大，却简洁明亮，透过窗户能看到院内的两棵老樟树，郁郁葱葱颇为养眼。

郭凡忙着帮他擦拭办公桌和公文柜。叶知秋递了支烟给郭凡，说：“不着急，我过来之后自己慢慢整理。”

郭凡不抽烟，却礼貌地接了，笑着说：“没关系，我先帮你把桌椅、柜子打扫一下，办公电脑我已经帮你领过来了，下午就可以装好。叶处长，你有什么事，尽管吩咐。”

叶知秋见他做事机灵，便问：“小郭，办公厅有个叫古力志的吗？他在哪个处室？”

郭凡说：“你说的是古秘书吧？他是秦明副省长的秘书，省领导的秘书都挂在秘书处，平常跟着各自领导跑，与我们打交道不多。你和古秘书很熟吗？”

叶知秋摇摇头说：“不太熟悉，只是知道这个人而已。”

见叶知秋说不熟悉，郭凡就大着胆子说：“古秘书平常不怎么搭理人，对副秘书长都爱理不理，跟我们这些年轻人更没有什么话说。”

叶知秋笑笑，岔开了话题。强强的爸爸古力志竟然是秦明副省长的秘书，这让他感到意外。

办妥报到手续，出了一号楼，叶知秋要司机送自己到省委去一趟。宏东省委、省政府仅隔着一条解放路，进了省委院子，叶知秋要司机和小李先回去。等车子开远了，叶知秋往省纪委的办公楼走去。

叶知秋轻轻敲了敲门，易天水闻声从厚厚一沓批办材料中站起身，一双剑眉格外惹眼。

易天水笑声朗朗，高兴地拉叶知秋坐在沙发上，说：“恭喜，恭喜。我早说过你只需认真准备，一定可以考上。今天报到了，感觉如何？”

叶知秋说：“现在还没有什么感觉，但岗位发生了变化，把我安排到了档案处。”

易天水听了经过，皱了皱剑眉，说：“这种安排虽然出乎意料，但应该是暂时的。你是笔杆子，在写材料的岗位上才有优势，如果安排到综合处、秘书处容易脱颖而出。但从目前的情况看，只能暂时委屈委屈，过一阵子找到合适的机会再调整处室。省政府办公厅缺的是笔杆子，现在是人才难求，肯定会把你用起来。办公厅接触领导的机会挺多，只要肯干事、能干事，总会冒尖的。”

叶知秋点点头，说：“这我早有心理准备。到一个新的工作岗位，肯定有个适应的过程，吃苦、加班不算什么。说实话，我是个闲不住的人，喜欢忙碌、充实的状态。如果没事可干，那日子才难过呢。”

易天水说：“省政府办公厅大多是出台政策，为领导决策提供参谋，与基层乡镇直接面对群众、面对矛盾，与省信访局注重业务工作都不太一样。有很多事情，要用心体会，你慢慢就会明白。”

叶知秋刻意不问王一禾案件的办理情况。俩人闲扯一阵儿，易天水看了看表，说：“我们大院里还有几个嘉林县的老乡，干脆中午约起来聚聚，介绍你认识一下，也算给你接风。”

叶知秋推辞说：“接风不敢当。我倒是想多认识老乡，多向你们学习。”

易天水打了几个电话，又在附近“菜根香”酒楼订了个包厢。12 点左右，嘉林县在省委大院工作的几个老乡陆续到了，易天水一一作介绍，最后一个到的是省委组织部干部一处的欧阳群处长。嘉林县处偏僻山区，地小人少，离省城有六七百公里，能在省委院子里上班颇为不易。一桌人坐好，大家说着嘉林县话，聊着家常，乡音亲切，乡情浓浓。

过了几天，叶知秋回请，除易天水外，欧阳群等几位老乡也悉数到场。一来二去，叶知秋跟大家熟络起来，平时有个走动，也就消除了刚来时的孤独陌生感。

几个月后，叶知秋对办公厅逐渐了解。办公厅是省政府的智囊和参谋部，说通俗一点就是“大内总管”。这个正厅级部门，下设了10多个处室，各个处室级别一样，但其实有云泥之别。一类处室，为省政府领导直接服务，综调一处为省长服务，综调二处为常务副省长服务，三处则负责省政府日常工作安排和组织省政府常务会议，这三个处室接触的都是省直厅局、市县党政一把手，见多识广，人脉丰富。二类处室是办文处、法规处、督查处、后勤中心等处室，这些处室虽然与大小头头们直接打交道的机会不多，但各有“自留地”。就拿办文处来说，看起来就是一个审核文件、编批文号、无职无权的清水衙门，却是各个厅局以省政府名义发文必经的码头，交情好、关系熟、工作到位，文件能顺利出台；关系不好或者“调子高”的部门，往往一个文件要退回三四次，拖三四个月甚至半年发不出来也是常有的事情。督查处是奉命督查督办的“钦差”，谁都知道得罪不起。后勤中心并不起眼儿，但管着省政府大院后勤保障和基建工程，每年大院水电维修、办公室装修、园林绿化等大小工程算起来可是个大数目，油水足得很。最差的就是档案处、机要处等边缘处室，这些处室的干部逢人自矮三分。

时间长了，叶知秋对档案处的人与事也熟悉了。李心平已经57岁，大学毕业就分配到办公厅，工作敬业，老实本分，一干就是三十多年，如不出意外，估计退休之前会领个“安慰奖”，解决副厅级待遇。副处长赵磊工作吊儿郎当，不愿干事，只走上层路线，不把李心平放在眼里。李心平尽管不喜欢他，也奈何不了他。

处里分工，李心平让叶知秋负责信息综合、考核评估等核心事务，遇事喜欢征求叶知秋的意见，有点平衡赵磊的意思。刚开始，赵磊把叶知秋视为潜在对手，时不时为难一下。叶知秋不计较，见了他总是客客气气。赵磊见叶知秋姿态放得低，又记起毛主席曾经说过“捉住了主要矛盾，一切问题就迎刃而解”，他觉得自己的主要矛盾是李心平，应该抓主要矛盾，因而对叶知秋就不再咄咄逼人。

有一次处里聚餐，乔大姐问叶知秋：“你在省信访局比档案处好得多，千辛万苦考进省政府办公厅干吗？还分到档案处，真是屈才了。”叶知秋故意提到与省委组织部欧阳群是老乡，说是欧阳处长坚持让他到省政府办公厅来。叶知秋说得随意，一桌人却都在想他果然有些来头。欧阳群所在的干部一处分管省直机关、市县的处级干部，是个掌实权的部门，省直厅局领导见了都得敬让三分。自从那次聚餐后，赵磊对叶知秋客气多了。

叶知秋和郭凡坐一间办公室，倒是其乐融融。郭凡是山东人，北京大学法学院的研究生，通过千军万马挤独木桥的公务员考试考进了省政府办公厅。他工作热情，人又勤快，每天提早半小时到办公室，到处打扫得干干净净。

叶知秋问郭凡：“你是北大的高才生，又学法律，随便到哪家国企、上市公司的法务部工作，收入、待遇要好得多，为什么要当公务员呢？”

郭凡说在省城找了个女朋友，女朋友家找女婿第一条就是工作要稳定、体面，他只好咬咬牙报考了公务员，还算运气好，进了省政府办公厅。郭凡说：“我很多朋友进了公司、企业，收入虽然高些，但他们觉得在那些地方没有太多的认同感，为公司赚多少钱成为衡量个人价值的唯一标尺。”

叶知秋说：“那倒是，中国社会是以单位为纽带，怎么实现自我价值和得到认同，企业与机关的标准肯定不一样。”

郭凡说：“我觉得在机关工作，对我来说更能够实现自身价值。我参加工作后认识了一大批志同道合的年轻人，他们有高校毕业的、有从基层遴选上来的，还有政府部门引进的海归博士，我们聚在一起经常会聊起各自工作岗位上的体会，酸甜苦辣百味皆有。然而，我们聊得最多的是，不能辜负这个时代。我们既然选择这条路，就要牢记当初的抉择，尽职尽责干好，为社会发展尽一份力量。”

叶知秋说：“是啊。你们这一代人精英意识更强，对国家对社会有着一份与生俱来的责任感和主人翁意识。说起来，是社会的进步，是文明的力量。”

郭凡笑笑说：“我们倒不以‘精英’自居，周围这些朋友都喜欢读点书、思考点问题罢了。”

叶知秋说：“坚持这样很不容易。我上大学的时候，有个老师告诉我一定要坚持学习，学会独立思考。回想起来，一个人的气质里，藏着他走过的路、经历过的事、读过的书和爱过的人。时间一长那些细枝末节也许都忘了，但剩下来的便成了一个人的素质与修为。”

郭凡竖起拇指，表示认可。叶知秋喜欢郭凡身上洋溢着的勃勃朝气，工作和生活中经常关照他。

叶知秋原来在省信访局算是“领导红人”，办公室的电话铃从早晨 8 点就响个不停，手机也经常打得没电。到了档案处，事情少了，看看文件、喝喝茶，办公室电话有时一天也不会响。从那么热闹的地方一下子安静下来，他很不适应。

叶知秋经常看到古力志陪着秦明副省长在一号楼里进进出出，见面彼此点点头，打个招呼，无暇长谈。这天，他特意找了个秦明不在的空档去了 302 房间，古力志正在清理文件，热情地招呼他坐下，沏了杯好茶递过来。

302 房是个套间，秦明的办公室在里间，门虚掩着，古力志的办公室在外间，摆着沙发、茶几、靠椅和两个保密柜，墙角摆着两盆绿萝和一盆散尾葵。叶知秋坐下，喝了口茶，说："古处长，我看你一天到晚陪着省长，挺辛苦。一直想过来看你，又怕你不方便。"

古力志丢了一包好烟给叶知秋，和他并排坐在长沙发上，笑着说："我们这些秘书天天围着领导转，精神高度紧张，压力特别大。说起来，羡慕你们呢。对了，在档案处还好吧？"

叶知秋说："还行吧，就是事情少，有点闲。原来在信访局忙惯了，闲下来还真有点不习惯。"

古力志说："档案处的确是闲，难得干出什么成绩。李处长年龄大了，赵磊人挺活泛，工作环境过得去吧？"

叶知秋不知道古力志与这些人的交情，不愿在他面前道人是非，便说："处里气氛挺好，特别是郭凡这样的年轻干部非常优秀。办公厅从高校选拔的这批年轻人综合素质高，适合能力强，以后会成为中坚力量。"

古力志说："我到办公厅的时间长，厅里的情况比你清楚，老同志多，压了一批年轻干部，现在干部有点青黄不接。不过，这是机关普遍存在的现象。有机会，我和郑风浪副秘书长说一说，要他多关照你。秦省长分管办公厅，我出面说一下，会给面子。"

古力志是秦明的秘书，他出面说句话，自然有分量。叶知秋表示感谢，换了话题问："强强还好吧？你工作这么忙，照顾强强的时间不够呀。"

古力志长叹了口气，说："就这事情伤脑筋。他爷爷奶奶在外地，外公外婆身体又不好，强强生下来体质就弱，一直得不到好的照顾。说起来真是惭愧，强强这些天一直咳嗽，特别到了晚上干咳得厉害，到医院检查了几次，总找不到原因。我心里着急，却又没有办法。"

叶知秋见他闭口不提强强妈妈，想起幼儿园老师说俩人正在闹离婚，便说："我爱人在省人民医院，医院的呼吸道专科比较好，要不哪天带强强去看一下？找到原因对症下药，孩子好得快些。"

古力志点点头，说：“好啊，你看什么时候方便，我带强强过去。”

第二天上午，叶知秋陪着古力志带强强去了省人民医院。中国是熟人社会，有熟人一切事好办。李晓蕾早早联系好了呼吸内科主任，仔细检查过后，说是俗称的“百日咳”，坚持吃点药就行了，并无大碍。

过了几天，李晓蕾打听到一个治儿童“百日咳”的特效偏方：把新鲜鸡胆用清水洗过，放两至三张薄荷，加生姜、冰糖一起隔水蒸五分钟，然后把鸡胆刺穿喝汁，一天两次，连喝三天。叶知秋将偏方告诉古力志，古力志试着让强强喝鸡胆汁，第三天晚上就不咳了。古力志高兴地打电话给叶知秋，说：“这方子还真有效。”

叶知秋笑着说：“高手在民间。老祖宗留下的办法经得起时间的考验。”

很长一段时间，叶知秋每天就是沏杯茶，看看文件，上上网，偶尔参加一些无关紧要的会议，一天时间难得打发。他在办公室坐累坐烦了，会借故到院子里转转。

一号楼后面有一座小山，一条碎石小路蜿蜒仄仄而上，山顶有座木梁挑檐的无名小亭，平常很少有人来。叶知秋爬到山上，喜欢到小亭里坐一会儿，让思绪漫无边际地飞翔：这是自己想要的生活吗？这种“结庐在人境，而无车马喧”的日子，离自己的理想和抱负太远。他止不住会想起《大学》“修身齐家治国平天下”、《周易》“天行健，君子以自强不息”的句子；想起孟子说的“我善养吾浩然之气”、范仲淹说的“居庙堂之高则忧其民，处江湖之远则忧其君”、于谦说的“但愿苍生俱饱暖，不辞辛苦出山林”；还会想起“循天下之公”的王夫之、“以我之大私为天下之大公”的黄宗羲……这些先贤哲人从尘封的历史画卷里走出来，如同在他耳边悄悄说着什么。叶知秋在心底反复默念着这些话语时，胸间总会涌起一股豪情，似乎身上依旧流淌着他们的血液。这个时候，四周安静极了，唯有风吹过树梢的沙沙声，这些话语不再虚无缥缈，叶知秋冥冥中感知到天地之间蕴藏着一股无穷力量。

在无名小亭里闲坐的片刻，叶知秋心绪无比自由，可以想很多的事情或者什么也不想，天地万物、人间是非、繁杂琐事……皆可抛到脑后。只是从山上下来，进了一号楼，叶知秋整个人又似乎被无形的套子包裹起来，重新回到循规蹈矩里。

叶知秋从网上看到王一禾因收受贿赂 300 多万元被提起公诉的报道，心里颇不是滋味：为什么敬重的领导没能守住法律的底线？人的欲望真就这么强大吗，强大到可以放弃理想与追求？面对权势与金钱、美色，谁能真正抵挡住“糖衣炮弹”？他忽然有种说不出的焦虑与烦躁，周末在家里踱了半天步，去了“舍得茶馆”。

一进门，老芒就知道叶知秋烦闷。他总是能一眼看穿叶知秋的心思，却什么也不问，只顾慢悠悠地沏着茶。

叶知秋坐在沙发里，眼睛看着天花板，说：“王一禾的案子提起公诉了。检察院认定他受贿 300 多万元，受贿金额巨大。唉，我自认为了解王局长，事实却让人难以接受。”

老芒说：“王一禾是你的老领导，你情感上肯定难以接受，可是从法律层面来说，他是罪有应得。现在媒体报道的反腐案例，人们都是用一种娱乐的心态在看热闹，至于贪官蜕化变质、腐化堕落的原因，反而关注得少。”

叶知秋抿了口茶，说：“平常接触中，王局长在廉政纪律方面似乎也要求很严，我都曾帮他退过红包礼金。但是，他还是有软肋，听说孩子留学花费太大，才收受贿赂。”

老芒说：“这只是个说辞。千里之堤溃于蚁穴，贪欲的大门只要开了一丝缝隙，洪水就会涌进来。王局长可能觉得车到码头船到岸了，放松了警惕，才会落到如此下场。”

叶知秋若有所思，又谈起在档案处的境况，说“我对现在的状态有点不适应，也许是种职业倦怠，觉得在这种环境里看不到希望，离自己的理想相去甚远。”

老芒颇为理解，说：“你呀，主要是心态浮躁。现在全社会都得了浮躁病，当官的想一夜连升三级，当艺人的想一夜成名，做生意的想一夜暴富。面对浮躁的通病，你现在最重要的是调整好心态。”

叶知秋说：“理想与现实会有距离，这我知道。我也知道要调整状态，可是说起来容易，做起来就不那么容易了。”

老芒说：“从社会结构来说，每行每业都是一个金字塔，最上端的总是少数。无论当官也好，做生意也好，对每个人来说都有一个终点。往金字塔上攀爬的过程充满期待，一旦攀爬到一定高度的时候，你会发现再往上走，路越来越狭窄，充满竞争与凶险。有很多人就会选择放弃，也有很多人会在继续攀爬中跌落下来，只有少部分人能够清醒地判断形势，或停止攀爬，或继续前行。”

叶知秋说："顺势而为的道理我明白，可是怎么继续往前走呢？"

老芒说："穷则思变，变则通，通则久。如果你对自己现在的处境不满意，就得想办法去改变。改变无非两种办法，一种是靠自己的能力，可以说是内力；另一种则要借助外部的力量，也就是外力。无论内力外力，都必须通过努力才可能获得，就是努力寻找机会、制造机会、把握机会。"

叶知秋轻轻啜了口茶。老芒继续说："你们官场的事情我不懂。我做过生意，了解生意场的规则，一件再好的商品不宣传、不推销，一样卖不出去。有时靠自己营销，有时靠口碑宣传，虽说渠道不同，目的都是为了把商品卖出去。古人说'学成文武艺，货与帝王家'，也是这个道理。"

老芒总能把复杂的道理说得浅显易懂。叶知秋打趣说："有机会我推荐你到省委党校，给领导干部上一课，说说这些道理。"

老芒不屑地说："我才不去呢，我最怕和当官的打交道。"

从老芒的茶馆出来，叶知秋的心情不禁好起来。老芒是旁观者清，自己是当局者迷。道理摆在那里，要想改变目前的境况，还得靠自己。

秋风过后，省政府大院内的银杏树叶变得金黄，黄灿灿落了一地。一年就要过去，到了年底，本来承诺三个月试用期满就下达的任命通知姗姗来迟，叶知秋被正式任命为档案处副处长。

五

元旦节后上班第一天，叶知秋走进一号楼，迎面碰到郑风浪急匆匆地出来，他连忙让到一旁，叫了一声："秘书长早！"

以往和郑风浪打招呼，他总会笑眯眯地聊上几句。今天似乎有什么急事，郑风浪心不在焉地应了句，匆匆忙忙上了停在门口的小车。

郑风浪分管信访、维稳，常常忙得团团转。听说，有一次研究副秘书长分工时，省长曾牧南随口说了一句："'郑风浪'这个名字好啊，镇得住大风大浪。"省长这么说，最难管的信访、维稳就交给了郑风浪。玩笑归玩笑，但郑风浪分管信访维稳这几年，无论大事小事难事，都处理得有条不紊，波澜不惊。

叶知秋进办公室发现气氛不太对劲，一大早，一、二楼处室都大门洞开，人来人往，从处长到办事员个个脸色凝重。

叶知秋不知道发生了什么事情，打扫完卫生，泡了杯茶，正准备打开电脑，赵磊进了办公室，顺手把门虚掩了，低声问：“小郭出去开会啦？对了，你看了没有？”

叶知秋见他神秘兮兮的样子，问：“什么看了没有？”

赵磊说：“难怪说咱们档案处是边缘处室，消息太不灵了。全省闹得沸沸扬扬的事，咱们都不知道。网上的帖子点击量都过百万了，你还不瞧瞧！”

叶知秋猜是网上又发出来什么帖子，闹出动静了。他笑笑，也不接话，顺手拿起了桌上的一份文件。赵磊见状，知道不宜久待，免得让别人看到以为他俩在背后议论是非，挤了挤小眼睛，退了出去。

赵磊一走，叶知秋打开电脑，搜索本地新闻，一个标题为《矿山乱象，腐败温床》的帖子发在新浪、搜狐、宏东民生网等颇有影响的网站论坛。帖子说省内一些有矿产资源的地方，政府官员参与矿产经营，非法入股分红，牟取暴利。还点了景江市，说景江市是干部插手矿业的重灾区，矛头直指市委书记陈大年。叶知秋仔细读了一遍帖子，觉得材料翔实、细节生动，分析得有理有据，不像一般瞎编滥造的曝料。后面跟帖的大多是骂贪官、骂腐败、要求纪委严查，许多知名的网络大V也发表了评论。

正浏览着，办公桌上的电话响了，李心平叫他过去一趟。

叶知秋敲门进去，坐在李心平对面的椅子上。李心平说话像性格一样，平淡如白开水，说：“知秋，喊你过来有件事通一下气。办公厅最近要组织一个工作组，郑副秘书长要求档案处抽调一个人。赵磊想去，但我考虑你去比较合适。”

赵磊想去，李心平偏就不让他去。平常赵磊不把李心平放在眼里，李心平表面不动声色，心里却记着笔账。

叶知秋估计没啥好差事，也不愿参与到李心平与赵磊的矛盾中来，便推辞说：“赵副处长如果想去，就要他去好了。当然，我服从您的安排。”

李心平说：“临时抽调人的事情，要从处里的工作出发，从大局出发。你擅长搞材料综合，又在信访处与群众直接打交道，工作组需要你这样的同志。如果赵磊去，恐怕无法独当一面，也怕影响档案处的形象。”他沉吟了一会儿，又说：“你不要有顾虑，郑秘书长那里我会去说明一下，我想他会尊重处里的意见。”

见李心平作了决定，叶知秋只好点点头，问：“具体任务是什么？要抽调多长时间？”

李心平摇摇头说：“具体情况我不太清楚，到时候郑秘书长会召集你们开会。你把手头的工作先放一放，集中精力完成这个任务。”

下班时，叶知秋接到通知，明天上午9点在二会议室开会，郑风浪主持会议。

第二天8点45分，叶知秋带着笔和记录本进了会议室。机关开会，参会人员提前15分钟进会场是不成文的规矩。叶知秋看到督查处小姚早已等在那里。小姚见他进来，连忙起身打招呼；叶知秋笑笑，示意小姚坐下。机关里下级见了上级要主动热情，以示尊敬；上级对待下属能够体贴关心，就人敬人爱了。

叶知秋与小姚闲聊着，又陆续进来两个人，一个是省委宣传部网宣处的熊文明处长，一个是省公安厅网监总队的黄大勇副总队长。

8点59分，郑风浪踩着点进了会议室。聊得热闹的会议室顿时安静下来。郑风浪笑眯眯地与大家一一握手，然后示意大家坐下。坐下后，他不急着说话，而是端起茶杯缓缓喝了口茶，清了清嗓子，然后才说：“现在开会。受省委常委、省纪委书记孔坤之同志的委托，请大家来开个会。大家也听说了，最近网上有帖子反映我省一些地方出现政府官员参与非法入股矿山等问题，影响很坏，目前还有人不断跟风炒作。我们从各部门抽调精干力量组成了一个临时调查小组，要尽快查明相关情况。省领导的要求很明确，坚持内紧外松的原则，既要把事情查清楚，又不能闹得动静太大。尤其宣传部门要做好舆情引导，消除社会各界的误解，最大限度地减小负面影响。”

郑风浪略略停顿了一下，加重语气说道：“孔书记让我牵头负责，我感到责任重大。同时，我很有信心，因为大家都是各个部门的精锐骨干，相信一定能够圆满完成任务。”

大家听明白他说这番话的意思：这项任务是省纪委书记孔坤之亲自交代的，事关重大；让郑风浪牵头，表明对他充分信任。

郑风浪接着说：“网上的帖子直接点名批评了景江市市委主要领导，造成了极坏的社会影响。反映的情况是否属实？这件事情是否有幕后推手？我们一定要查清原因，妥善处置。”

会议研究议定，一方面通过公安技侦部门查清楚第一次发帖的电脑IP地址，弄清楚是什么人在什么地方发的帖子；另一方面，马上找省内的主要网络媒体，加强舆论引导，防止网帖持续发酵。工作组四个人作了简单分工，黄大勇带着小姚查发帖的源头；叶知秋配合熊文明负责跑省内几家大的网络媒体，联系相关事宜。

郑风浪最后强调了保密纪律，严肃地说："这项任务有严格保密纪律要求。事情在没有查清楚之前，工作组的同志不能与任何人谈论调查的内容。有什么困难和阻力可以直接找我。"

散会后，工作组的同志互相留了电话，小姚担任联络员。叶知秋与熊文明套近乎说："熊处长，你有点嘉林县口音，您是嘉林县人？"

熊文明身材魁梧，留着大背头，派头十足，听叶知秋这么问，语调就热情起来："我是嘉山县人，但在嘉林县生活过很长一段时间，嘉山、嘉林县的口音本就有些接近。哦，那你是嘉林县人？嘉林县是个好地方，山清水秀，民风淳朴。"

叶知秋说："熊处长，你是处理网络舆情的专家，我随时听你调遣。"

熊文明见叶知秋态度恭敬，也客气起来："叶处长，我哪敢调遣你，省政府办公厅是首脑机关，我要服从你的领导呀。"

俩人说笑一阵儿。熊文明说："省里民生网、宏东在线这两家网媒影响大，两家的老总我都熟悉。帖子最早发在民生网，评论和跟帖比较多，下午我们先去民生网吧。"

叶知秋送熊文明出了办公楼。俩人初次见面，却像老朋友一样握手告别。这种临时组建的工作组，大家来自没有上下隶属关系的部门，彼此客气，容易走得近。

返回办公楼，叶知秋没有直接回办公室，而是折到了郑风浪的办公室。叶知秋心想郑风浪本想抽调赵磊到工作组来的，但李心平却横插一竿指派自己，有必要向郑风浪解释一下。

门虚掩着，听到里面有声音，叶知秋便轻轻敲了敲门。

"请进。"郑风浪的声音听起来总是那么和蔼可亲。

叶知秋在信访局时就和郑风浪打过交道，经常参加郑风浪主持的信访联席会议。到了办公厅后，虽然在一栋楼办公，而且郑风浪分管档案处，叶知秋却很少到他办公室来。一是叶知秋不太愿意溜岗串门，二是怕来得多了，李心平知道了不高兴。

“喔，是小叶啊，请坐。”郑风浪嘴里打着招呼，眼睛仍盯着桌上的一份材料。

叶知秋恭敬地递了根烟，为他点上火，说：“郑秘书长，您把我抽调到工作组，交代这么重要的任务，感谢您给我锻炼的机会。我刚才和熊处长商量了，下午就到民生网去协调，您还有什么指示吗？”

郑风浪答非所问，说：“小叶，你是从信访局考过来的，又有基层工作经验，综合素质不错，对你我还是比较关注的。”他停顿一会儿，又说：“从省信访局到省政府办公厅工作，是个难得的机会，对个人成长是个好事。这次调查，我没从其他处室抽人，特意点了你的将，就是觉得你平时工作认真踏实，不像有的同志那样飘忽浮躁。”

叶知秋有些糊涂了，李心平明明说郑风浪想要赵磊参加工作组，这会儿郑风浪却说是自己点了叶知秋的将。到底谁说的才是真话？

郑风浪接着说：“你虽然在档案处，但多少知道一些情况。这次网上炒的事情，背景比较复杂，省委、省政府主要领导非常关注，所以任务艰巨，责任很重啊！”说完，他身子往椅背一靠，嘴里徐徐吐出一团烟雾。

郑风浪的话语里，透露出此次调查网帖的事情没看起来那么简单。一个涉及市委书记的网帖，由省里成立专门工作组调查，未免有些小题大做。然而，陈大年是竞争副省长的热门人选，在这个节骨眼上发生网络炒作，显得格外微妙。

叶知秋表态说：“秘书长，您放心，我们坚决按照您的指示圆满完成任务。有什么情况，我会随时向您报告。”

郑风浪鼓励地点了点头，目光又落回到办公桌上的材料。叶知秋马上起身告辞。

下午 3 点，熊文明的车准时到了一号楼。叶知秋与他并排坐在后座，一路说笑前往民生网所在的宏东新闻大厦。

熊处长对民生网非常熟悉。民生网原是一家不起眼儿的网站，挂靠在宏东都市报。前几年，互联网迅猛发展，当时的经营者从北京忽悠来了一家风投公司，一下子注资 5000 万元，扩大了网站经营规模，并且拿到了独立采编、发布新闻的牌照。这样一来，民生网成了除人民网、新华网等几大主流网站之外能独立编辑发布新闻的网站。网站几经运作，从一家籍籍无名的小网站一跃成为中南地区最大的新兴网络媒体。民生网的成功自然引起了省里的关注，几经辗转，由省委宣传部托管了几年，成为省委宣传部的正处级二级机构。后来政企分家，民生网作为独立的法人单位分离出去，被宏东传媒集团收购，但是民生网与宣传部门仍有着千丝万缕的关系，先后几任老总都由省委宣传部的处长担任。省委宣传部那些资历老、又晋升副厅级无望的处长都愿意调到民生网拿年薪。

现任民生网老总瞿青松就是省委宣传部信息处副处长过来的，与熊文明曾在一间办公室工作了三年。因为这层关系，熊文明举止间有到基层单位视察的味道。

民生网办公室于主任早早地等在门口，满脸热情地说："领导好，瞿总在办公室恭候两位。"

于主任领着进了瞿总办公室，瞿青松一脸笑意地迎上来，双手用力握住熊文明的手，说："熊大处长，什么风把你吹来了？请了你多少次都不来，这次总算有空儿来视察了。"

熊文明笑着说："谁不知道瞿总是个大忙人，接见的都是大领导，我可不敢随便来。"他转过头介绍叶知秋，瞿青松赶紧伸过手来握，用力夸张地摇了摇。

瞿青松问道："需要其他班子成员参加吗？"

熊文明说："没必要。小范围通通气就可以了，不要搞出大动静，就到你办公室聊吧。"

瞿青松请他俩坐下，吩咐于主任沏两杯好茶，自己端着一个紫砂壶坐在隔座的沙发上。于主任沏好茶，便退了出去，顺手将办公室门虚掩了。

熊文明详细说了上午开会的经过，将郑风浪的指示作了传达。瞿青松认真地听着，不时点点头。

趁着这会儿工夫，叶知秋打量了一下办公室。瞿青松的办公室竟有一百多平方米，房间中间摆着一套真皮沙发，靠窗是一张硕大的红木办公桌，左边墙上挂着一幅"百姓桥梁、人民喉舌"的魏碑条幅，字体浑厚、笔力苍遒。右边整墙作了一个书橱，摆满《四书五经》《中华名人逸事》《领导文萃》之类的书，最抢眼的是几张用大镜框框起来的照片，是省领导视察民生网时的合影。最醒目、放得最大的是与省长曾牧南的合影。叶知秋又抬头仔细看了看那幅字，发现落款竟是中宣部原部长的名字。现在一些老板、企业家喜欢把与领导合影或者领导视察企业的照片四处挂着，扯虎皮当大旗。瞿青松经营着民生网，商界政界都沾着边，亦难免俗。

听熊文明介绍完情况，瞿青松明白此事不可儿戏，连忙打电话叫来技术部主任，当面交代在事情没有调查清楚之前立即把所有民生网里涉及披露宏东省非法集资、入股矿山事件以及点名批评景江市委书记陈大年的帖子删除掉，同时屏蔽涉事论坛的评论、跟帖功能，严禁发出新帖。

技术部主任领命而去。叶知秋叮嘱瞿青松尽快与新浪、网易等几家门户网站协调相关事宜。正说着，手机响了，叶知秋一看是古力志的电话，连忙走到走廊上接通。

叶知秋压低声音说："古秘书好，有什么指示？"

古力志说："知秋，今天秦老板到北京开会去了，我难得有空儿，晚上咱们找地方聚聚吧。"不容叶知秋多想，他接着说："我定好地方，发信息给你。"

自从帮助强强治好"百日咳"后，心高气傲的古力志对叶知秋格外亲近，在他面前从不摆谱，有事没事喜欢约他一起聊天儿、喝茶。但是，古力志主动提出请叶知秋吃饭还是第一次。叶知秋心想，一般人想约古力志吃饭还约不出来，这次他反而主动约自己吃饭，不知道有什么事？

不一会儿工夫，民生网这边事情已处理好，几家大的门户网站也协调好了，熊文明、叶知秋告辞出来。

车子返回省委。熊文明坚持把叶知秋送回办公厅，俩人约好向郑风浪汇报的时间，握手而别。

叶知秋回到办公室，不一会儿，古力志的信息发过来了，约好 15 分钟后接叶知秋。

古力志陪领导去的地方多，自然知道不少好去处。他定的地方就是宏东最好的私房菜馆：麓园春。古力志开车，沿着一条不宽的山间小路，蜿蜒而上，车开到小路尽头，以为没有路了，拐个弯，却豁然开朗，映入眼帘的是一座颇为精致高档的四合院，位于麓山脚下，古树环抱，溪水潺潺。

古力志停好车，在前面带路，边走边说："这里空气好，又安静，是个朋友开的，还在试营业。"

叶知秋赞道："了不得啊，在麓山下有座四合院，你这位朋友能耐大。"

古力志笑笑，没有接话。

进了别墅大厅，一位漂亮的迎宾小姐甜甜地说"古总好，您定的包厢在二楼。"

古力志问："包厢进客了没有？"

小姐点点头："客人一小时前就到了。"

包厢门一打开，就有人迎了上来。叶知秋看到偌大的包厢里，一个中年男人等在那里。古力志拉过这位慈眉善目的中年人，介绍说：“知秋，这就是我跟你说的景江市委陈大年书记。”

陈大年立即伸过手，热情地说：“叶处长青年才俊，久仰久仰。”

叶知秋在全省信访工作会议上见过陈大年，印象中陈大年脸圆圆的，脸上总挂着微笑，现在近距离一看，陈大年皮肤白皙，随和亲切，笑起来眼睛眯成一条缝，像尊弥勒佛。

叶知秋与陈大年并不熟悉，却知道他的一个故事：景江市干部过去思想观念保守，有告状、打小报告的传统，今天你告我、明天我告你，搞得乌烟瘴气。几任市委书记对此都非常头疼。陈大年一上任，前来办公室告这告那的人络绎不绝。陈大年找了个机会，狠刹这股风气。当时有干部联名举报市国土局长有生活作风问题，往省里、中纪委到处寄举报信，省里派了个联合调查组进驻调查。这种事没有捉奸在床，打死谁都不会承认，再加之本来就是捕风捉影的事情，工作组调查了半个多月，无功而返。陈大年抓住机会，在全市副科级以上干部大会把这事给翻了出来，说到气愤时，他把桌子一拍：“我们有的同志眼睛总是盯着别人的裤裆，总在那里找问题、总想那里有问题，哪有时间只去想发展、搞建设？我看，只要不被当场抓、只要老婆不告状、只要不被组织查，就是这个干部的本事。能够做到这‘三不’的干部，也不简单，说明既能处置疑难矛盾，又能驾驭复杂局势！同志们，我们不要眼睛总盯着别人，拿着放大镜去找别人的问题，而是要集中精力，团结一致，劲往一处使，力往一处用，为景江市的社会稳定和繁荣发展多出一份力！”一番话把联名告状的干部弄得灰头土脸。从那以后，景江市干部爱告状的风气算是扭转过来了，而“三不干部”的段子也在宏东官场广为流传。

来的路上，古力志没说晚上和谁吃饭，叶知秋也没问，现在一看这场景，心里顿时明白。

三人坐在沙发上喝茶。这时，门推开了，一位身材高挑，容貌清丽，长发及腰的女人进来，叶知秋抬头一看，眼前不禁一亮，这个女人身上散发着说不出的雍容优雅，他心一跳，如鱼儿在水中一摆尾荡漾起波纹。

女人轻声问：“陈书记，菜点好了，可以上菜了吗？”

陈大年点头，向古力志、叶知秋介绍说：“这位是我市驻省办主任唐梦云同志，请两位大处长多关照。”

唐梦云微笑着与俩人握手。叶知秋看着她，只觉得似曾相识，不知在哪儿见过，握着她的手，感到细指纤纤，柔若白玉，呆怔了几秒。唐梦云瞧着他，眼眸温柔，抿嘴一笑化去尴尬。

唐梦云张罗着要服务员倒酒、上菜，待上了四道菜后便请大家入座。主宾依次坐好。喝的是红酒，叶知秋不知道品牌，只见服务员倒酒时小心翼翼，便知这酒价格不菲。

古力志举起红酒杯，说："陈书记，今天纯粹是私人朋友聚会，不谈公事，只谈感情。我们一起喝一杯！"

四人举杯将第一杯酒干了。叶知秋见唐梦云也一口干了，想她是驻省办主任，自然酒量不小。

陈大年先敬古力志，不小心把酒洒了一点。古力志笑着说："这酒可是真正的拉菲啊。浪费一滴，可就浪费好几百块钱呢。"

大家都笑笑。陈大年敬了古力志，又敬叶知秋："叶处长，我们虽然是初次见面，但来日方长，你是力志的好朋友，也就是我的好朋友，以后常来常往。"话说完，脖子一抬，将半高脚杯红酒一饮而尽。

叶知秋也一口把酒喝了。他当然不会把陈大年这番话当真。他在乡镇干过，县长、县委书记在县里常年昂着脑壳走路，眼睛像长在脑门儿上，但是见了市长、市委书记头就低得像个崽样。他接触过几个市委书记，平常见了面，能和你点个头、说句话，那不知道有多大的面子。现在一个市委书记主动恭维你、敬你的酒，必是有事相求，切不可把场面上的话当真。

古力志对陈大年说："知秋是我的好哥们儿，有能力、讲感情，前途无量。我们在一起无话不谈，是真正的好朋友。时间久了，陈书记就知道了。"又转头对叶知秋说："我认识陈书记十多年了，他在兰县当县委书记的时候我们就认识。这么多年来，陈书记对我们这些跑腿、打杂的人看得起，是个好领导。"

叶知秋举起酒杯，回敬陈大年。陈大年毫不推辞，一饮而尽。叶知秋放下杯子，忽然想起古力志刚才说的"兰县"，心想，秦明副省长不正是兰县人吗？看来，陈大年与秦明的关系可不一般。

唐梦云话虽不多，偶尔帮着倒酒、端菜，但一直掌握着酒席的节奏，既要让客人尽兴，又要吃好不喝醉。她见陈大年喝得蛮多，便主动端起酒杯敬酒。

先敬完古力志，唐梦云来敬叶知秋，说："叶处长，第一次见面，以后还会常麻烦您。招待不周的地方请您包涵。”边说边为叶知秋斟酒，她不像给古力志倒了满满一杯，而是浅浅倒了小半杯，碰杯时悄声对叶知秋说：“少喝点，多吃点菜，我要服务员给你倒了杯蜂蜜水，解酒。”

叶知秋轻轻点头表示感谢，起身把杯中酒喝了。唐梦云递上一张名片，笑着又说了些客气话。

因为是小范围，陈大年、古力志都放得很开，叶知秋在古力志的频频示意下，也只好不断地跟陈大年碰杯。一连开了五瓶红酒，叶知秋喝到后面心中直叫苦，连古力志也有点喝不动了，陈大年却又叫了一瓶，说：“喝六瓶，六六大顺，大吉大利。”

古力志一听，点头说：“对，现在陈书记最需要的就是‘顺’。恭敬不如从命，我们喝了这瓶酒，陈书记一定事事大顺。”

服务员又开了第六瓶酒。陈大年示意了一下，服务员退了出去。叶知秋知道，今天晚宴的主题要出来了。

陈大年亲自倒酒，将一瓶酒均为三杯，说：“今天既然是朋友聚会，咱们就不说场面上的话。叶处长，你知道，最近网上有帖子对我造谣诬陷，恶意攻击。我陈大年行得正、走得稳，不怕这些谣言。但是，一耽误，很多机会就失去了。这事要拜请叶处长关照，查清事实，还我一个公道。”

叶知秋语气含糊地说：“谣言止于智者。陈书记，你言重了。这种事情，群众看得明白，领导心里也不糊涂。”

古力志劝慰说：“陈书记，你别太着急。现在网上发个帖，比放个屁还容易。省里既然这么重视这件事，派工作组调查，自然会查个水落石出。如果查清幕后指使者了，说不定坏事变好事。”言下之意，没有哪个领导喜欢玩阴谋诡计、到处告状的人。

陈大年再三追问调查情况。叶知秋牢记着郑风浪强调的保密纪律，说：“陈书记，有些事情暂时还不能说。古秘书已经交代了，我心里有数，工作上当然会尽力，你放心就是。”

这话听着像是表了态，细琢磨却又好像什么态都没表。“工作上当然会尽力”，到底是尽力给予关照呢还是尽力查明真相呢？可叶知秋话已说到这个份上，陈大年知道再说什么也是废话，便提议大家举杯，三人一饮而尽。叶知秋心想可惜了这“拉菲”，这么好的酒当白开水喝了。

看看差不多了，陈大年从口袋里摸出两张卡，说："我们朋友之间也不多说，这两张卡是个小意思，请笑纳。"

叶知秋一见，颇不高兴，觉得弄得太庸俗。他明白，这卡不收，陈大年会觉得不给面子；可这卡一收，就等于上了陈大年的船，想下就下不来了。

叶知秋想了想，说："陈书记，卡是坚决不能收的。你把我当朋友，我感激不尽。你刚才还说咱们朋友之间，来日方长，如果这样，反而不好。"

陈大年连忙解释："这卡是这里的消费卡，不值钱。你们请客可以到这里来，刷这张卡就行了。"

古力志察言观色，看出叶知秋话说得很软，可态度很硬，便笑着打圆场说："大年书记，有能力关照的事情，我和知秋都会尽力去做。这卡你还是收着，我和知秋来这里，签你的单，不就行了？"

陈大年不再坚持，打着哈哈说："好、好，一言为定。我和总台说一下，以后你们来，报我的名字就行了。你们可要常来。"他又转身对站在身旁递热湿巾的唐梦云说："梦云，以后要请古处长、叶处长到办事处视察、指导工作。这是硬任务，如果没完成，我要批评你。"

唐梦云接过话，说："两位大处长我都留了电话，我会专门邀请你们到办事处来做客，你们一定要赏脸呀。"

陈大年一直把古力志和叶知秋送上车，很是恭敬客气。

暮色已降，空谷清音。车子在山间行驶，只有轮胎摩地的沙沙声，忽然间，叶知秋竟有了不知今夕何夕的恍惚。

六

第二天早上，叶知秋急着上班。出门的时候，李晓蕾拦着他说："亮亮读书的事情，你联系好了没有？听说进厚德小学很难，你不早点想办法，儿子没书读，我可真要和你翻脸。"

叶知秋涎皮赖脸地搂着李晓蕾说："知道了，我今天就去找人。"

上班路上叶知秋把社会关系梳理了一下，似乎没有谁与厚德小学熟悉，但想自己好歹是省政府办公厅的一个副处长，儿子户口所在地本来就属于厚德学校的招生范围，就近上学应该不成问题。

处理完公务已到 11 点，叶知秋找到厚德小学招生办的电话，拨过去，电话响了很久，没人接。他想现在正是招收新生报名期间，招生办应该有人，便继续拨号打过去，电话那边的人熬不过“丁零零”的铃声，一个女的接了电话，不耐烦地问：“哪里，找谁？”

叶知秋赶紧自报家门，说：“你好，我是省政府办公厅的，儿子到了上学年龄，想咨询一下入学的事情。”

女人听说是省政府办公厅的，声音略显得客气了些。叶知秋把亮亮的情况简要说了一遍，问：“像我这种情况，孩子进厚德小学读书没问题吧？”

女人说：“现在小学生读书都是就近原则。要进我们学校有三个条件：一是户口在我们校区，你的户口如果落在省政府就没有问题；二是如果户口在学区内，要有学区内的房产证；三是孩子到了上学年龄，必须满了 6 岁。这三个条件缺一不可。”

叶知秋还想细细问问，那边已经把电话挂了。

三个条件，除了亮亮满 6 岁到了上学年龄外，其余两个条件都不具备。叶知秋住的是省信访局家属房，亮亮户口不属于厚德学校的学区，也没有学区内的房子。从刚才通话的情况看，厚德小学的确比较牛，亮亮能否进得去还是个问题。

叶知秋正考虑该去哪儿找人，手机响了，是高振宇打过来的。寒暄几句，高振宇问：“知秋，听说你最近参与网帖事件的调查？查出点眉目吗？”

叶知秋说：“你消息这么灵通，听谁说的？”

高振宇笑着说：“基层自有基层的办法。老同学面前你就别卖关子了。”

叶知秋说：“省里是成立了一个调查小组开展调查，估计还需要一段时间。目前情况还没有汇总，公安那边调查的情况还不清楚。”

高振宇压低声音说：“知秋，有什么情况及时告诉我。有人造谣说是我们南岭的崔书记指使人发的帖子，造成很不好的影响。如果能查个水落石出，那些谣言就不攻自破。”

叶知秋说：“领导要求我们尽快查明情况，这种事情负面影响力太大，容易混淆视听，各方面都想尽快查清楚。”

高振宇说：“好的，有什么进展，方便时告诉我。”叮嘱再三才挂了电话。

高振宇所说的这些，让叶知秋不得不细细琢磨这次调查网帖事件：空缺的副省长位置是众人角逐的焦点，陈大年与崔鸿鹄是两个最有竞争力的对手。陈大年是兰县人，从基层一步一个脚印干上来，当过镇长、镇党委书记、副县长、常务副县长、县长、县委书记、市委组织部长、常务副市长、市长、书记，履历堪称完美，人脉盘根错节，是地方政界的代表。崔鸿鹄籍贯上海，人年轻，出道早，34岁就任团省委副书记，是全省最年轻的副厅级干部，下派到地方任常务副市长，辗转了三个地市，45岁就当上了市委书记，前途不可限量，是政坛少壮派、外派干部的领军人物。两个人势均力敌、旗鼓相当，最后花落谁家还是个未知数。

过了一星期，郑风浪召集调查组成员开碰头会。两路人马把调查的情况分别做了汇报：黄大勇带着小姚走访了相关部门，通过技侦手段查出，最初的帖子是从景江市东城区一家小网吧电脑上发出来的，上网登记用的是假身份证，调看监控录像，是个戴运动帽的黑衣人，监控录像很模糊，根本看不清楚黑衣人的模样。要想追查到底是谁发的帖，很难。熊文明汇报说，民生网和省内的媒体还是挺配合，帖子全部屏蔽，几家大的门户网站也看不到相关的帖子。

郑风浪听完汇报，紧绷的脸舒展了一些，说："大家辛苦了，前段工作抓得紧，效果明显。发帖的经过初步查明了。至于网帖举报的内容，由省纪委派工作组进行核查。请调查组写个综合汇报，我审定后再报孔书记。"

材料任务自然落到叶知秋身上。写材料是叶知秋的强项，他熬了两个夜班，就把调查报告写好了。

叶知秋不急着交材料。文稿写完后放一两天，回过头再改，往往能改得更加到位，这是他写公文多年的经验。

叶知秋心里还搁着事，新生入学的日期越来越近，可亮亮进厚德小学读书的事情还没有眉目。他抽空儿去了厚德小学一趟。校传达室的门卫问他找谁，挡着不让进。叶知秋出示工作证，说是省政府办公厅的，找校领导衔接工作，门卫这才放他进去。

厚德小学校园不大，两幢六层楼的教学楼，绿化倒是搞得不错，空地种满花花草草。叶知秋特意在公告栏前仔细查看，校长的照片贴在上面，姓禹，看上去是个仪态端庄的职业女性。

叶知秋直奔校长室。校长室门虚掩着，叶知秋站在门口，看到一个衣着时髦的中年妇女正在打电话。叶知秋仔细瞧她，正是公告栏上的禹校长，等她打完电话，轻声敲门进去。

叶知秋作了自我介绍，简要说了亮亮的情况，谦恭地说：“禹校长，孩子读书的事情还请您关照。”

禹校长看上去挺和气，可说话却硬硬的：“叶处长，现在孩子读书是个大事，大家都朝厚德小学挤，一个班级六七十名学生，教室里塞得满满的，老师上课都得拎着个小喇叭。从你所说的情况来看，入校的条件不具备，进厚德学校比较困难。现在就近入学的要求很严，市教育局还会随时抽查，发现不符合入校条件进来的，一律严肃追责。到时候既会影响到学校，也会影响到你本人。我建议你还是到其他学校想想办法吧。”

叶知秋勉强笑笑，说：“入学条件是不完全符合。我在省政府机关上班，孩子如果在厚德小学读书，接送孩子比较方便。您看还有没有其他办法，通融通融？”

禹校长说：“今年省政府机关干部适龄入学的孩子比较多，我们适当分配了一些指标。像你这种不符合入学条件的，要提前和单位人事处打招呼，由人事处汇总后与学校衔接。你也知道，每年指标有限，要求进厚德读书的孩子远远超过了招生名额。”说完，不再搭理叶知秋。

叶知秋见禹校长这副模样，知道再说下去无济于事，只得悻悻告辞。

出了校门，叶知秋心里堵得慌。回到办公室，他打开电脑浏览着新闻，心思飘忽着：自己从省信访局调到省政府办公厅档案处，始终处在边缘地带，连孩子读书的事情都搞不定，如果是在综调一处、二处、三处，打个招呼肯定没有问题。理想在现实面前就像一块美玉，轻碰就碎。古人说人生天地之间，如白驹过隙，忽然而已，时光一晃就过，看来不能在档案处再耗下去了。

正胡思乱想，郑风浪的电话打过来，问他材料准备得怎么样了，过两天要向孔坤之汇报。郑风浪在电话里反复叮嘱，务必要把汇报材料写好。

叶知秋不敢马虎，将原来写好的材料仔细推敲、润色，然后又从头至尾默念了一遍，这样反复三次，直到自己满意，才打印出来。

叶知秋将稿子呈送给郑风浪。郑风浪办公室主任出身，是写材料的高手。写材料的人都有改材料的癖好。叶知秋故意在稿子里留了一个病句、一个错字。留多少错误，他斟酌了一番：五千来字的材料，错误留多了，领导会认为你搞材料马马虎虎，不认真；不留点遣词造句的小错误，领导随手修改不动，就会考虑整个文章的谋篇布局，说不定文章结构都要大动，甚至推倒重来，那可是最要命的。叶知秋长年爬格子，这些都是从实践中得出的“宝贵经验”。

郑风浪果然是公文高手，一眼就把那个病句看出来了，皱着眉头改过来，又把那句话顺了一下，读了两遍，才满意。另一个错字，应该是“再接再厉”，叶知秋故意写成了“再接再励”，他也改了过来。

仔细改过稿子，郑风浪仰靠在老板椅上，对叶知秋说：“材料总体不错，结构工整，条理清晰，把调查的情况、所做工作写清楚了，但是最后提的处理建议，你怎么没有按原来研究的意见写？”

叶知秋说：“我正要向您报告。那段处理建议，我觉得不写为妥。工作组就是查事实、讲事实，就事论事，把经过调查清楚就行了。我们查的只是发布网帖的事实经过，至于网帖爆料的内容，应该由纪检监察部门去查实。而怎么处理，处理到哪里一步，也应由省纪委牵头核查，我们提出处理建议不太合适，所以我就没有写。妥不妥，请您定夺。”

郑风浪沉思良久，叶知秋的话显然说到他心坎上了。他点了点头，说：“你动了脑筋，考虑得细。由调查组来提处理建议，的确不太妥当，还是不提为好。”

叶知秋见郑风浪虚心纳谏，心中高兴，便顺手送上了一顶高帽子：“秘书长，材料经您把关，就是不一样！”

写材料的人，最喜欢别人夸奖材料写得好，这是一种职业病。对这顶高帽子，郑风浪很受用，语气有些得意：“小叶呀，写材料我的体会是——入门容易，入领导法眼难。材料写来写去，最后分高下就是看观察和分析事物的能力水平，就是看有没有思想。你搞材料有基础，锻炼锻炼，大有前途。”他拿起茶杯喝了口茶，接着说：“但是，还要加强学习。写公文不能出现错字、病句。领导看到材料里有错字、病句，就像吃饭吃到了沙子，你再辛辛苦苦加班写出来的材料，领导会认为你不认真、搞应付。这可是有教训的呀！”

叶知秋点头说：“听了秘书长的教诲，受益匪浅。我会加强学习，不辜负您的培养。”

郑风浪哈哈一笑，将稿子递还给叶知秋，要他校好稿，印十份，做好汇报准备。

叶知秋回到办公室打开电脑修改稿子。这样近距离地与领导沟通、交流，最能让领导加深印象，增进与领导的感情。他有边改稿边抽烟的习惯，手在口袋里掏烟，却带出一张名片，名片上印着“景江市驻省办事处主任唐梦云”几个字。他拿起名片端详，见名片设计得简洁、雅致，篆体的“唐梦云”三个字格外显眼。素洁的名片上隐隐有淡淡的香味，仔细一闻却又没有。这个清丽淡雅的女子忽然闯进了他的内心世界，让他隐隐期盼着发生些什么。他把唐梦云的电话号码输进手机，才将名片小心地放进抽屉。

正敲打着电脑键盘，郭凡递过来一封特快专递，说："你刚才不在，我帮你签收了。"

叶知秋撕开信封，是一张大红的请柬：

诚邀叶知秋副处长参加南岭市第十届招商引资洽谈会议，恭候莅临。

中共南岭市委、南岭市人民政府

过去岁末年初，宏东下辖的10个市都要举办新春茶话会，让市里各个部门与省直厅局对接，联络感情，同时邀请省里的领导、各部门掌握实权的老乡们聚一聚。如今新春茶话会形式太招摇，影响不好，就悄悄换成了招商引资会、商会年会等活动。这种招商引资会议签订的其实都是早已洽谈好的项目，搞个隆重的仪式，场面热闹一点，电视、报纸、网络上宣传一下，就能把声势造出来。至于招商引资的项目和资金落实了多少，领导不会较真，老百姓不感兴趣。

叶知秋明白，这类会议通常按规格邀请的都是副厅级以上领导，就算邀请处级干部，多是财政、发改委等权力部门的处长，这些处长都掌握了项目、资金等资源，"含金量"不同。能够参加这类会议，既显身份、有面子，又能联络官场、商界，让很多人趋之若鹜。这次南岭市郑重其事地邀请他，是因为他参与了网帖事件的调查。

过了一会儿，高振宇打电话来说："知秋，收到请柬吗？你一定要抽空儿过来一下，和崔书记见个面。崔书记很想见见你。"

星期六上午，叶知秋早早开车出门。凯莱酒店在城里最繁华的红星路上，车流量大，堵车厉害，叶知秋特意提前出发。

进了酒店，大堂里摆了块"南岭市招商引资洽谈会设四楼江山厅"的提示牌。叶知秋看时间刚好，便进了电梯。酒店的电梯间光可鉴人，他照了照自己，西装革履，面容俊朗，透着几分英气。

叶知秋气宇轩昂出了电梯，两个迎宾小姐迎上来，说："欢迎领导光临，请您签到。"厚厚的签到册列了一大串名单，叶知秋注意到大多是省直厅局的头头脑脑，处级干部不多，他在签到册找到自己的名字，签了名。工作人员一脸笑地递上一个礼品袋，引导他进了会场。

会场布置得富丽堂皇，放着轻快的迎宾曲，主席台上是巨幅的南岭山水图，电子匾牌打着“热烈祝贺南岭市第十届招商引资洽谈会开幕”。高振宇正陪着崔鸿鹄在迎接嘉宾。会场座位前都摆着席位卡，叶知秋找到自己的座位坐下，忽然看到前面两排打着“唐梦云”的席位卡，心想难道她也来了吗?

叶知秋四下望去，果然看到唐梦云穿了一袭浅黄色的职业套裙，笑吟吟站在过道上与人说话。

叶知秋总觉得唐梦云身上有股清新脱俗的味道，她的漂亮与众不同，那样远远地站着，不卑不亢，笑靥浅浅，像俗世里一朵盛开的菊花。叶知秋想起家乡有个词或许能形容她的美——“乖态”，多乖态的一个女人啊，他在心里默默念叨。似乎有心灵感应，唐梦云回过头，看到叶知秋，便招了招手，走了过来。

叶知秋望着她走近，心如鹿撞。唐梦云巧笑倩兮，说：“叶处长好，您过来参加招商会啦？”

叶知秋说“给我送了请柬，邀请我过来看看。对了，这种活动也邀请你啦？”

唐梦云说：“我是例行公事，过来‘打酱油’的。宏东下辖的每个市举办招商引资会，都会邀请兄弟市参加，兄弟市都会委托驻省办事处送花篮、贺电，大家互相捧场，把人气弄得旺旺的。”

叶知秋说：“哦，像乡下请客，人多来无所谓，就怕办了酒席没人来吃。”

唐梦云觉得他说得有意思，浅浅一笑，露出皓齿：“叶处长，你有空儿到办事处来坐坐，虽说条件有限，但还是蛮安静的地方。办事处的食堂也办得挺不错，欢迎你来做客。”

叶知秋答应说：“有机会我一定过来看看。”

两个人正聊得高兴，高振宇瞧见叶知秋，便走过来说：“知秋，我来介绍你认识一下崔书记。”他带着叶知秋走到崔鸿鹄身边。崔鸿鹄穿了一身深蓝色的西装，系了条红领带，看上去精力充沛，用力握着叶知秋的手，说：“叶处长，我听小高多次提起过你，谢谢你对南岭市的关心与支持！”

叶知秋难免客气几句，说：“崔书记，您言重了。我要向您学习，有事您尽管吩咐，我会尽力去做。”

正说着，一个风姿绰约、身材丰满的女子过来向崔鸿鹄打招呼：“崔书记，您今天好帅哟，我差点都认不出来了。”

崔鸿鹄与女子寒暄几句，介绍叶知秋：“江总，这位是省政府办公厅的叶知秋处长，你认识一下。”

女子连忙笑吟吟地伸出手来，叶知秋轻轻握了握，只觉得她的手莹润饱满。又见她拎着一个限量版的爱马仕手包，手腕上戴着江丹诗顿的手表，这些顶级的奢侈品衬托出她一身的富贵气。

崔鸿鹄介绍说：“这位美女是南岭市魅力集团老总江丽丽，是地产界的女中豪杰。”

江丽丽笑着说：“崔书记，您说得我不好意思了。还不是在政府的关照下混口饭吃。叶处长，幸会。”

叶知秋客气地点了点头，说：“幸会，幸会。”

唐梦云本也站在一旁，见了江丽丽便想转过身，却不料，江丽丽主动喊道：“哎哟，唐主任也在这里？好久不见，还是这么年轻漂亮。”

唐梦云面无表情，淡淡地说：“你们聊吧，我那边还有熟人，去打个招呼。”就完便转身走了。

叶知秋见俩人虽认识，表面上客气却又不那么融洽，不知有何瓜葛。

江丽丽没有丝毫不快，转过头对叶知秋说：“叶处长，能不能留个电话？以后还要您多关照。”说完飞了他一眼。

叶知秋装作没看到，与江丽丽互留电话。

这时高振宇拍拍他的肩膀说：“你和江总好好聊，我陪崔书记去接省委统战部邹部长，待会儿再过来敬酒。”

叶知秋说：“没关系，你陪崔书记去忙，不用管我。”

江丽丽显然场面上混得久，很多人都认识，她笑容可掬地一一招呼。

眼看会议就要开始，叶知秋礼貌地与江丽丽笑笑，找自己的座位坐下。

洽谈会 9 点 38 分正式开始。现在凡事都讨个吉利，商铺开业、楼盘开盘、领导剪彩、会议开幕……都要带个“8”字，发发发，一路发。

会议由崔鸿鹄主持，南岭市市长石宏春致开幕词，常务副市长李新明做投资说明。李新明瘦高个，人显得很干练，将近年来南岭的经济发展、城市建设、旅游资源等情况做了介绍。李新明说话很有条理，声音钝钝的，双手喜欢互相搓摩，肢体语言很多，让人印象深刻。

接下来是签订一批招商引资项目，先是市相关部门与一些企业签约，再就是市辖的县市区与外资签约，其中还有几个外国人。叶知秋知道，这些签约合同不见得作数，一些地方开招商引资会还特意聘请些外国留学生冒充外商来撑门面，无非是把场面弄得热热闹闹，电视台播新闻好看。

第三项议程，是请省领导讲话。南岭市这次请来压台的领导是省委常委、省委统战部长邹部长，邹部长不是南岭人，但在南岭市工作过十年，几经辗转提拔为省委统战部长，可以说南岭是他的福地，因此对南岭有份特殊的感情。邹部长充分肯定了南岭市经济社会发展取得的巨大成绩，呼吁省直部门继续支持南岭市的发展。接着，省人大强副主任、省政协廖副主席等南岭籍的领导纷纷发言，无外乎肯定成绩、表示支持，号召企业家到南岭投资兴业。

崔鸿鹄西装笔挺，精神焕发，拿着无线话筒就像电视台的主持人。每位领导发言后，他都能用简练精辟的语言归纳，不时还幽默一两句，把气氛弄得很热烈。

叶知秋对崔鸿鹄的印象比较好。全省这届市级领导里面，崔鸿鹄人年轻，敢闯敢干，他任南岭市委书记后，南岭市焕发勃勃生机，城市面貌焕然一新，各项经济指标都排在全省前列。崔鸿鹄的政声一直非常好，如今太需要这种踏实干事、敢于担当的领导干部。

崔鸿鹄最后致答谢辞，感谢邹部长等省领导对南岭市的关心与厚爱，感谢省直各厅局的鼎力支持，感谢各界人士特别是外商到南岭投资。最后他说："南岭市正处在蓬勃发展的黄金时期，正在向全面实现小康的目标奋进，南岭市欢迎所有的朋友前来投资兴业，一句话：只要到南岭，遍地是黄金，投资环境好，创业万事兴！"

整个过程中，唐梦云都安静地坐着，偶尔礼貌地轻轻鼓掌。江丽丽坐在嘉宾前排，不时发出笑声，大声鼓掌，吸引了很多眼球。叶知秋觉得这两位女人一静一动，一婉约一雍容，蛮有意思。

会议在一片欢声笑语中结束。南岭市委、市政府设宴款待各位来宾。宴会厅满满摆了二十多桌，请来省里最当红的歌星唱歌助兴。

宴会开席后，叶知秋发现唐梦云不知什么时候已经走了，不禁有些怅然。高振宇朝叶知秋招手，俩人到走廊里说话。叶知秋说："你们这个招商引资会搞得不错，热热闹闹，就是要花费不少银子。"

高振宇低声说："崔书记有气魄，搞什么事情都是大手笔。知秋，网上发帖的事情处理得怎么样了？”

叶知秋说：“还没向领导汇报。听说省纪委孔坤之书记要亲自听汇报。”

高振宇说：“知秋，此事事关重大。有人造谣说是崔鸿鹄书记安排人搞的，说他为了竞争副省长不择手段，往他身上泼污水。我跟着崔书记这么多年，知道他的为人，他绝对不会去干这种事情。”

叶知秋点头表示明白。

高振宇说：“这事好蹊跷。问题查清楚，对崔书记有好处，可以为他正名。现在任何风吹草动，都会莫名其妙引发蝴蝶效应，让人防不胜防啊。”

叶知秋说：“事实会查清楚的，你也不用太担心。最近就会作结论。”

高振宇转了话题，说：“对了，知秋，我想托你买件东西。有空儿帮我到古玩市场看看，买件上档次的古玩。现在人民币存在银行里会贬值，投资搞项目又有风险，不如买点古玩之类的保值。”

叶知秋不便问他干啥用，说：“古玩方面水很深，我不太懂，只能托懂行的朋友一起去逛逛。不是玩这行的，外行肯定买不到好东西。你需要什么价位的古玩？”

“10 万左右吧。”高振宇说：“钱你不用考虑，但一定要保证是真品，有收藏价值。你在省城，人熟路子多，操办起来方便些。”

俩人又说了会儿闲话，分头回各自的宴会席位。

江丽丽端着一杯红酒找到叶知秋，说：“叶处长，我敬您一杯，有机会还要邀请您到魅力集团视察指导。”话音未落，已一口饮尽，颇为豪气。

叶知秋见她如此主动盛情，便笑着干了一杯。

酒过三巡。崔鸿鹄带着参加招商会的班子成员逐桌敬酒，高振宇跟在后面。走到叶知秋这桌，崔鸿鹄特意端着红酒杯走到他跟前，说：“叶处长，你要多支持和关注南岭的发展，这杯酒倒满，我敬你！”说着，示意服务员将自己手中的酒杯斟满。

叶知秋连忙起身，也倒了满满一杯酒，说：“崔书记敬酒，我可不敢当。”

俩人相视一笑，一口将杯中的酒喝了。崔鸿鹄用力与叶知秋握了握手，又转到另一桌敬酒。

高振宇意味深长地朝叶知秋眨了眨眼睛。

七

郑风浪本来告诉叶知秋，调查情况会直接向省委常委、省纪委书记孔坤之汇报。但是，叶知秋接到的通知却是秦明副省长要先听一次汇报。

汇报是下午 2 点 30 分，在二楼小会议室。郑风浪一早特意把叶知秋叫到办公室说："知秋，调查组的同志前段很辛苦，基本情况已查清楚，形成了调查报告。下午秦省长要听汇报，你代表调查组先汇报，我再谈意见。你好好准备一下。"

叶知秋本来想问，不是说直接向孔书记汇报的吗，话到嘴边又生生咽了回去。

郑风浪说："向秦省长汇报的机会很难得，要体现出办公厅的水平，你先把其他的事情放一放，集中精力做好汇报准备。"

在机关里，汇报是一门功夫，汇报得好，领导就会留下好印象；汇报得不好，工作成效会大打折扣。叶知秋知道此次汇报的分量，关在办公室将汇报稿熟悉了几遍，对调查报告里几个生僻的字专门查了《新华字典》，搞准了发音，又反复考虑秦明会提到哪些问题，如何回答。

2 点 30 分，会议准时开始。秦明脸庞消瘦，黑黑的头发梳得一丝不苟，端坐在坐北朝南的位置，不言自威。郑风浪坐在左边的第一个位置，其他的人围着桌子坐了一圈。郑风浪将工作组开展调查的经过作了简要介绍，然后说："下面，请叶知秋同志汇报。"

叶知秋按照准备好的稿子汇报，有时发挥一两句，整个汇报条理清晰、简洁精练。

秦明脸上没有什么表情，拿着一支红色铅笔在材料上划着杠杠。听汇报时，他的脸色凝重，不时地插问几句话，叶知秋都能准确做出回答。

叶知秋汇报完，郑风浪发言："这次调查查清了三个方面的问题：一是查清了事情缘由，调查清楚了发帖经过，锁定了嫌疑对象，但要查出发帖人，需要公安机关正式立案侦查；二是最大限度消除了影响，没有让事态恶化，引发新的炒作；三是网帖里反映官员入煤矿干股的事情，由纪委牵头核查为妥。"

秦明的眉头渐渐舒展开来，说："调查组工作认真负责，细致扎实，调查工作暂时先告一段落。至于下一步怎么办，大家等通知吧。另外强调一点，对调查情况，同志们要严守保密纪律。"

散会后，叶知秋去了郑风浪办公室。郑风浪甩给他一支烟，说：“知秋，刚才汇报得不错。台上三分钟，台下十年功。秦省长对调查组的工作给予了充分肯定。”

叶知秋说：“是您指挥调度有力。对了，不是说直接向孔书记汇报吗？怎么秦省长要先听汇报？”

郑风浪深吸了一口烟，说：“这事比较复杂。你不要问太多，按照秦省长的指示去做。我们这边在调查发帖子的情况，省纪委那边已经安排人在核查举报内容了，好像是案审一室副主任易天水带队在查。”他的脸被缭绕的烟雾包围着，看不清楚表情。

回到办公室，叶知秋接到易天水打来的电话。易天水问：“知秋，你们已经开过了碰头会啦？”

叶知秋感到奇怪，问：“天水兄，你怎么知道？”

易天水说：“我们这边在核查网帖举报的内容是否属实，等你们的材料过来再一起汇总，报孔书记。”

叶知秋说：“调查材料我写好了，秦省长主持听了汇报，明天就可以送材料过来。”

俩人又闲聊一阵儿。放了电话，叶知秋琢磨：这起网帖事件涉及两个市委书记，网帖直接点名举报陈大年，谣传崔鸿鹄安排人发帖举报，事情若不处理好，对俩人都有影响。这俩人又是副省长的热门人选，牵一发而动全身。省委希望慎重、妥善处理好此事。为了防止干扰，孔坤之一方面直接交办郑风浪组织查清发帖经过，另一方面安排易天水核查网帖内容。从目前调查的情况看，陈大年是否涉嫌违纪尚不清楚，说崔鸿鹄安排人发帖举报查无实据。陈大年任过兰县县委书记，秦明是兰县人，俩人肯定有交集，说不定关系还很深。因此，秦明主动提出听汇报，就是要提前了解调查情况，掌握主动，防止事态扩大。

将网帖事件的前因后果和脉络梳理清楚，叶知秋认为网帖举报的事可能会就此打住，不了了之。只有淡化处理，才是各方都能够接受的结果。

因自己参与网帖事件调查，与这两位在省内风头正劲的市委书记有了交集，与古力志的交情也更近了一步，这是他原来没有意想到的。

调查组的事情告一段落，叶知秋回到档案处上班。依旧是朝九晚五，上班下班，重复度日。

日子过得飞快，转眼到了新学季，新生就要开学了。亮亮上学的事情仍没有着落，李晓蕾催促了几次，叶知秋又通过其他几个渠道想办法，都没有取得实质性进展。

事情没落妥，李晓蕾着急，忍不住数落说：“叶知秋，你听着，为跟你到省城来，我丢了铁饭碗不说，经常加班加点，看病人的脸色，挨病人的抱怨，这些都无所谓。但亮亮读书的事，是头等大事。如今父母挣再多的钱也好、当再大的官也好，孩子不争气又有什么意义？现在的教育，是不能让孩子输在起跑线上。亮亮进不了厚德小学，就输在起跑线上了。以后他怎么会有好的生活环境？你不要这不愿求人、那也不愿求人，该求人的时候还是要求人。现在办事哪有不求人的？”

李晓蕾平时温柔文静，发起飙来却判若两人。叶知秋不敢应战，夹着公文包落荒而逃。

念叨多了，叶知秋就烦躁，现在哪是不让孩子输在起跑线上，而是逼着父母们残酷厮杀。但李晓蕾说得有道理，他无法发作，李晓蕾一提这事，他只好说：“我正在找人，人家答应帮忙，在想办法。想进厚德小学的人太多，关系户多，学校难办。”

李晓蕾不管这些，给知秋下了死命令，这周之内必须把亮亮入校的事情办妥。

叶知秋找的关系里面，比较靠谱的是王建军。前些年，王建军做起牛奶生意，他卖的可不是一般的牛奶，而是让学生喝的“放心奶”。在中小学校设置自选牛奶柜，让学生办张牛奶卡，想喝什么品牌的牛奶刷卡消费，家长只要往卡里存钱就行了。现在的孩子金贵，家长舍得往卡里打钱。几年下来，王建军就赚发了。

做这种生意，不和教育局、学校搞好关系是玩不转的。叶知秋打电话问，王建军说：“市教育局的领导答应了，应该没有问题。但要等符合条件的学生录取完之后，再从新生名额缺口中想办法弄个指标，发补录通知。”

王建军到底有多大的能耐，叶知秋心底没数，就想不能在一棵树上吊死，多找条路子多一份把握，万一王建军没办妥还得有个补救方案。他想了想，自己比较可靠的关系只有易天水、欧阳群这些嘉林老乡了。尤其是欧阳群，省委组织部的处长打招呼，学校应该多多少少会卖些面子。

叶知秋给欧阳群打电话，不便开口就提有事相求，只说多日未见了，想约几个老乡聚聚。

欧阳群说："你约好人，我来安排吧。"

叶知秋说："那怎么行，我请客怎么能叫你买单？"

欧阳群说："你那点死工资，能请几次客？没事，我有个亲戚新开了家湘菜馆，一直叫我去试试菜，提点意见。你召集老乡，我安排好。"

叶知秋放了电话，不禁感伤。宏东公务员的工资不高，像他这样的处级干部，每月工资四千多元钱，扣除了养老保险、住房公积金、医疗保险、个人所得税等，到手也就三千六百多。现在求人办事，吃个饭是必需的，到稍微好点的餐馆，一桌饭菜几百元，加上两瓶好酒、一条好烟，没有一、二千拿不下来。费孝通先生说中国社会是熟人社会，找熟人好办事，没熟人就办不好事。现在办事是这个风气，谁也免不了俗。

叶知秋觉得让欧阳群请客不妥——自己求人办事，怎么能让别人请客呢？他拉开抽屉，忽然看到唐梦云的名片，想到上次陈大年说过，有私人宴请可以安排到景江市办事处去。

叶知秋有些拿不定主意，犹豫了好一会儿，才拨通电话。

电话接通，那头传来温柔的声音："您好，是叶处长吗？有什么吩咐？"

唐梦云心细，早把叶知秋办公室的电话存到手机里了。叶知秋说："唐主任，今晚几个朋友想小聚一下，不知道放在办事处方不方便？"

"热烈欢迎。叶处长能到景江市办事处来，是我们的荣幸。"唐梦云说得很诚恳："您有多少位客人？什么时候到？"

叶知秋说："五、六个人，下了班过来。"

唐梦云十分热情，说："叶处长，我们这里条件虽然有限，但您放心，食材可靠，厨师是景江人，保证能吃到地道的景江菜。"

叶知秋问清楚办事处的位置，便约好易天水、欧阳群等几位老乡，叫上王建军、薛松林作陪。

叶知秋提前半小时出了办公室，想到晚上要喝酒，就没开车，打辆出租车径直去了。景江市办事处在桂花路一个高档写字楼里，叶知秋出电梯时下意识用手梳了梳头发。

唐梦云早已等在电梯门口，身姿婀娜，笑吟吟地说："叶处长大驾光临，景江办事处蓬荜生辉。"

叶知秋说：“给唐主任添麻烦了。几个朋友小聚，又不想到外面去，正好到办事处来看看。”

唐梦云带叶知秋参观办事处。办事处占了整整一层楼，厨房、餐厅、客房一应俱全，装修虽说不上奢华，倒也温馨舒适。唐梦云介绍说，这层楼有1000多平方米，原来省城房价没涨，写字楼也就1万元/平方米，当时的市委书记、市长觉得办事处没必要搞这么大的场地，陈大年时任常务副市长，力排众议，拍板买下来。市财政拿出1000多万买下这层楼，又花了200多万装修，市里有老干部还为这事提过意见。过了一年后，省城的房价像春笋般直往上蹿，这层楼五千万都买不到了，市财政原来投的钱一下子翻了几倍，景江的干部就夸陈大年眼光长远。

叶知秋看到客厅里挂了幅“友朋欢聚”的字，写得潇洒大气，仔细一看，是陈大年的墨宝，笑笑说：“陈书记的字真不错，颇有大家风范呀！”

唐梦云说：“办事处成立时，特意请他题的字。他对办事处很关心，有时到省城出差，会住在办事处。”

叶知秋心想，办事处实际上就是为领导服务的，领导哪能不重视不关心？自从撤销驻京办之后，驻省办事处也大规模削减，但是为了维稳和接访处访，宏东省多个市仍保留了办事处，有的迫于形势就改个名称，叫维稳联络站。

转了一圈，唐梦云请叶知秋到茶室休息。服务员沏了壶绿茶，俩人边喝茶边闲聊。唐梦云声音轻柔，举手投足优雅，叶知秋看她柔情万千，雍容而不失亲和，不禁有些走神。

不一会儿，王建军开车接着易天水、欧阳群到了，过了一会儿薛松林也来了。唐梦云一一招呼，人到齐后，看菜肴准备得差不多了，便邀请大家入席。

众人进了餐厅，见摆了满满一桌菜和两瓶“景江特供”酒。唐梦云笑着说：“我们这里条件简陋，菜倒是环保，土鸡土菜都是从景江乡下收购好再运过来的，厨师是特意请的景江师傅。要说在宏东吃景江菜，这里最地道。”她打开酒瓶，逐一给客人斟酒，说：“叶处长特意交代了，要吃景江菜，喝景江酒。大家随意慢用。”

众人见了，知道这桌饭菜唐梦云颇费了心思。

酒过三巡。叶知秋提起亮亮读书的事情，不免发了一通牢骚。

易天水说：“现在的教育是个大问题。优秀的师资、生源都往这些名校挤，而这些名校往往注重的是升学率，基本都采取应试教育模式，培养了一大批高分低能的孩子。”

薛松林说：“说什么就近择校，其实大家都清楚，那是场面上的话。我们电视台就针对名校收‘择校费’做过暗访调查，节目编好了，台长不同意播。记者、编导发牢骚，台长教育他们，多种花少栽刺，这种新闻调查播出来，家长们看了会闹事，影响社会稳定。见他们还不痛快，台长提醒说，你们的孩子想不想进名校？想进名校读书就别编这类节目。这么一说，他们才猛然开悟。”

众人皆笑。

欧阳群发感慨说：“不播最好，就算播出来也没有什么实际意义。这是个社会问题，不是哪个职能部门能解决的。现在孩子读书，考的是家长。家长有本事，孩子就能进名校。我听说一个单位有几个子弟想就近入读厚德小学，单位一把手亲自出面请校长吃饭，说尽好话，校长死活不答应。结果这个单位以捐助办学的名义捐给学校 20 万元，才接收了五个子弟入校。”

王建军说：“现在学校、老师都把学生家长当资源。我做生意忙得要命，但是只要孩子的老师要办什么事情，我立马停下手头的事，想尽一切办法去办。生怕没办好老师不高兴，冷落、委屈了孩子。”

叶知秋便端着酒杯，敬欧阳群，说：“我儿子到了入学年龄，托建军想办法进厚德小学，如果搞不定，只能请你出面了。省委组织部的领导发个话，效果肯定不一样。”

欧阳群实话实说：“我在厚德小学没有朋友。厚德小学毕竟归市里管，我这块省委组织部处长的牌子也未见得能唬住人。但我妻妹在市教育局工作，也许在厚德小学有点关系。我托她试试看吧。”

叶知秋连声道谢，一口干了杯中酒。

易天水却颇有些不以为然，说：“说来说去，这种风气还不是你们这些家长惯坏的？一边说社会风气不好，一边自己却在破坏社会风气。”

叶知秋放下酒杯，叹了口气说：“天水兄你是黑脸包公，但铡刀却铡不到我头上来。说起来我也算有个一官半职，但这个社会风气，我改变不了，只好去顺应它。其实我未必就非要让孩子去读厚德小学不可。这读书啊，还是要看个人努力。当年我在农村里读书，那是什么条件，不也一样考出来了吗？可我老婆那人你不知道，自己怎么样都无所谓，但儿子的事比天还大。她搬出那套‘人生起跑线’的理论出来，我怎么反驳都是徒劳。这事要办不成，她是不会跟我善罢甘休的。”

在座之人心有所感，纷纷点头。酒足饭饱，众人谢了唐梦云，告辞而去。

唐梦云送叶知秋下楼时，顺口问了一下亮亮的情况，说：“叶处长，你别太着急，车到山前必有路，孩子总会有个学校读书。”

过了两天，叶知秋突然接到厚德小学招生处的电话，要他去领入学通知书。叶知秋欢天喜地往学校赶，心想欧阳群果然有办法。到了招生办，人头攒动，排了很长的队伍，排队的家长个个喜气洋洋。

轮到叶知秋，工作人员仔细核对好学生信息和家长身份后，递过一张大红的入学通知书，要他在“领取人”表格上签名。叶知秋看到通知书上写着儿子的名字，仔细核对无误后，高兴地签了名，又细细问清开学时间、入校班级等事宜。

叶知秋小心地把通知书放进口袋。儿子就要到这所名校读书啦，此时此刻看着校园里的一草一木和绿色的垃圾桶都觉得格外亲切。他打电话向老婆报喜，李晓蕾听了欣喜万分，提议晚上带亮亮一起到外面吃牛排，庆祝一下。

叶知秋打电话给欧阳群表示感谢，欧阳群却说：“这么快就搞定了？我可不敢贪功。我还没来得及跟妻妹说呢，本想今天在我岳母的生日宴上当面跟她说的。可能是你那个卖牛奶朋友出的力吧。不管怎么样，事情办好就行，恭喜恭喜！”

刚挂了电话，就有电话进来，叶知秋一看，是唐梦云的电话，唐梦云问：“叶处长在厚德学校吧？”

叶知秋以为她在附近，连忙看了看四周，问：“你也在学校？”

唐梦云轻笑了一声，说：“禹校长打电话告诉我，说通知你到学校领通知书了，我估计你这会儿在学校。”

叶知秋这才明白，是唐梦云帮了忙，连声谢道：“非常感谢唐主任，你可帮了大忙，改天我请你吃饭。”

唐梦云俏皮地说：“你别一口一个唐主任的，叫得这么官气。事情办好就行了，有些事呀，交给基层同志来办，要相信基层同志。”

叶知秋笑了，说：“孩子入校是大事，没想到能够这么顺利地办好，真要好好谢谢你！”

放了电话，叶知秋心生感激。这么麻烦的事情，托了好多人，一直办不下来，唐梦云只是在酒桌上听到，就记在心底，不声不响帮忙办了。这是个多么善解人意的女子啊，叶知秋对唐梦云更添无限好感。

把儿子读书的事情办妥，叶知秋卸下心头包袱，一身畅快。晚上，叶知秋带着李晓蕾和亮亮到了宏东最高档的一家西餐厅吃牛排。餐厅环境雅致，女服务员靓丽甜美，服务周到。亮亮第一次到这么高档的西餐厅吃饭，兴奋得又笑又叫。李晓蕾知道这家西餐厅收费贵，趁服务员走开，悄声对叶知秋说："你少点些，够吃就行了。"

叶知秋心情好，不在乎花钱，豪气地说："你们放开吃就是，这点钱咱们还是消费得起。亮亮读书的事情办妥了，不就等于赚了一大笔钱吗？"

叶知秋点了三份西式牛排、一盘意大利空心粉、一份海鲜披萨、一碗蘑菇汤。吃牛排时，李晓蕾一会儿看看亮亮，一会儿又看看知秋，见儿子吃得兴高采烈，老公忙着接递餐盘，便露出一脸幸福。

一家人好久没有这样高兴过。回到家，李晓蕾安顿亮亮睡下，对叶知秋说："我先去洗澡。"结婚以后，"洗澡"就成了叶知秋与李晓蕾之间的暗号。只是叶知秋提出的多，李晓蕾主动的次数屈指可数。

李晓蕾洗漱出来，叶知秋眼睛一亮，她竟穿了一件粉色的蕾丝吊带衫，笑吟吟地望着自己。李晓蕾的身材保养得好，皮肤白皙细腻，双峰饱满挺拔，像没生孩子时一样。叶知秋兴致勃勃地抱着她亲吻起来。李晓蕾今晚显得很主动，一味逢迎着男人，似乎奖赏他办了件大事。

叶知秋在高潮来临的那一刻，突然想到了唐梦云。过了一会儿，李晓蕾沉沉地睡在他的臂弯里，呼吸轻缓如婴儿。叶知秋却不知为何没有丝毫睡意，心绪如脱缰的野马在旷野里狂奔。

档案处的日子波澜不惊。李心平带着赵磊到市县调研去了，准备起草政府办公厅系统档案管理规范化的工作意见。李心平本来想让叶知秋去，但是赵磊说好长时期没有出差了，想"接接地气"。叶知秋懒得争，借口说手里还有事，由他跟着李心平去了。

叶知秋闲着无聊，查阅了国内外一些资料，发现网络管理是当前世界各国政府颇为头痛的一件事情，国外有专门研究网络舆情的机构和组织，而国内网络管理领域研究还刚刚起步，面对互联网发展迅猛衍生出来的一系列问题，无论监管部门、网络媒体还是广大网民，都有些无所适从。一些网站和论坛处于无序状态，论坛、微博上充斥着不负责任、偏激、混淆视听的帖子和留言。特别是网络舆情容易失真和误导群众，舆论“绑架”司法、影响政府决策的现象越来越突出，网上网下的舆情往往交织、放大，而少数职能部门对网络的种种乱象显得束手无策。

叶知秋联想到互联网炒作景江市的事情，不禁对当前网络舆情应对有很多感悟。思考越深，越有兴趣，叶知秋一时兴起，写了一篇《加强网络舆情应对之策》的文章，探讨党政机关干部如何提升应对网络舆情的能力，提炼出“抓早、抓小、抓引导”七字诀。

文章写好后，叶知秋仔细读了几遍，觉得观点鲜明、实用性强，把文章打印了 10 多份，往省政府总值班室每个省领导的信箱里放了一份。

郭凡向叶知秋推荐新近流行的一种叫“微信”的社交软件，并帮叶知秋用手机申请了微信账号。叶知秋倒腾半天，熟悉了微信的用法，发现微信比 QQ 更有意思，除了交友手段、聊天儿方式多样，微信将很多功能巧妙地融入手机中，实现了智能手机跨平台交流，让人们在碎片化时间里随时随地传播信息。

叶知秋发现唐梦云的微信名叫“人淡若兰”，便发了添加好友的请求。过了一会，唐梦云就有了回复。叶知秋一条一条翻看起她发布的微信。这些微信多是原创，一张图、几段话，写得极有文采，发得最多的，是她读书后的随感。

唐梦云最新发的微信是读了台湾作家舒国治《流浪集》后的感悟，她写道：“世道再难，也要呼吸顺畅，未能一日寡过，恨不十年流浪；人生再苦，也要襟怀坦荡，不可失去梦想。每个人都盼望着一场说走就走的旅行，每个人都想拥有轰轰烈烈的爱情，可是挎起背包的刹那，才会发现还有那么多的放不下。在舒国治的心中，流浪、走路、喝茶与睡觉，是生命的优雅。或许，每个人心中都有一个满世界流浪的自己。”

碰巧的是，叶知秋正好在读《流浪集》。《流浪集》是今年的畅销书，高居各类读书榜单榜首。叶知秋平日里不太喜欢读这种文艺腔的书籍，但是欣赏舒国治潇洒磊落的浪子情怀。唐梦云写的这段话，让他颇有同感。他点赞评论道：“我正在读这本书。在我看来，流浪最大的好处是丢开那些平常自认为最重要的东西，还原最真实的自我。”

唐梦云很快回复：“叶处长也读这么小资的书？随手写的几句话，让你见笑了。我蛮喜欢舒国治的书。流浪是需要勇气的，很多人因为害怕而不敢迈出第一步，他们承受不了那种风尘仆仆。长期身处繁华喧闹的他们，不敢尝试一个人在万籁寂静下的孤寂，害怕突然间的安静。所以说，流浪，需要义无反顾；流浪，亦需要三分勇气，七分坦荡！”

叶知秋写道：“流浪最大的魅力在于下一秒不知道会发生什么，会遇到什么人和事。每个人都会有四海为家的情怀，然而大多数人会把想法放在心里，只有少数人才有走一走的勇气。”

唐梦云回复道：“有了流浪的心念，那么对于这个世界，不多取也不多予。清风明月，时在襟怀，常得遭逢，不必一次全收也。”这段话后附着一张笑脸。

叶知秋知道这是《流浪集》中的一段话，用在此处恰到好处，感慨唐梦云的聪慧。他换成私聊模式，写道：“对了，谢谢你帮忙，亮亮已经报到上学了。哪天有空儿，我请你吃饭？”

唐梦云回复道：“不用客气。有空儿再约。”

叶知秋感谢舒国治，这位素未谋面的作家拉近了他与唐梦云的距离。俩人对一本书有着相同的理解和感悟，思想的亲近更胜肉身，这种感觉非常奇妙。晚上临睡前，叶知秋把俩人写的话翻出来又细细读过一遍，脑海里浮现着梦云柔情万千的神态。

八

叶知秋记挂着高振宇托买古玩的事。朋友里面，老芒是资深古玩玩家。知秋打电话找老芒，说：“我一个朋友托我帮他找件上档次的古董，我一窍不通，你帮我想想办法。”

老芒正在麓山顶上和几个票友拉京胡、唱京戏，咿咿呀呀声一片。他停下京胡说：“好啊。今年的‘床交会’要开幕了，你什么时候有空儿，我带你去逛逛，说不定能找到好东西。”

叶知秋还是第一次听到“床交会”这么暧昧情色的名称，一问才明白，原来是指宏东每年举办一次的全国文物古玩交易会。

这个展会是纯民间的，没有官方背景，最开始由各地文物收藏协会轮流举办，先后在河南洛阳、安徽蚌埠等地举办过。宏东的文物商店全国有名，民间收藏协会非常活跃，五年前成功举办过一届，自此文物古玩交流会就落户宏东。文物古玩正式展出之前，参展的各地客商在住宿酒店的床上摆摊，供古玩收藏爱好者会前来淘宝、交易，慢慢就形成了圈内有名的“床交会”。

吃过晚饭，老芒开车接叶知秋去逛“床交会”。老芒说：“古玩市场良莠不齐，鱼目混珠，赝品、假货屡见不鲜，但是‘床交会’是圈内最有品质的交易会，主办方和参展商为了提升交易额，共同抵制赝品假货，展品质量还算有保障。这也是‘床交会’越办越兴隆，在古玩收藏界口碑好的重要原因。至于买价高低就要眼力了。你的朋友想要收藏什么？钱币、玉器、陶瓷，还是字画？”

叶知秋说：“这他倒没说，只说买件能保值的古董，你做主吧。”

老芒介绍，这届“床交会”共有 40 余家文物商店 , 20 余家台湾玉器协会，600 余家知名古董商参展，国内典藏文物和回流文物是本届交流会的热点。主会场定在洲际酒店，临近的三个酒店为分会场。每个酒店都集中一个主题，有的展出玉器、珠宝，有的展出书画、碑帖，有的展出竹刻、木雕，方便淘宝者逛展会。

老芒带着叶知秋直奔主会场，凭他的经验，主会场的展品往往品质最高。进了酒店大堂，过去宽敞大气的厅堂摆满了摊位，显得拥挤不堪，人头攒动，如同进了农贸市场。展位上卖天珠、奇石、玉籽料的居多，每个展位前都围着一大堆人。

老芒说：“我有个朋友是江苏人，每届‘床交会’都会参加，先去他那里看看。”俩人上了电梯，直奔 12 楼。

12 楼比楼下安静。每个房间都敞开着，床上摆着各式各样的古玩珍藏，买家卖家轻言细语地交流砍价。老芒的朋友是个戴眼镜的中年人，留着长胡子。如今留长头发的男人多，留长胡子的男人少，显得格外打眼。

老芒喊了声老刘，问：“这次带了什么好东西？我这个朋友想淘件宝贝。”

老刘捋着胡子，指了指床上说：“你们先瞧瞧，看上眼的玩意儿再谈价格。这几枚古玉还蛮不错。”

叶知秋瞧着床上摆满一个个木盒，盒子用格子格开，每个格子摆着些玉片、玉石，他是外行，不敢随便拿起来看。老芒拿起一块青碧的玉牌，放在灯光下细细看，老刘递给他一支小手电筒，老芒把手电筒放在玉牌上看是否通透。看了良久，老芒说：“玉料是不错，就是做工欠精致。”

老刘不以为忤，指着另一块圆形的玉说：“你看看这块，明代的古玉，我前几天才收的货。”

老芒看过，仍不太满意。

叶知秋指着老芒刚看过的玉牌，试探着问道：“这块玉要多少钱？”

老刘说：“你是老芒的朋友，一口价，8 万块，如假包换。”

叶知秋只是随口问问行情，眼睛却看着老芒。老芒轻轻摇头。俩人又看了几件象牙雕刻、青铜器鼎，老芒不说话，知秋也不再开口问。

老刘说“要不你们去隔壁看看？隔壁是个河南人，听说带了点高古玉过来。”

叶知秋虽是外行，却知道明代以前的玉器称为古玉，汉代以前的玉器为高古玉。高古玉以和田玉为主，留存至今的大部分在博物馆及少数藏家手里。果然，老芒说：“高古玉最容易做假，价格又高，不熟悉的商家我怕看走眼。”

老芒带着叶知秋逐层看了一遍，叶知秋大开眼界。真是百闻不如一见，“床交会”有各种各样的展品、各式各样的人物、各行各业的规则，汇成了一个古玩江湖。

逛了一大圈，俩人又回到老刘的房间。叶知秋递了根烟给老刘，问：“生意还好吧？”

一支香烟交朋友。抽着叶知秋递过的烟，老刘话多了起来，说：“乱世黄金，盛世收藏。今年比上届好，买的人多，成交也快。不瞒你说，今天就成交了 20 多万，基本都是刷卡的。”

叶知秋啧啧称赞，他早注意到每个房间都装着一台移动 POS 机，心想老刘一个房间一天成交额 20 万，那么一届“床交会”下来，交易额可是个惊人的数字，便问：“你们参加展会，需要交什么费用吗？”

老刘说：“费用倒不用，只是酒店的房间太贵。洲际酒店给我们的房价每天是 1500 元，太贵了。”

叶知秋明白主办方拿了房间的差价。洲际酒店是五星酒店，每个标间也就 1000 多元，团购订房的价格还会便宜很多，主办方低价拿到房间，再转手给商户，商户明知吃亏，也不得不入住。主办方说不收参展费，变相收了房间差价，入住的商户多，算起来是一笔大钱。

夜已经深了。老芒拉着老刘扯东扯西，要请老刘去吃夜宵。老刘说：“咱们老朋友啦，不用客气。夜宵改天再吃。你如果诚心想买古玉，我给你透个信，听说光头乔总最近收了些好货。你和乔总熟悉，有空儿可以到乔总那里看看。”

老芒一听，拍了拍手：“哎哟，我倒没想起乔总。他那里不时有些好玩意儿。他是个性情中人，人只要对眼、合适，价格倒不重要。知秋，我们改天到乔总那里去。”

老芒、叶知秋与老刘揖手别过。回去的路上，老芒告诉叶知秋：“老刘是个实在人，倒腾古玩多年，早些年吃过不少‘药’，近几年才慢慢赚了些钱。但是玩古玩的，没有什么现钱，钱都押在货上，有些好货一时半会儿也出不了手，压了大量现金。他提到的乔总是个收藏大家，家底殷实，我先约下乔总，定好时间带你去拜访他。”

叶知秋第一次接触古玩圈，知道“吃药”是行话，指看走眼、吃亏蚀本的意思，感慨地说：“行行出状元，行行不易呀。知道古玩界水深，没想到也是江湖。”

见光头乔总那天，下起了雨。宏东的雨总是来得没有由头，像领导脱稿时的即兴讲话，显得漫不经心，却又意味深长。

老芒开着黑色奥迪车往城北驶去。二十多分钟后，车子在一个小巷前停下。叶知秋看到巷口路牌上写着“果园巷”，一条青石板路蜿蜒至小巷深处。

老芒说：“这条巷子名气可大呢。巷子里有当年国民党一个将军的宅院，现在周边都拆迁得差不多了，只剩下独门独户一个小院。”

小巷平平仄仄，俩人冒着细雨不紧不慢走着。

不一会儿，就看到一个扇形小门，门口立了块 3 米多高的石碑，“宏东书画院”五个大字苍劲有力。

老芒轻轻按了门铃，报了名字，门缓缓开了。映入眼帘的，是一个中式庭院，一扇月形拱门将院子分为内庭外室，外室种满竹子，内庭几棵古树环抱着一幢两层的西式小洋楼。院中一棵巨大的古樟树高过了楼房，枝繁叶茂，像为小楼撑了把伞。

老芒带着叶知秋往院内走，刚到走廊，就闻到一股淡淡的茶香。一群人正围着茶桌喝茶。见了老芒，一个光头站起来寒暄两句，又坐下接着泡茶。

老芒晓得叶知秋不愿透露真实身份，就含含糊糊地介绍：“这位是乔总，这位是叶总，都是好朋友。”

光头乔总朝叶知秋点点头，算是打过招呼。

俩人找了凳子坐下。叶知秋看到这间六十多平方米的茶室布置得古香古色，楠木制作的博古架上，摆着几件青花瓷瓶，屋角堆着一大捆黑茶。

几个买茶的客商围坐在光头乔总周围。光头乔总泡的是黑茶极品“千两茶”，边泡茶边说：“五年前，我在湖南安化县搞工程，为一个茶厂修厂房，结果茶厂老板没钱付工程款，就打算用仓库里的一批黑茶抵债。当时黑茶根本没有知名度，没人喝，也没人炒，每块茶饼两斤重，堆在仓库里没人要。我看茶厂老板可怜，就同意茶厂老板按 100 元一块的价格折算，把茶厂仓库里的一千多块茶饼全部拖了回来，往车库里一丢。后来我都忘了这批茶，放了三年，每块茶饼涨到了 800 元，现在有茶商出价 1200 元一饼，我都不愿卖。所以说，茶遇有缘人，人算不如天算。”

叶知秋见乔总左手拇指竟然戴了一块玉扳指，碧油油的晃眼，这东西只有古装片里才看得到，此刻坐在茶室里，听他品茶论道，有点穿越的感觉。

老芒显然和乔总很熟悉，知道他在谈生意，也不插话，与知秋慢慢品着茶。叶知秋常到“舍得茶馆”喝茶，对黑茶略知一二。黑茶年代久远，可追溯到唐宋时期，当时交易茶的集散地为四川雅安和陕西汉中，茶叶通过西藏、新疆运到中亚和欧洲。最初交易的品种是绿茶，但因路途遥远，没有遮阳避雨的工具，雨天茶叶常被淋湿，天晴时茶叶又被晒干，这种干、湿互变过程使茶叶在微生物的作用下发酵，产生品质完全不同于起运时的茶品，故有“黑茶是马背上的茶”的说法。后来，茶商在制茶时特意增加一道渥堆工序，用人工的方法加速茶叶陈化，经过渥堆后的茶叶，颜色已经由绿转黑，形成黑茶。

有人问乔总：“黑茶的名头没有普洱响，普洱的知名度高些。黑茶与普洱有什么区别？”

乔总说：“这两种茶都属黑茶系列。普洱炒作在前，所以知道普洱的多，黑茶直到近几年才开始流行。”

叶知秋忍不住说道：“黑茶的基本工艺流程是杀青、初揉、渥堆、复揉、烘焙。黑茶一般原料较粗老，加之制造过程中往往堆积发酵时间较长，因而叶色油黑，过去主要供边区少数民族饮用，所以又称边销茶。黑茶是藏族、蒙古族和维吾尔族等兄弟民族日常生活的必需品，有‘宁可三日无食，不可一日无茶’之说。”

老芒插话说：“黑茶因产区和工艺上的差别有湖南黑茶、湖北老青茶、四川边茶和滇桂黑茶之分。上次我和玩摄影的朋友到内蒙古采风，当地牧民招待我们喝的就是安化黑茶。”

客商们见他俩谈吐不俗，不敢小看，与乔总谈妥黑茶价格，约好第二天来运货，便散去了。

谈妥生意，乔总邀请老芒、叶知秋上楼吃饭。

楼是木板楼，踩起来吱呀作响。二楼墙上挂满了名人字画，叶知秋细看竟然有赵朴初、范曾、吴冠中、黄永玉等大师的字画，暗自猜想不知这些字画是真是假?

乔总似乎看穿了叶知秋的心思，笑着介绍说：“这幢楼原来是国民党莫将军的府邸，莫将军是抗日名将，解放战争后跟着蒋介石到台湾去了。‘文革’时期，市革委会在此地办公，将军府才万幸保存下来。改革开放后，这里作为爱国主义教育基地供人参观瞻仰，前两年搞旧城改造，差点被开发商拆了。莫将军后人特意从台湾回来，联络了几个省政协委员写了提案，呼吁把将军府作为民国古建筑保护起来。市里分管领导找到我，我就花了点钱把将军府里里外外修缮好，修旧如旧，以市美术家协会的名义搞了个书画院。平常在这里喝喝茶，鉴赏字画，蛮好玩。”

老芒夸赞说：“乔总有胆魄和眼光，修缮这地方，没有实力，玩不起啊。我佩服你做事的气魄，既保留了将军旧宅，又让旧宅充满生气，是十足的善举。”

乔总淡淡道：“维修费用不多，就一千多万吧。倒是装修这幢楼花了点钱，主要是收购名家字画，贵！不过这地方清静，省里、市里好多领导有空儿就会过来坐坐。”

叶知秋说：“乔总好韵味，现在宏东到哪儿去寻这样一块宝地。”

乔总点头，说：“我花钱换来这个院子十年的经营权，其实还是蛮划算的。”

菜端上来，雅致可口。三人围桌而坐，喝着红酒，东拉西扯，庭院里细雨沐浴过的古樟树散发出淡淡木叶清香。

老芒说：“乔总，叶总是我的铁杆朋友，想寻一件好器物，你看有没有合适的宝贝？”

乔总手里晃悠着红酒杯，浅浅地啜了一口，说：“找东西要看机缘。叶总，你我倒还是有点缘分，昨天我刚寻到一件宝贝，你看看。”说着，从脖子上解下一件东西，递了过来。

叶知秋拿到手里一看，是件不大的汉白玉器，色泽柔和，形状像马、像鹿、像驴、又像骆驼，仔细一看又什么都不像，尤显别致的是玉器顶部有一坨浅红。

老芒接过去看了看，惊叹道：“好东西啊！乔总你是在哪里找到的？”

乔总得意地笑笑，并不说话。

老芒细细地揣摩着玉器，口气自信地说：“这是块汉代古玉，器形是‘四不像’，其实就是麋鹿。麋鹿生活于长江中下游沼泽地带，是古代的一种灵兽，传说以青草为食物，有时会到海里衔食海藻。”

叶知秋说：“好像《封神演义》里姜子牙的坐骑就是麋鹿。”

老芒指着古玉上的纹饰告诉知秋：“这块玉有‘味儿’。有的行家鉴定玉器，注重技术细节，观察表面纹饰或雕琢手法，特别在意沁色，而鉴玉大师王世襄说过，好玉有股‘味儿’，哪些有，哪些没有，一看就能‘闻’出来。古代的玉匠为了掌握手艺，愿意花很多的时间反复琢磨一件玉器，耐得住枯燥、寂寞。有的玉匠心气儿高，力求尽善至美，慢慢就形成一种造器的精气神。这些心气儿都渗到器物上了，行家一看就看得出来，有神！至于在机器上做成的玉件，是完全看不到的，机器仿制的再好、再惟妙惟肖，总没有手工一刀一刀琢出来的那种神韵与味道。”

乔总点点头，说：“老芒好眼力。汉代的玉器不稀奇，但神似灵兽的古玉器却很罕见，最可遇不可求的是灵兽头上这块坨红，古玩圈里叫作‘鸿（红）运当头’。这些因素叠加起来，这件玉器就稀罕了。”

叶知秋对玉石不了解，但仔细端详这块晶莹温润的古玉，似乎乔总说的句句都对，放在手里把玩，古玉愈发莹润，竟有些爱不释手。

乔总看他这副模样，笑笑说：“叶总，我俩投缘，你如果喜欢，我就让给你吧。”

叶知秋不知这东西值多少钱，拿眼望着老芒。

老芒低声与乔总耳语起来。听老芒说完，乔总举起酒杯敬叶知秋，说：“这块玉我本想留着自己戴，既然叶处长看上了，我愿和你交个朋友，10 万块钱让给你了。”

乔总一直称呼叶知秋为叶总，这会儿改口称叶处长，自然是老芒说了叶知秋的身份。叶知秋来时叮嘱过老芒，不要透露他的真实身份，但老芒怕乔总要价高，价格压不下来，就说了叶知秋是省政府办公厅的处长，受人之托来寻宝。乔总交游广阔，愿意卖这个人情，开口报了实价。

老芒点了点头。叶知秋晓得价格没有问题，便说："谢谢乔总，我今天没带这么多现钱过来，这东西我要了，明天带现钱过来取。"

三人把酒言欢，不知不觉，雨停了。叶知秋微醺间看着桌上那件"鸿运当头"，心想，振宇得到了它，莫非就真的能够鸿运当头、步步高升？

第二天，叶知秋打电话给高振宇，用手机转发了几张古玉的照片。高振宇看了，说："你帮我找的宝贝，又请专家把了关，肯定没有什么问题，定下来吧。你发个账号给我，钱直接汇到你卡上。"

叶知秋心想，10 万块呢，高振宇说得这样轻松。他觉得通过转账付款不妥，便说："你不用汇款过来，我先帮你垫着，你下次见面给现金给我得了。"

叶知秋打电话给老芒，要他先垫 10 万块钱把玉器从乔总那里买过来。老芒爽快地答应，当天就把玉器送到叶知秋手里。

过了几天，高振宇陪崔鸿鹄来省里开会。领导开会，秘书聚会。高振宇与叶知秋约好晚上见面。俩人在宾馆附近的一个小茶馆里找了个僻静包厢。高振宇点了普洱，要服务员退下，他自己泡茶，手法娴熟老道。

叶知秋把装了"鸿运当头"玉器的小盒递给高振宇说："东西我给你带来了，你看看。"

高振宇打开随意看了看，递过一个纸袋，说："蛮好，你和老芒选的东西错不了。一个做生意的朋友托我帮他买的，物有所值就行。10 万块钱在里面，麻烦你转交给老芒，让他费心了。"

叶知秋见这么贵重的玉器高振宇都不细瞧，又听他说是帮朋友买的，心里怀疑，口里却不便问。

高振宇听说网帖调查告一段落，长嘘了一口气："我知道崔书记的个性，他是个光明磊落的汉子，不会去做那些龌龊勾当。事情调查清楚，不影响崔书记就行了。"

叶知秋说："我估计这事会到此为止。除了发帖举报的人，各方面都希望尽早平息事态。振宇，崔书记是省里下派的干部，迟早会回省里。你跟着他这么多年，他又很器重你；等他调回省里时，你争取跟着往省里调。到那时候，我们四个同学又能聚在一起了。"

高振宇说："是啊。如果他调回省里，我只有两条路可走，要么下派到县里去任职，要么跟着他往省城调。反正要争取在他调走之前安排好岗位，否则以后就难了。至于能不能调到省里来，还得看崔书记自己的发展。”

叶知秋在档案处憋屈得厉害，很多话藏在心里无处诉说，与高振宇敞开心扉，便说了目前的境况。他本想到办公厅有番作为，不想一年多过去，过的却是喝闲茶、聊闲天儿，写无用文章的日子。他被苦闷与烦恼缠得太久，又是在老同学面前，说起来没有什么忌讳。

高振宇听他说完，表示非常理解，又想了想说：“知秋，你目前关键是要想办法离开档案处，争取调到核心处室。与领导接触得多，升迁的机会才多，更容易脱颖而出。”

叶知秋说：“我倒不是那么在乎升迁，而是想干点实实在在的事情。只有把事干好，日子过得充实，才不会觉得虚度光阴。别人听了这话，可能觉得我矫情，但这是我真实的想法。现在要想调整处室，也没有合适的机会。”

高振宇说：“有机会要争取，没机会要创造机会。听说办公厅秘书处马处长会被提拔为副巡视员，位置腾出来，自然就会有干部调整。趁这个机会，你争取调整到秘书处、综调处、督查处等处室，内部岗位调整难度小些，好做工作。”

叶知秋说：“秘书处是最好的处室，想去的人挤破脑袋，暂时轮不到我。我只是想换个环境，不要窝在档案处。我们现在的这个处长，在档案处一待就是30年，原地不动，想起来都让人心酸。”

高振宇说“那确实。人家说女人的年纪不经熬，其实机关干部最经不起熬。时间一晃而过，没有踩上点，错过一次机会就赶不上趟了。”

叶知秋喝了口茶，说：“如果有岗位腾出来，古力志当秘书处处长的可能性最大。”

高振宇分析道：“我听崔书记说过，好像秦明副省长快到年龄了，迟早会转到省人大去。那么古力志应该会在他去省人大之前转岗。古力志任副处级秘书四年多，任处长的资历够了。在办公厅，秦省长要提拔谁还不是一句话？只不过古力志是他的秘书，他会有所顾忌，不会帮得那么现形。”

叶知秋笑着说：“瞧，振宇你比我对办公厅的情况还熟悉。古力志人其实挺好，工作能力也强，就是平常比较傲慢，群众基础不是太好。不过，我俩关系还可以，能聊到一块。”

高振宇一拍手，说：“只要古力志当处长，他提出要调你到秘书处当副处长，不顺理成章吗？你和他关系好，提前沟通一下很有必要。”

叶知秋似有所悟，说：“郑风浪副秘书长分管人事，他很关照我，我会去沟通。只要他同意放人，古力志又提出要人，应该没有问题。关键是古力志能否当上处长。”

高振宇说：“是啊，人事问题最说不清楚。组织提拔你有一万条理由，不提拔你也有一万条理由。”

俩人沏的是云南七子普洱，越喝越酽。叶知秋突然叹了口气说：“振宇，我们在学校的时候，满脑子想的都是国计民生，可是在机关里待得越久，人越迷惑，要么忙忙碌碌，要么浑浑噩噩。按常人的目光来看，能在省政府工作，又舒服又威风，还有什么不满足。可是人最大的悲哀，就是发现自己所做的事情没有意义，更为可悲的是，还得一天天这样重复下去。”

高振宇点燃一支烟，颇有同感地说：“知秋，那时我们都是学生，自然满腔热情和理想。可是现实就是这么残酷，达尔文适者生存、物竞天择的道理适合各行各业。你只能不断往上走，这样自己的空间才会更大，才能够按自己的想法做一点事情。”

叶知秋若有所思，说：“网上有个帖子——有人对马云说，我佩服你能熬过那么多年难熬的日子，最终有了这样的辉煌。你真不容易！马云却说，不对，应该是我佩服你。我熬那些苦日子时一点都不难，因为我知道它会变好，我佩服你明知道日子一成不变，还能坚持几十年照常过下去。我看了这个帖子后想了很多，为什么很多人在机关里，可以清楚地看到自己十年之后、二十年之后的模样，但不去改变，甚至没有想过要去改变。是环境让他们麻木了吗？是温水煮青蛙的效应？还是根本没有勇气去改变？”

高振宇说：“所以说，穷则思变啊！”

叶知秋深深地吸了口烟，说：“胡适先生早就说过，要让好人进政府。只有好人进了政府，才能更好地为老百姓服务。其实，绝大多数干部想给老百姓做点事情，实现自我价值。我自己有体会，原来在乡镇、县里、省信访局工作，还能干点实事，感觉日子过得充实，到了省政府办公厅直接与老百姓打交道少了，务虚的东西多了，心里反而不踏实。”

高振宇说：“知秋，你说得对。但也有个领导曾经说过，想为老百姓干点实事，要先有话语权才行啊。你、我都还是要丢掉一些书生气，现实一点，务实一点，这样才能找到施展手脚的平台。”

叶知秋说："振宇，无论什么时候，我们都不能丧失理想信念和精神自由，沦为体制和权力的附庸。希望我们都能够坚持心中的理想，有机会去实现。"

俩人好久没有这么掏心掏肺地说过话，聊着聊着都动了真情。

高振宇换了话题，问："对了，知秋，你怎么认识景江办事处的唐梦云？上次开招商会，我看你和她还蛮熟悉？"

叶知秋不好说是与陈大年吃饭时认识的，含糊道："亮亮进厚德小学时找过她，她出面把事情办好了。我与她是普通朋友，打了几次交道，感到她挺有才气，协调能力强，也还蛮肯帮忙。"

高振宇说："红颜命厄。我听人说过，她是个苦命的美人。"原来，唐梦云大学毕业后分配在景江市财政局，人长得漂亮，单位又好，追求她的人排成排，结果被一个副市长的儿子追求到手。结婚后，唐梦云工作上进，当了局行财科科长，而丈夫露出了公子哥的真面目，到处寻花问柳、酗酒闹事，一不顺心就对她拳脚相向，打得她身上青一块紫一块。唐梦云顾忌名誉，忍气吞声。后来那公子哥在不三不四的朋友怂恿下竟然吸毒，把家里闹得鸡飞狗跳。这样一来，唐梦云就下决心离了婚。副市长的媳妇闹离婚在景江市算个花边新闻，议论的人多了，副市长脸面就挂不住。唐梦云想离开伤心地，市里就安排她到驻省办事处任副主任。她工作尽心尽力，各方面关系协调得井井有条，没多久就转正当了主任。

难怪梦云神情上总有股淡淡的忧郁，即便是在笑时也挥散不去。叶知秋叹道："没想到她身世还这么曲折，一个女人真不容易。"

高振宇笑道："你莫非是看上人家了？这种女人，轻易不动情，动起情来最容易沉陷进去。别怪我没有提醒你，你少去惹她，到时候脱不了身。"

叶知秋说："你扯远了，我只是随便问问。"

高振宇看看手表，时间不早了，担心崔鸿鹄找他，起身告辞。临走时，他用力拍了拍叶知秋的肩膀，说："知秋，记住，放下身段，适者生存。"

回家的路上，叶知秋仔细回味着这些话，觉得似乎有道理。看来，自己还是要蜕去一些东西，清高、自省换不来施展抱负的平台和锦绣前程，现实既没有想的那样美好，也并不是那样无奈。

九

李心平和赵磊调研回来，处里开会，起草档案管理规范化工作意见初稿的任务交给了郭凡，要求一个星期内拿出初稿。散会后，叶知秋看郭凡有点心神不宁，一问，才知道郭凡的母亲重病，他想回山东一趟，可手里又有材料，犹豫着请不请假。

叶知秋说："小郭，母亲生病了，你应该回家看看。你去向李处长请假，他如果不批假，我再去帮你说。"

郭凡似乎有些为难，说："家里催过我几次了，可今天分配了写材料的任务，我怕请假会影响工作。"

郭凡一脸诚恳。叶知秋动了恻隐之心，多好的年轻人啊，便说："材料你不用担心，处里反正已经研究了提纲，我来写初稿。"

叶知秋陪郭凡一起去找李心平，说明情况，主动提出自己拿初稿。李心平本来担心延误材料，见叶知秋主动请缨，乐得送顺水人情，当即同意郭凡请假。

郭凡办好请假手续，订好当天下午的高铁票后向叶知秋辞行。叶知秋知道他家境困难，将两千元钱装进信封塞给郭凡说："小郭，山东远隔千里，我也不可能去看望你母亲，这点钱你收下，是我的一点心意。"

郭凡推让好一阵儿，才感动地收下。

叶知秋闭门专心写稿。这种公文对叶知秋来说没有难度，轻轻松松一稿写就。初稿写完，已是周五。薛松林打电话来，说周六上午有个文化讲座，请了国内知名的史教授主讲，问他有没有兴趣。史教授因在央视"百家讲坛"开讲而走红，叶知秋对史教授心仪已久，如今有个近距离听课的机会，便欣然答应。

薛松林说："票已在我手里，讲座 9 点开始，你早点到省电视台的会展中心来，我们一起入场。"

周六上午，叶知秋打了出租车早早地赶到会展中心。门口悬挂着一张巨幅海报，海报上史教授微笑着看着过往行人，还配着一行醒目大字——"明心见性，听大师讲禅修身"。会展中心门口有一群人举着牌子，牌子上写着"史教授粉丝团"。正看着，薛松林在人群里招手，叶知秋接过入场券说："现在文化讲座弄得像娱乐明星演出一样，又是海报又是粉丝团，商业化味道太浓了。"

薛松林笑笑说："市场需要嘛，现在文化讲座都得找赞助商，赞助商有这个要求，希望把场面弄热闹点。现在文化搭桥，经济唱戏，有真心想听讲座的，有来凑热闹的，有来拉广告的，什么样的人都有。”

薛松林弄的票在前几排，进了会场叶知秋坐下后回头一看，容纳两千多人的会场座无虚席。叶知秋问：“史教授的人气还蛮旺，会场都坐满了。他是研究明史的，明史讲得非常好，怎么这次讲座主题却成了禅意修身？”

薛松林说：“史教授算个大家，在百家讲坛开讲后更是名气大增。现在讲佛参禅、修身养性是种文化时尚，听文化讲座是件时髦的事。主办方是经营保健用品的，办这次讲座投资了五六百万，要求尽量往健康养生方面靠，要不史教授光讲明史哪里会有这么多人？”

听了这番话，叶知秋后悔不该来，本来是听文化讲座的，结果变成听软广告。讲座开始，史教授从中国文人的佛儒道精神入手，谈到在当前社会浮躁的心态下如何读书、修身、齐家、创业、养生，引经据典，侃侃而谈，不时赢得阵阵掌声。叶知秋却有些失望，这些话让电视上搞营销、搞人生企划的人来说也许更精彩，而让一个文史专家来讲这些，未免尴尬。

叶知秋环顾四周，看到前排有个人面熟，仔细一看竟是唐梦云。唐梦云正在认真听讲座，从侧面看过去，几缕秀发坠在耳边，面容愈发清丽。叶知秋连忙发了个信息过去，见唐梦云没有反应，又拨打她的电话。好一会儿，唐梦云接了电话，回头瞧了瞧，叶知秋连忙挥手示意，梦云莞尔一笑。

叶知秋发信息过去：“唐主任有空儿来听讲座？”

唐梦云回复道：“只允许你们领导追求文化？我们老百姓也有追求文化的权利。”

叶知秋发道：“别这么简单地划分你们、我们，我们都在地球村，一家人。史教授是讲明史的大家，在这里说这些，真是可惜了。”

唐梦云回复道：“同感。文化被商业绑架了。”

叶知秋发道：“择日不如撞日。今天这么巧，中午请你吃饭好吗？”

过了一会儿，唐梦云回复道：“好吧。我知道附近有个特色餐厅，我订好发地址给你。散场后一起去吧？”

叶知秋发道：“我还有朋友在这里。你定好地方，我们分头去，到餐厅碰面。”他寻思亮亮读书的事梦云费了心，要送点礼物表达心意。

叶知秋无心再听讲座，对薛松林说：“我中午还有事，先走一步。”

薛松林说："讲座结束后，电视台还安排了个专访，我得陪着。你自己回去，我就不送了。"

叶知秋提前退场，想来想去不知道送什么好，突然想到唐梦云喜欢看书，便找到会展中心附近的一家书店，挑了一套精装版的舒国治文集。

不一会儿，唐梦云发了地址过来，订的餐厅是一家叫"素心莲"的素菜馆。叶知秋一进餐厅，穿着玄色麻衣的女服务员就迎上来，问："先生，您好，请问订了位吗？"叶知秋刚要回答，就看见唐梦云在大厅靠窗的卡座朝自己招手。

叶知秋走过去，唐梦云上身穿着素白的小西装，下着浅青色休闲西裤，眉目含笑地站起身来握手。叶知秋坐好，见桌上摆着三套餐具，疑惑地问："还有谁来？"

唐梦云轻声说："这里经常会碰到熟人。叶处长单独和我吃饭，怕添不必要的麻烦。摆上三套餐具，表示还有别人，碰上熟人也不怕说闲话。"

梦云心思缜密，处处为知秋着想。叶知秋笑着把那套书递给她，说："你喜欢看书，喜欢舒国治，就送套他的书给你。"

唐梦云接过去，欢喜得不得了，连连称谢。

这家素菜馆是按位收费，价位按每人 88 元、108 元、128 元不等，所有的菜都是素菜，客人随意点想吃的菜，一次不能多点，不够了可以免费加菜，唯一的要求就是点的菜要吃完，不能浪费。

唐梦云按每人 88 元的价位点了小炒青菜、醋熘萝卜丝、家常豆腐、清炒苦瓜和炖湖藕，四菜一汤。

叶知秋说："唐主任，我请你吃饭，你不能这么帮我省钱。"

唐梦云说："你别叫主任，听起来好生硬，就叫我梦云吧。这地方的素菜清淡可口，你试过就知道。如果菜不够，再加吧，别浪费了。"

叶知秋听了这话，说："那你也别叫我叶处长，叫我知秋就行了。梦云，亮亮读书的事情，真心谢谢你，你帮我解决了个大难题。"

唐梦云笑道："亮亮读书的事，你要办肯定也能办好。市教育局长是景江人，宏东景江同乡会的秘书长，我托他出面打了招呼。"

不一会儿，服务员将菜端上来，四样菜色香味俱佳，连装菜的碗碟都格外雅致。叶知秋给唐梦云盛了碗湖藕汤。

唐梦云说："今天本来想好好听听史教授的讲座，结果发现并不是那么一回事，谈的都是些没有意思的俗理。"

叶知秋说："我问了电视台的朋友，是主办方定的讲座题目，史教授只能顺着这个主题去说。现在好多文化讲座都变成了商业炒作。"

唐梦云轻轻叹口气，说："说不定，史教授内心也不愿意，却又拂不过各方面情面。有时候，人总要违背自己意愿去做一些事情。"

梦云遇事总能站在对方的角度去看问题，这点最难得。如今很多人遇事总是从利己的角度考虑，难免有失偏颇。梦云这点，让叶知秋颇为欣赏。

素菜馆里人少，安静，弥漫着一股淡淡檀香。俩人静静吃饭，叶知秋没话找话，问："办事处事情多吗？你们天天迎来送往，蛮辛苦的。"

唐梦云说："还好，比过去好多了。过去办事处除了接待领导，还得到省里各个厅局找关系、拉项目，现在市里对口的单位直接对接。办事处主要是接待市领导和协调处置一些群体性上访，工作量倒不大。最大的好处就是时间自由，可以不用坐班。"

叶知秋说："那太令人羡慕了，不像我们每天朝九晚五，为稻菽谋而四处奔波，为五斗米起早贪黑。"

唐梦云扑哧一笑，叶知秋还想再说，被她打断了，说："咱俩在一起时，能不能不说官话，不谈公事？"

叶知秋微显尴尬，自嘲说："咱们不说官话，就说人话吧。见人说人话、见鬼说鬼话，有什么不好？你见人讲鬼话，鬼话连篇，人家听不进去；你见鬼跟他说人话，他怎么听得懂？本来一个人就应该见人说人话，见鬼说鬼话。"

唐梦云笑道："你呀，没有一句正经话。"

叶知秋喜欢她嘴角微翘的样子，认真瞅她，越看越是爱怜。叶知秋盛了碗米饭，边吃边夸赞说："果然不错，这个地方蛮有特色。"

唐梦云吃得很少，偶尔夹一筷子菜，细嚼慢咽。叶知秋怕她嫌自己吃相难看，便放慢速度，斯文起来。梦云看出他的心思，笑着说："养生专家说一口饭要嚼 36 下才能下咽，这样速度慢，就吃得少些。我不饿，你不要学我。"

吃过饭，唐梦云谢过，就要道别，叶知秋心中不舍，想要和她久待一会儿，说："今天是周六，多坐会儿吧。我俩难得遇到一起，这么急着走？"

唐梦云纤手轻摇，说："对不起，我还有事，改天有空儿再聊吧。"

叶知秋结了账，魂不守舍地送梦云。梦云开了辆黑色皇冠，发动车子，见他失魂落魄的模样，心中终是不忍，便柔声说：“你没开车，我就送你一程。”

叶知秋像个孩子般开心上了车。

唐梦云顺手打开了车载CD，蔡琴的歌声如溪水般流淌出来。叶知秋也喜欢听蔡琴的歌，车里最多的亦是蔡琴的CD，他心里暗暗称奇，嘴里却没说出来。

叶知秋满肚子的话要想，话到嘴边却说不出所以然，语结道：“梦云，下次什么时候才、才能见面？我喜欢和你在、在一起的感觉。”

唐梦云幽幽地说：“随缘吧，你不要强求。”

叶知秋从来没有像此刻般找不到话，俩人无语，一任蔡琴的歌声流淌。

碰上个红灯，车子停了下来，叶知秋忽然说：“要不，我们一起去爬山吧。”

唐梦云不说话，内心纠结着，好久才长叹一口气，说：“麓山人太多，我们去爬赊月山吧。”

叶知秋顿时狂喜，这种感觉只在当年和李晓蕾恋爱的时候才曾有过。

车子往赊月山方向驶去。赊月山是城郊的一座小山，山不太高，名气倒是很大。山上有座“洗心”禅寺，据说是唐代修建，千年以来香火不绝，曾经出过很多高僧。

车子停在山脚，叶知秋和唐梦云沿着山路逶迤而行。空谷山幽，分外安静，鸟儿啁啾，虫儿低鸣，不知名的野花星布山谷。叶知秋话语滔滔，不时说几句笑话，逗得梦云抿嘴轻笑。

叶知秋说：“麓山人多，太喧闹了。这里比麓山安静，空气也更加清新。”

唐梦云说：“是的，我喜欢这种感觉。麓山被城市包围着，去的人多，太喧哗闹腾。赊月山离城里远，来的人少，自然安静些。”

叶知秋说：“你可知道这‘赊月山’的来历？”

唐梦云摇头。叶知秋说：“我听说此山名赊月，还有一段掌故。唐代有一秀才，多次赶考落第，无颜回故乡，便跑到此山隐居。秀才娘子历经艰辛辗转找寻到他，劝他回家，他却决意不回，写了一句诗，‘赊山一片月，还赠故人情’。秀才娘子为劝他回心转意，在山下结庐而居十年。这年秋天，秀才娘子写了一句诗，‘年年山月迟，夜夜思君归’，托人送给秀才。秀才终于被娘子的忠贞打动，下山携她相伴而去，不知所终。后来这座山就被人叫作‘赊月山’。”

唐梦云听得直摇头，说：“这故事多半是后人编的。不过，赊月山名字蛮好听的，也不枉娘子对秀才一片痴情。”

不知不觉，俩人来到洗心禅寺前。寺前一副对联映入眼帘：

得一日粮斋，且过一日；

有几天缘分，便住几天。

叶知秋知道这副对联的来历，便对梦云说：“历朝历代文人骚客到赊月山一游，免不了题词赋诗。流传最广的，就是明初法慧大师写的这副对联。这副对子通俗易懂，字面上看是说做一天和尚撞一天钟，深处想想，有和尚去了寺庙空、聚散离舍皆随缘的洒脱境界。”

唐梦云细读对联，说：“有几天缘分，便住几天。说得好轻巧、好容易，俗世俗人，有几个人能这么洒脱呢？”

叶知秋说：“这副对联过了几百年内容仍不过时。现在得过且过、混日子的人太多了。下联那句话说得透彻，一个人如有这般洒脱心境，那么一辈子的因缘境遇便能处理得圆满了。放下俗念，才是大境界啊！”

唐梦云说：“说起来，仕途上的人最不容易放下。嘴里说看淡名利升迁，心里却看得格外重，时时挂念，从不放下。古人早就有诗云，‘皆言挂冠去，树下有几人？’现在好多人把职务职级看得比命还重，有这个必要吗？”

见梦云话锋尖锐，叶知秋便笑着说：“你说得对，但是很多事情身不由己。也许正是放不下，陶渊明才会有‘误落尘网中，一去三十年’的慨叹，岑参才会说‘暂将挂冠去，觉道资无穷’。我觉得，中国古代的文学家都是失意的官员，只有仕途坎坷屡遭挫折之后，才在文学上寻找慰藉，成为大家。你看屈原、陶渊明、孟浩然、李白、杜甫、白居易、韩愈、柳宗元、王安石、苏轼、陆游、辛弃疾、龚自珍等，几乎都是这样。”

唐梦云见叶知秋说得认真，举这些例子如数家珍，知道是他心里话，轻轻点了点头。

叶知秋接着说：“人家讲学而优则仕，我看是仕不优则文。这些失意的官员，在通过文学艺术来排遣心中的郁闷和烦恼，结果一不小心，无心插柳柳成荫，却成就了文学史上的地位。”

俩人并肩往寺院里走去。寺院里有一长溜硕大的瓷缸，缸里种了睡莲，有白色的、蓝色的，一朵朵格外抢眼。大殿讲经堂里隐隐传来僧人敲打木鱼和诵经的声音。在千年佛寺，眼中看到睡莲，耳边听到礼佛声，此情此景，有种说不出的神秘和禅静。

俩人静默良久，彼此对望，不言一语，却又胜过千言万语。

唐梦云轻声说："这些莲花低调温婉，和大红大绿的荷花比起来，有种沉静的美。"

叶知秋说："睡莲外形与荷花相似，不同的是荷花的叶子、花挺出水面，而睡莲的叶子、花浮在水面上。睡莲因昼舒夜卷而被誉为'花中睡美人'。寺院里种莲本来常见，可种在一排排的大水缸里，我可是头一回见。"

唐梦云走近水缸，看着那朵朵莲花。水缸里倒映着的梦云的面容，云鬓轻摇，浅笑嫣然。叶知秋看得有些痴了，半晌才回过神来说："相传睡莲是山林沼泽中的女神。古埃及人称睡莲为'尼罗河的新娘'，经常把它画在宫殿、庙宇的墙壁上。凡是受到这种花祝福而生的人，天生具有一股异性难以抗拒的魅力。"

唐梦云瞅一眼叶知秋，说："你怎么什么都懂？"

叶知秋笑而不答。

逛到后殿，叶知秋看到一块"皆大欢喜"的牌匾，几个颜体大字颇见功力。叶知秋仰头仔细端详，对唐梦云说："我特别喜欢这四个字。这四个字里有着佛的大情怀和对众生的宽容与悲悯。有人说，佛法的思想精髓是'无缘大慈，同体大悲'，佛法要把慈悲推广到宇宙间的一切事物，把所有事物都看成人我一体，休戚与共，实现真平等、真共性。在我看来，世间所有的宗教所要解决的问题就是一个人精神上的终极关怀问题，实际上就是如何对待生存与死亡的问题。所以，我认为佛法的终极思想是普度众生、皆大欢喜。只有普度众生，修得佛心，才能皆大欢喜，人人快乐，这不就是大同世界，和谐社会吗？"

"你说得蛮有道理。"唐梦云点头，表示认可。

俩人走走停停，只恨时间不能停止。逛完洗心禅寺，唐梦云说："山顶有个吃饭的地方，一对老夫妻开的小店。老两口本是山里的村民，赊月山搞旅游开发，政府动员搬迁，他俩就是不下山，在山里开了个小饭店，给来游山的客人做饭菜，饭是红薯饭，菜是自家种的，味道蛮好。我隆重推荐。"

到了山顶饭店，果然就二三张桌子。叶知秋挑了一张靠窗的桌子坐下，透过窗看得到山林叠嶂和远山白云。他点了几道菜，要了一壶店老板自酿的米酒。

爬了山，又喝了小杯米酒，梦云脸颊酡红，香汗微透，显得愈发娇媚。叶知秋与她举杯小酌，随意说些闲话。店里安静，窗外景色宜人。叶知秋内心无限温柔，只盼世间万物皆能如此安详静好。

看着窗外风物，梦云眉眼间隐隐的忧郁更浓了。叶知秋问道："梦云，你似乎心里总藏着事，不要憋在心里，可以跟我说一说。"

唐梦云轻轻地摇了摇头，语气幽幽道："往事不用再提，人生已多风雨，有些人、有些事，过去了就过去了。"

叶知秋已经晓得了唐梦云的遭遇，见她这番模样，万分怜悯，不知道如何劝她才好，只好给她夹菜、倒酒，说："人啊，快乐是一天，苦恼也是一天，所以要过好每一天。你现在这种状态，自由有闲，别人羡慕得要命呢。"

唐梦云笑笑，说："想想也是。你的痛苦，或许在别人眼里却是幸福呢。其实，幸福也好，痛苦也好，只是自己的一种感觉而已。"

叶知秋说："每天浑浑噩噩、忙忙碌碌，年头到年尾没做几件有意义的事情，消耗时光才是最痛苦的呢。说起来惭愧，我半夜里醒来，常会有虚度光阴的惶恐。"

唐梦云正色道："知秋，你是有远大抱负的人。从第一眼看到你，我就觉得你和别人不太一样，你是有理想有情怀的人。人有理想，才会觉得痛苦；人有情怀，才会悲悯众生万物。我相信一时的挫折，不会消磨你，你要沉得住气，坚定信念走下去，肯定会有番作为。"

叶知秋笑笑，说："有些事情说不清楚。佛经说'色不异空，空不异色，色即是空，空即是色，受想行识，亦复如是。'世间万物，很多是要讲机缘的。可能你费尽心力去追求，结果却是一场空。"

唐梦云不同意这番话，说："知秋，也许你没有意识到，你身上的文人气太重，理想主义的色彩会让你与现实格格不入。从古至今，仕途对文人来说总是充满艰辛与坎坷。舍弃一些，才能得到一些。你一定要放下一些东西，才能在仕途上走得更远。"

叶知秋反问道："你觉得仕途是我最终的追求吗？"

唐梦云说："但凡男人都会有安邦治国、大展宏图的梦想。我不知道你真正想追求什么。我自然希望你能仕途顺畅，成就一番事业。可是，内心深处，我又盼你能安静地读书、写文章,过安稳闲适的日子。或许后一种生活,更适合你。自古以来,中国传统文化里,一边是安邦治天下,一边是悠然见南山,好矛盾的。”

叶知秋没想到唐梦云会说这样一番话，这些话就连最亲近的父母、妻儿、朋友、师长都不曾说过。梦云把自己看得这么透、这么准，就连自己深藏心底的纠结都被一语道破。冥冥中仿佛有一股神秘的力量，让这个女人与自己相遇相识，精神如此相近，心灵如此相通！这是一个多么聪慧的女人啊，每句话都像雨点样密密集集地敲打在他的心坎上！

夜色渐渐深了。山上稀疏的游人陆续往回走。叶知秋与唐梦云并肩而行，迈过石阶时，叶知秋不经意拉住唐梦云的手，唐梦云身子轻轻一颤，却并不将手挪开。叶知秋握着她的手，只觉得滑嫩柔和，心里无限欢喜。

俩人默默走了一阵儿，唐梦云忽然问：“以后还过来爬山吗？这里的山青夜静，人的心都变得透明。”

叶知秋深深吸了口气，说：“只要你愿意，我就陪你来。”

一路上俩人无话，难言的情绪笼罩着他俩。唐梦云开车径直将叶知秋送到小区门口。叶知秋下了车，回过头还想说些什么，唐梦云已经将车窗摇上，车子飞快地驶入梦一样深的夜里。

十

一连几天，叶知秋都在细想唐梦云在赊月山说的那些话。要想改变目前的境况，的确要丢掉身上不舍时宜的清高与孤傲，舍弃一些，才能得到一些。想来想去，古力志应该能够帮助自己。

叶知秋约古力志一起小酌。古力志生性孤傲，习惯了独来独往，长年担任领导秘书更养成了高调的个性，很少正眼瞧人。办公厅的干部都觉得他不好打交道。但他对叶知秋是个例外，有时会主动找叶知秋聊天儿、小聚。这份感情，除了感激叶知秋夫妇对儿子强强的关照，更深层的原因是古力志对叶知秋人品的看重，俩人对一些事情的看法也接近，能够彼此理解。物以类聚，人以群分，古力志把叶知秋当作能够说心里话的朋友。

叶知秋在凯莱酒店订了个小包厢。古力志按时到了，见包厢里只有叶知秋一人，就笑着说：“知秋，你搞得这么神秘干吗？两个男人吃饭没必要到这么高档的地方。”

叶知秋开玩笑说：“请古大秘书吃饭，我可不敢怠慢。你有什么朋友可以一起喊过来啊，特别欢迎美女朋友。”

古力志摇摇头说：“我们这些秘书看着风光，其实最可怜了。天天跟着领导跑，除了睡觉，所有时间都是领导的，就算有那份心，也没那个闲啊。能让老婆满意就不错了，还有什么精力交女朋友。”

叶知秋笑着说：“谦虚，你谦虚。”《谦虚》是网上流传的一个段子：老王胆小、嘴笨。一日酒后仗胆审妻是否有不忠行为，妻抵赖说：只有一次。老王指着妻气愤地说：你……你……你谦虚！

古力志会意，哈哈大笑起来。

菜不多，高档而精致。叶知秋特意带了一瓶洋酒，俩人慢慢喝着，边喝边闲聊。古力志知道叶知秋有事，却不急着问，等他开口。酒过三巡，叶知秋说：“力志兄，我也不兜圈子，听说你就快要主政秘书处了，我在档案处窝着别扭，你把我调到秘书处吧。”

古力志见他话说得这么明白，不好装糊涂，就说：“知秋老弟，我能不能当上处长，现在八字没有一撇。现在的人事问题，不到任命书下来，就不算数。你也知道，办公厅比较复杂，岗位之间有差别，干部想调整岗位，要分管领导点头，处长说了不算。”

叶知秋说：“力志兄，你的能力、资历摆在那里，加之秦省长肯定会挺你，优势明摆着，你当办公厅秘书处处长是板上钉钉。”

古力志听得高兴，也不否认，端起杯和叶知秋碰了一下。

叶知秋接着说：“我在档案处待了这么久，想换个环境。你到了秘书处，肯定要重新‘组阁’，到时你就提议一下，把我调过去。我没有别的要求，当不了副处长，在你手下当个副调研员也行。”

古力志说：“这事扯得有些远了。如果我真能当上处长，提议一下副处长人选还是可以的，当然最后还得领导拍板。虽说是办公厅系统内部调整人，也要分管领导同意才行。咱哥俩的事好说，领导的工作，你得自己去做。”

酒真是个好东西，几杯下去，话就变得推心置腹。古力志提醒叶知秋：“郑副秘书长喜欢钓鱼，你请他钓鱼的时候顺便汇报一下自己的想法，总比在办公室汇报效果好。知秋，你呀要少些书生气，必要的联络感情是必不可少的，入乡随俗嘛。”

古力志是真心在出点子，叶知秋连忙斟上满满一杯酒敬他，说：“力志兄，谢谢你。你的话，我记在心里！”

这晚，叶知秋虽然喝高了，却记住古力志说的要想调整处室，分管领导的意见至关重要。

郑风浪在办公厅分管人事，处室调整人员首先要经过他的同意，他是第一道关卡。

郑风浪在办公厅的人缘好、威望高。一般来说，对领导好的人，对下属不见得好，而郑风浪却不是这样，他既敬重领导，又尊重下级，对上对下一视同仁，因此在办公厅是个一言九鼎的人物。他正厅级干了八年，最好的结局是干到60岁正厅满十年，当个省委督办专员。因为对结局看得透彻，他做人做事就更加爽朗自如。

前段时间参加调查组汇报得多，叶知秋与郑风浪亲近了许多。找了个机会，叶知秋将两条软中华烟放在公文包里，手里拿着一沓文件进了郑风浪办公室。

叶知秋进办公室，顺手虚掩了门，说：“秘书长，这个周末天气好，您有没有时间？出去搞搞活动吧。”

郑风浪身子往后一靠，转着皮椅子说：“搞什么喽，你那点工资，上交老婆后还能干什么呢？”

叶知秋说：“您不用担心。我有个做生意的同学喊了好多次，刚才又打电话约这周末搞活动。我想请您大驾光临，给我撑个面子。”

叶知秋所谓的搞活动就是钓鱼。省政府办公厅的干部都知道，郑风浪酷爱钓鱼，是省钓鱼协会的名誉会长。他钓鱼已经超越爱好的境界，达到了专业水准，曾经创造过连续三天三夜待在水库边上，吃着干粮钓鱼的纪录。

郑风浪没有搭话。叶知秋又说：“我知道您是专业水平，喜欢在大江大河里野钓。老乡推荐的是附近山里的一个小水库，那里人不多，环境很好，鱼都是野生的，值得一去。这段时间您蛮辛苦，抽时间放松一下吧！”

见叶知秋说得恳切，郑风浪将桌上的台历翻了翻，终于下定决心似的说：“这周六我本来有个活动的，你一片盛情，我就推了那个活动。双休日出城的车多，咱们早点出发。”

叶知秋说：“我早晨 7 点到您楼下恭候。”

约好郑风浪，叶知秋给王建军打电话，告诉他请的贵客是自己顶头上司、省委副秘书长，叮嘱说：“建军，这个层次的领导轻易请不动，你要好好准备，做好的搞。认识郑秘书长对今后事业的发展也有好处。”

王建军一直为没有办好亮亮读书的事情感到愧疚，说：“知秋，你放心，我会尽力安排好，为你争脸，不会塌场。”

叶知秋又把一些细节反复叮嘱一遍，约好出发时间。

周六，晴空万里。王建军开辆黑色的奥迪 Q7 越野车，接了叶知秋。王建军这些年赚的钱多了，一百多万的越野车开着好玩似的。俩人准点赶到，郑风浪的司机小陈早等在楼下。

不一会儿，郑风浪从楼上下来，小陈迎上去接过郑风浪的行头，两个大大的渔具袋，还有一个红色的塑料桶，桶里黑乎乎的不知是什么东西。

郑风浪心情很好，说：“今天天气不错。知秋，你坐我的车吧。”

叶知秋为郑风浪打开车门，等他坐好，自己想坐到副驾驶座位去，郑风浪说：“你一起坐后排，好聊天儿。”领导叫你并排坐，表示恩宠，叶知秋依言欣然坐好。

王建军的车子在前面领路。二十多分钟后，离开市区，转上一条山间小路。路是条水泥路，但路面有些狭窄，蜿蜿蜒蜒看不到尽头。慢慢往山林深处去，只见山势陡峭，树木茂盛，沿着山路有条小溪，涧水潺潺，野趣横生。

郑风浪兴致很高，和叶知秋聊的都是钓鱼经。大约半个小时后，车子驶过一座挂着“涤尘山庄”招牌的牌楼。车刚停稳，就有人来开车门、帮着提渔具。叶知秋一看，是两个穿着红色运动衫的时髦美少女，知道王建军早就打过前站。

郑风浪笑呵呵地下了车，环顾四周，群山环抱中有一个宽阔的水库，蓝天白云倒映在水面。

王建军迎上来说：“首长，这个地方是我朋友开的避暑山庄，平时不对外营业，我们几个朋友休闲的时候才来。条件有限，您多包涵。”

郑风浪说：“不错，这地方不错。你看这山，这水，这树木，环境多好。涤尘山庄，涤除凡尘，清静心灵，好啊，好名字、好地方，让人心旷神怡啊。现在宏东可难找这种地方了。王老板，这可是块宝地哟。”

众人簇拥着他往水库走去。走到高处，望着宽阔平静的水面，郑风浪一时兴起，念出两句诗来：

“日日依山看荃湾，帽山青青无改颜。

我问海山何时老，清风问我几时闲。”

众人皆拍手，王建军和两个美女都夸赞说领导有才，唐诗宋词张口就来。叶知秋却知道这是元代画家高房山的禅诗《怡然观海》，而且晓得郑风浪有意不念最后一句，便笑着说：“你们别乱插嘴，这是元代人写的禅诗。这首诗后面还一句，‘不是闲人闲不得，能闲必非等闲人’。郑秘书长可不是等闲人！”

郑风浪哈哈一笑，如遇见知音般，笑着说：“知秋有才，知秋懂我。”

王建军大声吆喝山庄的服务员，开遮阳伞、摆椅子、倒茶水。长得高挑的女孩儿姓王，在前面引路，长得丰满的姓杨，抢着提渔具。郑风浪选了个地势开阔、好甩钓竿的地方，然后又测了测水流和风速，才摆开架势。他一整套渔具摆开，分别装上鱼饵，然后动作潇洒地将四枝海竿一一甩进水库。红色塑料桶里装着他用米酒调配的鱼饵，这种鲜鱼饵必须当天调制，丢到水里能发出浓香吸引鱼群。

叶知秋看他装饵、甩竿、立杆，动作娴熟，一气呵成，禁不住赞叹了几句。

郑风浪笑着说：“万事都是熟能生巧。我原来也不钓鱼，还是在水利厅的时候，老厅长爱钓鱼，我经常要陪他，陪着陪着就上瘾了。钓鱼是门学问，钓什么鱼用什么饵，站什么位置，把杆子甩到哪儿，什么时候起竿，都有讲究。关键是多实践、多摸索，找到规律。”

叶知秋点头道：“我不会钓鱼，原来在乡镇、信访局时偶尔陪陪领导。可是，好多领导都是杆子一放，就到麻将桌、牌桌上去了。”

郑风浪有些鄙弃地说：“那叫什么钓鱼，败坏了钓鱼的名声。”

叶知秋笑笑：“您是专家、钓鱼高手，境界不一样嘛。人人都有你这样的水平，那鱼不成了濒临灭绝的珍稀动物？”

这话说得郑风浪大笑起来。

小杨在一旁又是递烟又是递茶，不时地问几个幼稚的问题，郑风浪不厌其烦地耐心回答。叶知秋看到待在这里多余，便朝王建军使了个眼色，俩人就远远地找了个角落甩下钓竿。

叶知秋问：“这小杨、小王是山庄的服务员？”

王建军说：“这穷乡僻壤，哪有这么俊的丫头。小杨是我公司的办公室主任，小王是公关部经理。我特意安排她们到山庄来搞服务。”

郑风浪那边不时传来阵阵笑声。小杨忙前忙后地张罗，一会儿帮着捞鱼，一会儿帮着装鱼饵。

叶知秋特意到厨房巡察了一番，见厨房干净整洁，四个厨师正在忙乎。厨房准备了野生乌龟、放养的土鸡、山里的兔子、附近农民种的各式蔬菜，叶知秋看后更加放心，嘱咐厨师把菜炒好。

郑风浪果然是高手。一上午就钓了六条鱼，其中有条十八斤重的雄鱼，小杨大呼小叫的，逗得郑风浪开心不已。叶知秋、王建军一人只钓了一条三四斤的草鱼。

叶知秋看看表，12 点 30 分了，让王建军去通知厨房上菜，自己去请郑风浪。他看了看装鱼的桶子，夸道："高手就是不一样，要搞钓鱼比赛，秘书长肯定又是冠军。"

郑风浪笑着摆摆手："运气好一点而已。你们年轻人呀在塘边坐不住，没有我这老家伙有定力。"

叶知秋一时不知点头好还是不点头好，点头是赞成他定力好，但好像也承认他是老家伙；不点头，似乎又不同意他的观点，便岔开话题说："渔具就放在这吧，吃了饭继续钓。"

郑风浪意犹未尽，又甩出钓竿，说："知秋，我钓鱼这么多年，总结出一条经验，想不想知道？"

叶知秋说："当然想听您传授真经。"

郑风浪正色道："我总结了一条：钓鱼要用重饵。别人钓鱼挂一粒鱼食、一条蚯蚓，我挂三粒鱼食、三条蚯蚓，只要钩子钩得住，多挂点鱼饵没关系。这个世界上，没有不贪吃的鱼，就看你的饵下得对不对。"

叶知秋恍然大悟，难怪郑风浪钓鱼每次用饵用得最多，钓的鱼也最多。

一行人朝餐厅走去。饭菜已经上桌，两瓶"茅台"酒已经打开。郑风浪坐了上席，小杨、小王各坐一边，叶知秋、王建军依次坐下。

王建军斟满一杯酒，足足有三两，站起来说："今天能够有幸请到首长，是我的荣幸，这杯先干为敬！"话刚说完，一杯酒就倒进了肚里。

郑风浪端杯和大家碰了一下，喝了一大口。酒一喝，气氛就热烈起来了。小杨、小王人长得漂亮，又会劝酒，把场面搞得风生水起。郑风浪禁不住劝，用二两的大杯分别与小杨、小王各喝了一个交杯酒。

众人围着郑风浪转，让他非常受用。叶知秋看看酒闹得差不多了，怕他喝醉，悄悄使了个眼色，大家就安静下来。

郑风浪指着叶知秋，对王建军说：“王老板，你这位同学前途不可限量。”

叶知秋连忙起身说：“不敢当。前途不前途，还得秘书长说了算。”带着王建军一起端杯敬郑风浪。

最后一轮，大家喝了团圆酒。郑风浪不胜酒力，由小杨、小王搀扶着进了二楼的套间休息。安顿好郑风浪，王建军又张罗着安排礼品。

王建军请人杀了一头当地农民喂的土猪，将猪肉、鱼分成几份，又备好三个礼品袋，每袋装了两瓶“茅台”酒、两条软中华烟，送给郑风浪、叶知秋和司机小陈。

叶知秋坚决推辞，说：“建军，今天麻烦你我都过意不去了。咱们是兄弟，怎么还给我拿东西？我那份就不用了，你提回去。”

王建军知道叶知秋的脾气，一笑说：“得！那我就不跟你客气了。”说着将郑风浪、小陈的两份礼品袋拿到车旁。小陈乐呵呵地把礼品袋装进车后备厢。

大家就在餐厅里甩起了扑克。小杨、小王不时上去，看郑风浪醒了没有。

郑风浪一觉睡到太阳西沉。王建军留他吃晚饭，郑风浪说晚上还有事，吩咐小陈把渔具收了，准备打道回府。

小杨拉着郑风浪的手，撒娇说：“你别走嘛，走了下次不知道什么时候才来。吃了晚饭再走。”

郑风浪一脸慈祥，轻轻摩捏着她白嫩的小手，笑着说：“下次还会来的，一定来！”

王建军悄悄把叶知秋拉到一边，递给他一根崭新的渔竿，说：“这是日本新研制出来的高碳素渔竿，限量版。我昨天托人从北京坐飞机送过来的，你送给秘书长。”

叶知秋对王建军顿时刮目相看。如今送礼也是门大学问，不在于多贵多值钱，而是看你用不用心，有没有诚意。对酷爱钓鱼的郑风浪来说，所有的礼品，都当不得这根国际顶尖的渔竿啊。

趁大家不注意，叶知秋把渔竿递给郑风浪说：“秘书长，我特意托朋友从北京给您带过来的。”郑风浪一看渔竿，眼睛一亮，笑意更浓了。

依旧是王建军的奥迪车带路，叶知秋坐郑风浪的车，车子在暮色中向城里驶去。郑风浪东拉西扯了一通，突然说："知秋啊，我是船到码头车到站的人了。我现在最大的任务就是培养干部，退了休之后，好有人请我钓鱼啊！"

叶知秋本还想提一下调整处室的事情，听郑风浪这么一说，知道再说一个字都是多余。

回到家里，叶知秋正准备休息，却接到薛松林的电话，声音焦急："知秋，孟师母因脑溢血被送到市中心医院抢救了。孟老师刚才打电话给我，要找人联系心脑血管方面的专家。"

叶知秋听了，急忙问："市中心医院的心脑专科不如省人民医院，要不转院到省人民医院去？我要李晓蕾赶紧联系一下！"

薛松林说："暂时还是就近治疗比较好，等病情稳定了我们再想办法。孟老师只有一个儿子，在外地工作，正在赶回来的路上。孟师母住院要一大笔钱，我告诉王建军了，他说先拿 10 万元钱给孟老师救急，又怕孟老师不要，我们一起去医院一趟，就说是同学们凑的。"

孟澄明只有一个儿子，在河北一个钢铁厂上班，工厂效益不好，生活过得窘迫。孟师母住院要一大笔钱，孟澄明肯定承受不了。叶知秋清楚孟澄明的性格，轻易不愿接受别人的恩惠，便说："这样吧，我们仨一起到医院去，先送 10 万块钱过去。钱不用王建军一个人出，到时我让同学们一起凑凑，也算我们的一点心意。"

叶知秋、王建军、薛松林一起赶到医院，到了三楼外科手术室，远远地看到孟澄明一个人孤零零地坐在椅子上。见到他们，孟澄明急忙起身，眼神里满是感激。叶知秋拉着孟澄明的手坐下，一问，才知道孟师母上午还好好的，搞完中饭在厨房洗碗时，却一下子晕倒在地上。孟澄明赶紧打了急救电话，喊了救护车送到医院，一检查，发现是脑溢血，马上送进手术室抢救。

孟澄明说："你师母跟着我吃了不少苦，好不容易日子好过一点，却又摊上这病，想起来，我心里疼啊！"

叶知秋从没看到孟老师这样慌乱无助，瞧着他两鬓的白发和脸上的皱纹，心里颇为难受，劝道："师母吉人自有天相，现在医学发达，最快的速度送到医院，应该没有大问题。"建军、松林在一旁亦好言安慰。

正说着，走廊里来了三五个人，都是孟澄明家里的亲戚，大家七嘴八舌地问情况，说着安慰的话。叶知秋知道不宜再待下去，便给王建军、薛松林使了个眼色。叶知秋把孟澄明拉到一边，将装了10万元的纸袋子递过去说：“孟老师，这是同学们的一点心意，大家委托我们把钱送过来，您别客气，请收下。等师母做完手术，病情稳定下来，我们会再过来探望。”

孟澄明紧紧握着叶知秋的手，一句话也说不出，眼泪禁不住流下来。

十一

叶知秋接到秦明亲自打来的电话，要他到办公室去一趟。他还是第一次接到省领导的电话，有点紧张，不知道有什么事情。

古力志见了叶知秋，指了指里面的办公室，轻声说：“秦老板在里面等你。”

叶知秋忐忑不安地进了门，秦明正用红铅笔在材料上划着杠杠，见他进来，消瘦的脸庞上露出难得的一丝微笑，从宽大的办公桌后站起来，说：“小叶，请坐。”

叶知秋有些拘谨，挺着腰杆笔直地坐在办公桌对面的沙发上。秦明对红铅笔有着异于常人的热爱，批示、签字都喜欢用红铅笔。他放下手中的红铅笔，缓缓问道：“小叶，最近工作忙不忙啊？”

叶知秋将手头事情简明扼要说了一下。

秦明似乎听得很认真，等叶知秋说完，说：“年轻人肯学习，多读点书，多动脑筋，好啊。”这句话来得不着边际，像小说里的闲笔，又像书画作品上加盖的闲章，叶知秋一时没有反应过来。

秦明又说：“办公厅现在写材料的人少，能写材料的更少。写材料是个苦差事，要耐得住寂寞，守得住清贫。我们不能让肯干事、能干事的同志吃亏。”

秦明这种跳跃性思维，让叶知秋有点跟不上节奏。但这就是秦明的风格。很多领导干部的思维往往是跳跃性的，让人跟不上节奏。

秦明并不理会叶知秋，自顾自地说：“档案处业务性强，但毕竟接触面有局限，年轻同志还是要多岗位锻炼。我听说，综合处、秘书处到处找笔杆子，还要到基层去选调，办公厅有现成的笔杆子，却没有发现。”

叶知秋接不上话，只好点头听秦明继续说下去。秦明忽然又问：“你是在王一禾当局长时调到省信访局的吧？”

叶知秋回答："我是作为优秀乡镇党委书记参加的公选。后来王局长点名要我到信访局去的。"

秦明点点头，说："我和老王是多年的老朋友，他曾经跟我说过手下有个优秀的年轻干部会报考省政府办公厅，说的就是你。老王出事后，你对他老伴和家里一直多有照顾，我也听说了。"

叶知秋说："王局长对我有知遇之恩，我也帮不了什么忙，只是有空时和老婆一起看看金姨。"

秦明说："锦上添花易，雪中送炭难哪！年轻人能够做到这一点，不容易。"停顿片刻，他站起身和叶知秋握手，说："小叶，不错，不错。好，要继续努力！"说完又坐下去，拿起红铅笔继续在材料上划起来。

叶知秋离开秦明办公室，感觉有些莫名其妙，但从秦明那些跳跃式的话语里，又隐约觉得会发生些什么。

一周后，《宏东通信》全文刊发了叶知秋写的那篇《加强网络舆情应对之策》。让叶知秋激动的是，文章加了一段编者按，竟然是曾牧南省长的批示：

"这篇文章生动、深刻，实用性、操作性较强，对当前各级领导干部提高应对网络的能力和水平是个好的借鉴。请《宏东通信》刊发。"

叶知秋这才明白秦明为什么找自己谈话。办公厅很多同事看叶知秋的眼光也好像跟往常不太一样了，主动和他打招呼的人越来越多。甚至有一次，赵磊都热情地搂着他的肩膀说："兄弟发达了，不要忘记我啊！"

叶知秋有些惶惑。他不相信一篇文章就能改变一个人命运的故事。过去，曾有作家凭着一支笔、一沓稿纸、一两篇文章，从大山走到城市，改变自己和家族的命运。现在时代不同了，这种故事不太可能发生了。

叶知秋并没有被喜悦冲昏头脑，他觉得自己写的文章能够引起省长的重视，并不是这篇文章有多好，而是这篇文章刚好搔中了省长的痒处。或者说，曾牧南正需要一个东西引领大家的时候，叶知秋刚好在这时递上一个火把。

《宏东通信》印发后，高振宇打电话来，说"叶大才子，你写的文章我看到了，省长都亲自做了批示！知秋，你这是十年寒窗无人问，一文成名天下知啊！"

叶知秋说："你就别寒碜我了，一篇文章而已，有感而发。"

高振宇说：“这篇文章的确写得好，崔书记仔细读了好几遍，指示要全市各级领导干部认真学习。”

叶知秋嘴上客气，心里却想，崔鸿鹄要大家认真学的倒不一定是自己那篇文章，而是省长曾牧南的批示。大小官员们都会去仔细琢磨省长批示的这段话里蕴含着怎样的信息。

省政府办公厅秘书处马处长被提拔为副巡视员，腾出一个正处长位置，办公厅准备在副处级干部里选拔。刚开始听说要搞竞争上岗，一些熬了多年的副处长们摩拳擦掌，跃跃欲试。后来，把任职条件一公布，明眼人一看就知道是为特定对象在量体裁衣。整个办公厅只有三个人符合条件，一个在西藏挂职，一个身体不好长期在家养病，一个就是古力志。

竞争上岗完全按规矩走流程，民意测评、干部推荐、组织考察、个人谈话。但结果正式公布时，还是有些出乎意料：督查处林处长转任秘书处处长，古力志提拔为督查处处长。不久，一号楼办公厅走廊里用红纸贴出了任职公示：

经民主推荐和组织考察：

古力志同志任省政府办公厅督查处处长（试用期一年）。

每个经过公示栏的人都会驻足细看一会儿，难免还有个别人会幻想一下把“古力志”三个字换成自己的名字。

古力志任职文件很快下发了。叶知秋向他表示祝贺，说：“力志处长，恭喜恭喜！我已经向郑秘书长汇报了，他表示支持。只要你提出要人，他会考虑我。”

古力志虽然没有如愿以偿当上秘书处处长，但能提拔到督查处当处长也是上了一个台阶，心情不错，笑着说：“那好，我向郑秘书长点名要你。”

省政府办公厅开展这轮竞争上岗的同时，对各处室的处级干部进行调整、轮岗。人事处姜处长负责酝酿初步的人事调整方案。叶知秋找到姜处长，谈了自己的想法。当初将叶知秋安排到档案处是迫不得已，姜处长本就觉得对他不公，现在既然有了轮岗机会，本人又强烈要求，乐得送顺水人情，将叶知秋列入轮岗对象。

古力志向郑风浪提出要人。郑风浪按照人事处提出的初步方案，拟安排叶知秋任督查处副处长，报秦明审定。秦明对初步方案没做任何修改，用红铅笔批了两个大字："同意。"

这次轮岗面大，涉及干部多，秦明特意安排时间对这次提拔、调整的干部进行任前谈话。

谈话轮流进行。轮到叶知秋进了会议室，看到秦明、郑风浪、姜处长都在。秦明示意叶知秋坐下，看了眼郑风浪说："风浪同志，你先说说吧。"

郑风浪轻咳几声，说："叶知秋同志，你是从基层公开招考到省信访局，从省信访局选调进了省政府办公厅。这两年来在档案处的工作比较出色，特别是能主动学习、思考问题，综合协调能力强，领导和同事的反映比较好。组织经过慎重考虑，决定把你调整到督查处担任副处长，希望你在新的岗位上，切实挑起重担，配合古力志同志把工作干实、干好！"

郑风浪说完，秦明停下手中的红铅笔，缓缓地说："知秋同志，这次岗位调整，综合考虑了各方面的因素，督查处材料工作任务重，你是难得的笔杆子，才把你调整过去。"停了一会儿，又说："小古给我当了四年秘书，我了解这位同志，他综合素质比较好，能力也过得去，但是文字功底差了一点，毕竟不是科班出身。你到了督查处要配合好他的工作，特别是文字材料要挑起担子来。"

叶知秋正襟危坐，认真听着秦明的每一句话，不时低头在笔记本上作记录。

两位领导讲完，姜处长宣布说："知秋同志，古力志处长的任命文件已经正式下发了，但是秦省长的新秘书没有到位前，他还要兼任一段时间。这段时间，暂时由你主持工作。"

叶知秋表态说："我到新的工作岗位上一定会更加努力工作，踏实干事，诚实做人，绝不辜负组织的信任，请秦省长和各位领导放心。"

谈话在愉快和谐的氛围中结束。人往往很容易被氛围所感染，谈话的那一刻，叶知秋觉得生活无限美好，前途无限辽阔。

当天晚上，叶知秋分别给郑风浪、古力志、姜处长去了电话，表示感谢。挂了电话，叶知秋想起唐梦云的鼓励，发了微信给她："梦云，我已调整到督查处，感谢你在赊月山说的那些话。"

很快唐梦云回复了一张笑脸和一段话："有志者事竟成，只要努力，你就能拥有你想得到的。"

叶知秋回道："你知道我想得到什么？"

过了会儿，唐梦云回复："男女之间，最难的不是情爱的发生，而是将这烈火隐忍成清明的星光，照耀各自一生或繁华或寂寥的长夜。”

叶知秋反复看着这句话，知道梦云的意思。也许他与梦云，只能发乎情、止乎礼，彼此欣赏，相知相爱，却不能越雷池一步。

第二天，叶知秋办交接手续，清理办公室的文件资料，用一个移动硬盘将电脑里的文件拷出来。清理完资料，叶知秋逐个向档案处的同事们告辞。李心平还是淡淡的，说了几句祝工作顺利的话。赵磊见他调到督查处去了，又妒又喜。他妒的是叶知秋从糠箩里跳到米箩里去了，喜的是叶知秋调走，以后竞争档案处处长少了个强有力的对手。

郭凡是真心不舍，说：“叶处长，你是位好领导，也是位好兄长，给我很多帮助和关心。从心底来说，我愿意你留在档案处，但你去了督查处肯定会大有作为，我为你高兴。”

叶知秋说：“反正我还在办公厅，抬头不见低头见，有什么事，彼此还能够照应。郭凡你要相信，天道酬勤，一切努力皆有回报。”

郭凡叹口气说：“从学校到办公厅四年多了，每天做些琐碎的事情，把激情都消耗掉了。公务员加班加点是常态，工资待遇又不高，我常常会有困惑，质疑这是不是自己想要的生活方式。”

叶知秋在他身上似乎看到了自己的影子，心底掠过一丝惭愧，只好宽慰他：“你这种情绪，我刚参加工作时也有过。既然选择了这条路，就要坚定信念走下去，通过干好工作来获得大家的认可，找到个人的存在感、价值感。你在厅里这批年轻人中最脚踏实地，也最有希望和前途，我看好你！”

督查处在档案处楼上办公，十多个人，将三楼东头几间办公室挤得满满当当。乔益民当了六年副处长，一直盯着处长的位置，眼睛都望绿了。古力志来当处长，他还不太好说什么，把叶知秋从档案处调过来，还明确主持工作，乔益民情绪就不太好，对叶知秋更没有好脸色。

叶知秋初来乍到，埋头熟悉督查业务，尽力做好手头工作，并不显山露水，更不与乔益民争锋。

古力志虽说任督查处处长，但一直还跟着秦明跑。秘书用顺手了，领导舍不得换。古力志召集开过一次全处人员会议，明确处里的分工，说：“我暂时还要为秦省长服务一段时间，在此期间，请大家多支持、多配合叶知秋同志，有什么事情，先向叶副处长汇报。”

除了乔益民，众人都点头。

叶知秋笑着说了几句话："督查处的工作需要大家共同努力，也是替古处长站几天岗。我是个新兵，还要多向大家学习，尤其要向益民同志学习，他是督查工作的专家。我相信在古处长的率领下，督查处的工作会上个台阶。"

古力志的支持让叶知秋底气愈足，放开手脚做事。过了一段时间，叶知秋发现督查处有个独特的优势——能够直接向省委、省政府主要领导汇报督办交办结果。这个直接与省级领导对话的渠道，让督查处在协调、整合资源方面比其他处室更有话语权。但是，叶知秋也发现，督查处工作方式方法因循守旧，疲于应付日常事务，难以掌握工作主动权。

转眼就要召开全省督查工作会议了，由督查处组织会务。以往这样的会议就是总结、部署工作，请分管的副秘书长讲个话了事。这种工作例会开和不开差不了多少，叶知秋想换种开法，通过会议推动解决一些实际问题。

叶知秋理清头绪，主动找乔益民商量。叶知秋递了根烟给他，为他点上火，问："老乔，你是督查工作专家，对督查系统的情况非常熟悉。月底这个督查工作会议，你认为怎么开比较好？"

乔益民本来对叶知秋有戒心，但相处一段时间后发现叶知秋以诚待人、处事公道，事事与他商量，有出差、旅游的机会都优先安排他，抵触情绪慢慢就淡了。

乔益民猛吸一口烟，缓缓吐出，说："这种工作例会流于形式，既解决不了实际问题，又无法推陈出新，效果一年比一年差。下面的同志也有反映。我认为，开会的目的就是要解决工作中存在的难题，给基层的同志加油、鼓劲，推动工作开展。"

见与自己想法一样，叶知秋便鼓励说："对，老乔你说得好。工作会议关键就是要能够解决工作中存在的问题。我考虑是不是改成现场推进会的形式，由郑副秘书长做工作报告，找两到三个督查工作落实得好、效果突出的市、县介绍经验，再剖析一两个典型案件，请各地找找差距。"

乔益民说："这个主意好，让先进单位作经验发言，会给其他市、县有压力和紧迫感。最好能请秦省长出席会议，提升会议规格。"

叶知秋点头说："这样最好，我就去找古处长商量。你安排人按这个思路搞一个会议方案。"

叶知秋找古力志把想法谈了谈，古力志表态支持，说："就按照这个想法抓紧筹备会议。秦省长我去请，他能够出席会议是对督查系统同志们的鼓舞。”

叶知秋又专门向郑风浪做了汇报。郑风浪说：“知秋，你这个想法很好，对督查工作会有实际的促动和提升，但我提醒你一句话，事事要循序渐进，不可急躁冒进。”

叶知秋费了一番心思，将会议地点定在昭明市。在确定典型发言时，乔益民提供了金凤县、宁山县、桃阳县、岳川县四个候选单位，说：“这四个地方工作都各有特色，最终定哪两个县，我建议请古处长拍板。”

叶知秋说：“我先看看材料再议吧。典型发言既要考虑材料优劣，更要结合工作实际。”

仔细斟酌后，叶知秋选了金凤县、宁山县作典型发言，与乔益民通了个气，向古力志汇报后，连同会议方案报郑风浪审定。

会议时间确定后，叶知秋又专程到昭明市打前站，筹备会务，确保各个环节不出差错。

会议如期在昭明市召开。会期一天，上午与会人员实地参观了昭明市利用信息化手段提升督查督办现代化水平，下午会议推介了金凤县利用督查手段成功处置拆迁户安置、宁山县建立督查机制加强小街小巷改造的经验做法，郑风浪做工作报告，秦明秘书长做重要讲话。

金凤县委书记钟向阳到会作典型发言，见了叶知秋格外热情，说：“叶处长，好久不见，我们是老朋友了。你还记得我吗？”

此时的钟向阳已被提拔为县委书记。他一扫当县长时的恭谦，腰杆笔直、西装笔挺，举手投足间意气风发。叶知秋本来对钟向阳印象还好，但不喜欢他打量人时眼珠滴溜溜地转。钟向阳嘴里说欢迎叶处长去县里指导工作，眼睛却望着远处的秦省长。

叶知秋不由得想起当年陪王一禾在金凤县调研时发生的情景，暗自感慨。

薛松林安排得力记者到会场采访，在播发新闻时，专门配播了《新形势下督查工作要接地气，办实事》的短评。叶知秋还通过宣传部熊文明处长要民生网作了专题系列报道，被新浪网、凤凰网多家网媒转载。会后，叶知秋又把昭明市、金凤县、宁山县的经验在《宏东通讯》上发了个专辑。

一个工作例会，在叶知秋精心组织下，开得风生水起，受到全省督查系统一致好评。秦明当着与会代表的面表扬郑风浪，说：“风浪同志，这次督查工作会开得有成效，你们组织得非常好，辛苦了。”

郑风浪说：“是您领导有方，是力志、知秋同志在抓落实，他们更辛苦。”

见叶知秋把处里的工作调摆得井井有条，古力志乐得当甩手掌柜。他虽说是督查处处长，但主要时间仍是跟着秦明跑，有时一连几天都不会到督查处来。督查处事情繁杂，公文材料任务重，叶知秋常常白天黑夜地连轴转，但无论多忙，他都会抽空儿给古力志打个电话，简要汇报当天处理的大小事情。古力志觉得叶知秋能摆正位置，就放手让他去干。俩人配合默契，彼此互相撑台，关系愈发融洽。

郑风浪曾对叶知秋说过，古力志到督查处只是一个过渡，不久就会下放到市里去，只要古力志升迁，叶知秋接任督查处处长顺理成章。叶知秋心里清楚，却从不表露出来，尽力做好督查处的工作。

秦明对叶知秋渐渐信任起来，一些事情会越过分管的郑风浪，直接向叶知秋交办。叶知秋知道成了秦明的“红人”，可能也就是其他人眼里的“黑人”，所以愈发低调。他从不越级向秦明汇报，有什么事情都会主动向分管的郑风浪报告一声。

这些事情，说起来容易，做起来就难了，包含着无法言说的智慧。叶知秋有时想，中国人讲究“中庸”，儒家主张“执两用中”，“中”并不是中间的意思，中庸之意其实就是在处理问题时不要走极端，而是要把握分寸，找到处理问题最适合的方法。“中庸”放到官场中，不能简单地理解为搞平衡、和稀泥，而是讲究一个“度”。这种度，既是对事物发展规律的把握，又是做人做事的关键。越能掌握这个“度”，越能接近成功。

全省督查工作会议召开一周后，督查处接到了省纪委书记孔坤之的一份批示件，反映近段时间，全省医患纠纷日益突出，时常有患者和家属打杀医护人员的事件，省内接连发生了四起患者打杀医生、护士的案件，其中林河市人民医院发生一起患者亲属杀死一名医生、将一名护士打成植物人的恶性案件。林河市 500 多名医务人员在市委、市政府门口静坐上访，事情闹得很大。省卫生厅坐不住了，向省政府做专门汇报，请求纪委、政法、卫生系统联合整治医患纠纷问题。省长曾牧南将省卫生厅写的情况专报转给孔坤之，孔坤之批得很严厉：“请省委、省政府督查处牵头，联合卫生、公安、劳动等有关职能部门组成调查组，对医患纠纷开展专项整治，并建立长效工作机制。”

专项整治由省政府督查处具体负责牵头。接到孔坤之的批示件，叶知秋立即安排人与省卫生厅衔接，研究整治方案。省卫生厅陈敏厅长带了相关处室的处长和林河市人民医院院长专门赶到督查处汇报。

厅长亲自过来协调工作，叶知秋不敢怠慢，连忙起身为陈厅长一行沏茶。

陈敏客气几句，说："叶处长，我省的医患纠纷到了非集中整治不可的地步。再这样下去，还会出大乱子。省领导高度重视，做了重要批示，我们很受鼓舞。协调相关职能部门开展集中整治、专项督查和建立长效机制等一系列问题，都需要省政府作坚强后盾，光靠卫生厅一家真是力不从心啊。要请求叶处长大力支持，多为我们呼吁啊！"

叶知秋笑着说："陈厅长你放心，督查处是'奉命办事'，曾省长和孔书记的指示我们坚决执行，抓好落实。医务人员的苦和累，别人不知道，我最有体会。我妻子在省人民医院当护士，经常加班加点，有时会受到患者及家属的讽刺、辱骂，甚至人身威胁。现在医患关系紧张，双方都站在各自立场说话，都说自己是弱势群体，深究起来，还是医疗保障机制存在一些问题。"

陈敏感慨地说："叶处长，现在一有事就骂医生、骂医院，不但仇官、仇富，还仇医，风气不好，舆论导向有问题啊。大家要都像你这么了解卫生医疗系统的情况，体谅医生护士的难处，就好了。"

叶知秋说："医患纠纷最容易博眼球。一方面医院和医务人员要提高职业素养，多体谅病人、家属，另一方面，要加强正面宣传，让病人、家属理解医务人员。当然，对职业'医闹'医托'必须坚决打击，不能让这些不法分子借机闹事、敛财，扰乱正常医疗秩序。"

听了这些话，陈敏频频点头，临走时，紧握着叶知秋的手说："请叶处长对卫生系统高看一眼，厚爱一筹。专项整治的事情，拜托你多费心。"

过了几天，晚上睡觉时，李晓蕾突然告诉叶知秋，说院领导找她谈话了，要调她去老干病室。

叶知秋听了非常高兴，说："那太好了。你不是一天到晚嫌门诊太吵太闹，又经常要加班吗？这下倒遂了你的愿。"

李晓蕾说："我就是奇怪，我从来没有向领导提起过调动岗位的事情。怎么突然会有这样的好事落到我头上？天上又不会掉馅饼。老干病室是院里最好的部门，工作环境好，奖金福利高，想调去的人挤破脑壳，没有过硬的关系，门都没有。”

叶知秋顿时明白，肯定是陈敏厅长出面打了招呼。陈厅长出面，医院肯定得买账。叶知秋把缘由告诉李晓蕾，说：“我只是说你在省人民医院当护士，根本没说你的名字，也没提出调换你的岗位，陈厅长倒放在心上了。”

李晓蕾说：“那可得好好感谢一下陈厅长。人家这么大的领导，又没有什么交情，能够主动帮忙。咱们是遇上贵人了。”

叶知秋笑笑，不说话。李晓蕾搂着他说：“我心里清楚，世人贵人多，真正的贵人其实就是身边，老公就是我的贵人。”

李晓蕾因为岗位调整，心情舒畅，觉得沾了老公的光，对叶知秋百般温柔体贴。

叶知秋特意给陈厅长打了个电话，深表感谢，要请陈厅长吃饭。陈厅长在电话那头爽朗地笑着说：“小事一桩，叶处长别太放在心上。你爱人在卫生系统，你是卫生系统的家属，能够为你们解决点实际困难，是我这个厅长的本分。对了，叶处长还有什么要求，可以提出来，只要我能做到，一定尽力而为。至于吃饭，当然是卫生厅请督查处吃饭。”

叶知秋心想，与陈厅长并无交情，他却能主动为李晓蕾调整岗位，并不是自己有多大面子，而是督查处这个特殊而重要的岗位。过去在档案处，若想把李晓蕾调到老干病房，简直比登天还难，现在到了督查处，不用开口，都有人主动出面帮忙，难怪有人说“岗位决定命运”。

叶知秋接连召开了几个协调会，组织省纪委、省委宣传部、省卫生厅、省法院、省检察院、省公安厅、省司法厅、省财政厅、省人社厅等单位开展医患纠纷专项整治行动。协调会明确要求：政法部门对发生的四起杀伤杀死医务人员的案件依法快侦快诉快判，重点打击职业“医托”“医闹”；对涉及腐败或渎职不作为的案件线索移交纪委查处；宣传部门组织好一批新闻稿件，抓好舆论引导；卫生部门加强医务人员医德医风建设；省财政拨付 500 万元专项行动经费……

易天水参加了协调会。他已经被提拔为省纪委案审三室主任，成了副厅级干部。易天水笑着对叶知秋说：“你厉害，督查处强势啊，指挥、协调这么多职能部门，布置的任务一大堆，大家唯你马首是瞻。”

叶知秋直打拱手，说：“天水兄，你就别打趣我了，我是奉命行事。我一个处级干部哪敢指挥你们这些厅局长？要说职能强，督查处哪能和你们这些强势部门比？要感谢你们的支持和配合。”

易天水说：“放心吧，我们领了任务，肯定会落实。”

专项整治行动部署后，叶知秋专门找了秘书处，建议将专项整治行动列入省政府常务会议议题。秘书处见有孔坤之的批示，又是督查处的正式请求，便按程序审报，安排下次省政府常务会专题研究。

叶知秋把消息第一时间告诉陈敏。陈敏听说省政府常务会议要听取专题汇报，非常高兴，说：“叶处长，你可是帮了卫生医疗系统大忙。我们想向省政府常务会作次专题汇报，申请报告排了一个多月都没有轮到，你出面协调，这么快就作了安排，真是太感谢了！我们抓紧时间把汇报材料搞好，请求解决迫在眉睫的实际困难。”

省卫生厅提出了解决医患纠纷问题的实质性意见。陈敏厅长的汇报得到省政府常务会议的高度认同，一致同意解决提出的人、财、物问题。

叶知秋用心起草好会议纪要，保留了追加卫生厅专项工作经费、全省三甲以上医院设置警务室和调解室等内容，确保发生医患纠纷能得到及时调处，防止矛盾激化。

专项行动开展期间，督查处又牵头开展了一次专项督查，编发了一期督查通报，印发全省。

一套“组合拳”打下来，全省医患纠纷频发的势头得到有效遏制。叶知秋又给陈敏出主意，协调省政府法制办制定出台《宏东省医患纠纷预防与处置办法》，在全国首创以政策法规的形式规范处置医患纠纷。

叶知秋趁热打铁，把处理医患纠纷情况分别整理成一份经验材料、一份新闻通讯。经验材料通过政研室报到中央有关部委，并在《内部参考》刊发；新闻通信由薛松林发给中央主流媒体和网站，长篇通信很快占据了这些媒体的头版头条。一时间，宏东省处理和防范医疗纠纷，构建和谐医患关系成了热门话题，受到社会各界广泛好评。

陈敏厅长对叶知秋倍加感谢，在给省委、省政府的专题汇报中，专门写了一段话，感谢督查处的支持和协调。孔坤之做出批示，要求认真总结这次专项整治行动的经验，供各级各部门学习借鉴。

叶知秋这一把火烧得好。古力志代表督查处在大小会议介绍经验，狠狠出了一把风头。

陈敏厅长兑现承诺，专门请督查处全体人员吃饭。酒喝得热闹，三巡过后，乔益民哈着酒气，东倒西歪地走到叶知秋面前，举着酒杯敬酒，说：“知秋，别的话不说了，就一个字，服！”说完，一大杯酒倒进嘴里。

十二

叶知秋原本在县里、省信访局不打扑克、不打麻将，偶尔陪领导出差，打打“双升级”，只是钻桌子之类，从来不来意思，被视为打“卫生牌”。到了省政府办公厅，他发现不能把打麻将简单地视为休闲娱乐，而是与同事沟通、交流的方式之一。麻将要四人才能凑成一局，都是机关干部，选择牌搭子就会有讲究，一般是意趣相投走得近的，边打牌边扯淡，既是休闲释压，又能互通信息。

尽管叶知秋抵触流行的“圈子文化”，但机关干部业余交往时各有朋友圈却是事实，他亦不能免俗。刚到档案处时，偶尔有一两位同事约过叶知秋打麻将，他不会打，就婉拒了，慢慢别人就不再喊。日子久了，他与同事之间总觉得隔了层什么。当然，酒肉难有真朋友，但没有酒肉也难成朋友。现在人心浮躁，谁会吃了饭没事干，有闲工夫和你一起探讨理想、人生？叶知秋把这些事说给李晓蕾听，李晓蕾劝道：“喝酒、打牌未必就是坏事，只要不沉溺其中，影响工作生活。你多参加一下同事间的聚会，关系肯定会融洽些。如果你不屑交往那些圈子，也不必勉强自己。”

李晓蕾说得有道理，叶知秋就转了心思，活在红尘里总不可能一尘不染，便不再抗拒这些邀请。他悟性高，很快就学会了宏东麻将，后来慢慢摸出点门道，觉得打麻将心态最重要，起落沉浮亦如人生百态：不要因一把烂牌而沮丧，烂牌认真打也能打成大牌；亦不能为一手好牌而得意，有时还没落听就已经放了炮。一场麻将，四人对局，机会基本均等，手风顺时不得意，手气背时不气馁，就看谁能够抓住机会，输赢往往就在一两把牌之间。

叶知秋给自己定了三条规矩：不与下属打牌，不与社会闲杂人员打牌，不因打牌影响工作。他对钱财看得淡，输赢不看重，公认的牌风好，同事都愿意喊他玩。

到了督查处，约叶知秋打牌的人就渐渐多了。叶知秋更加注意择人凑局，轻易不答应别人的邀请。然而，这个周末的牌局，他是非去不可的。

周五下班的时候，古力志给他发了一个信息：“周六别安排其他活动，切磋一下。”他知道古力志约的是牌局，便回了一个信息：“好的，什么时候？在哪儿碰头？”古力志回复道：“明天上午 9 点我开车接你。”

第二天，古力志开了一辆崭新的宝蓝色路虎。叶知秋上了车，夸道：“这车好酷，标准配置要一百多万吧。”

古力志穿了身休闲运动服，帅帅地打着方向盘，说：“借朋友的车开着玩，这款车是进口揽胜运动版，要 200 多万。人和人比不得，我这个朋友前几年搞房地产赚了不少钱，家里豪车就有四辆，一辆玛莎拉蒂、一辆宾利，还有一辆兰博基尼跑车，这台路虎是最便宜的。我们公务员干几辈子，生活水平和物质消费都无法与这些老板比。”

叶知秋感叹地说：“现在财富太集中了，大量的财富集中在极少部分人手里，贫富悬殊太大。说起来，你可能不相信，我原来工作过的石虎乡，边远村的贫困户全部家当不超过 500 块钱。乡里想了很多办法，帮助他们发展产业增收，帮助他们脱贫致富，但‘穷根’难拔，想起来，真是惭愧。”

俩人一路闲聊。叶知秋想将处里的工作汇报一下，古力志打断他的话说：“知秋，处里的事情你看着办就行了，没有必要事事向我汇报。你办事，我一百个放心。我呢，中心工作就是服务好秦老板。”现在不允许叫领导干部“老板”，古力志叫习惯了，私底下也不改口。

叶知秋点头，正色说：“话是这么说，但碰到大事，我还是要向你请示，你才是督查处的一把手。”

古力志说：“知秋，咱俩就不要见外了。你知道，我跟秦老板跑了这么多年，没有功劳也有苦劳，秦老板退休前会把我安排好。我走了，督查处处长不就是你的囊中之物吗？”

叶知秋连连摆手说：“你志存高远，前程远大，我可没有你那样的鸿鹄之志。能不能接到处长不重要，重要的是你早日上台阶。”

古力志笑笑，转了话题，说：“今天这个牌局，我觉得有必要让你参加一下。多结交些朋友，多建立点关系，总是好的。”古力志不说还有哪些人，叶知秋也不问，这是规矩。

路不远，车子开得快，很快就到了一个叫“小隐山居”的地方。叶知秋想，这个名字有点意思，小隐隐于野，中隐隐于市，大隐隐于朝，这是中国道家哲学的思想。在繁华城市边缘有这么个山清水秀的农庄倒也难得，名字透着几分禅趣，亦有几分洒脱。

进了农庄的一个包厢，有两个人已等在里面。叶知秋一看，两个都算是熟人——民生网老总瞿青松、魅力集团的美女老总江丽丽。他连忙上前握手，寒暄起来。江丽丽看起来和瞿青松、古力志都非常熟悉，三人不时开些玩笑。

四人分别摇了骰子，按大小坐好位置。瞿青松要古力志“宣布政策”。“宣布政策”是行话，意思是规定打麻将的大小和规矩，一般由牌桌上最尊或最长者来定。

古力志说：“今天都是几个朋友，就打小一点，一百元一炮吧。友谊第一、比赛第二。”

尽管有心理准备，知道古力志牌玩得大，叶知秋一听一百元一炮还是有些紧张，但到了这个场合，只能硬着头皮撑下去。

江丽丽笑着说：“古处长，你可不要谦虚，我知道你的牌打得出神入化。”她从手包里拿出三个信封，放到古力志、叶知秋、瞿青松面前，说：“按宏东的规矩，这是‘底盒’，大家放开了玩。”

“底盒”是宏东人玩牌的行话，陪客人玩牌时，东道主要奉上个红包，叫开门添彩。这明摆着送钱，但是在牌桌上披着“添彩头”的外衣，没那么赤裸裸。

古力志笑笑说：“江总这么客气，恭敬不如从命了。”带头把那个信封收了，放进麻将桌的抽屉里。

瞿青松客气几句也高兴地收了信封。叶知秋看那信封的厚度估计有万把块，想这个江总果然不是一般人，玩个麻将都如此大手笔。见古力志、瞿青松都收了，他也只好把信封收进抽屉里，放抽屉时，瞟了信封里一眼，果然是一万块，还扎着银行捆钞纸。

古力志的牌打得精，扣字扣得很紧，叶知秋坐在下手几乎吃不到牌；瞿青松牌打得稳，基本不放炮；江丽丽打牌很大气，边说话边打牌，出牌快、付钱快，小牌不和，贪大牌、贪自摸。几圈牌下来，江丽丽输了五六千，眼睛眨都不眨一下。

江丽丽人漂亮，边打牌边与三人说说笑笑，打情骂俏。叶知秋嘴上打趣，手里的牌可不敢大意，一个口气连和了两个大牌。他看江丽丽手气不好，怕她输得太多，江丽丽放的炮他就不和。江丽丽是牌场老手，飞了他一眼，说：“叶处长该和的还是要和，要不过了这阵儿，手气会越来越差。”

瞿青松说：“江总怕叶处长手气差，就不怕我手气不好？知秋人长得帅，又懂得怜香惜玉，所以最有女人缘。”

古力志说：“老瞿，你话听起来怎么这么酸？你来牌就吃，见炮就推，一副饥渴相，谁会喜欢？”

叶知秋笑而不语，只管抓牌、出牌。江丽丽看着他，觉得他与别的男人就是不太一样，儒雅帅气不油腻，隐隐就有些爱慕。

上午牌局结束，古力志赢了七八千，瞿青松赢了两千多，江丽丽输了万把块，叶知秋输赢基本持平。

吃完中饭，四人再战。俗话说：“赢家怕吃饭，输家怕天亮。”吃过饭后，牌运似乎到了江丽丽这边，她手气一下子好起来，接连和了几个大牌，不一会儿，抽屉里装满了百元大钞。江丽丽笑着说：“你们三位领导是让我一个弱女子啊！”

瞿青松盯着她丰满的胸部，说：“你弱吗？一点都不弱，我看你‘挺’好。”

江丽丽不生气，嗔怪地说：“瞿总，你人真坏。牌打得这么稳，一炮都不放。打牌不放炮就像炒菜不放盐，一点味道都没有。”

瞿青松一语双关说：“江总的炮，我是想放可又不敢放。放了，钱难受，不放，心里难受。”他说得挤眉弄眼，江丽丽只是抿嘴轻笑。

正说笑着，古力志叫了声：“和了。”把牌一推，是“小七对”自摸。古力志一边收钱一边说：“江总，老瞿在牌桌上算斯文的呢，你没看到他坏的时候。”

叶知秋早就看出来，江丽丽有事情求古力志、瞿青松帮忙，打的是业务麻将。

果然，古力志和了这把牌后，手气好得一发不可收拾，“大碰对”“小七对”“杠上花”大牌小牌一律通杀。

转眼到了下午5点，古力志说：“再打四圈就散了吧，我晚上陪秦老板还有个饭局。”

大家点头称好。打最后四圈牌时，古力志对瞿青松说：“魅力集团发展比较快，是省、市重点扶持的企业，一些竞争对手和别有用心的人老是制造一些负面消息。对那些造谣生事、无中生有的帖子，老瞿你就帮忙给删了。现在企业发展不容易，有时一条负面新闻造成的损失就几十万、几百万，还没有地方说理，讨回公道。”

瞿青松拍着胸脯说："民生网是主流网媒，为民营企业特别是江总这样的重点企业营造良好的发展环境义不容辞。我要总编室这段时间盯紧一点，凡是涉及魅力集团的负面帖子一篇都发不出来。"

江丽丽连忙称谢，说："瞿总，你太够朋友了，我一定要好好报答你。"

瞿青松连连打拱手，说："报答就算了，我就怕你以身相许，咱们太熟了不好下手。"

古力志又问叶知秋："上次办公厅秘书处好像转来曾省长批示的一份材料，反映民间集资、融资问题，你有印象吗？"

叶知秋明白古力志为什么要邀自己来打麻将了。前几天，秘书处转来曾牧南批示件，反映省内一些市、县存在民间非法集资、融资现象，有的地方问题还十分严重，是影响金融秩序和社会稳定的重大隐患。曾牧南批示省政府督查处牵头组织一次专项督查，根据督查情况开展重点整治。

叶知秋点了点头，说："是有这么一个材料，曾省长还做了批示，要求调查清楚核实后，尽快开展专项督查。"

古力志说："你注意一下，如果涉及魅力集团，及时向江总通个气。"

最后一把，仍是古力志和了。一算账，古力志赢了 2 万多，瞿青松赢了 5 千，叶知秋赢了 3 千，江丽丽就做出懊恼的样子："今天被你们欺负了，我来之前就想三男一女的'花麻将'打不得，果然被你们杀得片甲不留。古处长，下次再切磋一次，你要给我机会报仇啊！"

瞿青松说"江总，你有句话不对，你衣服一件没少，怎么说片甲不留了呢？"

众人大笑，起身准备散去。叶知秋走在后面，悄悄拉了拉江丽丽，将 1 万元底盒和赢的 3 千块钱塞回她的手提包。江丽丽哪里肯要，叶知秋指了指走在前面的古力志、瞿青松，微笑着摇了摇头。江丽丽可能还是第一次碰到这种情况，一下子愣住了，再看叶知秋时眼神就有些不一样。

临上车时，江丽丽主动加了叶知秋的微信，说："叶处长，我们要常联系。"

叶知秋仍坐古力志的车，心想这场牌局江丽丽输的钱加上封的"底盒"，少说在五万以上，可这个女人根本不在乎，底气足、气场强，还真不简单。

古力志手气好，有些兴奋，边开车边说："知秋，魅力集团实力雄厚，很有来头。这个江丽丽可不是等闲人物，手腕通天，好多领导对她都客气得很。"

叶知秋不知道他与江丽丽的关系，便说："江总好像在南岭市搞房地产开发，听说搞得蛮好。”

古力志说：“她是景江人，后来到南岭发展，业务越做越好。她人很聪明，擅长整合资源，方方面面的关系都处得好，而且上面有人。我接触过几次，她的公司实力强，发展势头强劲，咱们可以交往，不过要注意把握分寸。”

叶知秋问：“她提到的事情怎么处理？”

古力志沉吟了一会儿，说：“这事，我们还是慎重点。我是当着江丽丽的面故意那么说。清理民间非法集资是省里的重大部署，如果不能透露，就不告诉她。她问起来，应付一下就行了，没必要违反原则和纪律。”

叶知秋点头称是。古力志果然老道，刚才那番话是说给江丽丽听的，既显出督查处的重要，也抬升了叶知秋的分量。这种场合，只有出现的每一个人都有价值，买单的人才会心甘情愿，才会觉得钱花在了刀刃上。

周五开省政府常务会议，全省清理非法集资问题列入议题。会议结束，叶知秋到秘书处了解完情况，回到办公室，江丽丽的电话就打进来了，声音有股甜腻腻的味道：“叶处长，您的电话可不好打啊！”

叶知秋说：“抱歉江总，我刚才在开会。有事吗？”

江丽丽说：“听说省政府常务会议已经开过了，其中就有清理非法集资问题的议程。你听说了什么吗？”

叶知秋心想这个女人不简单，会议刚刚开完，江丽丽马上就听到信了。他斟酌了一下，说：“现在国际经济形势比较吃紧，国内经济面临严峻挑战，上面已经出台了一些限制房地产、资源消耗型企业膨胀过快的政策，各家银行银根紧缩，放款的门槛提高、额度放小，省里也会出台相应的配套措施。而且对金融领域的一些问题，会开展专项清理整治。”

江丽丽“哦”了一声：“这么快。”

叶知秋虽然没有把话挑明，但江丽丽仍然品出了“省里也会出台相应的措施、开展专项清理整治”这几句话的意思。她说：“我明白了，谢谢叶处长操心。喔，对了，我刚从香港回来，给你带了点小礼物，什么时候方便给您送过来？”

叶知秋连忙推却：“不敢当，不用客气。”

江丽丽撒娇似的说：“人家特意为你买的呀！改天我当面给您送过来。”

叶知秋道了声谢，心想这女人心思转得快，她未必给自己带了礼物，而是为下次再见面留个理由。

叶知秋又打电话给古力志，把情况简要说了一下。古力志说：“行，我知道了。你这样处理比较妥当，既给江总回了话，又没有触犯保密规定，也算上次聚会后有个回应。”

自从那次爬赊月山之后，叶知秋没有再见到过唐梦云。俩人只是偶尔发个信息、打个电话或者是在微信里互动一下。对叶知秋的热情，唐梦云总是理智地保持清醒，尽量避免伤他的面子。叶知秋心里挂念，便想约她出来聚聚。

电话通了，唐梦云说：“今天没有时间，改天吧。”

叶知秋说：“梦云，你为什么老躲着我？这么久不见，人都生分了。难道我们在一起聊聊天儿都不行吗？”

唐梦云犹豫了会儿，说：“那就晚上一起喝茶吧，我定好地方告诉你。”

刚挂了电话，手机又响起来。高振宇打电话过来，说：“知秋，我陪崔书记到省里出差，崔书记晚上想请你一起吃饭，小范围聚聚。”

叶知秋答应说：“好啊。这段事情蛮多，但是你和崔书记来了，再忙也得见面啊。”

高振宇说：“我找个安静的家常馆，崔书记不喜欢在高档酒店吃饭。我下班时到省委门口来接你吧？”

叶知秋说：“你不用来接，定好地方告诉我，我自己过来。”

想到晚上能见到唐梦云，叶知秋心思就飘浮起来，文件也看不下去。上网浏览新闻，好不容易磨蹭到下班，叶知秋叫了个司机送自己。

公车改革唱了一阵儿，但还没有真正实行。办公厅的公车、司机都是由厅后勤中心统一调派。别的处室用车没这么方便，督查处、秘书处叫车却随叫随到。

叶知秋让司机送到家常菜馆附近。高振宇等在门口，迎了上来，俩人说笑着进了包厢。崔鸿鹄闻声站起来，亲切地拉着叶知秋的手说：“恭喜叶处长，听小高说你调到督查处了，岗位重要、担子更重了，可喜可贺呀！”

叶知秋说：“到哪里都是做事，不过还是要谢谢崔书记的鼓励。”

这时，叶知秋发现江丽丽也在包厢里，俩人相视一笑，轻轻握了握手。

崔鸿鹄记得俩人在招商会上见过面，也就不再介绍，招呼俩人坐下，说：“江总在南岭市有一个十亿规模的房地产项目，要到省国土厅、省住建厅、省规划局等部门办些手续，如果办不好，还要请叶处长出面协调。”

看崔鸿鹄说话的神态和江丽丽的架势，叶知秋明白了几分。省政府常务会刚开，自己才把情况告诉江丽丽，江丽丽马上把市委书记请出来到省里协调，加快项目进程！这个女人对形势的判断极为敏锐，办事果断，不可等闲视之。他笑着说：“现在房地产项目的相关手续都掌握在职能部门手里，权力抓得死死的。我大的忙帮不上，但牵牵线、跑跑腿还是可以的。”

大家笑起来，都说叶知秋太低调。

说笑间，菜上了桌。崔鸿鹄坐了主位，叶知秋、江丽丽分坐左右。崔鸿鹄吩咐开了瓶红酒，大家都斟上后，崔鸿鹄起身说：“今天聚会有两个意思，一是恭喜叶处长荣调督查处，进了督查处，肯定要进步；二是预祝江总顺利办好手续，加快推进项目，在南岭大展宏图。”

众人起立，举杯干了。

席间，叶知秋觉得江丽丽与在牌桌上俨然两样，一口纯正的京腔，显得气质高雅，只是口气有些咄咄逼人。崔鸿鹄对她神情恭敬，话语里有着礼貌的客气。

吃过饭，叶知秋故意抬腕看了看表，说：“我晚上还要加班赶个材料，先走一步。”

崔鸿鹄说：“振宇，你送一下叶处长。叶处长公务在身，我就不强留了。”

大家起身送叶知秋，江丽丽双目含情望着他。叶知秋抱拳说：“留步，留步，你们还坐会儿，有事电话联系。”

高振宇送叶知秋进了电梯，说：“晚上还加什么班？你也要注意休息，劳逸结合。”

叶知秋笑笑，说：“江丽丽面子蛮大，把崔书记都请到省里来协调关系了。”

高振宇说：“还不是为了推进项目落地。魅力集团的房地产项目是南岭市近几年来最大的项目，崔书记非常关注，现在宏观政策对房地产项目不力，怕夜长梦多，希望能够尽快把手续办好，进入实质性操盘。”

叶知秋表示理解。高振宇说：“给你带了点土特产，帮你送回家吧？”

老同学的情面，叶知秋不好推辞，说：“我的车子停在省政府院内，叫司机送我回去吧。你回去陪崔书记，怕他有事要叫你。”

高振宇交代了司机几句，俩人握手告别。

车子进了省政府大院，司机把车开到叶知秋车旁，从车尾厢里拿了一箱“南岭源”酒和两桶山茶油放到叶知秋车上。

叶知秋对司机说声辛苦了，司机憨憨地笑着说：“我不辛苦，领导辛苦。”

见车子开远，叶知秋给唐梦云打电话，问：“梦云，我们到哪里喝茶？”

唐梦云说：“我在‘劳燕亭’的听琴阁包厢等你。”

“劳燕亭”在南岭办事处附近，环境幽雅清静，是家会员制的高档茶馆。叶知秋开车往“劳燕亭”去，遇到红灯恨不得把车当飞机飞过去。

叶知秋到了茶馆门口，迎宾小姐走过来问：“先生，你订了哪个包厢？”叶知秋报了包厢名字，迎宾小姐热情地将他带到了“听琴阁”包厢。

进了门，叶知秋看到唐梦云坐在一张藤椅上，微笑着看着他。多日不见，梦云看上去愈加乖态，叶知秋莫名喜悦，紧挨着坐下，说：“梦云同志，我不是在做梦吧？好久不见，你总算愿意留点时间给我了。”

唐梦云笑着说：“叶处长是大忙人，你要我来，我敢不来吗？”

叶知秋本来满肚子的话要对梦云说，可是见了她，心里欢喜，却不知道从何说起。他定神看着梦云，近在咫尺，又如隔千里，恍若看画中人，总觉得梦云身上的清雅愈发衬显出自己的俗气。

服务员倒了两杯普洱茶，送了几碟茶点后便掩上门退了出去。房间里一下子静下来，只有音乐如梦如幻。叶知秋轻轻握住唐梦云的手，握住的一刹，唐梦云的手似乎想抽回去，却又没有。

叶知秋低声说：“梦云，没有见到你，我心里空落落的，只有见到你，我心里才安静。”

唐梦云声音幽幽的：“见与不见，皆要随缘。我们之间还是散淡些好，能这样坐着，说说话，也是好的。”

叶知秋说：“虽说一切随缘，但有缘你不去努力，或许就成了无缘。我记得有一句电影台词：爱一个人，就告诉他（她），不要等太久。为什么不能等太久？因为世事变幻，你我衰老得太快。”

唐梦云不敢去碰叶知秋烫人的目光，低着头浅浅地喝了口茶。

叶知秋见唐梦云明眸若水，低首含羞的模样，心生怜爱，轻轻搂住她，捧着她的脸，想吻过去。

唐梦云却避开了，坚决地摇了摇头，挣脱叶知秋的怀抱。她正色道：“知秋，你对我好，我心里明白。我们可以成为无话不谈的朋友，也许这样最好。希望我俩之间，是好朋友、是知己，莫辜负了这份纯粹的情感。”

叶知秋有些尴尬，端起茶来喝了一口，找话说：“你好像认识江丽丽？她的情况，你熟悉吗？”

唐梦云坐正了，用手理了理长发，表情复杂地说：“我认识她。她原来是景江城区一个小超市的老板，赚了些小钱。但是前几年她成了魅力集团老总之后，一夜之间，开了许多家化妆品店、美容店、四S汽车店、服装店，扩张很快。她行事张扬高调，做的都是大项目，没人知道她哪来那么多钱。后来，南岭市招商引资，把她作为重要客户引进，在南岭投资搞房地产开发，成了当地最知名的女企业家。”

叶知秋问：“这家公司主营业务是什么？”

唐梦云摇了摇头，说：“我不太清楚。魅力集团在南岭市圈了1000多亩地开发‘晶鑫世家’高档住宅小区，打出的营销口号是‘兴建晶鑫世家，打造南岭新城’。南岭市的经济基础薄弱，‘晶鑫世家’是近年来最大的房地产项目，市里领导看得很重，很多事情都亲自出面协调。不过我有点担心，魅力集团扩张得这么快，投资了很多跨领域、跨行业的项目，看起来资金雄厚，却不是正规企业的经营模式。”

叶知秋“嗯”了一声，说：“上亿的投资项目，搞得好就是重要政绩。崔鸿鹄想干一番事业，自然会对这个项目特别关注。”

唐梦云说：“江丽丽似乎跟很多省、市领导熟悉。因为上头有人，南岭市好多干部都主动巴结她，有的还投钱到她的公司。她自己常夸口说在南岭没有办不成的事。”

叶知秋若有所思点了点头，说：“这么说来，她倒像在搞资本运营，不是做实体经济的搞法。”他还想再问，唐梦云似乎不愿再说，端着杯子喝茶。

俩人不再说话，安静下来，互相看着。过了会儿，唐梦云抬腕看了看手表，说：“时间不早了，回去吧。”她按了按桌上的呼叫铃，吩咐买单。

俩人下楼。在楼梯的拐角处，叶知秋看着唐梦云，站在那里像一株莲花，忽然想起《爱莲说》里的话：“予独爱莲之出于淤泥而不染……可远观而不可亵玩焉。”叶知秋在唐梦云耳边柔声问道：“梦云，我们什么时候再见面？”

唐梦云拂了拂长发，表情严肃地说：“知秋，我没想到这辈子会遇到你，我也从没遇到过像你一样懂我的男人。我明白你的心思，我也很纠结，我俩都需要冷静下来。”

这番话如同给叶知秋当头浇了一瓢冷水，瞬间从温柔乡掉进了冰窟窿，他还没回过神来，梦云的背影已经消失在夜色里。

叶知秋不知怎么开车回到家的。他一夜无法入睡。他搞不明白唐梦云的心思，前一分钟还浓情蜜意后一分钟却冷若冰霜，怎么说变就变了呢？

整晚，叶知秋在床上翻来覆去，他仔细琢磨梦云说的那番话，一会儿觉得梦云说得对，是为了他好；一会儿又想或许梦云并不喜欢自己，是在找理由拒绝……

十三

一周后，宏东省对口援建的西北某小县城发生了八级大地震。地震的破坏力惊人，大片房屋倒塌，江流堰塞，人员伤亡惨重。当地政府部门迅速开展抗震救灾行动。一方有难，八方支援。电视台滚动播出的新闻里，人民子弟兵、武警消防官兵和社会各界爱心人士组织的抗震救灾队伍日夜奋战在第一线，全国各地也掀起了轰轰烈烈的抗震救灾热潮，人们踊跃地捐款捐物，万众一心，众志成城。许多民众尽己所能地投入到抗灾行动中，每个人都被一股激励人心的爱国情绪所感染。除了抵抗侵略，对抗自然灾害更能凝聚一个民族的向心力，更能彰显一个民族的强大与尊严。

宏东省委、省政府除了向灾区派出救援队伍外，还号召党政机关干部自愿捐款捐物给灾区人民。省政府办公厅在一号楼摆了个募捐箱，秦明副省长带领办公厅干部举行了一个简朴的募捐仪式，全体干部为在地震中遇难的同胞和在抢险救灾中英勇牺牲的战士默哀三分钟，然后秦明第一个把装了钱的信封投入募捐箱，大家依次将手中的信封投入箱中。捐款没有限额，大多数干部捐献了一个月的工资，也有很多人捐款远远不止一个月的工资。

叶知秋本想多捐点钱，又怕引起不必要的误会。听说老芒去了灾区，便打电话询问灾区的情况。通话后，叶知秋才知道老芒随着省内民间团体自发组织的一个救灾医疗志愿队去了受灾最严重的地区。

老芒说："知秋，现在灾区最需要医护人员对伤员进行救治和开展心理疏导，而且重建任务非常重。这里的救灾、灾后重建是争分夺秒，恨不得一分钟掰成两分钟用，人过得特别充实、有意义。我会在这边待一段时间，等灾后重建有了成效再撤。"

叶知秋说：“我想再捐点钱给灾区，你能提供一个账号给我吗？”

老芒说：“我把灾区医疗救助队的募捐账号发给你，你可以转账过来，收到钱后，会邮寄给你公益募捐的票据和证书。”

叶知秋叮嘱老芒保重身体，注意安全，然后通过手机转账，将一万块钱捐到老芒发的账号上。

不久，省慈善总会在省电视台组织了一台赈灾晚会，晚会上表彰了省内一批捐助灾区的企业家。叶知秋注意到江丽丽的魅力集团在这次抗震救灾中捐出了 1000 万元，是民营企业中捐款最多的。电视直播中，江丽丽满面春风地从省慈善总会会长手中接过表彰奖牌，导播特意给了她一个十秒钟的定格镜头。

古力志神龙不见首尾。他平常很少到督查处来，有时一两个星期看不到身影。这天他快下班到办公室来，见叶知秋还埋头在一堆材料里，便问：“知秋，怎么还没下班？”

叶知秋连忙让座，递上一支烟，帮他点燃，说：“我正准备向你汇报处里的几件事。”

古力志摆摆手，说：“日常工作就别汇报了，这些天我陪秦老板在市、县调研，没时间到处里来。有个事告诉你一声，你有个思想准备。”

叶知秋不知道他要说些什么。古力志压低声音说：“最近省委组织部准备开展干部双向交流，从省直机关选派一批处级干部到市、县任职，同时从市、县遴选一批处级干部到省直厅局任职，目前正在拿方案。我已经向秦老板要求下到市里锻炼，估计会先任市委副秘书长，过渡一下再提名为副市长候选人。秦老板表示支持。”

叶知秋笑着说：“恭喜，恭喜，这是天大的好事。你到了市里，是潜龙入海，海阔天空，前途不可限量。”

古力志露出得意之色，说：“秦老板快要退休了。在他退休之前，我得找个地方安顿好。到时候，人退茶凉，我总不能老待在办公厅呀。”

叶知秋问：“到哪个市定了没有？”

古力志说：“目前还没法确定，我个人想法是去景江市。陈大年与秦老板的关系铁，只要他关照，上台阶肯定会快些。不过，这事还没最后定，你要保密啊！”

叶知秋说：“知道，我不会乱说。”

古力志深吸一口烟，缓缓吐出，说：“这段时间处里的事情你看着办就行了。

另外，我给你交个底，我向秦老板推荐了你，建议由你接任处长。”

叶知秋知道古力志说的不是假话，感激他的举荐，说：“谢谢你，但只怕我能力有限，办公厅资历老的副处长一大堆，如果论资排辈还轮不到我。”

古力志说：“提拔干部又不是排排坐、分果果。你在督查处的工作表现和能力，大家都非常认可，领导心里也有数。你要沉住气，把工作干得更好。近水楼台先得月，你在督查处本来就有优势，只要秦老板发话，八九不离十。”

这番话让叶知秋思想活络起来：古力志如果下去任职，督查处处长的岗位腾出来，自己应该最有竞争力。能否顺利接手，对今后的发展非常关键。

现在流行一句话：请人吃饭，不如请人流汗。叶知秋久坐机关，运动得少，身材开始发胖，肚皮微微凸起。李晓蕾要他坚持跑步，锻炼身体。在李晓蕾的督促下，叶知秋每天清晨起来跑步，跑了几天，觉得宏东的雾霾太重，喉咙不舒服，就不再跑了。

王建军新开了一家网球馆，便约叶知秋到网球馆来打球。网球的运动量大，消耗体能，坚持下来可以锻炼肌肉、减少脂肪。叶知秋知道易天水喜欢打网球，便约他同去。

易天水网球打得好，叶知秋根本招架不住。打了一局，叶知秋汗流浃背下场，王建军喊了个专业陪练与易天水对垒。

叶知秋与王建军坐在一旁休息，边看球边聊天儿。叶知秋问：“你学生牛奶卖得好好的，开网球馆干嘛？网球馆投资大，回收周期长，没有卖牛奶赚钱吧？”

王建军说：“现在生意难做。别人看你卖学生牛奶赚钱，就眼红，争着要做，拉关系、走后门，想尽一切办法挤你走。我本来和市教育局关系好，而且是最早一批做学生营养餐的公司，这么多年诚信经营，没有出过一起食品安全事故。可是市教育局领导调整后，学生营养早餐虽然还是公开招标，但我公司总是很难中标，而且做的人多了，利润也下降。我就想转行，迟转不如早转。现在家长舍得在孩子身上花钱，我就办了这家网球馆，以培训中小学生为主。”

叶知秋问：“打网球也成了培训孩子的产业？”

王建军说：“我和各个学校、培训机构都私下签订了协议，介绍一个学生来培训，我给一百块钱的好处费。这不，网球馆生意火爆，培训班一个接一个。另外，我再卖些球衣球鞋球拍，赚钱比卖学生奶还快。”

叶知秋擦着汗说：“说来说去，你赚的都是家长的钱。”

王建军笑了，说：“我不赚，别的培训机构一样会赚。我这里至少还让孩子实实在在锻炼了身体。”

易天水打了三局，二比一胜了。王建军夸他：“易主任，你网球打得好，练了多久时间？”

易天水边用毛巾擦汗边说：“我中学时候进了市网球队，练了很长一段时间，后来为考大学荒废了。现在，老胳膊老腿，技术也不行，纯属业余爱好。”

叶知秋说：“难怪你动作这么专业，职业选手的功底。”

易天水说：“我喜欢网球，是觉得有挑战性。打网球要对球的弧度、速度、落点做出准确判断，做出击球的动作和方向，这一系列反映都是在大脑的指挥下瞬间完成的。经常打网球可以使神经系统的灵活性和持久性得到很大提高。搞任何一项运动都贵在坚持。体育运动可以锤炼一个人的意志，养成良好的生活规律，而且自律性会增强。”

叶知秋笑着说：“增强规律性与自律性，与你的职业有关吧。纪委干部这两点都非常重要。”

易天水也笑了，说：“你这是过分解读。运动可以调节身心，有益健康，现在机关干部很多处于亚健康状态，与不运动紧密相关，不搞点锻炼不行。”

叶知秋说：“确实。我要放下电脑，拿起球拍，而且要坚持下去。”

易天水忽然问：“听说这次干部上下交流，古力志会下到市里去？”

叶知秋知道他消息灵通，不好隐瞒，说：“有这个说法，但不知道搞得成不？”

易天水说：“可能性很大。秦省长对身边的人一直都比较关照。如果古力志下去任职，你的优势很明显，应该可以顺利接任处长，要把握住机会。”

易天水的话印证了古力志的说法。叶知秋希望古力志如愿以偿，也希望自己能够顺利接班。

过了几天，叶知秋在办公室批阅文件，江丽丽突然造访。她穿了件黑色的套裙，雪白的脖子上挂着一条翡翠项链，望着叶知秋说：“叶处长，不好意思，冒昧前来拜访。”

叶知秋起身让座，为她泡了杯茶，说：“江总大驾光临，我欢迎都来不及呢。请坐，请坐。”

江丽丽优雅地坐下，一脸微笑看着叶知秋。叶知秋原来觉得江丽丽漂亮得眩目逼人，无法直视，此刻面对面仔细一看，竟有大家闺秀的雍容典雅。

叶知秋说：“前不久在电视上看到江总代表公司向灾区捐款，精神可嘉，令人钦佩呀！”

江丽丽说：“应该的。企业赚了钱，就要回报社会，捐钱是尽一点绵薄之力。”她随手将一个小礼品袋递过来，说：“我在香港看到这款领带蛮适合你，顺便为你带了一条。”

女人送礼物，不说“给你”而说“为你”，一字之差，意思却大不一样。江丽丽说得落落大方，叶知秋不便推辞，称谢收下，问：“江总，你的项目进展如何？省国土资源厅、省规划局那边的手续办得顺利吧？”

江丽丽说：“国土的手续没问题，就是规划出了点麻烦，这不，来向叶处长求援了。”

叶知秋答应过崔鸿鹄，承诺如果有事会出面协调，便问：“你说一说，什么情况？”

原来，魅力集团旗下天福地产公司在南岭市开发“晶鑫世家”楼盘，项目需要国土、规划、城建等各种批文，因办证的周期长，等所有手续办好再开工会延误工期。这个项目是市委、市政府关注的头号工程，天福公司打起了“擦边球”，边办理手续边开建，第一期工程已经开工。按惯例，房地产项目拿到规划许可证、施工许可证后，要请规划设计院的技术人员来定位放线。放线看起来简单，却是专业活，出不得一点错。可是，“晶鑫世家”第一期放线定位偏偏出了差错。

当时已临近春节，省规划设计院的技术人员按规划图定位放线后，天福地产公司没有及时做好桩位保护。等过完年回来，施工队一开工，竟然有几幢高楼的桩位搞错了，移位1米多，把规划红线都占了。公司施工部门、监理部门一开始都不知道，等房子修了好几层才发现移位，与原来规划设计图严重不符。按照法规，建筑物一旦出现移位，属于违反规划行为，轻则罚款，重则拆掉重来。这事不知道怎么捅到了省规划局，省规划局准备派执法总队去实地勘查，一旦查实，要下发停建整改通知。一旦停建，在建的楼房、别墅无法按预期完工，房屋销售错失良机不说，而且会造成资金周转不过来，魅力集团的损失无法估量。

叶知秋问：“过去出现过类似的情况吗？”

江丽丽说：“拆除重建的损失太大，地产商一般都会选择罚款。罚款的数额由规划执法部门说了算，有一定的自由裁量空间。最好的办法是适当罚点钱，在房屋销售时将情况告知客户，售价上给予优惠。规划移位毕竟不会影响到房屋的建筑质量和使用，客户能接受。”

叶知秋又问：“省规划局是怎么答复的？”

江丽丽说：“我找了省规划局一个姓贾的副局长，听他板着脸讲了一大通道理，说现在这类事情处理起来很敏感，怕客户买房后告行政执法部门监管不力。省规划局这边很麻烦，搞不定，我来就是想请你出面协调一下。”

这事从政策层面上来说，肯定是房地产商的问题，至于怎么处理，其实监管部门可以根据不同情况采取不同的办法措施，原则上来说，既要履行职责，也要考虑企业的实际情况。叶知秋心想，这个事情的关键在于房子如何修就应该如何卖，房地产商在销售时要明确告知客户实情，不能隐瞒真实情况。理清思路，他说：“江总，其实这事说难也难，说不难也不难。”

“哦？请叶处长指点。”江丽丽身子微倾。

叶知秋说：“省规划局担心房屋违反规划修建出售后会引发客户投诉，因此处罚肯定免不了，当然处罚幅度要适度。你公司在销售房屋时要把面积核算准，如果移位造成比实际面积小，那就要减少差价，如果是多出面积，可以免费或优惠销售给客户。只要客户不投诉，规划部门又按规定给予了处罚，再怎么闹也闹不出风浪。”

江丽丽连声说：“叶处长果然高明，一针见血。我会叮嘱销售部一定如实告知客户，并在销售合同上注明解释条款，这点请叶处长放心。可是，如果省规划局来调查执法，会引来一些不必要的麻烦，给竞争对手留下话柄，攻击魅力集团。”

叶知秋想江丽丽行事高调，在行业内肯定惹人妒恨，举报到省规划局的说不定就是别的房地产商，便说：“江总，省规划局说要限期整改停建，前提是你们要配合。只要你们态度积极主动，按照省规划局的要求去整改，不一定非要派执法总队上门，对吧？我明天帮你联系一下，看能不能想想办法。”

江丽丽连声道谢，说：“叶处长，太感谢了，那我等你的消息。只要不停工，怎么罚款我们都认了。”

送走江丽丽，叶知秋翻开省政府办公厅印发的常用电话号码本，看到省住建厅，忽然想起维稳办的王主任，心想老王在建设系统工作时间长、资历老，应该有办法。

叶知秋打电话过去讲了缘由，说：“老王，省规划局我不熟悉，想来想去，只好找你这位老朋友帮忙了。”

王主任是个直爽人，说：“叶处长难得开口，我肯定尽力想办法。凑巧的是，分管的贾副局长老婆是我老乡，我们两家关系蛮好，我去找找看。”

叶知秋说：“开发商找过贾局长，他态度很强硬。我和开发商这边沟通了，一方面认罚，一方面切实整改，不留后患。省规划局一旦启动调查程序，会影响开发商的声誉和房子销售。你看，什么时候方便拜访贾局长？”

王主任说“这事着急不得。我先到贾局长那边探探口风再说，你等我的电话。”

过了两天，王主任打电话给叶知秋，说：“事情算有点眉目了。我开始探贾局长的口气，他没有松口。我就到贾局长家里，做通了他老婆的工作，我俩一唱一和，才让他松了口。贾局长的意思，开发商违规建设肯定要依法处罚，罚款额度可以考虑就低不就高；开发商要写个自查报告，书面承诺销售房子时告知客户，报省规划局执法总队备案；另外，执法总队不去南岭了，交由南岭市规划局督促整改。”

叶知秋连声道谢，说：“太感谢你了，你办事就是效率高，我代表朋友向你鞠躬。对了，你什么时候有空儿，我们聚一下，吃顿便饭，好好喝两杯？”

王主任说：“咱俩就别客气了。你原来在信访局帮了我不少忙，心意领了，饭就不吃了。”

叶知秋说：“那怎么行？你帮了这么大的忙，我要当面感谢。这是礼数。”

叶知秋打电话给江丽丽。江丽丽一直等在宏东，听他说事情办妥了，喜出望外，拜托他约个饭局，好好感谢王主任、贾局长。

叶知秋说：“趁热打铁，你赶紧安排人到省规划局接受罚款处理，按要求写个整改报告备案。另外，饭就不吃了，我下午带你去拜访一下王主任，再拜见贾局长。”

江丽丽说：“好的，我就安排人去省规划局。你看什么时候过来接你？”

叶知秋说：“4 点左右吧。”

下午 4 点，江丽丽开了辆红色的保时捷来接叶知秋。叶知秋注意到她办了省政府保卫处发放的车辆通行证，来去畅通无阻。

上了车，叶知秋问：“江总亲自开车？”

江丽丽笑着说："怕司机碍事。再说了，难得单独听叶处长的教诲。这次幸亏你鼎力相助，我代表魅力集团全体员工表示感谢！"

叶知秋说："你不用客气，咱们都是朋友，只要不违反原则、不触碰底线，我会尽力帮忙。"

江丽丽说："刚才公司的人告诉我，省规划局那边已经办好手续，罚了30万元。我一定会加强工程质量监督，绝不允许再出现任何差错。肯定不会给你和帮助协调的领导脸上抹黑。"

叶知秋说："是呀，这个差错惹来多少麻烦？教训蛮深刻。王主任人挺好，在建设系统待的时间长，人脉丰富，以后有什么事情你可以直接找他。"

到了省住建厅门口，叶知秋先下车，要江丽丽将车停到远处的地下停车场，免得招摇。

叶知秋带着江丽丽进了王主任办公室。三人寒暄一阵儿，叶知秋对老王说："王主任，你为江总排忧解难，江总一定要过来拜访你，表示谢意。贾局长我不熟悉，你方便的话带江总去拜访一下，好吗？"

江丽丽接着话说："王主任，非常荣幸认识您，感谢您对魅力集团的支持和帮助，有机会请您到集团去视察、指导。一回生、二回熟，少不了要麻烦您。"

王主任笑着说："不用客气。我和知秋处长是老朋友，他交代的事情，我肯定尽全力办好。贾局长出差去了，过几天等他回来，我再转达你的谢意。"

大家客气一番，告辞时，江丽丽记下王主任的电话，顺手将一个装着爱玛仕皮带的礼品袋递了过去，说："不成敬意，请王主任笑纳。"

王主任接过去，笑着说："我不收下来，江总心里不踏实。下不为例。"

出了省住建厅大门，江丽丽拨通手机，说："崔书记您好，这次省里办事比较顺利，叶知秋处长亲自出面，协调住建、规划部门，才把事情办好。我现在和叶处长在省住建厅，您要不要和他说几句？"说着就把手机递了过来。

叶知秋接过电话，只听崔鸿鹄说："知秋辛苦了，你为南岭的企业排忧解难，我表示感谢。有机会，请你到南岭市来指导，我陪你到魅力集团去看一看。"

叶知秋说："崔书记，我是落实你的指示，今后你有事尽管吩咐。"

挂了电话，叶知秋想江丽丽还真会来事，当着自己的面给崔鸿鹄打这个电话，既表明她与崔鸿鹄的关系过硬，可以随时通话，又向崔鸿鹄表扬他，把人情做足。

江丽丽发动车，娇声对叶知秋说“叶处长，到吃饭时间了，我能请你吃饭吗？”

风情万千的江丽丽实在让人无法抗拒。然而叶知秋提醒自己要远离这位美人，委婉地说：“改天再约。最近手头事情挺多，我还得去办公室一趟，你送我回省政府吧。”

江丽丽嘟着嘴，丰润的双唇格外诱人，撒娇说：“叶处长一点面子都不给？咱俩又不是头回打交道，就吃个饭嘛，又不是要你犯错误。”

叶知秋脸上笑着，语气却很坚决，说：“下次吧，江总，我们来日方长。崔书记是好领导，高秘书又是我的老同学、好朋友，他们说的事情，我肯定会尽力办好。今天确实有事，以后再找机会聚吧。”

江丽丽听出叶知秋话里有话，意思帮她这个忙，还是看崔鸿鹄、高振宇的面子，就不再勉强，从包里拿出一个厚厚的大信封塞过来，说：“知秋处长，我不知道买什么礼物送你好，这点小意思，请你收下。”

叶知秋一看，那信封至少装着五、六万块钱，马上把脸拉了下来，说：“江总，你这样就不合适了。我看你做企业不容易，是诚心实意帮你的忙。如果我收了你的钱，你心底里瞧不起我，也枉费了我的诚心。”

江丽丽没料到叶知秋会翻脸，连忙说：“叶处长，你别误会。你帮的忙无法用金钱来衡量。不仅罚款金额低于我原来的估计，而且避免了项目停产、企业声誉受损，我是打心眼儿里感激你。这点小意思，只是表个心意，不会从公司财务走账，你知、我知，这个世界绝不会有第三个人知道。”

叶知秋的脸色愈加难看，口气生硬地说：“江总，这钱，我是绝对不会收的。君子爱财取之有道，钱，你收回去，咱们还可以做朋友；否则，以后你就别来找我了。”

江丽丽表情尬尴，脸一阵儿红、一阵儿白，也许她没有碰到过见钱不要的人。好在她是在场面上行走的人物，弯转得快，脸上迅速挤出笑容，说：“那好吧，叶处长看得起我，愿意交我这个朋友，我就听你的。以后有用得上我的时候，尽管吩咐。”边说边把信封收进包里，开车向省政府驶去。

一路上，俩人无话。叶知秋瞅见江丽丽眼里闪着泪花，心有不忍，缓和口气说：“江总，你别生气。不是所有的事、所有的人都能用钱来搞定，像我这样的机关干部有很多很多，你可能没有接触到。你不了解我们，时间长了，自然就知道了。以后，有什么事，只要不违反原则，能够帮上忙，我一样会帮。”

江丽丽颇为感动，点点头说：“知秋处长，你就像我哥，我真心实意地感谢你。”

快到省政府门口，叶知秋示意停车，说走进去就行了。江丽丽依言靠路边停了车，忽然动情地说：“知秋，你是个好男人，我好喜欢。”

叶知秋笑笑，下车，头也不回地挥了挥手。

十四

亮亮过生日，叶知秋特意推了应酬，回家陪儿子。他打电话给李晓蕾，李晓蕾说今天值班，要稍微晚点才能回来。叶知秋说：“你记得给亮亮买个生日蛋糕，我在家搞几个菜，等你回来再开餐。”

叶知秋下班接了亮亮。亮亮知道今天过生日，兴奋得一蹦一跳，拉着他的手说个不停。到了家，叶知秋要亮亮去做作业，自己进厨房炒菜。到了晚上7点钟，左等右等还不见李晓蕾回来，打她的电话，通了却没人接。

叶知秋看饭菜渐渐凉了，只好对亮亮说：“妈妈今天值班，要很晚才回来，咱们先吃饭吧。”亮亮不肯，拨打李晓蕾的手机，仍是无人接听，只好悻悻地端着碗，无精打采地吃饭。

叶知秋一边给亮亮夹菜，一边安慰他：“吃完饭，你做完作业就看电视。等妈妈回来，我们再一起吃蛋糕，唱生日歌，好不好？”

等到晚上10点，李晓蕾的手机还是无人接听，叶知秋不禁担心起来。他把准备好的礼物——一套漫画军事百科全书送给亮亮。亮亮本来情绪低落，看到这套漫画书才高兴起来，翻看了好一会儿，才磨磨蹭蹭地洗漱完上床睡觉去了。

叶知秋正要打电话给李晓蕾的同事，电话响了，只听到李晓蕾说：“知秋，值班时出了点事，忙得晕头转向，手机放在办公室抽屉没听到。我刚刚交接了班，这就回来，回来再细说。”

叶知秋心里窝着火，原来的担心化成了满腹怨气，说：“有什么急事要打个电话呀，你不记得今天亮亮过生日吗？这么晚了，你坐出租车要注意安全。”

李晓蕾到家已快12点了，一进门，就说：“今天差点出大事，幸亏我发现得及时，否则后果不堪设想。”

叶知秋不知道发生了什么事，见她还没有吃饭，便给她盛了碗热饭，问："出了什么事，大惊小怪的？"

李晓蕾端着碗，仍神魂不定，说："今天说起来也怪，我记着亮亮过生日，想早点交班，就提前到病房里巡查。刚巧老干病房新进来一个领导，中度痛风还有胸痹等症状，正在输液，本来用的药是丹红注射液，我看输液的颜色不对，仔细一核对，是吴护士拿错了药。当时病人呼吸急促，脸色发青，我急忙把主治医生叫过来，紧急抢救，折腾了好久，病人才恢复正常。小吴刚到老干病室一个星期，人都吓傻了，呜呜直哭，估计这次会受处分。"

叶知秋说："小吴也太马虎、不负责了。老干病室出现这种差错，真是匪夷所思。幸亏你发现得早，如果酿出大祸，那可就是爆炸新闻了！"

李晓蕾说："我也是头次碰上这种事。幸亏发现得及时，现在想起来，心脏还怦怦跳。"忽然"哎呀"一声，说："忘记买生日蛋糕了。"

叶知秋宽慰她说："算了，下次再买吧，我给亮亮买了套漫画书作生日礼物，他蛮开心的。"

叶知秋让李晓蕾早点休息，自己收拾碗筷。洗碗时，他忽然想起梦云，思绪飘忽起来，不知道梦云此刻在干什么，回味梦云在"劳燕亭"说的那番话让他怅然，直到哗哗的自来水快溢出洗碗池时，他才回过神来。

第二天下班，叶知秋刚进门，就闻到一股炖鸡的香味。李晓蕾在厨房里忙乎，电砂锅煲的土鸡浓香扑鼻，见他回来说："将功补过，昨天错过了亮亮的生日，今天给你和亮亮弄点好吃的。"

一家人坐下吃晚饭，先喝李晓蕾熬的鸡汤。叶知秋喝了一口，夸赞道："吃来吃去，还是家里的菜好吃。亮亮，妈妈熬的鸡汤好不好喝？"

亮亮懂事地点点头。李晓蕾笑着说："咱们一家三口好久没坐在一起吃饭了。亮亮，昨晚妈妈值夜班，没能陪你过生日，今天给你补上。"说完变戏法般从冰箱里拿出个小生日蛋糕，让亮亮点蜡烛许愿，这可把亮亮高兴坏了，拍着手笑着嚷着。

家的温馨最容易打动一个人最脆弱的神经。看着李晓蕾、亮亮开心的样子，叶知秋心生惭愧，或许与唐梦云的情缘只是生活中的一支小插曲，应该到此为止，他轻轻哼唱起生日歌来。

吃完饭，亮亮回房间做作业。叶知秋坐在沙发上看新闻联播，李晓蕾收拾着碗筷，说：“今天老干病房可热闹了，清早卓院长就到老干病室来了，先是看望慰问那个领导，又召开了全体员工会议，通报昨晚的事情，要小吴停职检查，扣除三个月的奖金。对我提出表扬，说我巡查及时，避免了一起重大医疗事故。”

叶知秋说：“你只是运气好点罢了。如果真出了事，你是值班护士长，肯定要追究你的责任。”

李晓蕾说：“是呀，我又不要表扬。只要大家认真汲取教训，避免再发生此类事件。对了，后来卫生厅陈厅长都来了，向那个领导道歉。卓院长一个劲地认错，像犯了错误的小学生。”

叶知秋转过头问：“喔，陈敏厅长都来了，这领导来头不小，是谁呢？”

李晓蕾说：“我搞不清，没记住名字，听他们称呼什么书记。但这位领导人蛮好，大人大量，没有责难医院，只是对陈厅长、卓院长说要加强内部管理，还说不要为难小吴护士。”

叶知秋站起来在客厅踱了几步，说：“尽管没有酿成大错，但你们还是要格外小心，特别是对那些新来的实习护士要严格要求，不能再出差错。如果老干病室发生了医疗事故，别说你们医院，就是卫生厅都难辞其咎。”

李晓蕾收拾干净，走出厨房，说：“这位领导对人特别和气，开玩笑说我救了他这条老命。”

叶知秋说“救死扶伤本来就是医护人员的职责，以后你要更细心、负责才好。”

李晓蕾点头，说：“从这周起，院里要求老干病室每晚都要有护士长带班。本来我们有三个护士长，朱护士长休产假了，我和王护士长要分担她的一部分工作。除了俩人轮流值晚班，值白班也要晚上 11 点 30 分才能交接完下班。我不能按时回家搞饭菜，你又经常加班、出差，只怕亮亮晚饭都没有着落。要不，把我妈从嘉林县接过来住一段时间，请她帮忙照顾亮亮？”

叶知秋想了想，没有别的办法，便说：“那好，周六我去接她，只能辛苦老妈了。你白班下班太晚，不安全，我不加班就到医院去陪你，等你一起回家。”

这周李晓蕾值白班。带班护士长每两小时都要巡查一次病房。

亮亮有外婆照顾，叶知秋晚上没事就带着书到医院去陪李晓蕾。李晓蕾有空儿，俩人就说说话，李晓蕾查房、输液，他就看书，到了晚上 11 点 30 分便一起回家。老干病室的护士都夸李晓蕾好福气，找了个模范丈夫。

这晚，叶知秋又来陪李晓蕾。俩人说了会儿话，李晓蕾就查房去了。晚上

10点之后，老干病室不允许探视，整个病室才真正安静下来。叶知秋埋头看书，他最近正在读《曾国藩家书》，越读越有所悟，越钦佩这位“德业文章兼备一身”的晚清中兴名臣。

忽然，听到有人敲值班室的门，叶知秋抬起头，一个约莫五十多岁，浓眉大眼、脸庞方正的中年男人站在门口。叶知秋只觉得有些面熟。那人走近问他：“小李护士长呢，今天晚上还没量血压呀？”

叶知秋仔细一看，认出他是省委常委、省纪委书记孔坤之，连忙站起身，说：“小李在别的病室查房，我帮您去找她。”

孔坤之摇摇手，说：“没关系，那就等会儿吧。你是新来的医生吗？我怎么不认识你？”

叶知秋说：“孔书记，我是李护士的爱人叶知秋，在省政府督查处工作。”

孔坤之听了，仰起头想了想，问道：“督查处？在小古那里吧？”

叶知秋答道：“是的，和古力志处长在一起。”

孔坤之笑着说：“哦，小叶不错，现在能陪老婆值班的男人可不多了哟！小两口就要这样，互相体贴、互相照顾。女同志不容易，做丈夫的要多理解、多支持。”

叶知秋点头说：“孔书记您说得对，女同胞又要上班又要操持家务，比我们辛苦多了。”

孔坤之和蔼地说：“你们这个阶段上有老、下有小，面临着事业与生活的双重压力，两头都要兼顾，挺不容易。更加要相互理解，家和万事兴呀！”他看到摊在桌上的书，饶有兴趣地翻了翻，说：“你在读《曾国藩家书》啊？”

叶知秋说：“原来读过，有空儿就再拿出来读。每读一遍都有新的收获。”

孔坤之翻看着这本《曾国藩家书》，见书页皱折老旧，显然阅读过多遍，便说：“温故而知新。这本《曾国藩家书》，是部宝典啊。曾国藩这个人，修身、齐家、治国、平天下，样样拔尖，算得上近代第一完人。尤其是他对兄弟、后辈的教育非常成功，他的子孙如今遍布世界各地，各个领域都有杰出代表。纵览历史，儿孙晚辈英才辈出的，曾国藩家族是个中翘楚。”

叶知秋点头，说：“的确如此。曾国藩并非完人，他能取得成功，有个不断提升、自我革新的过程。”

孔坤之接着话说：“这些年‘曾国藩’热一直长盛不衰，人们从不同的角度解读曾国藩，学习和模仿着他，视他为偶像。这说明曾国藩有独特的人格魅力和长处。”

叶知秋说：“也许每个人都能从曾国藩身上找到与自己类似的缺点或不足。但是，曾国藩能够通过修身来改正这些缺点和不足，这让人们觉得可以借鉴他的方法来完善和提升自己。”

孔坤之笑着点了点头：“小叶这个观点挺有意思，有道理。”

叶知秋受到鼓舞，继续说：“人们对曾国藩的关注和兴趣，正好说明了处在变革时期浮躁不安的中国人，依然渴求来自中华传统文化的滋润，希望在同族同宗的成功人物身上受到启迪和教益。曾国藩身逢乱世，能够脱颖而出，功成名就时又能急流勇退，关键在于能够摆正自己的位置，克服自己的欲望。”

孔坤之说：“不错，欲望、权势和财富最容易让人迷失。曾国藩是个有信仰的人，他信奉儒家的忠孝仁义、克己复礼，这个世界上能够坚持理想与信仰的人最终是少数。这少数人才能成功。”

叶知秋深为赞同，说：“孔书记您说得对。曾国藩平定太平天国后，被封侯爵，他的弟弟曾国荃也因克复南京被封伯爵，父母先辈也得到诰封。作为汉臣，曾氏一门可谓得尽朝廷荣宠。而跟随他的湘军子弟也都水涨船高，权势熏天。乃至有人劝其自立为王，与朝廷分庭抗礼。但曾国藩并未因功高而自傲，反而深自警惕，不但压制弟弟以及湘军将领与朝廷亲贵之间的冲突，而且自请裁撤湘军。有人说曾国藩没有胆气，自剪羽翼；也有人说他对朝廷是愚忠。其实，一则曾国藩一生信奉的儒家忠孝仁义、克己复礼思想不允许他成为一个篡逆反叛之人。他平复太平天国打的就是‘护名教’的旗号，名教就是儒教，因而吸引了绝大多数知识分子站在了他这一边。二则曾国藩看清了当时的局势，自己到达荣宠的极点，也就到了风口浪尖。如不识进退，他将成为众矢之的。不但朝廷亲贵视其如骨鲠在喉，必去之而后快，全国各地军阀势力也将联合起来反对他。而百姓经历了二十年的‘哀鸿遍野，生灵涂炭’，没人希望再起战乱。即便是他的湘军系统内部也并非铁板一块。左宗棠的楚军原本就自立门户，与其貌合神离。他着力培养的弟子李鸿章野心勃勃，所建立的淮军早欲取湘军而代之。在全国一片反对中，区区二十万湘军又有何能为？何况这二十万湘军内部已经开始腐化，互相之间争名夺利，暮气深重，不复为当年的精锐之师、‘王者之师’。一旦贸然起事，曾国藩必将身败名裂，成为全国公敌、名教罪人。

他知道极荣最容易转化为极辱，为保一生清誉、一门平安，也为保一国元气，故而谦抑退让。在当时的情况下，能做到这一点是很不容易的，这需要与强烈的欲望、巨大的诱惑做斗争。曾国藩是有大智慧的人。”

孔坤之赞赏地对叶知秋点了点头，说：“看来你不但读了书，而且还善于思考。这个‘极荣最容易转化为极辱’说得很好，符合辩证法，也符合我们传统文化中的阴阳转化之理。其实，这个道理放在今天也是很有意义的。我们有些干部，就是在获得一定的权力和荣誉之后，开始膨胀，以为凭此可以为所欲为，忘掉了自己的‘初心’，更丧失了正确的‘荣辱观’。在尝到甜头后，又希望获得更大的权力和荣誉，甚至为此不择手段。这个时候的‘荣’，就成了障目的叶、绊脚的绳，让他们看不清前面的路，逃不开挖开的坑，终将闹得灰头土脸、自取其辱。可是，要把握这个‘荣辱’又何其难也，连曾国藩本人也为此蹉跌过。他在其后剿捻失败、‘天津教案’处置失当，为千夫所指、朝廷惩处，不能不说是因好名所累。名之一物，与利有相同之处，能生荣，也能生辱。不好利而好名，心易偏颇，同样会受人蛊惑和利用。我们有些领导干部，被一片歌功颂德之声围绕，不学习、不虚心、不纳言，外行充内行，搞‘一言堂’，为了一些所谓的‘政绩’和纸面数字，拍脑袋决策、拍胸脯保证，最后留下一个烂摊子，拍屁股走人。这种‘三拍’干部，给国家和人民带来的危害，不亚于那些只为一己私利的贪官污吏！”

叶知秋一怔，心想孔坤之不愧是省纪委书记，三句话不离本行，从曾国藩的人生起伏说到了现在的干部荣辱。不知道他这是泛泛而论呢还是意有所指。

正说着话，李晓蕾查房回来，见了孔坤之便说：“孔书记，您在这里啊，我到处找您，回房间量血压吧？”

孔坤之指了指叶知秋，说：“我正和小叶聊得高兴呢！来，小叶到我房间来，咱们接着聊。”

叶知秋跟着孔坤之到了病房。李晓蕾拿了量压仪，轻声说：“孔书记，今天用了一种新药，量完血压，您要早点休息。”边说边挽起他的衣袖量起血压来。

叶知秋看到病床柜子上摆着一套线装书，拿起来一看，是中华书局出版的线装大字本《曾国藩亲编经史百家杂钞点评》。浅蓝的绸缎封面，内文是竹宣纸，竖排的繁体字，捧在手上古意盎然。叶知秋竟有些爱不释手，连声称赞：“好书啊！这个版本都快绝版了。”

知音难觅。孔坤之见叶知秋有眼力，高兴地说：“这是曾国藩亲自选编的文选，当代很多学者都说这套书汲取了《四部精要》的精华。点评的学者是研究曾国藩的专家，有很多独到的见地。”

叶知秋说：“这套书出过几个版本，但是线装本很稀罕，有收藏价值。”

孔坤之轻轻抚摩着书的封面，感慨地说：“一本古籍传千秋啊！这套书用浙江富阳竹宣纸印刷，用竹宣纸制成的线装书至少可保存500年以上。”

叶知秋问：“怎么能保存这么久呢？”

孔坤之说：“这与书的材质有关。从一根毛竹变成一本线装书，过程复杂，工艺讲究。竹子要采当年生的嫩竹，每年小满时节开采最佳。所谓‘一青二白’是指篾青用来做毛边纸，篾白才能做宣纸，制造宣纸的水要水质清澈，以保证纸浆制成纸后的质量。每一张宣纸的制作至少需要半年以上的时间。”

叶知秋听得入迷，说：“孔书记，没想到线装书还有这么多的学问。”

孔坤之在病房待久了，难得碰上聊得来的人，情绪很好，说：“这套书我已经看完了，你拿去看吧，看了之后，我们再交流心得。”

叶知秋也不推辞，说：“好的，我看完再还给您。您放心，我会小心保护好它的。”

孔坤之哈哈一笑：“我当然放心。看得出来你是个爱书惜书之人。”

李晓蕾量完血压，说：“孔书记，血压正常。不过您看书别看得太累了，我看您一看书就是两三个小时一动不动，这样血脉不畅，容易瘀血闭阻而导致胸闷。”

孔坤之说：“小李护士，你不知道这痛风痛起来啊，难以用词语形容。我是靠看书来分散注意力，减轻痛苦哟！”

李晓蕾笑着说：“那您也不能影响休息，休息好了身体才康复得快。”见时候不早了，她提醒说：“知秋，孔书记要休息了。”

叶知秋赶忙起身告辞，说：“孔书记，您休息，我不打扰您了。”

孔坤之笑着说：“好吧，你明天还得上班，早点回去。有空儿可以过来聊天。对了，我还得感谢你家小李，帮我捡回这条老命。”

叶知秋这才知道，差点发生医疗事故的那晚救治的人是孔坤之。孔坤之因为尿酸过高，引起痛风住进老干病室。痛风是富贵病，因身体里嘌呤生物合成代谢增加，尿酸无法及时排出体外，尿酸盐结晶沉积在关节、软骨组织中而引起，痛起来非常难受。这种病一下子治不好，要通过调节身体内分泌功能，控制海鲜、动物内脏等高嘌呤食物，多吃五谷杂粮、水果、蔬菜才能慢慢将尿酸降下来。痛风是孔坤之的老毛病，过去吃点药，硬撑一下就过去了，但这次脚踝关节痛得厉害，走路都走不动，没办法才住进医院。

孔坤之是南下干部子弟，上山下乡当知青，挖煤炼钢进工厂，性格直率，做事果敢，是根正苗红的“红二代”，又从基层一步一个脚印干上来，在省委常委里威望很高。他行事颇有风格，是唯一不配秘书的省级领导，对看不惯的事情常常直言批评，不留情面。一次全省党风廉政建设工作会议，孔坤之坐在主席台讲话，刚开腔，主席台上有位厅长的手机响了起来，他皱了皱眉，等铃声消失才接着说下去。还没说两句话，手机铃声又响起来，他把手中的稿子一丢，眼睛一瞪，厉声说：“谁的手机响？再响我就让他出去！”会议室顿时鸦雀无声，那位厅长吓得脸色惨白，赶紧将手机关了。孔坤之大着嗓门说：“开会将手机关闭或调成静音是常识。当了厅级干部，还犯这么低级的错误！”他足足停了三分钟，才气呼呼地拿起稿子念下去。以后，不管多少人参加的会议，只要孔坤之出席，会场秩序都特别好。

此后，叶知秋到医院，隔三岔五会去孔坤之的病房里坐坐，与他谈书论道。孔坤之不喜欢别人来探望他，就算老伴、孩子来了，聊过几句，就催他们走。但是，见了叶知秋他就高兴，他喜欢和叶知秋聊天儿。

孔坤之觉得这个年轻人喜欢读书思考，身上洋溢着一股活力和激情，但又懂得恭谦内敛，不自大张狂。叶知秋钦佩孔坤之的博雅豁达，平易近人，从不板着面孔端着领导架子高高在上，与他谈话交往如沐春风。俩人渐渐成了“忘年交”。

经过一段时间的治疗和休养，孔坤之的痛风病渐渐好转，体内的嘌呤指标基本控制在正常值，过几天就可以出院了。

出院前的晚上，叶知秋过来陪他聊天儿，看到他正在读《大数据时代》。这是本关于互联网与数据应用的畅销书，作者是英国学者维克托 · 迈尔 · 舍恩伯格，被誉为“大数据商业应用”的第一人。

叶知秋说：“孔书记，机关干部很少看这类书，我只是听朋友推荐过，但还没有读。”

孔坤之说：“我们现在经常提到与时俱进，读书也要与时俱进啊。要不断更新理念和思维，这样才不会落伍。现在我们的干部，爱读书的不少、会读书的不多。社会的发展与进步，我看可以十年为一个阶段。十年前，互联网远远没有这么发达，这本书里说目前全球互联网普及率为 21.9%，全球有 20 多亿网民，其中中国网民就有 6 亿。这么庞大的群体通过互联网在沟通、交流、互动，我们不了解熟悉网络，怎么会不落后呢？谈什么改革创新呢？”

叶知秋点点头，说：“现在处在知识海量、信息爆炸的互联网时代，不了解这些新的传播形式，会非常被动。”

孔坤之说：“知己知彼，百战不殆。你看看现在的趋势，博客、微博、微信等都成了人们最常用的沟通平台，很多干部不了解、不熟悉，一旦碰到网络舆情，应对起来手忙脚乱、捉襟见肘。对这些新兴媒体和新的沟通平台，我们要善学善用，抢占先机。”

孔坤之如此乐于接受新事物，让叶知秋叹服，说：“孔书记，我参与调查反映景江市官员腐败的网帖事件，发现好多干部，尤其是领导干部不知如何应对网络舆情，处理起来非常被动。我还写了一篇《加强网络舆情应对之策》的文章，刊发在《宏东通讯》。”

孔坤之说：“哦，那篇文章是你写的？我有印象。曾牧南同志还作了一段批示。不错，学以致用，就是要不断总结从书本学到的知识和实践中得来的经验，用来指导工作、推动工作。”

叶知秋说：“我是参与网帖事件调查后，有感而发。我认为关键是加强学习，在实践中提升处置网络舆情能力。”

孔坤之说：“《大数据时代》这本书前瞻性非常强，虽然讲述的是大数据时代的思维变革、商业变革以及管理上的变革，但对我们生活、工作都有非常重要的现实意义。知秋，你有空儿可以读一读。”

这次住院，孔坤之认识了叶知秋。他觉得像叶知秋这样爱学习善于学习的青年干部并不多，有意识地关注与培养。从此以后，他时不时会找机会与叶知秋聊天儿、交流，谈一些事情的看法。而叶知秋却并不主动去找孔坤之，他不愿意给人留下攀附高枝的嫌疑。偌大的省政府办公厅没人知道叶知秋与孔坤之是“书友”和“忘年交”。

十五

省委宣传部在宏东新闻联播中推出“书记蹲点日记”专栏，让 10 个市的市委书记住农家、访农户。电视台记者全程跟踪拍摄，每晚播放一集，每集六七分钟。节目一开播，收视率就创了新高。

10 个市委书记轮番亮相，或在田间地头与农民一起生产劳动，或帮助小商小贩沟通产品信息，或解决乡镇、村组的道路交通，可谓八仙过海，各显神通。

看着市委书记们深入基层，访贫问苦，有人叫好，有人说坏。叫好的说，现在当官的能真正进到老百姓家里，同吃同住同劳动，为群众解决实际困难；说坏的说，这些专题片都有脚本，让官员跟着脚本演，在摄像机前当“演员”。

第一晚播放的是景江市委书记陈大年。陈大年再次来到五年前当市长时蹲点的一个偏远山村，当时这是全市唯一没有通路的村，他拍板解决了村里的修路资金，修通了进村公路。五年后故地重游，村里的乡亲们围着他，纷纷说山路拉通后村里种的瓜果蔬菜当天就能运到市里销售，收入明显增加。专题片配了话外音：这条弯弯曲曲的山路，是党与群众的“连心路”，是让贫困山村脱贫的“致富路”。电视里，陈大年与村民们拉家长里短，四周围着很多村民，场面温馨动人。陈大年鼓励乡、村干部要多为农产品销售想办法、找门路，带领乡亲们致富奔小康。

陈大年在镜头前放得很开，满脸都是笑，导播在他笑得眼睛眯成一条缝时来了个特写镜头，愈发显得接地气。

这些看似随意播放的专栏，谁先谁后，片长片短，都有讲究。按理说，这种系列专题报道，首位播出的应该是省会城市的市委书记，因为无论从经济发展、区位优势和社会影响力，省会城市首当其冲。然而，这次却把景江市委书记放在第一个播出，耐人寻味。

注意到这个细节的人，当然不仅叶知秋一个人。古力志问他：“看了‘书记蹲点日记’专栏吗？”

叶知秋说：“看了陈大年书记的访谈，内容剪辑得很好，让人印象深刻。”

古力志低声说：“在给他造势呢。秦老板专门给省委宣传部打了招呼。”

叶知秋想问他下派任职进展如何，又怕他误会自己觊觎处长的位置，便笑着说：“陈书记能够上台阶，对你是个重大利好呀。”

古力志点点头，说：“我下派的事情快了，你也要盯紧一点，争取顺利接手。现在岗位资源稀缺，僧多粥少，腾出个岗位，大家都虎视眈眈，你要提前做些工作。”

叶知秋问：“大约什么时候？”

古力志说：“快的话，也就是这个月。”

省台电视专栏的影响力还是很大。高振宇也打电话来问：“知秋，这个专栏开设得蛮有意思。怎么把景江市放在第一个播出？”

叶知秋笑了笑，说：“只能意会，不能言说。”

高振宇说：“知秋，我有件事想和你商量一下。听说最近省里要搞干部双向交流，我想争取调到省直机关来。”

古力志下去任职，正是这个双向交流的机会。叶知秋说：“有这么回事，省委组织部正在统筹安排。你在南岭干得好好的，怎么想调到省里来？调到省里来，要重起炉灶。”

高振宇叹了口气，说：“如今领导秘书的安排非常敏感，我如果下派到县里任职，引人瞩目，各种说法也会接踵而至，如果有机会调到省里没那么显眼。我向崔书记提出过下县里任职。他考虑影响，没有答应。这次报名交流到省直厅局，崔书记觉得是个好机会，鼓励我报名。听说省人社厅腾了个副处长，如果能争取调到这个岗位就好了。”

叶知秋说：“人社厅职能强，管的线长面广，发展空间大。如果能调到省人社厅任副处长，当然好啊，但这种热门岗位竞争的人很多，难度很大。”

高振宇说了真实想法：“我是这么考虑，先调到省里来工作一段时间，等崔书记调回省里后，有机会再回到他身边服务。”

叶知秋说：“崔书记面临升迁的关键时候，肯定不希望动静太大。你能凭实力遴选上来，是好事情。市、县干部到省直厅局任职是省委组织部负责拿方案。你如果下定决心调省里来，应该争取一下。”

高振宇说：“遴选的方式方法和最终的决定权在省委组织部。省委组织部干部一处的欧阳群处长是你的嘉林老乡，你跟他关系不错，能不能找他想点办法？”

叶知秋说：“欧阳群处长是我老乡，可是他原则性很强，愿不愿意帮忙，我没有把握。”

高振宇说：“知秋，这种选调的机会千载难逢。我打听过了，欧阳群处长喜欢收藏，南岭市正好新开了一家古玩市场，你周末邀请欧阳处长过来逛逛。双休日不带公务，也不谈公事，就是交个朋友，联络一下感情。等熟悉之后，我下次再专门向他汇报。”

叶知秋知道欧阳群不抽烟不喝酒不打牌，倒是喜欢搞点古玩收藏，业余时间都用在淘宝、鉴宝上。欧阳群很早就涉猎书画文玩，出差休假，只要有空儿都会去当地的古玩、书画市场逛逛。他这个雅好，只有几个关系好的老乡和朋友知道，不知道高振宇这个“地里鬼”是从哪里打听来的。

叶知秋踌躇了一下，高振宇的进步心很强，这原本也不是什么坏事。人往高处走，水往低处流，哪行哪业的人都需要进步，需要提升自己，也才能做出更大的事业。而且这种机会实在难得，市、县的处级干部能到省里工作，解决副厅级的概率就大得多。高振宇人年轻、也确实有工作能力，加之崔鸿鹄处于上升势头，到省里工作天高地阔，前途光明。他便答应说：“行，我帮你约一约他。”

隔天叶知秋特意到欧阳群办公室，说南岭市新开了一家古玩市场，自己这段时间也对古玩收藏产生了兴趣，诚意邀请他周末一起去看看。欧阳群别的爱好没有，逛古玩市场瘾大得很，满口答应。

周六上午，叶知秋开车接了欧阳群往南岭市去。一路上，听欧阳群聊些淘古玩的逸事，两个多小时就到了高速路出口。

高振宇早早地等在收费站。叶知秋向欧阳群介绍说：“高振宇，我大学同学，在市委办工作，是个古玩爱好者。”

已到了吃中饭的时候，席间三人畅谈。为投欧阳群所好，高振宇这些天恶补了一些古玩知识，聊起来头头是道。欧阳群以为碰上了同好，对高振宇的印象颇好。

饭后，高振宇带着欧阳群、叶知秋去古玩市场。新修的一幢商业楼里，一楼至四楼都是古玩、字画。虽然是新开张的市场，但逛的人蛮多。三人走走停停，从一楼字画店、图章店逛到二楼的珠宝玉器店。欧阳群兴致很高，眼光独到，看到好东西就驻足把玩，能准确地说出好坏之处。店铺主人听他一说，就晓得来了个行家。

二楼的门面主要经营珠宝、玉器。欧阳群一边看一边摇头说：“常说玉器无价，主要就是没有一个衡定评价的标准。这里门店、摊位多，可是良莠不齐，真东西很少。”

叶知秋对玉器只是粗略懂点常识，不敢班门弄斧发表意见，只是陪着一路看过来。

高振宇指着前面一个店铺说："那家店比较大，或许会有好东西。"

欧阳群信步走了过去。门店虽然大，但东西摆得零乱，把店铺塞得满满当当。老板看到有客人，连忙迎上来，问："欢迎各位老板，想要什么？我这里有南红、玛瑙、翡翠、古玉，老板们看中什么，价钱好商量。"

欧阳群说："有什么宝贝，拿出来让我们长长眼。"

老板见一行人气宇不凡，又听欧阳群说的都是行话，便从柜台里拿出一件绿色珠子串成的手链递过来，说："这是布达拉宫流出来的绿松石，本店的镇店之宝。据说是六世达赖喇嘛仓央嘉措送给情人的信物，后来辗转流落到汉地。"

叶知秋虽然不是行家，但知道店主轻易不会将店里的好东西拿出来，往往先拿一两样试试客人的眼力。

古玩市场流行编故事，谁的故事编得越像，就越能蒙人。欧阳群接过手链看了一眼，便说："这东西倒是件老物，但就是清末民初的物件，比康熙朝的仓央嘉措晚了两百多年。"

老板见碰上了行家，讪讪地将珠子收好，说："这位老板眼力不凡。您想要什么？我们店里还有好多古玩。"

欧阳群笑而不语，突然目光停在一件玉器上，仅仅几秒，一掠而过。他惊讶的表情稍纵即逝，淡定地要老板拿了一个鼻烟壶，细细看了起来。

叶知秋一直注意着欧阳群，看到他的目光在那件玉器上掠过，隐约觉得那件玉器面熟，仔细一看，却是高振宇托自己买的"鸿运当头"玉麋鹿。叶知秋看了高振宇一眼，高振宇装作没看见，正指着一幅山水画问东问西。

欧阳群拿着鼻烟壶细细问了店主一番，然后放下，漫不经心地指着玉麋鹿问老板："这是件什么玩意儿？"

老板"哦"了一声，说："我前些年在乡下收到的一件古玉，不知雕的是什么东西，应该是个吉祥物。我找人鉴定过，是民国期间仿明清的玉器。"

欧阳群拿过来看了看，说："这件玉器不纯，玉上还有块红斑。你卖多少钱？"

老板说："你诚心想买，就五千吧。"

这时叶知秋、高振宇都围过来。高振宇说："一件民国的玉器哪要五千块，老板你开价也太高了吧？"叶知秋看他说得认真，心想："装得真像。"

欧阳群说：“我们是外地过来的，想买件东西作个纪念，这样吧，一口价，四千块我要了。”

老板就坡下驴，说：“这位老板一看就是爽快人，痛快！我喜欢你这种性格，好，四千就四千，我不赚钱也要交你这样的朋友。希望你以后常来，多介绍朋友过来。”边说边吩咐店员拿个小木盒子装好玉器。

高振宇想抢着把钱付了，欧阳群不同意，坚持自己付钱买下了这件“鸿运当头”，并要店家开了发票。

出了门，欧阳群抑制不住兴奋，悄声对叶知秋、高振宇说：“今天运气好，捡了个‘漏’。这件玉器我初步判断应该是汉代的古玉。这家老板不识货，这么好的东西当作仿品给卖了。”

叶知秋朝高振宇看了一眼。高振宇不看他，只连声称赞欧阳群有眼力。

时间尚早，欧阳群提议赶回省城。高振宇送给欧阳群、叶知秋每人两瓶“南岭源”酒，聊表心意。

临别时，欧阳群握着高振宇的手说：“小高不错，到省里出差，我们再抽时间聚一聚，交流交流。我最喜欢和年轻人切磋了，这样视野会更加开阔。今后有什么事情，你可以直接打电话找我。”

高振宇连声道谢，说：“欢迎您常来南岭，下次我陪你到乡下去找找宝贝。南岭市还有一个苗族自治县，有个千户苗寨，历史悠久，去的人少，应该可以找到一些好东西。”

欧阳群捡了这么一个“大漏”，高兴极了，一上车，就翻来覆去地看着那件玉器，说些鉴别玉器的知识。叶知秋不便点破振宇，附和说：“欧阳兄，你是眼力好，这块玉放在那家店里是明珠暗投，没有碰到识货的人。古玉有幸碰见你，你是古玉的知音。”

欧阳群笑着说：“玉遇有缘人，缘分呀！淘宝除了眼力，还要有运气。早了晚了都不行，择日不如撞日，恰到好处就是最好！”

送欧阳群到家后，叶知秋打电话给高振宇说：“人家是把假货当真货卖，你倒是出奇招，把真货当假货卖。”

高振宇说：“还不是想让欧阳处长高兴，留下好印象。欧阳处长的个性我也听说了，送钱送物他都不会要，还会把人狠批一通。只有这种办法，让他以为是凭自己眼力捡的便宜。知秋，这事你知我知，千万要保密啊！”

叶知秋说："你放心吧。对了，你把10万块钱的东西作四千块钱卖掉了，那缺口怎么办？可不是一个小数目！"

高振宇说："你放心，既不是公款，也不要我私人出。我曾帮过一个做大生意的老板，他要送钱给我，我坚决不要，就要他买了这件玉器，留着备不时之需。没想到这次还真派上了用场。"

叶知秋说："确实派上了用场，欧阳处长对你的印象蛮好。"

高振宇称谢不已。

挂了电话，叶知秋心里颇不平静。尽管是老同学又是好朋友，但高振宇这样设局，让他心里不是滋味。更何况，10万元对工薪阶层来说，实在是个大数目，高振宇却根本不当回事，说的那些话听起来也像是托词。

叶知秋对这位老同学不禁心存疑问。他更担心欧阳群一旦知道实情，会怎么看自己？

谣言是遥遥领先的预言。很多人相信谣言，是因为谣言后面紧跟着真相。省政府办公厅现在传得最多的就是，古力志即将要下派，叶知秋马上要提拔了。

话传到叶知秋耳里，他只是淡淡地说："古处长下派确有其事，我提拔还八字没一撇。"

叶知秋到督查处后，干得风生水起。他平常以诚待人，格外谦虚低调，论工作能力、工作业绩在办公厅这拨副处长中最为拔尖。加之，古力志力挺他，分管领导郑风浪格外器重他，秦明副省长对他也颇为欣赏，他接任处长应在情理之中。

胜券在握，叶知秋嘴里谦虚，心里对即将开始的竞争上岗并没放在心上，认为十拿九稳。

不久，古力志下派到景江市任市委副秘书长。叶知秋张罗着搞了一个送别宴，召集督查处全体同事欢送古力志。

酒过三巡，场面热闹起来，处里每人敬了古力志一小盅酒。古力志来者不拒，都喝了。酒生豪胆，古力志反过来又敬每人一盅。敬到叶知秋时，古力志当着众人面说："知秋，这一年多辛苦你了，督查处能够有今天的地位，你功不可没，希望你带领处里同志们继续努力。来，我敬你一杯！"说完，一仰头将酒喝了。叶知秋只好站起来将酒干了，落座时，无意间看到乔益民黑着脸在不声不响吃菜。

古力志意气风发，趁着酒兴说起豪言壮语："我到了景江市，打算苦干三五年，干出点成绩，让那些瞧不起秘书的人看看，领导秘书一样能当好官。"

那晚，古力志没醉，叶知秋没醉，倒是乔益民喝得酩酊大醉。

古力志调走后，办公厅启动选拔督查处处长程序。郑风浪碰到叶知秋，提醒说："竞争上岗的方案已初步定了，你仔细看一看。这次符合条件的干部多，名单会先公示出来，竞争压力比较大，你心里要有数。"

叶知秋点头表示感谢。他找来竞岗方案一看，不外乎民意测评、干部推荐、组织考察的老套路。民意测评入围后，才有资格进入考察程序。叶知秋虽说对这种竞岗方式不以为然，但也不妄作评论，照常加班加点，该干啥就干啥。

人事处把符合竞岗条件的人员名单用红纸张贴出来，一共有叶知秋、乔益民、赵磊等八个人。八选一，竞争非常激烈，花落谁家还是未知数。

乔益民碰到叶知秋，拉着他的手说："知秋，我是全力支持你的。"

赵磊特意跑到叶知秋办公室，东拉西扯一阵儿后说："叶处长，预祝你高升，督查处处长非你莫属，其他人都是陪太子读书，我更是打酱油的。到时你可得到凯莱酒店好好摆一桌。"

叶知秋对赵磊本无好感，看不得他虚情假意，连忙摆手制止说："千万别这么说，办公厅资历老、能力强的同志很多，大家机会均等。要相信组织，不管提拔或不提拔，我们都要把工作干好！"

其实这些人里面只有叶知秋和乔益民、赵磊有竞争力。三人之中，论工作能力和水平，叶知秋居首，但若论资排辈，乔益民、赵磊到办公厅比他早，乔益民任副处长年限最久。叶知秋心想，乔益民一直在督查处工作，广结善缘，群众基础较好；赵磊急功近利，工作飘浮，与同事相处不好。乔、赵二人比较而言，乔益民的实力还略胜一筹。

古力志已经到景江市任职，特意打了个电话来，说："知秋，竞争上岗涉及各人切身利益，你不可掉以轻心。我看乔益民还是蛮有想法的，上次欢送我时，我说了句希望你带着大家继续干好工作，乔益民当时脸色非常难看，你还是要提防他。"

叶知秋笑着说："谢谢古秘书长。益民是督查处的老副处长，有升迁机会，肯定想争取一下，这也在情理之中。我是一颗红心、两手准备，公平竞争，争取胜出。"

过了几天，档案处郭凡悄悄告诉叶知秋：“叶处长，赵磊这段时间活跃得很，找着各种借口请人吃饭喝酒，拉选票，你要长个心眼儿。昨天，我还看到他给一个领导送了两条‘和天下’。我知道你不屑用这些庸俗的方式拉选票，可人家活动得紧，你要有所应对。”

郭凡的善意提醒，让叶知秋感动，说：“每个人都有自己的行事原则和方式。我不愿意为了几张选票去做自己不愿意做的事情。不是说我道德境界多高尚，我相信群众眼睛是雪亮的，更相信组织提拔、选用干部是有标准的。”

郭凡说：“道理是这个道理。可是人家活动得厉害，吃了喝了拿了，真的投起票来，心里那杆秤就不一定准了。你该打的招呼还是要打，该说的客气话别舍不得说。”

郭凡是把叶知秋当兄长，才会说这些犯忌讳的话。叶知秋表示感谢，说：“知道了。投好你神圣的一票吧。”

正说着，叶知秋手机信息提示音响了一下，他瞟了一眼，是赵磊发信息过来：“知秋兄弟，请互相支持！”

郭凡似乎猜到什么，指了指自己的手机，说：“这几天短信、微信热闹得很。”

上午 11 点 30 分，接到人事处的通知，要求下午 3 点全体干部在大会议室推荐干部。叶知秋叫人通知处里的同志按时到会，在走廊上看到赵磊正在各个办公室串门，顿时心生鄙弃。

下午 3 点，办公厅一百多名干部将大会议室挤得满满的，平常开会难得这么齐整。很多人都笑着与叶知秋打招呼，有的人还暗暗使眼色，表示支持。叶知秋颔首致谢，他没打电话、发信息拉票，也不曾与人说些关照的话，他相信大多数同事会支持自己。

郑风浪主持会议，姜处长将推荐方案做了说明，特别强调了组织纪律，要求大家严肃认真地对待这次推荐干部投票。

投完票，大家说笑着回办公室。姜处长一边组织人统计票数，一边安排处级以上干部谈话推荐。叶知秋不串门，也不和其他同事嘻嘻哈哈，一个人回办公室修改材料，他心态平和，等着投票推荐的结果。

快下班时，叶知秋收到了郑风浪发来的信息，仅四个字：“得分不高。”

叶知秋心里顿时“咯噔”一下。

好不容易磨蹭到下班，等处里的人都走了，叶知秋打电话给郑风浪，问：“郑秘书长，票数得分统计出来了吗？”

郑风浪不方便多说，“嗯啊”几句就挂了电话。

叶知秋又拨姜处长的电话，电话一直占线。他知道，此刻很多人都在打听统票得分结果。个别消息灵通的，也许已经知道了结果。

叶知秋郁闷地回到家里，胡乱扒了几口饭。李晓蕾见他魂不守舍，便问：“你今天怎么啦，脸色这么难看。”叶知秋不想让她操心，只说胃疼，身体不舒服。李晓蕾要他早点休息，收拾好碗筷便辅导亮亮学习去了。

叶知秋把自己关在书房里，随意拿了本书，手在翻书，脑子里却翻江倒海：郑风浪特意发信息来，显然自己得分较低，是否入了围呢？如果得分没有进入前三，第一轮就会被淘汰，自己呕心沥血扎扎实实干工作，临到头来，却落个如此结果？以为稳操胜券，结果却自信满满地栽了个跟头……

叶知秋一个字都看不进去，在书房里踱来踱去。过了半个小时，心才渐渐平静下来，觉得还是要知道得分，弄清情况后再想办法。

等到晚上 9 点，叶知秋再拨打姜处长的手机，却已经关机了。或许打听消息的人太多，姜处长干脆把手机关了。叶知秋想打他家里的电话，这才发觉自己竟然从没有打过，不知道号码。

正寻思着是否再给郑风浪打个电话，没想到手机响了，是郑风浪打过来的。郑风浪说：“知秋，刚才和厅里的同志在一起，不太方便说话。你第一轮干部投票还过得去，但处级以上干部推荐的票数很少，综合起来，得分不高。”

叶知秋虽已有思想准备，但亲耳听到仍感意外。郑风浪接着说：“投票结果出乎意料啊！我也没想到会这样，我认为你应该得票最高。明天上午会公布票数和得分情况，紧接着搞下轮考察。你呀，既要埋头拉车，也要抬头看路。”

挂了电话，叶知秋反而冷静下来，如果真是票数少、得分低，第一轮被淘汰，也得接受这个现实。

这一夜，叶知秋失眠了。挨到清晨，他翻身下床，冲了个澡，换了身干净衣服，一身清爽出了门。

进了一号楼，叶知秋和往常一样面带微笑，与碰到的同事打招呼。进了办公室，他打扫完卫生，在电脑前坐下，像什么也没有发生似的，继续修改材料。

上午 9 点，人事处将昨天的得票数及得分情况张贴出来，结果让人大跌眼镜：赵磊排名第一，得分遥遥领先，超过第二名乔益民 24 分；乔益民排名第二，比叶知秋多了 16 分；叶知秋排名第三，仅比第四名多了 1 分。虽然三人都进入了第二轮组织考察，但赵磊的领先优势非常明显。

叶知秋看了公示结果，五味杂陈，委屈、羞愧像拳头一样砸在他的心窝。票数得分白纸黑字地贴在那里，他必须接受这个意料之外的结果。原来最具竞争优势的叶知秋一下子跌到了最后面，第二轮被淘汰似乎已成定局。

叶知秋找到郑风浪，开门见山地说："郑秘书长，我没有想到得分会这么低，心里有点接受不了。"

郑风浪安慰说："木秀于林，风必摧之。票数低，并不代表你工作不努力或为人处世不行，原因很复杂。可能平常你的精力都放在工作上，与同事们交流不多的缘故吧。按照原定的竞岗方案，按 1 比 3 进行差额考察，考察没有硬性的衡量标准，赵磊投票推荐得分这么高，胜出的可能性很大。"

叶知秋说："我严格遵守组织纪律，既没有打一个拉票的电话，也没有请任何一个人吃过饭。"

郑风浪明白他的意思，说："本来候选人多，票数自然分散，但是赵磊一个人的票这么集中，显然也不正常。但是没有他违规拉票的确凿证据，想要把他拿下来，比较困难。大家都清楚，考察只是走个程序。另外，乔益民排名第二，在督查处的时间长，很多人是支持他的。知秋，你现在的处境非常不利。"

叶知秋问："还有什么补救的办法吗？"

郑风浪说："只有一个办法——秦明副省长出面。他如果力挺你，在组织考察时或许能想办法扭转局面。"

叶知秋说："秦省长未必肯出面。再说了，这种事我自己去说不太合适吧？"

郑风浪想了一下，说："你自己去说不妥，还是叫力志跟他汇报比较好。"停顿了会儿，又说："我担心赵磊可能也做了秦省长的工作，那就更加被动了。"

叶知秋回到办公室，不禁有些后悔当初太过自信，既不和同事打招呼拉票，也不向领导汇报争取支持，结果出现这个局面。他反复考虑，觉得如果古力志能出面跟秦明游说或许还有一线希望。

叶知秋拨通古力志的电话，将情况仔细说了一遍，问："力志兄，你方不方便出面向秦省长汇报，看是否还有争取的办法？"

古力志安慰道："我早提醒过你，不可掉以轻心。秦老板那里我可以出面去说，但是从处级以上干部推荐的情况看，赵磊前期工作做得很充分。他肯定也向秦老板汇报过。如果秦老板有过承诺，那事情就难办了。你要做好最坏的打算，如果这次没上台阶，只能等下次了。”

叶知秋叹口气，说：“力志兄，辛苦你了。谋事在人，成事在天，尽了力，就没什么遗憾。”

得分结果公示出来后，厅里的气氛有些微妙。那些没有入围的人自然愤愤不平，但见了叶知秋、乔益民、赵磊三人都表示祝贺。赵磊有些喜形于色，乔益民依旧不声不吭，叶知秋心里不舒服，但仍面色如常。

郑风浪给了叶知秋三天时间，三天之内如果秦明没有明确指示，他会让姜处长走第二轮考察程序。这三天，让叶知秋体会到什么叫作度日如年，他眼睛盯着手机，不时拿起来看看，生怕有未接电话。他从没有感到这么无助与困惑。这次提拔的机会，本是他转正的最佳时机，而且他呼声最高、最有优势，可是偏偏他的得分在入围的三人中最低。他的自信、他的清高、他的孤傲……现在看起来，那么可笑、可怜、可悲，充满讽刺。

第二天晚上，古力志特意从景江市赶回宏东，约叶知秋在一个小茶馆碰面。叶知秋早早到了，要了个小包厢，点了一壶英德红茶和几碟茶点。

古力志进来，顾不得寒暄，说：“知秋，情况比较复杂。赵磊的确托人找了秦老板，秦老板当时答复说只要赵磊入围就好说。现在赵磊得分最高，尽管大家都知道他能力水平不行，平常的表现也不好，可他得分的优势摆在那里。”

叶知秋没有作声。

古力志接着说：“当然，如果仅按票数得分来评价一个干部，而不考虑干部的综合素质和平常表现，肯定不行。”

叶知秋说：“赵磊当督查处长，很难服众。”

古力志说：“经济学上有劣币驱逐良币的说法，干部不能以提拔作为唯一的评价标尺。我向秦老板汇报后，秦老板跟我交了底，赵磊托的人是位老领导，对秦老板有过恩泽。秦老板也没想到赵磊的得分会这么高。”

叶知秋苦笑道：“力志兄，真不好意思，没给你长脸，反而弄得自己像一个笑话。”

古力志说：“话不能这么说。干部提拔，往往是各种因素的交织和各方力量的博弈，原因复杂，结果无法预料。这次制定了游戏规则，就只能按这个规则玩。提拔一个人有千条理由，不提拔一个人也有千条理由。”

叶知秋长叹口气，说：“也罢。只能顺势而为，我接受这个结果。”

古力志知道叶知秋心里难受，默默喝了会儿茶，下了决心似的说：“知秋，你把心态放好，这次没有竞争上，下次肯定没问题。”

叶知秋表示感谢，俩人握手而别。

古力志看着叶知秋离去，心里也不是滋味。他清楚一次提拔受挫后，只能等待下次机会，而时间和年龄对干部来说是如此宝贵。他欣赏叶知秋，知道叶知秋未来一定会成为栋梁之材。这次的竞争上岗，明显对叶知秋不公正。他考虑良久，下定决心帮助叶知秋。

古力志拿出手机，拨通了一个号码。

十六

正当所有人都以为赵磊当督查处长已成定局，叶知秋也只能接受这个事实时，事情突然发生了变化。

人事处将第二轮考察办法张贴出来。考察两方面内容：一是考察候选干部综合素质，设置了一个竞岗演讲环节，竞岗演讲邀请五个专家评委，当场打分；二是考察候选干部任职表现。二者各占总分 50%，综合得分高者即为最终人选。

赵磊一看，脸都绿了，他平常连个讲稿都念不顺畅，要他登台演讲，岂不是出洋相？他怂恿乔益民去找姜处长论理。乔益民质问姜处长：“这次竞岗方案没有说要搞竞岗演讲，为什么增加这个环节？”

姜处长淡淡地回答：“考察办法是集体研究决定的，不是哪一个人的意思。竞岗方案里并没有说不搞竞岗演讲。这个规则对每个同志都是平等的，请的都是外单位的专家作评委，当场亮分，绝对公平公正。”

赵磊、乔益民又去找郑风浪。郑风浪和颜悦色地说：“组织考察要通过一定的形式，竞岗演讲是常用的一种形式。考虑到入选的三个同志都非常优秀，我们特意邀请了专家作评委，当场打分亮分，体现竞争上岗的公平与透明。这个方案是办公厅领导集体研究，秦明副省长审定的。你们好好回去准备，充分展示自己。”

叶知秋不知道临时增设竞争演讲环节的缘由，但知道必须抓住这次扭转局势的机会。他认真准备讲稿，反复对着镜子练习。临到演讲那天，他当着李晓蕾的面演讲了一次，李晓蕾鼓励说："你可以去参加'超级演说家'了，我要当评委就给你打一百分。"

竞岗演讲时，叶知秋态度真诚，事例动人，尺度掌握得很好，赢得了全厅干部热烈掌声，五个评委都打出了高分。竞岗演讲结束，叶知秋毫无悬念地取得了第一名的好成绩。

接下来考察任职表现，叶知秋毫无争议得分最高，综合得分也来了个大逆转，跃居第一，乔益民第二，赵磊变成了第三名垫底。

办公厅研究最终人选时，秦明一锤定音："既然公布了竞岗方案，就要严格按方案执行。综合得分谁排名第一，就提拔谁。竞争上岗，就是要提拔重用想干事、能干事、干得了事的同志，我看这次的竞争上岗充分体现了组织选人用人的正确导向。"

一周后，叶知秋看到了任职的红头文件，百感交集。他去感谢郑风浪，郑风浪笑着说："知秋，你行啊，能够做通秦省长的工作。我还奇怪他的态度转变得这么快、这么坚决。考察时增加竞争演讲环节，是他亲自提出来的。他有明确指示，我们操作起来就简单多了。你要好好工作，回报组织和秦省长的栽培。"

叶知秋一头雾水。他想一定是古力志再次向秦明汇报，才扭转局势，拉了自己一把，完成了一次不可能的逆袭。

叶知秋打电话给古力志，说："力志兄，谢谢你鼎力相助，我铭记在心。"

古力志"嘿嘿"笑了两声，说："这是最理想的结果，恭喜恭喜！"

否极泰来。叶知秋终于如愿当上了省政府办公厅督查处处长。别人新官上任三把火，他却不愠不火，一切如常。这次竞岗的一波三折，让他心生感慨，又充满疑问：一个人想仕途走得顺畅，除了自身努力，各种不确定的因素似乎更为重要？现在衡量一个人是否成功，似乎看他官当多大、财富有多少、名气有多响，权钱名利成为价值标签，难道这就是自己追求的价值观吗？如果是这样，乔益民、赵磊面对机会想尽办法去争取又何过之有？表面看起来，竞争上岗优胜劣汰，优与劣仅一步之遥，如果不是扭转了局势，结果将截然相反，胜者就一定优，负者就一定劣吗？

叶知秋全然没有升迁的喜悦，倒是思索了很多，越想越困惑。每当他困惑时总会想起一个人，那就是孟澄明。孟澄明就像一个妙手回春的医生，总能治好他的困惑。

师母回家静养后，叶知秋还没有去探望过。他本想约王建军、薛松林一起去，转念一想，单独与孟澄明说话会说得更透彻，决定还是独自去探望。

叶知秋买了些水果去孟澄明家。师母恢复得很好，面色红润，笑呵呵地端茶倒水。孟澄明正在练毛笔字，见叶知秋来了，手没停，继续挥毫，说："知秋，你先坐会儿，我写完这几行字。"

叶知秋凑过去看他写字，见桌上摆着那方金星歙砚，便顺手帮他研墨。孟澄明写的是东晋王羲之《兰亭序》，因为临摹的多了，他不用看帖，一口气写下来，写完后，凝神提笔问："知秋，我学写《兰亭序》三十多年了，总是觉得缺点什么。有时写完一幅自己颇为得意，放了几分钟再回头看，又恨不得撕了重写。"

《兰亭序》被称为"天下第一行书"，是王羲之书法艺术的最高境界，学研书法，必临摹此帖。叶知秋说："古人称王羲之的行草如清风出袖，明月入怀，他的行书在东晋本就独树一帜，写此帖时年纪 33 岁，正是意气风发之时，气度与襟怀在作品中得到充分表现。故此帖一出，就被奉为神品，当时就有许多书法家争相临摹，更受后人追捧。我最喜欢《兰亭序》全篇行笔从容不迫而神气内敛，自始至终都流露着一种潇洒俊逸的气度。"

孟澄明问："整个《兰亭序》共 324 个字，你觉得哪个字最难写？"

"书法的章法、结构、笔法都好临摹，最难写出原作者的神韵。"叶知秋想了想，说："我临摹时最难把握的是那几个笔画繁复的字。"

孟澄明笑着摇摇头，翻开旁边的《兰亭神龙本》帖，说："我倒觉得是笔画最简单的'之'字难写。你看，《兰亭序》通篇出现的 20 个'之'字，各有不同的体态，无一雷同，王羲之写得出神入化，每一字都姿态殊异，圆转自如。大道至简，学来学去，这 20 个'之'字最难写好。"

叶知秋点头，说："我平常也喜欢看看书法、碑帖，听您这么一说，觉得自己根本没有入门。"

孟澄明说："兰亭修禊，王羲之触悟山水之美、宇宙之玄和人生真谛，在物我两忘的境界中，一气呵成《兰亭序》。正因为他情深意厚，故能情注笔端而天趣自在；也因为他笔法精严，故能笔底如行云流水而形神兼具；更因为他诸美皆备，故能达到浑然圆融的境界。在这件作品面前，我们只能高山仰止，心向往之呀！”

孟澄明搁了笔，拉着叶知秋坐下，喝茶。孟澄明说：“正好有件事跟你说说。我的回忆录已经写好初稿，你帮我看看，提点意见。”说着，从书桌上拿出一本装订好的打印稿。

叶知秋双手接过，说：“我一定好好拜读，您这本回忆录太珍贵了，亲历者见闻和真实感受就是历史。”

孟澄明说：“年纪大了，有些时间记不太准确，我都划了横杠，你帮我在电脑上查一查。”

孟澄明又问起高振宇、王建军、薛松林的近况。叶知秋说：“他们都挺好的，振宇跟我提过几次，说要来宏东看您和师母。”

孟澄明说：“你们这些孩子啊，总是那么客气。对了，你上次陪振宇过来，振宇找我说了件事，他后来跟你提起过吗？”

“什么事？振宇没跟我说过。”叶知秋想，应该是送金星歙砚那次，当时与孟澄明告辞后，高振宇又返回去说了许久的话。

孟澄明说：“振宇这孩子太聪明，不知道从哪里打听到我与省长曾牧南熟悉，想托我打招呼，为他的领导、市委书记提拔的事情说说话。我不问政事多年，又不了解他领导的情况，怎么能为这事去找曾省长？当时我就拒绝了，后来他没再提起过这件事情。”

原来这才是上次高振宇看望孟老师的真实目的。叶知秋不愿意孟澄明对振宇有不好的看法，便说：“振宇的领导叫崔鸿鹄，是南岭市委书记，振宇当他秘书多年。我认识崔书记，他能力强、想干事，领导和群众对他的评价都很高。现在干部提拔，竞争非常激烈，崔书记有提拔的机会，振宇想助他一臂之力。”

孟澄明说：“话是这么说，但我知道振宇心里有小九九。振宇的优点是聪明、灵活，但这孩子心态浮躁，急功近利，事事想走捷径。知秋，方便的时候，你要劝劝他。从政为官一定要脚踏实地，多干实事，如果只想着个人升迁，盘算个人利益得失，容易出问题。”

叶知秋点点头，好奇地问：“孟老师，你怎么认识曾牧南省长，从来没有听您提起过？”

“哦，其实我与曾牧南并不熟悉，而是与他父亲是老朋友。”孟澄明缓缓地说：“那是多年前的事情了。曾牧南父亲是农业部的领导，对‘农业学大寨’提出不同看法，说不能盲目生搬硬套大寨经验之类的话，结果被打成反革命，下放到宏东劳动改造。一次批斗会上被造反小将打得遍体鳞伤，只剩一口气了。一个读中学时就投身革命的人怎么可能是反革命？我就借口隔离审查，把他转移到省军区医院保护起来。‘文革’结束后，他恢复了工作，调回北京当了部长。他辗转打听我的消息。他把这些事都告诉了曾牧南，也带曾牧南来拜访过我。前几年曾老去世了，骨灰葬在八宝山。人呀，锦上添花容易，难就难在雪中送炭。我在他最困难的时候帮助过他，他一辈子都记得。世事难料，没想到多年之后，他儿子又调到宏东任省长，只能说曾老一家与宏东有缘。这事我从没和别人提起过，振宇不知从哪里打听到的。”

没想到孟澄明与曾牧南还有这段渊源，叶知秋听了啧啧称奇。

孟澄明问：“我听说曾牧南的政声颇好，是这样吗？”

叶知秋说：“我没有机会与曾省长接触。但是曾省长非常务实，为人公道正派，在省里威信很高。”

孟澄明说：“那就好，没辜负他父亲！只有好干部越来越多，党和人民的事业才会兴旺发达。”

接过话题，叶知秋将此次竞争上岗的经过和困惑说了，一吐心中块垒。

孟澄明微笑着听完，说：“知秋，上一个台阶，并不代表你官更大了、有了更多的权力，而是让你获得更多的做事空间，担负起更多的责任。你一定要坚持初心，脚踏实地做实事，要把实现个人理想抱负与为老百姓办事结合起来，不断提高自己，充实自己。你不要觉得我说的是套话、空话，你现在当处长了，责任也更大，千万不能迷失自己。”

孟澄明的话让叶知秋豁然开朗。其实这些道理他也曾琢磨过，但心思又总会缠绕在现实的纷扰中而理不清楚。孟老师也曾有过高官厚禄，但他的初心并没有被现实所蒙蔽。老来苦研学问、教书育人，甘守清贫，虽有曾牧南这样执掌大权的世交子弟而不攀附、不利用，连提都未曾提过。他说的每一句道理，都不是套话、空话，而是自己身体力行去验证过的真理。因此，这些道理从他嘴里说出来，就有着力胜千钧的力量。

叶知秋的困惑和郁闷一扫而光。临别时，孟澄明送他出门，说：“看到你们这些孩子事业有成，我很欣慰。不过，我有点担心振宇，他是领导秘书，吹捧、利用他的人太多，如果自己不警醒，容易栽跟头。等他下次过来，我要好好和他谈谈。”

叶知秋抽空儿读完孟澄明的回忆录，不禁对老师更多了几分敬重。这是部忏悔录，也是部警示录，孟澄明写了从一名普通教师成为叱咤风云人物的经过，既有外人不知的细节，又有对那段癫狂岁月的冷静反思。叶知秋读到要紧处，未免心潮澎湃，觉得这本回忆录如能正式出版，会成为轰动一时的畅销书。

转眼到中秋节。叶知秋在办公室批办公文，有人轻轻敲门，问：“叶处长在吗？”

叶知秋抬起头看，竟是金姨，连忙起身，将她迎了进来，问：“金姨，您怎么来了？有什么事情打个电话，我上您家去呀！”

金姨更憔悴了，虽然衣着和过去一样贵气，但脸色蜡黄，刚焗过油的头发隐隐有股刺鼻的味道，整个人看上去病怏怏的。叶知秋泡了杯茶递给她，关切地问：“您还好吧？”

金姨说：“知秋，我家王剑回来了，想去看看他爸。”

“王剑回国了？他不是一直在加拿大吗？”叶知秋听说王一禾出事后，王剑吵着嚷着要回国，因为王一禾受贿的钱大部分交给王剑转移到境外，王剑在法律上脱不了干系，所以家里人一直不允许他回来。

金姨告诉叶知秋，在法庭审理时，王一禾把所有事情都揽到了自己身上，称儿子并不知情。法院一审判处王一禾有期徒刑 10 年，王一禾退还受贿的 300 万元，没有上诉。案子宣判后，王剑一直待在国外，直到今年才回国，刚下飞机就想去探望服刑的父亲。

亲属探监本是合情合理的事情，但需要下周五探监日去才行，王剑时间上有点来不及，金姨便想请叶知秋帮忙通融一下。她边说边抹眼泪：“如果剑伢子懂事、争气一点，他爸爸也不至于沦落到这个地步……”

叶知秋劝慰道：“金姨，您别想太多了，过去的事就别提了，您保重身体要紧。我这就和省监狱局联系，看能不能破例安排一下。”

叶知秋拨通省监狱局鲁局长的电话，说王一禾的儿子从国外回来，想明天探监，能否想办法通融一下？

鲁局长是个爽快人，说：“这事按程序报批挺复杂，叶大处长开了口，犯人亲属又确实有特殊情况，我们就特事特办。您把犯人服刑的监狱告诉我，我跟监狱说一声，特殊情况特殊处理。”

叶知秋将情况编了条短信发过去。过了一会儿，鲁局长就回电话说：“安排在明天下午。你们直接去雁归监狱，我打好招呼了。”

叶知秋也想去看看王一禾，主动提出明天开车陪着一起去。金姨流着泪，千恩万谢走了。

雁归监狱在离宏东二百多公里的回雁山下。回雁山有座回雁峰，相传每年冬天大雁南飞，总会在回雁峰停下，歇息过后再展翅高飞。雁归监狱是省属模范监狱，监狱内草木葱茏，绿意盎然，如果不是触目的高墙电网和戒备森严的岗哨，还以为走进了一座公园。监狱专门有个监区集中关押服刑改造的处级、厅级干部。

金姨每逢探监日都会过来看看老伴，对监狱内的环境并不陌生。王剑在国外待了多年，从没来过监狱这种地方，手缩在裤子口袋里，很是拘谨。

鲁局长打过电话，监狱长亲自出面接待了叶知秋一行，并特意安排了一个小会客室。

不一会儿，王一禾到了会客室门口，喊了句：“报告！”监狱长招手，示意他进来。王一禾满头白发，身体发福，神色淡然，浑身透着萧索。王剑见了父亲，长跪在地，哽咽着说不出话来，金姨陪在一旁抹眼泪。

见了这个不争气的儿子，王一禾面无表情，倒是看见叶知秋，有些激动。

叶知秋主动拉着他的手，问：“王厅长，您身体还好吧？”

王一禾嘴角微微上扬，淡然说：“知秋，我早不是厅长了，你就叫我老王，这样听着舒服。老金告诉我，你和李晓蕾为我家里做了很多事情，我很感激。一直没有机会，今天当面向你道声谢谢！”

叶知秋连忙说：“您言重了，我和晓蕾没帮上什么忙。我早就想来看看您，您只要身体好就好！”

王一禾面容淡定，声音却微微颤抖，说：“落难方知情重。知秋，你重情重义，我没看错人。”

叶知秋拉着监狱长到会客室门口抽烟，好让他们一家人敞开说话。

大约过了半小时，叶知秋进去，看到他们仨的眼圈都红红的。叶知秋问王一禾有什么需要帮忙的尽管开口。王一禾摆摆手，说：“监狱是个修身养性的好地方。我在这里吃得香、睡得香，身体蛮好。我的刑期还长，你帮我劝劝金姨，让她别一天到晚想不开，泪眼婆娑的，要学会保重身体。这把年纪了，万一再有个病痛，经不起磨。”

叶知秋答应道：“王剑在国外，金姨一个人待在家里，确实挺孤单，我和李晓蕾会抽空儿多陪陪金姨。”

王一禾说：“知秋，你年轻，慎独慎微才能抵挡住各种诱惑。外因是重要因素，内因才是关键的关键。出了事情，说再多的客观理由都没有用，一切后果都得自己承担。你一定要记住这些话！”

叶知秋点头说：“我铭记在心。”

见会客室有供参观监狱的嘉宾题词用的毛笔、宣纸，王一禾说：“知秋，我在这里面天天练毛笔字，静了心，又锻炼了身体，自我感觉写字有点进步。”

叶知秋笑了，说：“您本来毛笔字就写得好，是省书协的顾问，再用心钻研肯定会大有所成。”

王一禾一时来了兴致，摊开纸，提笔说：“知秋，我给你写幅字吧。”

王剑在一旁帮忙把纸铺好。王一禾沉吟一会儿，提笔写下“荣辱不惊”四个楷体大字，一笔一画，铁画银钩，笔力刚健而不失柔美。他一挥而就，写成后背着手看了一阵儿，送给叶知秋。

叶知秋欣赏着这幅字，但见笔锋苍劲，力透纸背，由衷地赞道：“您的字了不得，果真精进了不少，愈发显出大家风范。”

直到这时，王一禾脸上才微微露出笑意，说：“万事万物，有荣有枯，盛极必衰，强极则辱。无论身处何境，保持从容不迫的心态最为重要。所以古人说，不以物喜，不以己悲，笑看潮起潮落云卷云舒。”

叶知秋小心翼翼地把这幅字收好，说：“您说得太对了。我要将这幅字裱好，挂在书房里。”

出了监狱，叶知秋开车送金姨、王剑回去，一路上三个人都没有说话。到了金姨家楼下，王剑紧紧拉住叶知秋的手说：“叶哥，你是个好人，我永远都记着你的帮助。”

叶知秋拱拱手，看着王剑搀扶金姨上了楼。

坐在车上，叶知秋又将“荣辱不惊”这幅字展开细细看了看，越看越喜欢，便打电话给老芒，说新得了幅字，想找个地方装裱。

老芒已经从地震灾区回来了，便要他把字送到“舍得”茶馆来。

俩人好久没有见面，不免有一番长谈。叶知秋问：“你在灾区一待就是六个多月，人都瘦了一圈。怎么这么久才回来？”

老芒人虽瘦了，气色却挺好，说：“知秋，你没有到现场看。如果你到了现场，绝对会受到巨大的震撼。人类在自然面前永远那么渺小。我似乎懂得了那句话——人类一思考，上帝就发笑。我们要从心底里敬畏自然、敬畏生命。这六个月，我与其他志愿者一起重建好了当地一所小学，虽然身体很苦很累，但精神非常愉悦。现在回想起来，这六个月对我一生而言太重要了，整个人都不一样了。”

叶知秋由衷佩服，说：“老芒，向你学习，经历了这些，你是思想和精神境界都得到了升华。你有这份心，而且能够去做，让人敬佩。”

老芒笑了，说：“你呀，要学就向灾区的干部学习。他们干起工作那真叫没日没夜，起早贪黑。我们修建那所小学时，很多干部和建筑工人一起吃住在工地，一起干，一待三个多月，直到倒塌的小学重新修建好。有的干部家里房子震垮了也没回去，有个干部全家人被埋在废墟里，他却仍在转移别的伤员……这样的事例太多了，就发生在我的身边。说实话，我过去不了解干部，通过近距离接触，我才了解他们的酸甜苦辣和真实状况。现在我到哪里都会宣传这些好干部，让更多人了解他们，为他们点赞。”

“太阳从西边出来了吧？你这种闲云野鹤都夸起政府、夸起干部来了，太难得了。”叶知秋打趣道。

老芒虔诚地说：“我们的政府，的确了不起。我从心底里拥护。也许说政府的概念太抽象，然而政府是由千千万万的干部组成的，通过与这些干部的接触与交往，我对政府的未来更加充满信心。”

老芒的这些话，让叶知秋感慨：老芒从不关心政治，批评起时弊来往往一针见血、入木三分，而经历过抗震救灾后，却有这么深刻的理解和转变，不正说明整个干部群体形象在群众心目中越来越正面，越来越充满正能量吗？

叶知秋把王一禾写的那幅字拿出来，请老芒看看。他比较过王一禾与孟澄明的书法，俩人各有特点：王一禾的字浑厚饱满，大气刚健，笔意间透着苍凉；孟澄明笔法挥洒自如，收放有度，字里行间透着儒雅俊逸。

老芒仔细看着这幅字，问：“谁送给你的？”

叶知秋说：“一个老领导。我跟你说起过的，原来省信访局的局长王一禾。”

老芒说：“王局长？我有印象，你跟我说过，好像出了事吧。他的字写得好，意境深远，对人生充满感悟，有参透人世的禅味。”

叶知秋说：“他原来就练字，在监狱里心更静，字越写越好。他还谈了对这四个字的感悟，说盛极必衰，强极则辱，讲得蛮有道理。”

老芒说：“嗯，他应该比一般人体悟得更深。他提到的‘强极则辱’，前面还有一句话叫‘情深不寿’。‘情深不寿，强极则辱’，很多人找不到这两句话典出何处。字面上来理解，是说重感情的人寿命不长，人太强势了反而容易受到侮辱，其实还有更深层的含义。”

叶知秋洗耳恭听。老芒继续说：“这两句话说的是事物由盛而衰的自然规律，就像月盈则亏、水满则溢一样，任何事物发展到一个阶段就会向另一个阶段转变。因为用情深，就容易沉溺于情感中，生命的抗压性就差；因为追求强大，就会四面树敌，招致更多的伤害。这两句话归纳起来，就是‘荣辱不惊’，也可写作‘宠辱不惊’，蕴含了很深的哲理，没有丰富的人生阅历，领悟不了。”

叶知秋亦有同感，说：“我喜欢这四个字，是从书法的层面，还没有悟到字词里的深意，听你这么一讲，越想越有味道。你帮我找人，好好装裱。”

老芒给一个装裱师朋友打了电话，谈好价格，约好明天将字送过去裱。叶知秋道了声谢，请老芒有空儿一起喝酒。

老芒一脸严肃，说：“这周我正在辟谷，不能吃东西，只喝点白开水，已经坚持 3 天了，等我辟谷出关再说。”

叶知秋知道他是个随性的人，笑着打个拱手告辞。

回到家，叶知秋把到监狱探望王一禾的事告诉李晓蕾，说：“你有空儿多到金姨那儿坐坐，陪她聊会儿天，散散心。”

李晓蕾答应了，说：“金姨现在想通了好多事情，见了我就说，人这一辈子，钱啊、名啊、利啊都是浮云，平平安安、平平淡淡才最好。我完全赞同，身体健康、心情愉快，快乐过好每一天最重要。”

叶知秋默然一笑，心想好多道理人人都知道，却不是人人能做到。随着年龄的增长，他习惯了沉默，很多事情见怪不怪，心态也日趋宽容。他偶尔自嘲，世间万物，并非事事都要分个对错，谁又能分得一清二楚？

十七

古力志到景江市任市政府副秘书长不久，就被破格提拔为副市长。叶知秋与他时不时通个电话，有机会总要小聚一下，关系比原来在办公厅时更紧密。

全省推进新型工业化会议期间，古力说要来拜访叶知秋。约好的时间刚到，办公室门外便响起古力志爽朗的笑声，叶知秋闻声站到门口迎接。

古力志带着一个小伙子进来。寒暄片刻，古力志对小伙子说：“小马，你到隔壁办公室坐一下，我和叶处长说几句话。”

小马连忙将手里一个公文袋放在叶知秋办公桌墙角，恭敬地说：“叶处长，古市长给您带了两条烟。”说完转身出去，顺手把门带上。

叶知秋心想这个小马蛮灵泛——用文件袋装着烟，放在靠墙的方向，别人进来看不到，就算看到了也以为是一袋材料。

古力志喝了口茶说：“知秋，原来在机关羡慕基层的自由，到了基层才知道基层的难处，倒怀念起机关的清闲。让人不得不回味，钱钟书先生说的，围城外的人想冲进去，城内的人想逃出来。”

叶知秋笑着说：“古市长接地气，了解民间疾苦。我知道基层干部难当、基层工作难搞。没想到市长大人也发这种感慨啊！”

古力志直摇头，说：“你别以为副市长有多牛，也得老老实实干活。我是政府排名最后的副市长，没让我分管安全生产，算给足了秦省长面子。陈大年书记对我还不错，要我分管工业和招商引资。”

叶知秋问：“古市长有何吩咐？”

“无事不登三宝殿。知秋，有事向你求援。”古力志说：“景江市的情况你知道，没有什么好企业，就几座矿山撑在那里。所以，市里想引进一个科技含量高、有发展前景的企业，目前正在洽谈，碰到了困难。”

叶知秋说：“能够帮什么忙，你尽管说。景江市过度依赖资源消耗型的工矿企业，一旦错失发展机遇，就会远远落在后面。逐步调整产业结构，引进高新企业，这个发展思路是对的。”

古力志皱了皱眉头，说：“最近一家实力雄厚的香港企业，准备在景江市投资300多个亿修建光伏电厂，说要用五年时间将景江市打造成中部地区的‘光伏之都’。市政府全力筑巢引凤，要把这个企业引进来，打造一个光伏产业园。”

光伏产业本是朝阳企业，但是国内光伏产业原材料靠进口，产品绝大多数靠出口，“两头在外”导致光伏产业高度依赖国外市场。前些年，各地一窝蜂上马光伏产业项目，国家加大宏观调控力度，新的光伏企业很难再获批。近年席卷全球的金融危机让原本一片光明的光伏产业跌至谷底，很多地方的光伏企业都在大规模减产。

叶知秋清楚此时上马光伏项目，可谓是逆势而为，便委婉地说：“力志老兄，搞光伏企业投入很大，风险比较高。景江市地理区位离光伏企业的原材料、出口市场都很远，发展光伏产业没有太多的优势。据我了解，目前争取国家立项都困难。”

古力志说：“陈大年书记想干一番事业，现在与香港企业洽谈已初步达成意向。市政府这边把相关手续办好，在工业园划拨1000亩工业用地，香港企业总投资300亿，100亿现金、地方银行贷款200亿，基本能把这个项目搞起来。我这次来就是想争取省内银行的支持。”

叶知秋笑了笑，说：“陈书记是大手笔。这件事搞成了，也是你的重要政绩。你不是还兼了光伏产业园党工委书记吗？”他没有明说，陈大年能在短期内获得批文，相关项目配套如此之快，显然是想快速推进这个政绩工程，为下步晋升加重筹码。

古力志露出一丝苦笑，说：“我能有什么功劳，不求有功但求无过。这个产业园党工委书记是陈书记点名要我兼的，我不能抗命啊！今年上半年，受美国、欧盟反倾销调查影响，国内光伏业绝大多数停产，虽然国家相关部委在制定扶持政策，但也不可能立竿见影。光伏企业正面临寒冬，此时上这个项目困难重重啊！可是，市委、市政府作了决策，我只能全力执行。”

叶知秋见他似乎有说不出的苦衷，觉得还是有必要提醒一下，说：“力志兄，你肯定也知道，目前光伏企业除非拿到中央部委同意建设光伏电站的批文，才能够赚钱盈利，但每天全国同行把中央部委的门槛都踏破了，有几个能搞到批文呢？批文如果拿不到，现在搞光伏企业风险实在太大。”

古力志颇有同感，点了点头，说：“知秋，你说得很对。但陈书记下决心要搞光伏之都，市委常委会又通过了，我们做副手的只能坚决执行。香港那家企业来头不小，他们有把握搞到光伏电站的立项批文。正是看到他们能搞好立项批文，市委、市政府才统一思想，全力支持项目上马，争取年内开工。现在用地征迁正在抓紧搞，园区‘三通一平’要求三个月内搞好，我立了军令状。”

叶知秋说：“那只能放手一搏了。从好处说，企业运行投产后，效益非常可观，能够造福一方。”

古力志说：“这个项目必须在省里找一家银行提供贷款支持。我到市里工作后，省里有些关系都生疏了，你能不能想点办法？”

叶知秋说：“银行系统平常打交道不多，我不太熟悉。不过可以通过省银监局领导找一家银行，反正银行要放贷，这么好的项目对银行肯定有吸引力。”

古力志说：“那好，你尽快帮我联系一下。我会在省里待几天，到相关厅局走动一下。你把人约好，我们一起吃个饭。后续工作我会安排人跟进。只要银行贷款到位，企业就能很快投产。”

叶知秋说：“你放心，我联系好后给你电话。”

送走古力志，叶知秋拨通省银监局李副局长的电话，把大意说了。李副局长一口允诺，说：“高新企业融资贷款这块，省建设银行做得比较多，省分行尹行长我很熟悉，可以考虑由建行来做。”

叶知秋说：“银行都是央企，银行行长一般人无法请动，只能劳教您亲自出马了。”

李副局长说：“说句实话，银行是有点扶强不扶弱，对好的项目、好的企业争着放贷款，对中小企业放贷款层层审批，手续繁杂。我这就给尹行长打电话，约好后再给你回话。”

过了两天，李副局长打电话来说约好尹行长，今天晚上聚聚。

叶知秋马上联系古力志。因为办理光伏项目的相关手续，古力志一直在省里活动，听说约好了省建设银行的尹行长，便说：“那太好了，晚上 7 点，放到香格里拉酒店吧，我这就订个包厢。”

叶知秋早早下班，开车去香格里拉酒店。这家最近新开业的超五星酒店坐落在市中心。叶知秋是召集人，怕交通高峰期时堵车，特意提前半个小时出发。

进了酒店，有服务生迎上来，带他到三楼的“英伦”包厢。叶知秋推开包厢门，看到古力志正在点菜，陈大年坐在沙发上。

叶知秋不知道陈大年竟然也在，感到有些意外。陈大年见了他，起身招呼道：“叶处长好，好久不见。这次找银行贷款，又让你费心了。”

叶知秋笑着寒暄：“应该的。陈书记、古市长吩咐的事，我要尽心尽力办好。”

古力志点好菜，说：“知秋，陈书记非常重视这个项目，听我汇报后，特意从景江市赶过来。书记出面，是最高规格，今天要争取在酒桌上把贷款的事情敲定。”

陈大年亲自赶来主持这个饭局，可见他对贷款的事情非常看重。叶知秋立即打电话给李副局长，说：“我们已在包厢恭候。景江市委陈大年书记特意赶过来了，说今晚要和李局长、尹行长一醉方休。”

过了一会，李副局长推门而入。叶知秋拉着他的手，介绍陈大年、古力志。大家边聊天儿、喝茶，边等尹行长。

左等右等都不见尹行长的身影，李副局长有点坐不住，就打电话催。他怕让人觉得在尹行长面前说不起话，口气就粗:“老尹到哪里啦？大家都等着你呀。有省政府的领导，还有市里的书记、市长，等你过来剪彩开席呢。对了，司机安排在隔壁包厢。”放了电话，他表示歉意说：“不好意思，尹行长车堵在路上，十分钟左右就到。”

尹行长迟到，李副局长道歉，叶知秋觉得滑稽。别看一场饭局，里面透着无穷的学问：孰轻孰重、谁早到谁迟到、谁是主陪谁是主客、谁约的局谁的面子……细微处皆有学问。叶知秋托李副局长约的饭局，尹行长再摆谱，也得给李副局长面子，他迟迟不现身，让李副局长脸上无光。

陈大年连忙说：“不着急。省分行的老总事情多，大家正好趁着空档聊聊天儿、叙叙旧，待会儿酒一喝，安静说话的机会都没有了。”

陈大年几句话轻松化解了尴尬。叶知秋也说：“这时候正是下班的高峰，车多人多，城区哪条道路都堵得厉害。”

又等了许久，门推开了，一个矮胖矮胖，戴着金丝眼镜，腆着肚子的中年男人走进来，见了大家干巴巴地打了几个哈哈。

李副局长一一介绍，介绍陈大年、古力志时，尹行长不冷不热，软绵绵地握手。介绍叶知秋时，李副局长特意说：“这是省政府办公厅督查处的叶处长，年轻有为。”听了这句话，尹行长神态谦和起来，右手握着叶知秋的手，左手叠上来轻轻拍了几下。

主宾各自坐好。这时，从包厢外走进四位漂亮高挑的时髦女孩儿，古力志吩咐她们分别挨着客人坐下，笑着说：“这四位都是我们光伏产业园区的员工，陪领导喝杯酒。”

尹行长显得矜持，无非说些整个经济形势不好，现在各种贷款审批严格之类的话。李副局长岔开话题，说："喝酒，喝酒！老尹，我和你好久没聚了，赵书记、市长、叶处长都是好朋友，难得约到一起。今天主题是喝酒叙旧，好好喝一杯。"

陈大年坐在主人位，端着酒杯站起来说："今天是个好日子。非常荣幸请到省政府的叶处长、省银监局李局长、省建设银行尹行长一起聚聚，我代表景江市 800 万父老乡亲对各位领导的光临表示感谢！同时，诚挚地邀请大家有机会到景江市来做客。这第一杯酒，我敬大家，先干为敬！"带头把一小杯酒喝了。

叶知秋想，现在的领导，动不动就说代表群众、代表一方父老乡亲，也不管人家愿不愿意。代表自己好像分量不够，非得拉上父老乡亲，才有底气。

酒过三巡，气氛渐渐热乎起来。尹行长不再像开始那般矜持。古力志安排的四位美女，不但人长得漂亮，酒量也大，还特别会劝酒，把酒席上的气氛搞得很热烈。

叶知秋悄悄问古力志："这四位真是你们的员工？"

古力志笑着点头，说："你看上哪位，我介绍给你。"见叶知秋一脸疑惑，他便低声说："我在公关公司请的，她们会把酒敬好，你别怜香惜玉了。"

叶知秋看不得女人在酒桌上多喝，尤其最看不得女人喝酒失态。一听说是请的女公关，知道这些人身经百战，就不再顾虑，不时煽风点火，劝美女们敬尹行长、李副局长的酒。

尹行长酒兴正浓，叶知秋就拉上古力志一起去敬酒。叶知秋对尹行长说："行长大人，我要向你隆重介绍一下古市长。他是我省政府办公厅的老同事，秦明副省长的秘书，刚到景江市去任职。他分管工业和招商引资，还兼任光伏产业园的党工委书记，这个项目是他具体在抓。请尹行长鼎力相助，我们以后常聚常往，来日方长。"说完，把一满杯三两酒一口喝了下去。

尹行长听了介绍，又见叶知秋如此豪爽，就说："省、市领导都这么重视这个产业园，我们当然要大力支持。我叫景江市建行的同志去实地考察，只要符合条件，报到省行来，省行按最大的贷款额度签批。"

古力志表示感激，说："尹行长，还请您多多关照。产业园基础建设正在抓紧搞，我们和香港企业签的合同规定，要争取明年投产。"

尹行长点点头，好像想起什么似的，说："对了，我有个外甥女是景江市人，今年大学毕业，学的是财会专业，如果条件符合能否安排到园区管委会？"

古力志连忙应道："没问题，绝对没问题！我们光伏产业园区正准备到高校招一批应届大学生，管委会也正缺少专业人才。你把她的情况发个信息给我，我跟人力资源部说一声，一定重点关照。我别的忙帮不上，这点小事还是办得到。"

听古力志这么表态，尹行长非常高兴，酒喝得更爽快。叶知秋听了，暗暗感慨，都说大学生就业难、难就业，可是有个尹行长这样的亲戚，那就什么都不难了。平民子弟家的孩子毕业求职找工作吃尽苦头想尽办法，而尹行长这位亲戚的工作，在酒桌上一句话就解决了。

尹行长酒越喝，兴致越浓，说要给在座的美女出一个谜语："有一副对联，考考你们，上联：锄禾日当午，求下联。谁答出来，重重有奖。"说着从口袋里掏出一把钱搁在桌上。

叶知秋看到他已有醉意，示意众人不再劝酒。四个美女轮番对下联，尹行长都摇头，说："提示你们一下，'锄禾'、'当午'可作人名。"

陈大年知道他在说荤段子，对身旁的一位美女耳语几句，美女大声说了答案："清明上河图。"

众人醒悟过来，大笑起来，连呼："绝对！绝对！"尹行长踉跄地站起来，抓着钱往美女手里塞。

宾主尽兴。尹行长酒喝多了，说话有些结巴："各、各位放心，我会叮嘱景江市分行抓、抓紧，特事特、特办。为党委、政府服务，是我们金融系、系统应尽的职责。"他醉步蹒跚，由司机搀扶着上了车。

古力志低声告诉陈大年："礼品都安排了，已经放到尹行长车上。"

陈大年隔着车窗紧握着尹行长的手，老朋友一般说："下次我专程过来请您到景江市考察，您一定要抽出时间。"

叶知秋陪着将尹行长、李副局长送走后，准备告辞。

陈大年拉着叶知秋的手，发自肺腑地谢道："这次给老弟添麻烦了，非常感谢。今晚我还得赶回景江市去，以后有机会再好好聚聚。"他又转过头叮嘱古力志："力志你送一下叶处长。叶处长晚上喝了酒，别开车了。"

目送陈大年的车远去，古力志说："知秋，你的车放这里，明天再来开。

坐我的车，多聊会儿吧。”

叶知秋知道古力志有话要说。小车往叶知秋所住的信访局家属区驶去，古力志突然长叹了口气，说：“知秋啊，官场真没有蛮多意思。”

叶知秋惊诧他突然冒出这样一句话。在外人眼里，古力志春风得意，年纪轻轻就当了副市长，前景灿烂辽阔。

古力志并不避讳司机，恨恨地说：“这个陈大年，就是不相信别人，什么事都不愿意放手！我们把尹行长约出来，他还是不放心，要赶过来凑热闹。好像他不来，我们这事就搞不定似的！”

古力志话语里对陈大年颇为不敬，叶知秋见有司机在，不便深谈，宽慰他说：“陈书记特意赶过来，说明他重视这件事。他出面请客，会让尹行长、李副局长觉得更有面子。”

古力志酒喝多了，醉意朦胧，摇摇头说：“我太了解他了，他是怕我单独把这件事谈好，没有体现他的作用。我算是看透他了。”

司机眼睛看着前方，专心致志开车，似乎什么也没听到。

叶知秋劝道：“力志老兄，陈大年是一把手，当然所有功劳都是他的，你没有必要计较。古人早就说过‘人生三不争’：不与上级争锋，不与同级争宠，不与下级争功。再说，你迟早是要回省里的，就超脱点吧。”

古力志酒劲上来，说：“我明白你说的意思，与上级争锋则遭恨，与同级争宠则树敌，与下级争功则自堕。但是，你不知道他这人，做事霸道，私心重、一言堂，容不得半点不同意见。光伏产业园的事情，市委、市政府议过多次，很多同志不同意搞，他就是听不进，一意孤行，还点名要我任产业园党工委书记。这不是把我放在火上烤吗？我不愿意干，多次推辞，却推脱不掉。这么重大的项目，这么草率地拍板，必将会带来一系列问题。唉，人在江湖，身不由己。”

叶知秋听出古力志对光伏产业园这个项目根本不看好，与原来聊这个项目时的说法完全相反，知道这才是他的真心话。叶知秋劝慰道：“今晚吃饭的效果不错，省建行这笔贷款估计没有问题。”

古力志叹了口气，说：“现在贷款没问题，以后还款可就是大问题了。”

说话间，车子已开到叶知秋楼下，俩人寒暄着道别。叶知秋忽然想起什么，说：“对了，你到市里工作，还是要抽时间多陪陪强强。亮亮和强强在厚德小学虽然没分在一个班，但还经常在一起玩。我看到最近强强不太爱说话，总是闷闷不乐，你可别为了事业，耽搁了孩子的教育。”

这句话似乎触动了古力志，他揉了揉太阳穴说：“知秋，实话告诉你，我已经离婚了。强强判给了他妈妈，我现在每个月付三千块生活费。见强强一面都难。唉，不说了，你早点回去休息吧。”

司机从尾厢里拿出个礼品袋递给叶知秋。叶知秋推辞道：“我是自己人，不用客气，拿回去吧。”司机一脸为难站在那里。

古力志见了，跌跌撞撞把礼品袋硬塞给叶知秋，说：“我早就安排好的，人手一份。你得收下，这是个‘待遇问题’。”

叶知秋无奈地笑了，接过礼品袋，与古力志挥手作别，看着古力志醉意蹒跚地上了车。

之后一段时间，叶知秋陆续在省电视台、省报上看到关于景江市光伏产业园的报道。几个月后，光伏产业园正式开园，当天的省报发了两个整版招商广告，热烈庆贺光伏产业园落成，诚邀海内外企业驻园创业。随着广告刊出了几幅省、市领导视察产业园的照片，每张照片都有陈大年的身影。

叶知秋看了，想打电话给古力志表示祝贺，电话拿起来，想了想，又放下了。

十八

叶知秋常会想起唐梦云那夜在“劳燕亭”说的那番话，分明是在拒绝自己。可是，唐梦云总会突然出现在他的脑海里，挥之不去。

当叶知秋快将唐梦云忘记的时候，唐梦云又出现了。

这天傍晚，叶知秋正在酒席上应酬，突然接到唐梦云的电话，声音虚弱地问：“知秋，你在哪里？如果方便，你到市中心医院急诊室来一下。”

叶知秋吓了一跳，不知道出了什么事，立即找了个借口离席，火急火燎来到市中心医院。进了急诊室，看到唐梦云包扎着手臂在输液，一问，才知道她过马路时被一辆摩托撞倒，手臂划伤，肇事的摩托车主却趁乱溜走了。

叶知秋心疼地问：“怎么这么不小心，伤得重吗？”

唐梦云说话的力气都没有，声音飘飘的：“拍了 X 光片，医生说粉碎性骨折，要动手术。听说要把裂了的碎骨头取出来，打钢板矫正，等骨头合缝了，再把钢板取出来。”

叶知秋低声说：“梦云，你手臂受了伤，却疼在我的心里。”

梦云虚弱地说：“我本不想麻烦你。可是医生说动手术一定要亲属签字，我在宏东没有亲人，想来想去，只好麻烦你了。”

当晚就得动手术，一个医生走过来问：“你是唐梦云的丈夫？提醒你一下，她是左手臂粉碎性骨折，手术后可能会留后遗症，你要有心理准备。”说完，指着一页纸要叶知秋在空白处签名，

叶知秋点头，签了名字。

医院立即安排手术。叶知秋在手术室外守着，虽说知道并无大碍，但是心里仍是七上八下。差不多两个小时，好不容易等手术动完，才看见到唐梦云脸色苍白躺在手术车上被推出来。

主治医生告诉叶知秋：“手术很成功，病人住院观察一段时间，回家静养三个月就行了。这三个月内，手不能用劲，不能搞饭菜做家务，你做丈夫的要好好表现。”

叶知秋点头，对梦云说“你安心住院，等伤情稳定出院了，再请个人照顾你。”

唐梦云不说话，把头扭过去，悄悄流泪。

这段时间，叶知秋三天两头往医院跑，陪梦云聊天儿、散步，俩人在一起总有说不完的话。

过了一个星期，唐梦云可以出院了。叶知秋开车送她回办事处，问：“你一个人养伤行不行？要不要告诉你家里，让父母亲过来陪你一段时间？”

唐梦云摇摇头，说：“我不想让老人担心，再说他们年纪大了，身体又不好，来了反而添乱。”

叶知秋说：“那到家政公司请个人来照顾你吧？”

唐梦云仍然摇头，说：“我没有那么娇气。我左手打着石膏，右手还能动呀。办事处有人搞饭搞菜，我叫人把饭菜送到房间来就行了，卫生可以请办事处的保洁阿姨打扫。再说，家里来个陌生人，我不习惯。”

叶知秋拗不过她，叮嘱她安心静养。

唐梦云在办事处的 11 楼租了一套两室一厅的房子，平常一个人住。叶知秋隔三岔五地去看她，有时带点水果，有时给她带几本书。

刚开始，唐梦云不准叶知秋来。随着叶知秋来的次数多了，她就不像原来

那般抗拒，心里话也愿对叶知秋说。叶知秋像着了魔，觉得她一颦一笑都那么迷人。

在叶知秋的精心照料下，梦云的手臂恢复得好，已经不用打石膏了，只等骨头彻底愈合后再取钢板。叶知秋无意中看到梦云的身份证，知道她生肖属兔，再过两天就要过生日。

生日那天，叶知秋打电话给梦云，说："你在家里关了这么久，该出来放放风了。晚上一起吃饭吧，我知道附近新开了一家西餐厅。"

梦云声音懒懒的，说："今天不想出门，我在家里随便吃点。"

叶知秋也不勉强，提前下班到梦云家里，见梦云的神情落寞，便故意逗她说："我今天运气好，捡了件东西，你猜是什么？"

唐梦云说："别卖关子了，什么东西，给我瞧瞧。"

叶知秋从怀里掏出一个精美的首饰盒，递给梦云说："祝你生日快乐！"

唐梦云打开首饰盒，原来是一条金项链配了个福兔吊坠，有些惊讶，问："你怎么知道我的生日？"

叶知秋笑而不语，帮她把项链戴在脖子上。梦云粉颈低垂，叶知秋忍不住轻轻吻了吻。

唐梦云回过头，双眼噙着泪珠，紧紧抱住叶知秋，喃喃地说："知秋，我们不要再这样下去。你知道，我心里藏着你，我想永远把你关在心里。可有时候，我又好怕，怕把你从心里放出来后，我无法抵抗，会一败涂地。"

叶知秋不让她再说下去，柔声说："梦云，你想得太多。我们在一起，就要好好珍惜。你不知道，你不理我时，我心里有多难过。"

唐梦云梦呓般说："我们是前世的冤家吗？你不觉得奇怪吗，我总觉得我们俩好像认识了很久很久似的，见了你总有恍恍惚惚的感觉，怎么看都那么顺眼，那么欢喜。不在一起，好想好想，在一起，又总要闹得不开心。也许，我心里害怕，总怕失去你。有些事情刚开始就知道结局。知道没有结果，又何必开始？"

叶知秋说："我俩一定上辈子就认识。佛经上说过，绝大多数人转世后都不记得前世的事情，但前世与自己非常亲密的人在今世见到，就会觉得很亲切、很投缘。上辈子，我和你关系肯定不一般，说不定还是夫妻呢。"

唐梦云睁大了眼睛，问："是真的吗？难怪我见到你第一眼，就像在哪里见过，却总想不起来。"

叶知秋一本正经地说："这是有科学依据的。国外有科学家专门研究这一现象，有极少数人转世后仍能记得前世的事情。印度有个女孩儿十多岁时淹死在河里，后来转世出生在五百公里之外的一个村庄，她按照记忆找到了她前世的家和父亲母亲，并找到了她藏在梳妆台抽屉里的一把梳子。"

唐梦云有些惊讶，说："没有这么神奇吧？"

叶知秋是从《国家地理》纪录片里看到的，笑着说："反正有些事情按常理解释不通，但总会发生，可能就是命运。就像我和你，原来并不认识，命运安排我们认识。"

唐梦云嗔怪道："看你，还找到理论依据了？命运都成了借口了。"

叶知秋轻轻搂住她，刮了刮她的鼻尖，说："'和有情人，做快乐事，别问是劫是缘'，就算是劫，我也愿意。"

唐梦云挣脱知秋，说："知秋，你别这样。谢谢你的礼物，你回去吧。"说完就把他往门口推。

叶知秋纵有万般不舍，也不愿勉强梦云。进了电梯，他的脑海里一片混沌，久久没有回过神来。

转眼元旦到了。

叶知秋闲在家里没事，也不愿往人多的地方去。独自在书房里练了会儿毛笔字，心里挂念着唐梦云，忍不住发了一条信息给唐梦云：好久不见，今天有空儿见面吗？

自从唐梦云手臂伤好后，俩人好长一段时间不曾见面了。叶知秋给梦云打过几次电话，她不是在外地出差，就是没有时间。过了几分钟，梦云回复信息，就两个字：好的。

叶知秋心情顿时舒畅起来，找了个借口出门。元旦有三天假，大街上的人明显比平常多，叶知秋想为梦云买件礼物，不知不觉就到了万达商场。

万达商场是宏东最高档的购物场所。因为里面的东西贵，除了节假日平常顾客很少，大部分时间售货员比顾客还多。叶知秋平常很少逛商场，偶尔陪李晓蕾逛逛。

不知道买啥送梦云，叶知秋心想女人都爱漂亮，送件衣服给她吧。可是在三楼的女装部转悠了一圈，才发现既不知道梦云穿衣的尺码，又不知道她喜欢哪个品牌，一下子犯了难。

叶知秋坐手扶电梯下楼，看到一楼是女包专柜，干脆挑了个“香奈儿”的手提包，又挑了瓶“香奈儿”香水，叫售货员包好。

叶知秋把车停在办事处附近，走路去了梦云家。一路上，他小心地张望，生怕碰见熟人。到了门口，一按门铃，梦云围着厨裙来开门，厨房里传来阵阵菜香。

叶知秋把礼物递给梦云，说：“元旦快乐，天天顺心！”

梦云接过，说：“来吃便饭不用带礼物，显得这么生分。”她给叶知秋沏了杯红茶，正说着话，突然“哎呀”一声，往厨房跑，原来她熬了小米粥，忘记关火。

吃过饭，叶知秋要求洗碗，唐梦云由他，坐在沙发上拆了知秋送的礼物，欢喜得不得了。

叶知秋洗完碗，坐到沙发上，忽然看到梦云眼睛红红的，隐隐有泪光闪烁。叶知秋刚要问，梦云忽然说：“知秋，以后不要买这么贵的东西，你有这份心，我就非常满足了。”

叶知秋说：“我不知道买什么东西给你，也不知道你喜不喜欢。只要你高兴，我这颗心都可以给你。”

梦云说：“这么久没见到你，我就在心里想，你把我忘记了，我也要忘记你。可是，见了你，我又改了主意，想要和你在一起。”

叶知秋柔声道：“傻姑娘，现在，我俩不是就在一起吗？”他喜欢喊梦云“傻姑娘”，梦云听了总会露出孩子般的笑靥。

梦云忽然幽幽地说：“知秋，我眼旁有一颗泪痣，听别人说，有泪痣的人，命都不好。”

叶知秋在灯下细看，果然看到她左眼角隐隐有一小粒褐色浅痣，不仔细看还看不出来。

叶知秋便安慰道：“你这是颗美人痣，我觉得好看，怎么都瞧着顺眼。这是颗暗痣，别人看不出来，要真心喜欢你的人才看得到。”

梦云话语感伤，叹了口气，说：“看来我伤心都只能暗地里伤心了。”

叶知秋一时嘴拙，暗骂自己不会说话。

梦云用牙齿轻轻咬着指甲，继续说：“传说女人有泪痣是因为上辈子死的时候，情人哭泣的泪水滴落在脸上形成的印记，作为再世重逢时的记号。有泪痣的女人，一旦遇上命中注定的那个人，就一辈子不分开。”

叶知秋看着梦云痴痴的样子，强笑道："你呀，典型的文艺女青年。尽说些不着边际的傻话。"

梦云不再言语，用力握着知秋的手，好像生怕他走了。

不知过了多久，梦云说："今天是元旦，新的一年到了。今晚的月色这么好，到小区附近的江边去散散步吧。"

叶知秋不忍拂她的意，便点头答应，要她多穿些衣服，晚上江边风大。

景江办事处离宏江不远。宏江两岸修了风光带，灯光闪烁，倒映在江面更显光怪陆离。已经入冬，晚上在江边散步、锻炼的人不多，但叶知秋仍怕撞上熟人，便拉着梦云的手走进了江边的树林。

月亮升了起来，冬夜的月光格外寒冷，照得林子里一片光亮。叶知秋牵着梦云的手，看到她的脸庞在月光下蒙着一层光晕，眼眸亮而清澈，直透心腑。叶知秋不敢去看她的眼睛，轻轻将她搂在怀里。

"知秋，不知道咱们还能在一起多久。真想让你带我到没有人认识咱俩的地方去，哪怕是海角天涯。"今晚不知何故，梦云总有淡淡忧郁，话语幽幽。

叶知秋不想让这种情绪影响此刻的美好，便说："在一起多久？让我想想，对了，天长地久。"

梦云人软软地靠在他的怀里，目光变得迷离。

半晌，梦云说："知秋，我俩今生今世不会真正在一起，我怕自己陷得太深。好怕，好怕。"

或许新年到来，让人感到时光流逝，梦云今晚总是提起这个话题。叶知秋知道她说真正在一起的意思，这个话题就像横亘在他俩之间的一道鸿沟，永远都无法跨越。

叶知秋心底不愿意放弃目前安稳的境况，亦割舍不下李晓蕾和亮亮。然而，对梦云的怜惜与爱意是那样地浓烈，这份感情总会让他时不时有放弃一切，为爱痴狂的冲动。这种爱不是年轻人那种不顾一切的狂热，而是像喝了一杯好酒之后，从体内慢慢向外荡漾的酣畅感觉。他甚至想为了梦云净身出户，与梦云厮守终生。有个知名企业家就在微博上宣布，放弃一切，与情人私奔。尽管企业家最终还是回归家庭，回到现实生活的轨道，可是那一刹那间绝别过往的勇气，还是令叶知秋感叹过一阵儿。

叶知秋和唐梦云在一起时，总有意无意地回避这个话题。俩人都知道这是没有答案的话题。但是，今晚梦云似乎想找到答案。

叶知秋故作淡定地说："我们不是在一起吗？你不要想那么多，想那么远。"

梦云喃喃地说："知秋，你叫我怎么不去想？"

夜渐渐深了，叶知秋牵着梦云的手走出树林。梦云看了看手表，快12点了，便说："你回去吧，太晚了。"

梦云不说走，叶知秋心里暗暗着急，怕回去晚了李晓蕾不高兴。梦云这么一说，叶知秋反倒不能急了，特意装作漫不经心的样子，坚持送梦云回家。

一路上，俩人手紧紧握着，不再言语。

目送梦云上了楼，叶知秋急忙小步快跑出小区，开车往家赶。到家已经12点30分了，李晓蕾还没睡，坐在卧室床头看电视。

叶知秋问："这么晚了，还不睡？"

李晓蕾关了电视，说："你不回来，我睡不踏实。"

"今天和同事打了会儿麻将，手气还不错，赢了两千多。"叶知秋心虚，边说边从皮包里拿了两千块钱递给李晓蕾，说："你拿着，逛商场时买件新衣服。"

李晓蕾接过钱，似乎心情好了些，说："你现在倒会哄老婆了。亮亮想学画画儿，我找了家培训班，这钱给亮亮交学费吧。"

元旦过后，一晃春节就到。叶知秋要回嘉林县陪父母过年。临走前，他打电话给梦云，梦云说准备去海南过年。叶知秋问她为什么不回南岭市陪陪父母，梦云幽幽地说："一回去，父母总会唠叨让我重新成家。我这么大年龄了还单身一人，让他们很没面子，结果总会闹得不欢而散。别人是每逢佳节倍思亲，我是每逢佳节怕见亲。"

叶知秋劝道："你去海南散散心也好，那里过年挺热闹。"

梦云淡淡地说"你又不能陪我，过不过年就那么回事。我自己一个人过年，倒落个清净。"

知道她心里难受，叶知秋想好的安慰话就说不出口。

春节无事，叶知秋走亲访友，从东家吃喝到西家，倒也潇洒快活。大年三十晚上，一家人热热闹闹地吃团圆饭，叶知秋陪老父亲喝了几杯酒。老父亲喝了酒后，一脸严肃地对他说："知秋崽啊，你是咱村唯一在省政府当干部的人，给爸挣了面子，乡亲们都羡慕我有个好儿子。当官就要为老百姓办事。咱村里到镇上那条烂泥路 3 年多都没修好，晴天一身土，雨天一身泥。乡亲们要我叫你想办法，托关系找点钱来，把村里这条路修好。你给乡亲们办实事，爸脸上有光。”

叶知秋笑了，说：“爸说得对，咱村里这条路的确要修好。可是我不管人也不管钱，过了年，托人想想办法吧。你先别回乡亲们的话，等稍微有点眉目再说。”

夜里 12 点，守岁的鞭炮炸响，远远近近的烟火如花朵似的在天空绽放。叶知秋手机拜年的短信、微信提示音响个不停，他仔细一条条翻看，没有唐梦云发来的信息。他早给梦云发了祝福的微信，等了一晚都没有收到回复，不禁怅然。

给父母亲发了守岁红包，给亮亮发了压岁钱，叶知秋洗漱完准备睡觉。躺到床上却辗转睡不着，这时手机显示有新的微信，他立马拿起手机查看，是梦云新发了朋友圈，是一首诗——《流年》：

我是疲惫堆成的玩具，
轻轻地，你抽去我那根最脆弱的神经。
“哗—”我散了一地，
在你轻轻的温柔里。

你的眼睛如蓝色玻璃，
映着夜的神秘。
误入丛林，我中了箭
——一箭美丽又凄怆的伤心。

微信还配了一张图：一只倒了红酒的高脚杯独自摆桌上。

叶知秋心头一软，在心里喊道：“梦云、梦云，你何苦这样折磨我、折磨自己？”

叶知秋起身去卫生间，悄悄拨通梦云的电话，响了很久都没有接。叶知秋又拨了一次，仍是通了没接，他知道梦云故意不接，只得挂了电话。

过了一会儿，唐梦云回信息过来：“祝福新的一年，一切困难都能举重若轻，每次孤独都能与你共鸣，迷途皆有明灯，飘摇可逢贵人，所遇皆良善，所行皆有义，怒马鲜衣，千帆过尽，归来仍是少年……”叶知秋看了几遍，才将信息删掉，回卧室睡觉。

一上班，叶知秋就找到省财政厅厅长钱有为。叶知秋与钱有为早认识。叶知秋原来不喜欢钱有为，觉得他做事张扬，江湖习气重，但接触多了，发现他人虽然张狂，可干事有底气，做人讲感情，能够做朋友。

叶知秋说：“钱厅长，我老家村里有条路，烂得不像话，下雨天越野车都开不进去，修了几年都没有修好。村里人把我老父亲搬出来，想找关系把路修好。我找了市、县交通局，答复说这条路没有纳入建设规划，要村里自行筹措资金解决。您能不能想想办法？”

钱有为详细问了情况，直截了当地说：“农村公路‘村村通’是新农村建设的基础工程，肯定要支持。你要村里打个报告到县财政局，我到时打个招呼。”

叶知秋没想到钱有为答应得这么爽快，说：“钱厅长，太感谢您了！我要村里马上打报告给县财政局。现在修乡村公路一般路面宽度不小于 3.5 米，水泥板厚度不小于 18 厘米。村里初步估算一下，修一条 5 米宽的水泥路造价每公里 20 万左右，从我们村到镇，10 多公里，需要 200 多万。”

钱有为满口答应，客气地送叶知秋出门，握手而别。事情办得如此顺利，叶知秋很高兴。为了村里修这条路，叶知秋厚着脸皮找了几次县、市交通局的领导，人家热情倒是热情，就是不解决实际问题。

如今财政系统实行垂直管理，省直管到县。钱有为打了招呼，县里按程序报项目上来，省财政 200 万元专款直接“戴帽”拨了下去。村里修路的资金迎刃而解。叶知秋打电话给当村主任的堂弟叶知福，告诉他 200 万元的修路款已经拨到县财政的账户上。

叶知秋反复叮嘱堂弟，这笔钱一定要用好，村里路修好后剩余的钱，把村小学修缮一下。怕村里乱用这笔钱，叶知秋还丢了句狠话：如果这 200 万元钱没用到实处，村里有什么事再也不管了。

转眼到了 4 月，春暖花开。省政府大院里的树又发了新芽，满眼新绿惹人爱怜。浩荡春风里，容易思乡思故人。老父亲打电话来，叫叶知秋清明节回家看看。他答应了，父亲、母亲年岁已高，又不愿意进城住，如今见一面算一面了。

清明节正逢双休日，叶知秋开车带着李晓蕾、亮亮回了趟老家。如今嘉林县通了高速公路，从省城开车只要三个多小时，沿途青山绿水，一路顺畅。

进了县城，车子穿过繁华热闹的集镇往乡下开去。开了会儿，车子拐进了一条乡村公路，新修的五米宽的水泥路面格外亮眼。看到这路修得还不错，叶知秋心情愈发好起来。

水泥路一直修到村口，老父亲老母亲大早就在村口的大樟树上等候。车子刚停稳，亮亮就打开车门，扑到爷爷奶奶怀里，亲热地喊个不停。老母亲把亮亮搂在怀里，喜爱得不行。叶知秋看到堂弟知福和一个年轻人站在一旁，便上前打招呼。知福介绍说："知秋，这是咱村的村支书，叶知涯。住在村西头三组，按族谱算起来，是咱们堂弟。"

叶知涯30岁出头，显得灵活精干，不像其他村干部般拘谨，主动握手，说："知秋哥，知道您回来，我向乡里领导报告了，待会儿乡长、书记都会过来看您。"

叶知秋没想到回来扫个墓，搞得动静这么大，觉得叶知涯有点小题大做，心里不悦。叶知秋边走边问："这条路修得蛮快嘛！路的质量没问题吧？"

叶知涯说："路的质量您放心。现在有钱就好办事，修路打地基铺水泥都是机械化，快得很。知秋哥，乡亲们都感谢您，是您争取来资金，才修好了这条马路。"

叶知秋笑着说："我有什么能耐，还不是求人帮忙。"

叶知涯陪着他往家里走，说："知秋哥，您不知道现在下面办事的难处，您争取到的专项资金，我们求爹爹告奶奶，乡财政才拨了些到村里。现在还有50万元在乡财政所户头上，乡里找借口拖着不拨。"

叶知秋没想到争取的专项资金会被截留，仔细一问才知道现在乡镇财政对资金都是统筹安排，没有关系或关系不硬，有时就会拖着不拨，或者截留另作他用。叶知秋有些生气，说："这种'戴帽'资金，专款专用，乡里怎么能这么瞎搞！"

叶知涯无奈地说："知秋哥，待会儿见到乡长、书记你给说说，我想把那剩下的钱弄回来，将村小学教室整修一下，另外添置些课桌椅。"

叶知秋明白，知涯、知福是有意通知乡里的领导，让他们瞧瞧咱村上头有人。他俩身处最基层，却懂得这些场面上的应酬。

亮亮是城里伢子，乡间的小鸡、小狗，甚至牛栏里的牛、猪圈里的猪，都让他感到新鲜。坐了一会儿，喝了会儿茶，老父亲准备好扫墓用的香烛、供品和鞭炮，领着一家人去祖坟祭祀。

叶知福把东西放进箩筐里，用扁担挑着走在前面，叶知秋搀扶着父亲，李晓蕾拉着亮亮，叶知涯跟在后面，一行人往祖山里去。

祖山就在屋后，走十来分钟就到了。今年清明节没有下雨，倒是出了太阳，春天的山野、田间开满野花，空气清新，走在田埂上全身暖洋洋的。路过一大片金灿灿的油菜花，李晓蕾拿着手机拍照。

叶知秋想起小时候经常光着脚在田埂上跑来跑去，那会儿多么快活。他告诉亮亮："有位作家说过，没有踩过泥土的童年不是真正的童年。你到乡里陪爷爷奶奶住一个月，童年会留下许多美好的回忆。"

亮亮一本正经地说："我读小学了，已经没有童年了。"

大家都笑了起来。

祖山里炮火喧天，族里的亲戚正在挂青。嘉林县清明节挂青扫墓有一种风俗，就是先祭祀祖宗，再祭悼自家长眠于此的亲人，最后到故去的宗亲族人坟头祭拜。大人们祭拜时，没有太多的悲伤，倒是喜笑颜开，相互开着玩笑，孩子们则在坟山上跑来跑去，嬉戏玩耍。

叶知秋笑着和认识不认识的乡亲们打招呼、拉家常。乡亲们对他格外热情，夸他没有忘本，给村里办了好事，不像有的人当了官眼睛就长到额头上。

老父亲到自己父亲的坟头，点上香烛，摆上供品，嘴里念念有词，说些要祖宗保佑子孙后代福寿延绵的话。好不容易说完，他颤颤巍巍地作起揖来，叶知秋怕他闪了腰，搀扶着他。李晓蕾带着亮亮给老爷爷磕了三个响头。这边磕头，那边叶知福、叶知涯"哔哔啪啪"地放起鞭炮来。

烟雾缭绕里，远远近近的山头依次响起祭祀先贤故人的鞭炮声。阳光下，孩子们喧哗嬉闹，大人们在给坟头清理杂草，空气里弥漫着一种自由、轻松、快乐的氛围。清明节除了传统意义上的哀思，反而更像节日的聚会。很多平常不在一起、有着或近或远血缘关系的人们借着这个机会聚在一起。叶知秋是从这个村庄走出去的，觉得自己的根和灵魂永远都在这里。一个人无论当多大的官、发多大的财、拥有怎样的财富与权势，如果精神没有寄托、灵魂没有归宿，始终会飘浮在这个世界上，始终不会有安全感。

看着远山和天空的云朵，叶知秋冒出来许多感悟。

扫了墓，挂完青，村里人都陆续到村头的祠堂里吃"会酒"。清明吃"会酒”是乡里千百年沿袭下来的风俗，每年清明节祭祖扫墓后，同宗氏的家族会统一安排酒席，众亲友聚在一起吃饭喝酒，钱由每家每户按人头交齐，几十元、一两百元不等。

老父亲在家族里德高望重，乡亲们非常敬重他，每年的清明节挂青、吃“会酒”，都由他来主持。开席前，老人颤巍巍地举着一小杯米酒，高声说：“今年清明节大家都回来扫墓祭祖，有从广东、深圳、上海回来的，有从省里市里回来的，说明大家心里有祖宗、有父母，没有忘本。大家回乡祭拜祖宗，祖宗也会保佑大家兴旺发达。今年村里的路修好了，是个大喜事，大家能够坐在一起吃饭喝酒，要感谢党的政策好，感谢政府的关心！我们高高兴兴呷餐饭！”

说话间，叶知涯领着两个人过来，高个子是乡党委的蒋书记，矮个子是刘乡长。蒋书记紧握着叶知秋的手，说：“叶处长，您好！我们本想请你到乡里去视察一下，知涯说你时间紧，我们不敢打扰，特意赶过来看看您。”

叶知秋客气一番，免不了表扬几句，说道路整洁、集市热闹之类。蒋书记、刘乡长很受鼓舞。叶知秋邀请他俩入席。今年的“清明会酒”因为有叶知秋和乡里的领导参加，菜格外丰盛，每桌还上了一瓶白酒。

席间，叶知秋当着蒋、刘俩人的面给县委书记马跃进打电话。马跃进听说叶知秋回来了，立即说要赶过来，见上一面。叶知秋说和蒋书记、刘乡长在一起，自己已经准备返回，以后到省里再聚。

叶知秋电话一挂断，蒋书记的手机响了起来，马跃进打电话来，要蒋、刘俩人陪好叶处长，问问叶处长还有什么具体要求和指示。

县委书记对叶知秋都如此恭敬，蒋、刘俩人自然明白眼前这位叶处长的分量。

过了几天，叶知福打电话给叶知秋，说乡财政截留的50万元已经拨到村里了。

十九

宏东省部署“转作风、调结构、稳增长”活动，省级领导带队分头对全省10个市开展专项督查。省政府办公厅督查处从省直20多个厅局抽调人员，组成高规格的督查组。

这是叶知秋任督查处处长后承接的第一项重大活动。他深感责任重大，多次开会研究部署，反复考虑每个细节，完善专项督查活动方案。

看起来简单的督查方案，却需要处处考虑周到。省政府办公厅惯常做法是，领导定好视察时间、地点，由办公厅通知当地市政府办，由市政府办做好初步方案传真给办公厅修改，呈报领导审阅，最终敲定行程。当然，有时领导到了市、县，根据视察、调研的实际情况，可以再作调整。因此，行程安排既要做到环环相扣，不留疏漏，又不能定得太死，要留有余地。

凡是省级领导带队的督查，督查方案必须报分管副省长审定。在送秦明审阅之前，叶知秋再次把督查方案的每个环节推敲一遍，确认没有什么纰漏后，才将方案呈报给秦明。

秦明仔细审看方案，在出行时间、接待安排、视察场所等环节，与叶知秋细细商量。秦明用红铅笔将叶知秋名字写在孔坤之那个组，说：“知秋，你陪孔坤之同志吧，担任联络员，对你是个锻炼。”

叶知秋连声道谢，明白秦明是一番好意，给他一个接近孔书记的机会。秦明不知道叶知秋与孔坤之因书结缘，早已成为“忘年交”。

秦明叮嘱叶知秋：“孔书记这次到景江市、南岭市的视察内容，都是他自己定的。我们要做好沿途的衔接和服务工作。孔书记喜欢坐大车，办公厅派一辆考斯特车，随行省直厅局的同志一起坐大车。另外派一台越野车，新闻单位的记者坐越野车。你直接与厅后勤中心联系调配车辆。”

第二天，天气晴好。上午 8 点 30 分，一辆考斯特车、一辆丰田越野车停在一号楼前坪。叶知秋忙着与陆续到来的省财政厅、省发改委、省住建厅等部门的厅局长打招呼。陪同省纪委书记下市、县视察，厅局长们都很自觉地提前 15 分钟到达候车地点。

招呼完这些厅局长，叶知秋又清点起新闻媒体的记者。《宏东日报》、民生网的记者早早到了，只有省电视台的记者迟迟未到。叶知秋一看表，离预定的时间只有 5 分钟了，他拨通了省电视台安排的记者电话，质问：“你们到了哪里？车队就要出发了。”

电话里是一个女孩儿的声音，语速很快地说：“领导，有点堵车，我们马上就到。”过了一会儿，叶知秋看到一个身材高挑，衣着时尚的漂亮女孩儿带着一个摄影记者急匆匆地跑了过来。女孩儿看到叶知秋，调皮地吐吐舌头，不好意思地说："我是省电视台的蒋雨霖，对不起，对不起，迟到了。"叶知秋看她一副卖萌的神情，斥责的话到了嘴边又咽了回去。

8 点 30 分，孔坤之准时到达。孔坤之拎了个茶杯上车，叶知秋早已将他的公文包、行李箱放到车上。丰田越野车在前面开道引路，一行人浩浩荡荡向景江市驶去。

上车的时候，孔坤之和厅局长们打了个招呼，然后在考斯特车的前排贵宾座坐下。这辆考斯特车在司机后排安放了一张桌子，方便领导在车上批阅文件。孔坤之独自坐在那排座椅上，微闭着眼，一句话都没有说。因为他不说话，厅局长们也不方便放声交谈，多数人眯眼打起盹来，车里的气氛就有些沉闷。

开考斯特车的师傅是机关的老司机，擅长处理这种局面。他打开车载 CD，一曲优美动听的钢琴曲如溪水般流淌开。司机老练地调好音量，既让领导们听得清楚，又不至于太吵，影响他们低声交谈。

一车人休息，叶知秋却没有闲着。他一边与景江市政府办联系，一边在心里推敲着行程的各个环节。他将手机调到静音，发短信与景江市政府办再次确认出高速路口的位置以及到达的时间。别看这是小事，小事往往决定成败。省城到景江市的高速路有两个出口，一个是景江东，一个是景江南。以前就有一个省领导下去视察，从办公厅综合处临时点了一个副处长跟着跑。结果这位副处长把下高速的路口搞错了，市委书记带着一班人早早地候在景江南，而省领导的车队却在景江东下了高速。省领导倒没说什么，可回来后办公厅即把这个副处长给调离了。

这个典故办公厅人尽皆知，因而叶知秋不敢有丝毫松懈。商定好的出站口是景江南，10 点准时到达收费站，叶知秋远远地看到收费站路口排了一长溜等候的小车，才放下心来。

出了收费站，不等考斯特车停稳，景江市委书记陈大年带着市长向长河、人大汤主任、政协鲁主席立即迎了上来。

孔坤之没有下车，隔着车门与迎客的几位挥了挥手，算是尽了礼节，说："大年同志、长河同志，你们上车。"

俩人哈腰撇臀上了车。孔坤之示意陈大年坐到自己身旁，陈大年连忙说："我坐后排，不能挤了您。"

孔坤之说："客气什么，你坐到前排好向大家介绍情况。"

陈大年就不再谦让，坐了半个屁股，转过身子向车上的各位厅局长介绍起景江市。向长河则到后面找了个空座坐下。

景江市本来就是宏东省的老牌经济强市，人口多，地理位置好，交通发达，拥有坚实的产业基础，在招商引资方面有着先天的优势，省内外乃至海外有不少大型企业都愿意在景江投资建厂。陈大年口若悬河，对景江市的经济发展、城市建设、重点项目一一介绍，既有数据又有事例，说得车上各位厅局长连连点头、赞叹不已。

车队很快就到了宾馆。陈大年请示孔坤之：“孔书记，是不是请各位领导先回房间洗漱一下再听汇报？”

孔坤之点头，笑着说：“客谁主便。我们到了你的地盘，当然就得听你的呀。”

一车人笑了。陈大年急得直摆手：“不敢、不敢，我们可都是听您的！”

下了车，两个身材高挑、漂亮可人的礼仪小姐给孔坤之递上鲜花，声音甜美地说：“欢迎领导莅临景江市视察指导！”

孔坤之接过花，表情不悦地说“大年同志现在越来越洋派，还送起鲜花了。”

省财政厅厅长钱有为打趣说：“孔书记，大年书记在与国际接轨，国外正式场合都要献花。”

陈大年在一旁满脸堆着笑，像尊弥勒佛。市接待办的人立即将各位厅局长的房卡送上，酒店服务员将行李分头送到房间。

叶知秋一直跟在孔坤之身后，陈大年向他问了个好，握手时特意摇了摇。在这种场合，陈大年不便表露出与叶知秋熟悉，但又不冷落他。

孔坤之住的是一个行政套间，陈大年、向长河陪着进了房间。叶知秋跟进来，给孔坤之的水杯续上水，又给陈大年、向长河各沏了杯茶，退了出去。

孔坤之没有配秘书，叶知秋就充当起秘书的角色。作为领导秘书，最需要把握的就是，既给领导留下一定的私人空间，又要让领导随时能够找到自己，在第一时间内准确领会领导意图，用最短的时间做出正确反应。

叶知秋站在门口等候。孔坤之简单洗漱好，坐在沙发上与陈大年、向长河随意聊了会儿。看时间差不多了，陈大年请孔坤之到会议室去。三人欲出房门，叶知秋立即进屋，将孔坤之的茶杯与公文包拿在手里。

汇报会结束，已到了 12 点。因为中午要休息，中餐就吃得简单。说是简单，其实陈大年暗中颇动了一番心思，菜的档次看起来不算太高，但都做得很独特，下的功夫很不简单。一众来宾吃得都很舒服。原本还要上酒的，但被孔坤之阻止了。

陈大年提醒大家："下午 3 点现场参观，请各位领导准时到大厅集合。"

吃过饭，众人各自回房间休息。叶知秋陪孔坤之进了房间，说："您中午休息一会儿，2 点 50 分我过来请您。"将孔坤之安顿好后，叶知秋回到自己房间将手机铃声调到 2 点 40 分。陪领导出差，除了考虑好接待的各个环节，尤其要注意在时间上不能误点。叶知秋虽然调了闹铃，却怕睡过头，衣服也不脱，靠在床头打盹。

2 点 50 分，叶知秋到了孔坤之门前，听到里面有动静，估计孔坤之穿好衣服了，才敲门请他下楼。

众人都在楼下大厅等候。依次上了车，陈大年向孔坤之报告："下午先参观日升机械生产基地，再到景阳煤矿看看。"

日升机械上了福布斯排行榜。这家企业生产重型机械设备，主打产品是挖土机、搅拌机、隧道钻机等大型机械，因为技术领先和质量一流，产品畅销世界各地。这家企业是省内的明星企业，崛起与发展堪称传奇。十年前，日升机械还仅是一个生产机床零件的乡镇企业，短短几年内，企业呈现几何式爆发增长。恰逢国内拉动内需，重点工程项目多，大型机械生产设备供不应求，日升机械又瞄准时机上市，一跃成为国际顶尖的机械装备制造企业。

陈大年介绍说："我们引进这个企业费了不少功夫。虽说只是一个搅拌机生产分厂，也是反复磋商、多次洽谈，最后在曾牧南省长的支持下才落户景江。我们把工业新区最好的地段划了 800 亩地给企业，政府负责搞好水通、电通、路通和场地平整，确保企业当年签约当年建成当年开工投产。"

孔坤之问："企业效益怎么样？"

陈大年回答："日升机械投产后的效益很明显。去年纳税八千万，今年估计能达到一个亿。"

孔坤之点点头："地方经济要快速发展，就要多引进发展后劲足的企业，尤其是高新技术企业。引入的成本高一点没关系，发展后劲靠什么保障？就是靠前期的投入作保障。"

一席话说得众人点头。向长河挨叶知秋坐着，低声说："市里给企业的地价是每亩地三万块钱，办好相关手续市财政倒贴了一千多万。公司老总迷信风水，不但请了大师在地上看，还开了架直升机从天空鸟瞰，看到工业园区背面环山，前面有条河，是个聚财的宝地，才决定在这里建分厂。”

叶知秋不便发表议论，只是轻轻点了点头。

一进厂区，只见彩旗飘扬，悬挂着一条巨型横幅，写着“热烈欢迎省纪委孔书记一行莅临视察指导”。厂区门口满满排了六行纵队，员工们穿着整洁的白衬衣、黑西裤，个个精神饱满，鼓掌欢迎。

一个戴着眼镜，相貌儒雅的中年男子迎上来，紧握着孔坤之的手说：“孔书记，热烈欢迎，好久没见到您了。”

孔坤之握着他的手说：“王总好啊，最近又到哪里周游世界去了？”看样子，俩人熟悉得很。

叶知秋清楚，像日升机械这种成长如此迅猛的企业，必然与政界有密不可分、错综复杂的关系，企业高层与省领导的关系非同一般。

王总说：“这阵子在新加坡谈一个合作项目。听说您要来视察我们的景江分厂，我昨天特意赶回来。公司准备在新加坡建设东南亚最大的重型机械生产基地。”

孔坤之说：“我们是老朋友了，你还特意赶回来干啥？完全没有这个必要嘛。景江市这家分厂效益还可以吧？”

王总回答说：“还不错，去年正式投产的，今年生产和经营都进入了正轨。这得感谢景江市委、市政府和各级领导，景江市的投资环境非常好，我有切身感受，这么好的投资环境一定会实现社会效益和经济效益的双赢。”

王总果然见多识广，场面的话讲得十分漂亮。听他的一番话，不知道的还以为是哪里来的领导在做报告。这种场面话，大家都喜欢听，非常应景。

一行人参观生产车间，所到之处一片繁忙，充满勃勃生机。孔坤之连连点头，鼓励王总一番。从车间出来，原来站在厂区门口的欢迎队伍又早早地等候在车间门口，依然是整齐划一地站队、训练有素地鼓掌欢送。

大家依次上了车，王总一脸微笑地站在车旁挥手示意，目送着车队远去。

参观完日升机械，孔坤之颇为感慨地说：“你看看人家管理的企业，比我们的国企管理强到哪里去了！每一个环节、每一个层面都井然有序。这是私营企业的市场竞争力明显超过国企的一个重要原因。企业产品、企业管理、企业文化才是企业保持生命力的三要素啊！”

车队很快到了景阳煤矿。这是一家 20 世纪 80 年代的国有中型煤矿，年产煤 110 多万吨。十多年前这家煤矿因生产经营不善濒临倒闭，但调整了厂领导班子后，全厂上下励精图治，又时逢煤电涨价，产出的煤供不应求，煤矿效益迅速扭亏为盈。

孔坤之在会议室听了煤矿党委班子的汇报，很受感动，说：“市场经济条件下，企业能赚钱就能更好地凝聚人心。景阳煤矿有个坚强的党委班子，心往一处想，劲往一处使，让一家濒临倒闭的企业绝处逢生，焕发生机，不容易啊。景阳煤矿的经验值得好好总结。”感慨过后，他提出下井看看。

这个提议让李矿长很为难，说：“矿井有一百多米深，里面的环境很艰苦，领导们还是不用下去了。”

陈大年试探着说：“孔书记您就到厂区看看吧，下井需要的时间比较久。”

孔坤之却摆了摆手，坚持要下井体验一下。叶知秋担心安全问题，悄悄地问李矿长：“下井安不安全？如果出了事，谁也负不起责啊！”李矿长悄声说：“安全没问题，只是井下黑乎乎的，又脏又潮，没有什么好看的。”

陈大年见孔坤之坚持要下井，便吩咐煤矿火速安排。下井对煤矿工人来说是再平常不过的事情，而对于这些厅局长们来说，倒还是个稀罕事。孔坤之第一个带头穿上煤矿工人工作服，戴上安全帽，几个不太情愿下井的厅局长也只好照办。随行的电视台记者立即将这些现场感很强的画面拍摄下来。

大家进了矿井电梯，电梯开动后虽然噪音很大，倒也平稳。孔坤之表情平静，不时地问一些问题，李矿长一一回答。叶知秋发现，孔坤之非常熟悉经济工作，问的问题很内行。

下到采矿区，李矿长在前面带路，一边介绍着生产情况，一边给大家讲解安全生产常识。

孔坤之边听边点头，说：“煤矿企业一定要注意生产安全，如果出了生产事故，企业受损不说，导致工人伤亡、家庭破碎，那就是天大的事情。我们说以人为本，人的生命安全才是根本，所以说，安全生产大于天，矿工兄弟就是煤矿发展壮大的根本。”大家齐声称是。

迎面碰到一队正要返回地面的矿工，孔坤之亲切地拉住一个矿工问长问短。那矿工从来没有碰到过这种阵势，显得不知所措，李矿长告诉他这里省里来的领导，来看望矿工兄弟们。矿工老实巴交，问一句答一句，自然不可能像王总那样口若悬河，有时候还吭吭哧哧答不上来，只是憨笑。孔坤之却不在意，嘘寒问暖，还提起自己在钢铁厂上班时的光景，看起来仍没有淡忘与工人兄弟的阶级深情。倒是苦了省电视台的摄像记者，扛着摄像机缩着身子贴在矿壁上拍摄。

见差不多了，陈大年赶紧请孔书记一行升井，他开玩笑说："这可是景阳煤矿建厂以来规格最高、规模最大的下井队伍了。注意啊，大家从这里开始，就要高升了。"这几句话把厅局长们逗乐了。

有了进企业、下矿井的体验，大家的情绪都有些兴奋，在车上议论一番，到了餐桌上还意犹未尽。

吃过晚饭，陈大年、向长河陪孔坤之散步。叶知秋注意到有两三个厅局长似乎也想陪陪孔坤之，但看到书记、市长在一旁陪着，就知趣地散去了。

钱有为似乎要故意表现自己与孔坤之关系不一般，大大咧咧地说："孔书记您要布置工作，我就不在这里现眼碍事了，改天再约您打羽毛球。"孔坤之笑着点了点头。

孔坤之在前面走，陈大年、向长河一左一右地陪着。叶知秋有意识地保持一段距离，跟在后面。

别看陪领导散步，学问深着呢。陪领导散步，就是和领导近距离交流。白天领导要坐主席台、要出镜、要讲话，一整天下来没有多少空闲时间，讲的都是些场面话，只有等一天公务活动结束了，才会安静下来，恢复本来面貌，说的话自然人味多于官味。这个时间段，是领导最真实的时候。

散步时，与领导保持多远的距离，也颇为讲究。主陪人跟在领导左右，略退半步为宜，这样既方便与领导交流，又避免与领导并驾齐驱的嫌疑。而秘书、工作人员，最好是后退三四步跟在后面，既不听领导们的谈话，又能随时听候领导的招呼调遣。

孔坤之走得很快，围着宾馆花园绕了几圈。几圈下来，陈大年、向长河都气喘吁吁，而孔坤之仍然面不改色。俩人就夸孔书记身体棒，孔坤之笑笑，有些得意地说："你们工作忙、应酬多，要注意锻炼身体。市里的工作千头万绪，你们能用来锻炼的时间本来就不多，如果不安排好就更没时间，长期下去身体会出问题。"

身材矮胖的陈大年揩了揩脸上的汗，说："孔书记您说得对，我们在办公室、会议室、车里、家里都是坐得多，站得少。其实我还特意多走路少坐车，可我还是见风就长、喝水都胖，体重的增长速度超过了全市 GDP 的增速。”

孔坤之听了哈哈大笑，说：“所以说，要注意身体嘛！同志们，身体可是工作的本钱啊！”他一边快步走，一边传授着自己的养身秘诀。这时候的孔坤之，似乎不再是省纪委书记，而是一个知心大哥。

又过了半小时，孔坤之看了看一身大汗的陈大年、向长河说：“你们回去休息，我们明天去南岭市，吃过早饭就往南岭赶。省里对景江市很关注，你们身上的担子很重啊，一定要注意社会大局稳定和谐，不能出事。稳定是压倒一切的大事。”

孔坤之的叮嘱语重心长，陈大年、向长河点头不已。

三人步入宾馆大堂，孔坤之要陈大年、向长河留步，俩人本想陪同送进房间，但孔坤之坚持不让。跟在后面的叶知秋连忙说：“陈书记、向市长忙了一天，你们回去休息吧，我送孔书记进房间。”陈大年、向长河只好作罢。

叶知秋陪孔坤之进房间。亮了房灯，他注意到孔坤之额头渗出了汗珠，灯光下，一脸的疲惫，与刚才散步时健步如飞的样子判若两人。

叶知秋心想，这真是个倔强而好强的老人，上了年纪就是不服老，倒像毛头小伙子样喜欢争强好胜。今晚的运动量明显超过了平时。孔坤之平常散步就四十来分钟，今晚带着陈大年、向长河硬是快步走了一个多小时，直到陈大年、向长河吃不消了，他才止步。

孔坤之坐在沙发上，问：“知秋，你家李晓蕾还好吧？我住院那一阵子，让她费心不少，记得回去问个好。”

有人情味的领导，总能用只言片语打动下属。叶知秋见孔坤之主动提起李晓蕾，心里感动，说：“好的，我一定转达您的问候。”

孔坤之露出倦容，说：“你当了督查处长后，好久没有到我办公室来聊天儿了。最近看了什么好书没有？”

孔坤之与叶知秋在一起聊得最多的就是读书，他涉猎极广，经常推荐读过的好书给叶知秋。叶知秋最近忙于事务性工作，看书的时间少了，便说：“最近没怎么读。事情较多，人忙起来心也静不下来。”

孔坤之说：“阅读是一种生活习惯。再忙，也要抽空儿看看书、思考思考，这样才能不断进步。”

叶知秋点头，说："孔书记，您今天也辛苦了，早点休息。明天的行程安排是吃过早饭就出发，赶到南岭吃中饭，下午考察后开座谈会，你看行吗？"

孔坤之表示同意，起身洗漱去了。叶知秋告辞回到房间，洗完澡，正准备睡觉，门铃响了。他有些恼火，打开门一看，却是陈大年站在门口。

叶知秋连忙请陈大年进房间。陈大年满脸堆笑，坐到沙发上，问："省里领导的作风就是务实，节奏抓得太紧。孔书记休息了吧？"

叶知秋点点头，说："孔书记作息时间很有规律，喜欢安静，没有特别的事情，我们一般都不会打扰他。"

陈大年说："是啊，他抓工作这么雷厉风行、细致务实，真是令人佩服。"

叶知秋给陈大年倒了杯茶，端到他手上。陈大年接过茶杯，笑着说："知秋处长，上次香格里拉酒店陪尹行长吃饭后，好久没见面了。这次你能到景江来，我是打心眼儿里高兴啊，白天陪同的人太多，不方便和你多打招呼。"

陈大年主动提起上次聚会，叶知秋就顺着话说："是啊，日子一晃就过去了。力志还经常提到你，说你对他挺关照的。对了，来之前我和力志联系了一下，他说在外面出差。"

陈大年说："对，力志同志外出参加一个招商引资会。他到景江后角色调整得快，很快熟悉情况，工作有起色，干部群众都比较认可，所以让他破格提拔为副市长。"

叶知秋说："我知道，是陈书记关心的结果。力志既是我的老处长，又是我的好兄弟，请你继续培养。"

陈大年点头，问："孔书记这次来，除了景江、南岭，还会到其他地方转转吗？"

叶知秋说："其他地方应该不会去了。这次时间安排得紧，在你这里还安排住一晚，到南岭可能没时间住了，还得赶回省里。"

陈大年说："知秋老弟，现在的工作难搞，标准高、压力大、追责严，我们在基层打拼不容易。你在孔书记身边，有机会还请你多多美言啊！"

叶知秋连连拱手说："陈书记您言重了。景江市这几年社会经济发展势头不错，上下口碑都好，领导们心里有数。"

陈大年"嘿嘿"笑了几声，压抑着得意说："事情倒是做了不少，离领导和群众的期盼还有距离，差距还很大。今年我们定的目标是经济增长、财政税收等各项指标要在全省 10 个市保二争一，压力山大啊！”

聊得差不多了，陈大年说：“知秋老弟，你们这次下来，人多眼杂，我不便表示心意。下次再到省里专程拜访。你不要觉得俗气，我们兄弟之间来日方长。”

一个市委书记深夜来跟自己聊一堆好话，殊为不易。叶知秋表示感谢，陈大年拱拱手告辞而去。

叶知秋送他出门，隐约看到向长河等候在走廊尽头。关了门，叶知秋心想：陈大年、向长河也不容易，这么晚了还守候在宾馆拜访各路神仙。这些厅局的头头脑脑都手握着资金、项目，平常请都请不来，这次能到景江来，陈大年自然不会放过联络感情的好机会。

这时叶知秋手机响了，高振宇在电话那头说：“知秋，你明天陪孔书记过来，对吧？省政府办公厅已经将行程安排传真过来了，明天赶到南岭吃中饭，下午看现场、听汇报，能不能争取住一晚？”

叶知秋说：“孔书记后天下午有个重要外事活动，曾牧南省长委托他参加，他可能会赶回去。你们把参观的单位准备好，汇报简短一点。到时看情况争取住一晚上，第二天上午赶回去，只要不误了外事活动就行。”

高振宇问：“在景江市看了什么单位？”

叶知秋说：“看了日升机械生产基地和景阳煤矿，孔书记看起来还比较满意。这次我们带了省发改委、省财政厅等部门的领导，你们有什么具体困难可以提出来，让孔书记现场办公，解决实际问题。”

高振宇说：“好的，我马上将这些情况向崔书记报告。知秋，你提供的这些信息，太及时、太重要了，谢谢！”

叶知秋笑着说：“举手之劳，客气什么？”

高振宇说：“上次你陪欧阳处长来南岭，来去匆匆。这次来，争取住一晚，我好好陪你喝几杯。对了，江丽丽听说你来了，要约你聚聚。”

叶知秋一怔，说：“看情况吧，如果有时间，可以见个面。”

挂了电话，已过夜里 12 点了，叶知秋倦意涌上来，正巧看到景江市电视台重播本地新闻，头条就是省委常委、省纪委书记孔坤之一行深入企业、煤矿视察指导工作。孔坤之在镜头面前和蔼朴素，与企业员工、煤矿工人亲切交谈，陈大年等人就像小学生似的簇拥在周围。这条新闻长达七八分钟，叶知秋看着看着睡了过去。

二十

南岭市位于全省最北端，地处麓岭山脉，是个人口少、民风淳朴、林木资源丰富、经济欠发达的地区。因为没有工业污染，南岭市难能可贵地保留下了绿水青山。绿水青山就是金山银山，这句话人人都会说，但要如何用绿水青山挣来一沓沓看得见摸得着的钞票，可没那么简单。

南岭流传一首顺口溜："经商到南岭，赚钱不容易；当官到南岭，一场空欢喜。"前几任市委书记到了南岭就没有再升迁过。崔鸿鹄初到南岭赴任时，有人悄悄地提醒他，不要干得太久，当了市委书记就赶紧换地方。然而事出所料，崔鸿鹄到南岭后，从市委副书记到市长到市委书记一干就是八年，事没少干，汗没少流，一步一个脚印走过来。这些年，南岭市的经济总量虽然仍然排在全省后面，但经济增速却超过了全省的平均增速，排进了前三名。

省委书记、省长都在不同场合表扬过崔鸿鹄，说他思路清晰、真抓实干，为南岭的后发赶超做出了突出贡献。表扬归表扬，省里几次调整干部，提拔省级领导也好，调任厅局长也好，甚至平调到经济发达的地区，都没有崔鸿鹄的份。崔鸿鹄心态好，仍一心扑在工作上，没有一句牢骚怪话。

孔坤之一行到达南岭时，已近午饭时间。崔鸿鹄征得孔坤之的同意，没有去宾馆，直接去了城郊的环城公路工地。工地上热火朝天，几十台挖掘机、搅拌机轰鸣，两百多工人挥汗如雨，忙而有序地施工。众人看着施工场面，深受感染，纷纷称赞这是干大事的搞法。

崔鸿鹄介绍完公路建设情况，说："孔书记，环城路建好后，市委、市政府准备整体搬迁到环城路这边来，通过行政中心的转移来拉动新城区的建设。老城区只有巴掌大的地方，再捣鼓也没有多大的发展空间。旧城区的拆迁任务太重，建设成本高，政府投入不足，开发商又不敢投资。只要市委、市政府迁过来，周围的地价肯定成倍上涨，政府手里有钱，新城区的规划和基础建设才能上档次，财税收入自然会翻番。"

孔坤之听了连连点头，说这个"迁巢引凤"的办法好，很适合南岭这样基础差、底子薄的城市。孔坤之又随口问了一些经济指标数据，崔鸿鹄对答如流。当孔坤之问及政府融资平台及 PPP 项目操作中的一些业务问题时，跟在一旁的常务副市长李新明总能言简意赅地解答，话虽不多，却到位得体。孔坤之知道遇到了搞经济的行家，不由得多看了李新明几眼。

一路走一路看，崔鸿鹄说起来滔滔不绝，竟没有注意到拖延了午餐时间。孔坤之一行深切感受到了崔鸿鹄励精图治、造福一方的激情与决心。孔坤之点头称赞：“我们现在最需要的就是这种干事创业的担当和精神。我完全同意鸿鹄同志的想法。全省市、县领导干部都要有南岭这种时不我待的紧迫感，要有这种干事业的精气神！”

市长石宏春悄悄提醒崔鸿鹄时间不早了，崔鸿鹄这才意识到，对孔坤之连说了几声抱歉。孔坤之却爽朗地说：“鸿鹄同志，听到你激情澎湃的介绍，看到你们热火朝天的干劲，我是如食肉糜、如饮甘露，真的一点都不觉得饿呀！”

众人大笑。李新明马上张罗午餐。

午餐别出心裁地安排在了建设工地。每人发了一份盒饭，孔坤之带着厅局长们和市里的干部一起蹲坐在建设工地，与工人们边吃边聊，场面温馨感人。省电视台的摄像记者第一次碰到这种场面，他们拍习惯了会场画面，此刻兴奋地选取最佳角度拍摄起来。

高振宇早和叶知秋打了招呼，端着盒饭故意远远地蹲在一旁。

蒋雨霖端着盒饭跑到叶知秋面前，悄声说：“叶师兄，你们出差都这么拼命？头天下矿井我还以为是为了上新闻好看，今天又在工地上吃盒饭，看来公务员这碗饭还真不好吃。”

这两天大家混熟了，蒋雨霖不再喊他叶处长，而是大哥长大哥短地叫。得知叶知秋是宏东师大毕业的，蒋雨霖亲热得不行，说自己毕业于师大播音系，便改口叫他“师兄”。

叶知秋喜欢这个古灵精怪的丫头，说：“你以为公务员天天吃香喝辣？上班就是喝喝茶、看看报，下班就是喝喝酒、打打牌？绝大多数公务员工作辛苦，劳心费神，加班加点是常有的事情，工资待遇不高，晋升空间有限，幸福指数低。你跟着跑了两天就喊吃不消，人家可是长年累月这么干！你幸亏没考上公务员，要你当公务员，没准儿干几天就坚持不下去，开溜了。”

蒋雨霖吐吐舌头，扮个鬼脸走开。

吃过午餐，孔坤之怕时间不够，提议不休息，继续看现场。崔鸿鹄便带着大家继续前往一家房地产企业参观，叶知秋猜想肯定是魅力集团。果然，远远看到江丽丽领着一队人，正等在公司门口。

崔鸿鹄向大家隆重介绍了江丽丽和她的魅力集团。江丽丽满面春风带着大家参观集团天福地产分公司的办公楼和在建楼盘。江丽丽望了望叶知秋，叶知秋也正好转过头来，俩人四目相对，江丽丽含情一笑，眉宇间有说不出的妩媚。

天福地产开发的“晶鑫世家”楼盘处于城郊，一期已开发出售，有洋楼、别墅和高层精装房，二期在建的是一些高层电梯房。整个小区规划得很好，有假山有人工湖，处处栽植着红豆杉、银杏树等名贵树种，颇有江南园林的韵味。

现在看房地产商开发的楼盘，只要看整体规划和绿化苗木，上不上档次，一眼就知。叶知秋看这架势，知道这个楼盘在南岭市数一数二，就是放到省城也是一个高档楼盘。

公司安排了七八辆环保电瓶车，江丽丽陪孔坤之、崔鸿鹄坐上第一辆车。

高振宇拉了叶知秋一下，叶知秋会意，故意放慢脚步，俩人坐在第二辆电瓶车最后一排。

高振宇悄声问：“干部双向交流的事，省里下派的干部陆续到位了，市、县上派的事情怎么还没有眉目？”

叶知秋说：“听说上派的事情还要缓一缓。现在省直机关副处以上干部职数严重超配，各单位正在清理消化。不过，既然下派干部到位了，上调的事也不会拖得太久。”

高振宇说：“今天晚上不走了，咱哥俩好好喝几杯。”

叶知秋说：“这我哪定得了！得听孔书记的。”

高振宇说：“孔书记看样子还蛮高兴，应该对现场考察比较满意。南岭离省城远，省领导难得来一回，崔书记会尽力挽留住一晚。”

叶知秋说：“如果孔书记同意住一晚最好，咱俩可以好好叙旧。”

整个楼盘面积很大，电瓶车环绕着已建好的地方转了一圈。叶知秋感叹道：“魅力集团实力蛮强嘛，这么大一块地得投资多少钱啊？”

高振宇说：“江丽丽可不是等闲人物，背景复杂，后台过硬。这块地批下来没用多少钱，仅仅就是些前期开发成本。楼还没修好，开发商就到处宣传、造势，一动工就在图纸上开始卖楼，所以前期的投入在图纸上就收回来了。然后再拿着这个项目到银行贷款，流转的其实都是银行的钱，自己并没从腰包里掏多少真金白银。”

叶知秋问：“政府三令五申，早不允许这么卖‘楼花’了，还敢这么干？”

高振宇低声说：“天高皇帝远，随行就市。不少开发商都是这么干的，有些市、县行政监管部门冲着那一大笔税费，也就睁一只眼闭一只眼。”

叶知秋叹口气，说：“难怪老百姓对虚高的楼价有意见。开发商都是这么玩，吃亏的不就是咱老百姓吗？”

参观完“晶鑫世家”，一行人又上了考斯特车。叶知秋收到一则短信，是江丽丽发来的：“知秋处长，你今天好帅。晚上来拜访你。”

孔坤之兴致非常高，一边听崔鸿鹄介绍情况，一边不住地点头。崔鸿鹄就请示他：“孔书记您难得来回南岭，今晚就住到这里吧，也是对南岭的干部群众一个鼓励。”

叶知秋心想：留领导住宿一晚，与鼓舞干部群众似乎没有多少联系。但在这种场合，这个理由是再充分不过了。崔鸿鹄说得诚恳；孔坤之听得高兴，就对随行的一车人说：“我明天下午有个外事活动，本来准备今晚赶回去的，但听了南岭同志们的想法和规划，看了南岭的建设项目，很受鼓舞。今晚就不走了，留下来住一晚，同志们，好不好？”

领导说了好，哪有不好？众人齐声响应。

下午的汇报会简朴而隆重。崔鸿鹄代表市委、市政府重点汇报近年来社会经济发展、民生改善和社会稳定工作情况，他用较长篇幅介绍了运用民间资本建设和经营城市的做法，说：“在省委的正确领导和上级各部门的精心呵护、支持下，南岭的经济建设走了依托民间资本、集聚民间力量、发动民间参与的一条新路子，实践证明效果很好，群众得了实惠。今后，我们还将在不断实践中探索、提升，通过经营城市来提振南岭的发展。”

崔鸿鹄富有激情和感染力的声音回荡在会议室，让人印象深刻。孔坤之给予了充分肯定，声音洪亮地说：“听了鸿鹄同志的汇报，很受鼓舞、很受启发。我看啊，南岭的经验无非三条：一是坚持改革开放不动摇，始终坚持用改革开放的精神来谋篇划局，推进工作；二是紧密联系实际不浮躁，面对新的形势新的任务，始终保持清醒的头脑，联系本地经济社会发展实际，取得了好成效；三是积极开拓创新不守旧，针对南岭地区经济总量小、底子薄的特点，能够探索一条运用民间资本建设开发城市的路子，尽管目前还是在尝试探索阶段，但这种思维方式和工作态度值得表扬，要向全省推介。”他讲到关键处，不时用手敲打着桌子，更显话语铿锵。

孔坤之的肯定与鼓励，把整个汇报会的气氛推向高潮。汇报会在一片掌声中圆满结束。

汇报会后，市委、市政府在南岭宾馆举行晚宴。晚宴过后，叶知秋跟在崔鸿鹄、石宏春后面，陪孔坤之散步。宾客散去后的宾馆恢复平静，花园的林荫小径显得冷清，一轮明月悬在夜空。

转过几圈，孔坤之对崔鸿鹄、石宏春说："鸿鹄、宏春同志，你们这些年工作辛苦了，取得的成绩很显著。省委、省政府高度重视南岭市的发展，对南岭市的干部也十分关注。我回去会向省委主要领导详细汇报你们取得的成绩和好的做法。"

崔鸿鹄、石宏春得到肯定，心里高兴，走在旁边，俩人脚步也变得轻快起来。

孔坤之接着说："不过你们也要看到，发展的过程有各种各样的矛盾与问题，这很正常，关键是要找到办法予以解决。"他转身对崔鸿鹄说："鸿鹄啊，现在干一件事不容易，干成一件事更不容易。特别是涉及调整、改变利益格局时，方方面面的议论都有，组织上是信任、关心干部的，关键是领导干部要自身过硬。"

崔鸿鹄应道："孔书记您放心，南岭这届班子还是想干事、能干事的，也能够正确对待各种批评声音。只要为了党的事业和老百姓得实惠，受点委屈算不了什么。"

孔坤之语重心长说道："愈是发展的关键时期，愈需要干事创业的勇气与坚韧的决心，愈能考验一个领导干部的忠诚与担当。"

崔鸿鹄说："感谢省委的关心。南岭的点滴进步都是省委、省政府正确领导的结果，南岭的干部非常珍惜这个干事创业的平台。您放心，我们一定不会辜负领导的要求和群众的期盼。"

叶知秋跟在后面，觉得孔坤之与崔、石两人的"散步谈话"又和在景江时与陈、向两人的不同。与陈、向的谈话都是谈养生、扯闲篇，对景江市的工作却一句不提，对陈、向个人也没有什么意见表达。而对崔、石二人的工作不但明确表了态，还说要向省长、省委书记汇报。尤其是对崔鸿鹄的谈话，既有肯定也有提醒，似乎还有告诫的意思。俩人表面上官话来官话去，潜伏的台词却耐人寻味。

孔坤之准时回房间休息。叶知秋送崔鸿鹄、石宏春上车，崔鸿鹄说："知秋，晚上我和石市长就不陪你了。我交代了小高，要他陪你，你们老同学好好叙叙旧。”

待车子开远，叶知秋打了高振宇的电话。高振宇开了一辆奥迪 A8 一直等在宾馆前坪，叶知秋上了车说：“还稍等会儿，我叫了一个美女一起去。”

过了几分钟，看到蒋雨霖走出宾馆，叶知秋将手伸出车窗挥了挥，蒋雨霖朝车子走来。

高振宇开着车往南岭河畔驶去。叶知秋介绍说：“雨霖，高主任跟我是大学同班同学，现在是南岭市委办副主任，崔书记的秘书。你可以叫高师兄。”

蒋雨霖嘴甜，笑着说：“我运气好。这次出来认识了两位又帅又有才的师兄。高师兄，你要多关照我。”

高振宇打趣说：“你归叶师兄管，高师兄鞭长莫及。”他故意把“鞭”字发音拉得很长。

蒋雨霖似乎听懂了，笑了两声。

叶知秋这些天当联络员，事无巨细，每个环节都不允许出现纰漏，弄得神经高度紧张。现在和高振宇、蒋雨霖在一起，身心皆放松下来。坐在车上，叶知秋悄悄给唐梦云发了个问候的微信，自从梦云生日那晚，俩人的关系似乎更进一层，精神的相通和彼此认同的愉悦让叶知秋欲罢不能。

高振宇说：“知秋，你难得来南岭一趟，晚上搞点什么活动？”

叶知秋笑着说：“我们带着蒋小妹，洗脚、按摩都不合适。雨霖小妹，你有什么好的建议？”

蒋雨霖说：“我无所谓，客谁主便。我是打酱油的，你们去哪儿我就去哪儿。”

高振宇说：“要不，我们一起去唱唱歌吧？咱们先散步醒醒酒，待会儿再找个地方吼两句歌，放松一下。”

叶知秋、蒋雨霖表示同意。

叶知秋的歌唱得好，在大学时就是小有名气的校园歌手。高振宇对蒋雨霖说：“你这个叶师兄，人俊歌美，迷倒一片学姐学妹。那时还没有‘粉丝’一说，如果放到现在，他的粉丝成千上万。”

蒋雨霖装模作样地仔细瞅了叶知秋一阵儿，说：“看得出来，这位大叔鹤发童颜，如此高的颜值，想必当年也是迷死女孩儿的花心‘欧巴’。”

叶知秋、高振宇被她逗乐，大笑起来。

高振宇将车停在南岭河畔。这些年搞城市开发，许多市、县都修起了沿江、沿河、沿湖风光带，在堤坝上栽花种柳，勒石树碑，镌刻上诗词歌赋，营造文化氛围。

南岭的沿河风光带不同其他城市，别有一番情趣。南岭河水质清澈，从上游一路蜿蜒而来，穿城而过。两岸的沿江风光带保持了原来的山势地貌，栽的都是从大山里移种过来的参天大树，形成了一片郁郁葱葱的树林，树林间的空地种满各种花卉。最有韵味的是，沿河依地势修筑了许多亭台楼阁，点缀林间，颇具江南水乡的神韵。

高振宇带叶知秋、蒋雨霖走的这一段路是风光带的尾端。河对面有座小山，小山在月色的映照下，愈发显得峻秀。一阵风过，空气中散发着草木清香。叶知秋被这山光夜色吸引住了，不禁感慨道："南岭真是个好地方。山色秀美，空气清新，在这里生活，寿命都要长几年啊！"

高振宇点点头，说："小地方有小地方的好处，衣食住行的成本低，吃的、喝的、呼吸的空气都比大城市环保。但是，小城市的生活节奏慢，待久了会有惰性，眼界不开阔，不易接受新鲜事物。"

叶知秋说："这个风光带修得不错，蛮有品位，市里投了不少钱吧？"

高振宇说："风光带是去年才修好的。市财政投了三个多亿，承建单位垫付了五千多万。对了，魅力集团是承建单位。"

叶知秋"喔"了一声，说："魅力集团涉足的领域还蛮多嘛，房地产、城建、金融投资等，摊子铺得这么大，没有足够的实力和运作能力容易出问题啊！"

高振宇说："魅力集团还是蛮有实力，听说正在运作上市。有的项目是通过民间融资方式，因为给付的利息高，资金倒不成问题，有点类似沿海发达地区的民间资本运作模式。"

蒋雨霖对他俩说的话不感兴趣，玩着手机跟在后面。

三人沿着河边散步，远远地看到马路边有一个夜宵摊子。叶知秋想买瓶矿泉水喝，一问，一瓶普通的矿泉水竟然要 8 块钱。高振宇抢着掏钱买了三瓶水，叶知秋疑心摊主欺生，问："怎么一瓶矿泉水要 8 块钱？"

高振宇说："你不知道，南岭这个地方的消费有些畸形。这几年外地客商多，把物价、餐饮抬得很高，有些娱乐消费甚至超过了省城。"

高振宇带着叶知秋、蒋雨霖到了一条街上，整条街霓虹灯闪烁，传来阵阵歌声。高振宇说："这条街当地人叫嗨街，外地来了朋友、客户都喜欢请到这里唱唱歌，喝喝酒，闹一闹。"

蒋雨霖问："两位师兄，我和你们来这种地方合不合适？不会碍手碍脚吧，要不我回宾馆休息算了？"

高振宇说："师妹你别想歪了，这地方是正规的娱乐场所，就和宏东的量贩式 KTV 差不多。怕把你带坏，所以选了这地方。"

蒋雨霖撇撇嘴，说："花花世界，灯红酒绿，你们男人最喜欢的地方。"

叶知秋注意到这条街两边的马路上停满小车，其中有许多辆宝马、奔驰车，甚至还有兰博基尼、保时捷、宾利等高级跑车。

高振宇轻车熟路进了一家装修非常高档的 KTV，径直走进预留好的包厢。蒋雨霖笑他："高师兄熟门熟路，真是宾至如归啊！"高振宇说："我是沾你那位省领导师兄的光，平常这种地方我可不敢来。"

刚在沙发上坐好，一个脖子上戴着指头粗金项链的中年男子进了包厢，见了高振宇像见了财神菩萨，又是握手又是发烟，实心实意地恭敬，不像欢场的虚情假意。

高振宇介绍说："这是李总，这是我的好朋友叶总、蒋总，他俩是贵客，今晚你要提供最好的服务。"

李总紧握着叶知秋的手说："必须的、必须的。高首长的朋友就是我的朋友，幸会幸会。稍坐一会儿，我去安排。"

叶知秋知道这种场合最好不要露出真实身份，既然高振宇称自己老总，就端起了老总的架子，哼哈了几句。

突然包厢里的大灯亮了起来，李总带着一溜穿着学生装的美女走了进来，美女们动作整齐划一地鞠躬，齐声说："老板，晚上好！"

李总介绍说："这些美女又会唱歌又会喝酒又会闹气氛，喜欢哪位点就是。"

叶知秋仔细看了一眼，一溜人里还真有几个姑娘长得挺漂亮。蒋雨霖当记者见得多，见怪不怪，低头玩着手机。高振宇半躺在沙发上，说："叶总先选。"

李总靠近叶知秋说："叶总，您看 6 号如何？ 6 号还是在校大学生，我特意晚上喊过来跑场子的。"

叶知秋看了一眼 6 号，身材高挑，皮肤白皙，气质清纯，在灯红酒绿的娱乐场倒显得有点出淤泥而不染的味道，便点了点头。

李总立即招手，6 号过来挨着叶知秋坐下。李总又小心翼翼地问蒋雨霖：“蒋总，要不要叫个帅哥陪你唱歌？”

蒋雨霖指着叶知秋、高振宇说：“不用了，有这两位帅哥陪就行了。”

高振宇怕人太少，显得冷清，又挑了 3 个美女坐下。李总开了一瓶 2 斤装的轩尼诗 XO，先敬叶知秋一杯，又敬高振宇、蒋雨霖。叶知秋嫌他一口江湖腔，脖子上的金项链晃来晃去分外刺眼，不太搭理他。

李总毕竟是在场面上混的，察言观色是基本功。他见自己待在这里碍事，便说：“三位好好玩，我还要到外面打招呼，就不陪你们了。”又转身对四位美女吆喝说：“这几位老总是我的贵客，你们好好伺候着！”

李总一走，叶知秋就放开了，一连唱了三首歌。高振宇也接着唱了一首最流行的《在你的歌声里》。蒋雨霖性格开朗外向，有几份豪气，又正是泡吧嗨歌的年纪，歌唱得和原声差不多，一开口就把陪唱的小姐们给镇住了。

KTV 的小姐都是社会大学的优秀毕业生，见多识广，什么样的客人都伺候过。刚才看到李总那点头哈腰的样子就知道这三位客人有来头，这会儿又见他们歌唱得这么专业，鼓掌的鼓掌、敬酒的敬酒，气氛热烈得一塌糊涂。

叶知秋很久没有这么放开了，和蒋雨霖一会儿合唱、一会儿伴唱、一会儿喝酒，像孩子一般闹着。高振宇俨然像个专业节目主持人，不时抽科打诨，活跃气氛。四个陪唱的小姐成了粉丝团，每支歌一唱完，掌声不断。

6 号小姐的歌唱得好，酒量也大。叶知秋问她：“你还是未成年人吧？我们是劳动局的，专门查处非法用工、雇佣未成年人打工。”

6 号小姐嘟着小嘴，撒娇说：“人家都 18 岁了呀。我是勤工俭学，为家里减轻负担，为社会创造财富。”

叶知秋看她那清纯的模样，暗想，如果在大街上走，谁又会相信这么漂亮有气质的女孩儿会在 KTV 作陪侍呢？

6 号小姐开始不清楚蒋雨霖与叶知秋、高振宇俩人的关系，观察了一下，发现仅是一般朋友，就开始对叶知秋展开攻势。一会儿对叶知秋撒娇，一会儿小鸟依人地偎在他肩上，一会儿体贴地端来水果。叶知秋见她如此老练，疑心她不是在校的大学生，果然，试探着再问了几句，6 号小姐就前言不搭后语了。

歌舞升平中，时间总是过得飞快。转眼到了 11 点，叶知秋示意高振宇差不多了，明天还得赶早回省城。高振宇打了个电话，李总便出现在门口，恭恭敬敬地送客。

洋酒的后劲很足，俩人都喝得高了，蒋雨霖倒没喝什么。高振宇挣扎着要开车，叶知秋不准，说最近抓酒驾厉害，打出租车算了。

高振宇喝得差不多了，胸脯一拍说："在南岭市谁敢动我？看到我的车牌，交警叔叔会站到路边敬礼！"

叶知秋说："你牛！我知道你牛！但还是别开车了，我和蒋师妹打辆车，你打辆车，各自回去。明天早上见。"

蒋雨霖说："高师兄，你真的不能开车了。车钥匙给我，我开车回宾馆，你车就停在宾馆，明早再过来开。"

高振宇不再坚持，让蒋雨霖开车回宾馆。停好车，叶知秋示意她先走，免得让熟人撞见生出是非。蒋雨霖步态轻盈进了大厅。

高振宇趁着酒劲说："知秋，这小丫头机灵着呢，你离她可要远点。"

叶知秋"呸"了一声，说："我把她当妹妹。车子停在宾馆，你打的回去。"

高振宇说："好了，我不开车，你放心回房间睡觉。"

叶知秋进了宾馆大堂，稳了稳脚步，不愿让人见到自己的醉态。宾馆服务生抢先一步帮他按了电梯。

进了房间，叶知秋感觉到一阵酒意袭上头。叶知秋酒量好，一斤白酒下肚面不改色，然而洋酒的后劲大，今晚虽只喝了七八两，却有些头重脚轻。

手机响了，蒋雨霖打了电话过来，问："师兄，你没出状况吧？这洋酒后劲很足，你早点休息喽。"

叶知秋说"没事。你可别在微信朋友圈说，今晚陪着两个大叔唱歌无聊透了。"

蒋雨霖"扑哧"笑出声来，说："我正准备发呢，你这么一说，我想发也不能发了。"

叶知秋挂了电话，准备洗澡上床睡觉。门铃响了，叶知秋不知道是谁，打开门，却看到江丽丽笑盈盈地站在门口。

叶知秋扶着门框，舌头有些打结："江总，请、请进。"

江丽丽进了房间，递过一个礼品袋说："估计你和高秘书出去潇洒了，特意晚点过来。你抽烟，我给你带了四条'和天下'。你帮忙搞定了规划的事情，今天又到魅力集团视察，我肯定要过来看看你。"

叶知秋沏了杯茶端到江丽丽面前，说：“江总，你就别客气了。大家都是朋友，不违反原则和底线，能帮衬就帮衬一下。”

江丽丽优雅地端坐在沙发上，眉目含情望着叶知秋说：“现在做企业不容易，没有省、市领导的关照，很多事情都不好弄。”

叶知秋酒劲上来，看到江丽丽穿了一袭低胸的黑裙，V领开得很低，圆润丰满的双峰隐约可见。他移开目光，喝了口茶，说：“今天看了你们公司开发的楼盘，的确是大手笔，孔书记评价很高。晚上，高秘书又带我沿着南岭河风光带走了一圈，沿河风光带规划和建设的档次都很高，提升了城市品位。”

听了这些话说，江丽丽开心地笑了，说：“叶处长过奖了，我们还不是托政府的福，干点实事，挣点小钱。”她胸脯一晃一晃的，晃得叶知秋心旌荡漾。

江丽丽转了话题，说：“叶处长，我想问一件事，不知当问不当问？”

叶知秋说：“你我之间就不用客套了，有什么事，你尽管说。”

江丽丽说：“听说有人举报魅力集团非法吸纳民间资金，拆东墙补西墙，欠了一屁股债，这纯属造谣诽谤。你可得为我做主啊！”

叶知秋想她消息真是灵通，说：“的确是有些材料和举报信寄到省信访局、省纪委，有的信转到了督查处。但你别太担心，都是些没有查实的说法。”

江丽丽气愤地说：“不管这些人是出于什么目的，无非是想把我、把魅力集团搞垮。这几年魅力集团发展很快，很多人眼红、妒恨，招来很多闲言碎语。我可以实话对你说，知秋老兄，我们公司现在账面上趴着的现金就有1个多亿，没有什么应付不了的。”她越说越激动，声音哽咽，眼眶里含着泪花。

叶知秋好言劝她：“现在办企业都是这样，做大做强了，竞争对手自然会眼红。你人又年轻漂亮，事业这么成功，容易招人嫉妒。”

叶知秋话还没说完，江丽丽委屈得哭出声来，竟一下子扑到他怀里。叶知秋是个正常的男人，又在酒后，这时候美人投怀送抱，身体里顿时腾出一团火。

江丽丽紧紧搂着叶知秋，丰满的乳房在他身上蹭来蹭去。叶知秋酒醉心里明，叮嘱自己不可乱性，轻轻推开江丽丽。谁知江丽丽抱着叶知秋，张开娇嫩丰润的嘴唇，一下子吻了过来。

叶知秋偏头避过。正在这时，手机铃声响了起来。悦耳的铃声此刻却如当头棒喝，似乎让江丽丽清醒过来，她放开叶知秋，用手拢了拢散乱的头发。

叶知秋摆脱窘境，拿起手机一看，竟是唐梦云的号码。

叶知秋犹豫着接还是不接，铃声执着地响着。停了几秒，他还是挂了电话。

经这么一折腾， 俩人都稍稍有点尴尬，江丽丽依旧正襟危坐，装作什么也没有发生，说：“时间不早了，叶处长您早点休息吧。”

叶知秋送她出门，说：“江总慢走，不送了，多联系。”

关上门，叶知秋久久不能平静。他仔细将过程回想一遍，江丽丽深夜来访，显然是有备而来，所有的环节如同排练好的一般，难道是个圈套？

叶知秋心有余悸，上床容易下床难呀，他庆幸唐梦云此时打来电话。

二十一

叶知秋和唐梦云之间有过默契，下班之后都不会再通电话或是发信息。谁都没有主动说过，也未曾商量，但俩人都心照不宣。

今天这么晚了唐梦云仍打电话过来，一定是有特别重要的事情。叶知秋回电话过去，果然，唐梦云在电话里说了一个令人吃惊的消息：今天省纪委找她去谈话，询问了很多问题。

叶知秋的酒顿时醒了，问道：“哪方面的事情？”

唐梦云回答：“主要了解魅力集团房地产项目开发的事情。因为江丽丽是景江市人，又从景江到南岭做生意，与两地的政界都有千丝万缕的关系，所以他们要了解一些情况，还涉及南岭市委书记崔鸿鹄。从下午 3 点谈到现在，我刚刚从省纪委的办公楼出来，现在在自己车里。”她的声音听起来微微颤抖，显得紧张不安。

叶知秋了解唐梦云，她是一个见过场面的人，处理事情颇为周全，不知道省纪委的人问了些什么，让她的声音有种压抑不住的惊恐。

电话里不方便谈得太多，叶知秋问了一句：“事情与你有关吗？”

唐梦云说：“没有。”

叶知秋的心放了下来。省纪委找唐梦云谈话，调查了解魅力集团和崔鸿鹄的情况，释放出一个信号，就是有人已经向省纪委举报。不管这些问题存不存在，属不属实，对崔鸿鹄来说都是摊上了一个天大的麻烦。叶知秋猛然想起，晚饭后陪同孔坤之一起散步时，孔坤之与崔鸿鹄之间那段打太极拳般的对话，显然孔坤之已经知道省纪委在开展调查，那些对话既是提醒更是告诫。

电话那头，唐梦云犹豫着说：“他们要求我对谈话内容保密，我不知道该不该向陈大年书记报告。”

叶知秋果断地说：“既然纪委有这种要求，你就按要求做，不能糊涂！”这话说得义正词严，却也是叶知秋的内心的第一反应，他不愿意梦云牵扯到这些事情上去，不违反省纪委的要求就是对她自己最好的保护。

担心梦云的电话被监听，叶知秋说“唐主任，我明天就会回来，到时再说吧。”

唐梦云可能从叶知秋语气中意识到什么，不再多说，挂了电话。

叶知秋酒意全无，在房间里踱来踱去。省纪委调查什么事情？调查市委主要领导，肯定已经向孔坤之报告并获得批准，崔鸿鹄会不会有事？唐梦云会不会牵扯进去？他本想打易天水的电话，念头一冒出来，就被自己迅速扼灭了，现在找任何人都没有必要，不但连累别人，而且自己还可能惹上说不清的干系。

踱步解决不了问题，叶知秋就倒在床上，想好好睡一觉再说。他辗转反侧大半夜，直到天快亮才迷迷糊糊睡了过去。

吃过早饭，孔坤之一行人准备返回省城。按照惯例，当地的党政主要领导要送到市界。孔坤之大手一挥说：“都不要送了，搞那么多迎来送往的繁文缛节干什么！”

崔鸿鹄坚持说“今年孔书记还是第一次来，我们不送到边界，也要送出城，就送到高速路口吧。”

车队很快就到了高速路口。崔鸿鹄、石宏春等人下车向孔书记一行招手送别，高振宇跟在送行的人员中。叶知秋犹豫着要不要告诉他省纪委正在调查崔鸿鹄，拿出手机想发条短信，想了想，觉得不妥，便打消了念头。

车队驶上高速公路，一路畅行。离开南岭市一个多小时，叶知秋的电话突然震动起来，他一看，是省政府总值班室的电话。接通电话，竟然是秦明打来的，秦明语气匆忙地说：“请孔书记接电话。”

叶知秋从后排走到前排，将手机递给孔坤之，低声说：“秦省长请您接个电话。”

孔坤之接过电话，说的第一句话竟然是：“您好，牧南省长。”叶知秋明白，是省长曾牧南要秦明拨通电话后，亲自与孔坤之通话。

孔坤之刚开始还一脸轻松，听了一会儿，脸上的神情慢慢凝重起来，嘴里连声应道："好的，就这样。我坚决执行省委、省政府的决定。"这个电话打了十多分钟。省长亲自打电话过来，一车的厅局长都意识到通话内容不寻常，凝神屏气，车厢里安静得吓人。

孔坤之结束通话后，叫司机靠边停下，对叶知秋说："小叶，你联系前面的警卫车，送我们返回南岭。各位厅局长你们继续返回省城。"

孔坤之不说什么事情，大家都不好问，一肚子的疑惑，看着孔坤之带着叶知秋上了警卫车。

警卫车从最近的一个路口下了高速，又从高速口掉头返回，向南岭市疾驰。叶知秋坐在副驾驶位置。孔坤之面无表情，一声不吭，车内的气氛异常压抑。

大约过了一刻钟，孔坤之说："小叶，你打个电话给南岭市，告诉他们，我们直接去火车站。"孔坤之说得很模糊，他只说给南岭市打电话，却没说明白给南岭市哪个人打电话。叶知秋迅速想了一下，直接拨通崔鸿鹄的电话，崔鸿鹄的电话响了很久都没有人接。叶知秋又迅速改拨石宏春的电话，石宏春接通电话，叶知秋说："孔书记返回来了，下高速后直接去火车站。"

石宏春应了一声："好的，我在高速口等。"就挂了电话。

叶知秋在心里想，究竟发生了什么事情，这样紧急？自己应该做些什么？

孔坤之神情严峻，似乎在紧张地思考着什么。司机意识到事态非同一般，把车飙得飞快。

车子又开回了南岭市。下了高速路口，只见石宏春一个人和司机等在那儿，孔坤之把车窗摇下来，对石宏春说："我们直接去火车站。"

石宏春的车子在前面带路，径直往市火车站驶去。

这时，孔坤之才说："南岭市有人闹事把铁路给堵了，还有人扬言要卧轨自杀！"

叶知秋心里一惊，南岭市火车站位于省里通往北京的一条大动脉上，也是南岭市通往外省的唯一铁路，把这里的铁路堵了，会影响到整个大动脉的畅通。上级有明确要求，发生堵铁路的事件，必须立即上报。这可是惊动上层的大事，难怪曾牧南省长会亲自打电话过问。

孔坤之下了车，石宏春直接把他带到了火车站的视频监控中心。监控中心里聚了满满一屋人，都是南岭市的领导和各部门负责人。崔鸿鹄正在大声地说着什么，见了孔坤之，急忙上前报告说：“孔书记，现在铁轨上还有两百多名群众，干部正在劝阻、疏导。如果还不行的话，只能调派警力，强行疏散。”

孔坤之看着电子大屏幕，只见站台、铁轨上闹哄哄地聚集了大批民众，估计有七八百人。这些人大声叫嚷着，还有一两百人冲到了铁轨旁，已经有人躺卧在铁轨上。随着监控摄像头拉近，叶知秋注意到闹事的人拉了几条横幅，上面写着“还我血汗钱、血债血来还”“明抢暗夺集资款，伤天害理法不容”等标语。

看着这乱糟糟的情景，孔坤之铁青着脸说：“谁清楚情况，说一下！”

崔鸿鹄脸上有些难堪，说：“常务副市长李新明同志对情况比较清楚。新明，你汇报一下。”

李新明满头是汗，却并不慌乱，介绍起事情的来龙去脉。原来魅力集团的天福地产公司开发“晶鑫世家”楼盘之初，向社会上募集了部分资金，给出的月息是五分。刚开始集资户都能按时拿到红利，皆大欢喜。但最近三个月，天福地产公司没有按时发放利息，很快又传出政府要整顿、清理民间非法集资，弄得人心惶惶。近段时间总有集资户到天福地产公司要求领取本金。今天上午，一个老太太到天福地产公司吵着要领取本金，不但没有领到，还被保安打了一顿。老太太挨打的事，立刻在城区传开了，一传十十传百，许多集资户都担心自己的本钱拿不回来，陆续聚集了上百人围堵在天福地产公司门口。公司没有人出面解释，结果聚集的人越来越多，110 出警非但没解决集访，连警车都被掀翻了。马上就有人散布公安民警打人的谣言，结果群众越聚越多，情绪越来越激动。不知道谁提议，要搞就把事情搞大，聚集的人群一下子冲到火车站，把铁路给堵了。

李新明说得言简意赅、条理清晰，下意识地搓着两只手。孔坤之问：“闹事的群众有多少是集资户？”

李新明回答：“大多数是，还有部分社会闲散人员跟着起哄。”

石宏春插话说：“不仅仅是天福地产一家的集资户，还有很多其他公司的集资户。”

崔鸿鹄说：“孔书记，我们的处置预案是先派部分干部到群众中去做解释、劝说工作，现在聚集的人员里有近百人是我们的干部。如果再等十分钟仍解释不通，只能采取强制措施，先把人群驱散，尽快恢复铁路交通。”

孔坤之神色凝重地说："一定要防止事态进一步扩大和激化。从目前情况看，人群根本无法劝散。要用广播喊话，引导群众用合理合法的方式表达诉求。同时，对那些借机捣乱、滋事闹事的挑头人物，公安机关要摄好影像，固定下步打击处理的证据。现在首要任务是迅速恢复铁路正常秩序。"

这时，南岭市公安局强健局长上前报告："各位领导，市公安局特警支队、防暴支队已经集结完毕，等候命令。"

孔坤之问："你们一共安排了多少警力？"

强健身材魁梧，声音洪亮，答道："两个支队共有 80 人，另外市局安排了 100 名干警集结待命，还从周边三个县公安局抽调 300 名干警往这里赶。"

李新明有些担心，说："这个时候上警力，会不会进一步激发事态？如果造成冲突，局面会更加失控。"

崔鸿鹄说："不上警力，这样拖下去更不是办法。铁路已经堵了一个多小时了，不能再拖下去。孔书记，请您拍板！"

监控中心顿时安静下来，像风暴来临前的寂静。谁都知道，这个时候一个稍有不慎的决定，都会引发一场更大的聚集和骚乱，酿成更大的群体性事件。

不吸烟的孔坤之此时点了一支烟，缓缓吸了一口，语气平和却坚定地说："上警力！速度要快，首先把那些躺卧在铁轨上的人带离。只有把这些人带离，其余的人才有可能驱散。一定要注意，干警绝对不能直接与群众冲突，要坚决做到打不还手、骂不还口！"

强局长领命而去。孔坤之突然说："我要去现场看看。"他这么一说，一屋的人都惊住了。

崔鸿鹄连忙说："您在这里坐镇指挥，我和宏春去现场调度。"

其实，在监控中心就可以把现场看得一清二楚。孔坤之表情镇定，内心却万分焦急。站台上形势紧急，如果处置不当，引发的后果不堪设想。他是省委常委、纪委书记，而受省委省政府的委托，现在是处理这次群体性事件的最高指挥者、决断者，一旦现场出现矛盾激化，引发更大的骚乱，他负有不可推卸的责任。此时此刻，更加考验他的政治智慧与责任担当。孔坤之想到一线去指挥，曾牧南叮嘱他的话清晰在耳："坤之同志，这次群体性事件非同一般，你既要慎之又慎，又要当机立断，积极妥善处理好此事。这是省委、省政府的要求，也是我的拜托。"

叶知秋知道，南岭市委、市政府领导不愿意让孔坤之去现场。省纪委书记出现在维稳第一线，不言而喻，说明事情严重到了何等地步！如果一旦出现极端事件，谁负得起这个责任？然而，这个时候，没有任何人比叶知秋出面劝阻更为合适。

叶知秋低声对孔坤之说：“孔书记，您还是在这里坐镇指挥。我在信访部门工作过。让我陪同崔书记、石市长去现场，这样下步工作也留有余地。您看可以吗？”

叶知秋的话简单，却十分在理。孔坤之沉默了一会儿，冷静地权衡着，最终说：“好吧，你去！”他又对崔鸿鹄和石宏春叮嘱道：“鸿鹄同志、宏春同志，你们去一线做工作，无论如何都不能激化矛盾，要掌握处置的主动权，决不能让事态扩大。”

叶知秋在接访处接待过许多上访群众，参与处置过很多重特大群体上访，算得上经验丰富。然而，到了现场，他才知道事态的严峻。现场人声鼎沸、群情激昂，宛如一场狂热的聚会。任何人都可以登到站台的高处，慷慨激昂地发表演说。叶知秋一时有些恍惚，仿佛穿越到了“文革”时期，只要有人登上站台的高处，振臂一呼，都能赢来阵阵掌声。谁的话越煽动、越偏激，越能赢得热烈掌声。人们很容易被这种狂热环境和氛围所感染，变得歇斯底里起来，任何道理和解释都显得苍白无力。

叶知秋看到一个戴着鸭舌帽的中年男子在大声煽动：“我们每一分每一厘都是血汗钱，原来政府鼓励民间融资，现在突然宣布这是非法集资，要打击处理，天理何在？公道何在？”

“鸭舌帽”的话，引来了一片附和声。人群爆发出一阵阵呐喊：

——“我们要吃饭！”

——“我们要生存！”

——“还我血汗钱！”

叶知秋注意到，调集的警力正在悄悄集结，慢慢逼近铁轨。躺卧在铁轨上的人显然没有注意到一支队伍正悄然向他们逼近。很多人还在大声地喧哗着，发泄对政府的不满。

崔鸿鹄、石宏春站在站台拐角处，示意强局长准备强攻。

强健一声令下，集结的近百名着便装的公安民警如猛虎般冲上前去，直扑那些卧轨的闹事者。人群一下子被公安民警分隔开，如潮水般地四处奔跑。就当叶知秋以为控制了局势的时候，那些卧轨的人群开始反抗。他们聚集在起来，有组织地投掷石头。石头显然是早就囤积好的，许多人疯狂地向警察投掷着石头，石头如雨点般打在警察的防暴盾牌上，发出噼噼啪啪的声响。

强健的火气在霎时间爆发，他提着一个便携小喇叭，脸红脖子粗地大声吼道："防暴支队列第一排，对投掷石头、躺在火车铁轨上的人员强制带离。"

就在这时，火车站的高音喇叭开始广播。喇叭里响起男播音员沉稳而浑厚的声音："各位父老乡亲，你们好。任何冲击、拦截、阻碍铁路运输的行为都是违法行为，对此造成的一切损失都要依法追究责任。所以，请大家主动离开铁轨，恢复铁路畅通。对你们的合法诉求，我们会尽量解决。现在，请大家主动离开铁轨，离开火车站。十分钟之后，公安民警会组织清场。请大家配合！"

广播喊话的同时，强健指挥全副武装的防暴民警排成一字形，一步一步地向铁轨中心逼近。

石头掷来的密度越来越频。可以听到石头打在盾牌上清脆的声音和打在警察身上沉闷的响声。

防暴警察方阵逼近后，身强力壮的特警队员两人一组，对躺卧在铁轨上的人员强制带离。躺卧的人一开始都下意识地反抗，但身材高大的特警连拉带拽，三下五除二就把人带走了。为头的"鸭舌帽"还想丢石头，被特警一警棍打了个踉跄，其他的人便不敢动了，骂骂咧咧地离开铁轨。

警察方阵开始清场，把人群往车站外赶。人群慢慢散开后，强健在站台两旁部署了两排全副武装的防暴警察，防止人群再次向铁轨上聚集。

人群里有人煽动："人民警察打人民！""我们到市委、市政府请愿去！"人群不时爆发出一阵阵口号，向市委、市政府涌去。

孔坤之等人在指挥中心对现场处置情况看得一清二楚。看到队伍朝市委、市政府方向涌去，孔坤之立即拨通崔鸿鹄的电话，说："你和宏春同志迅速赶到市委、市政府信访接待室，在那里接待上访群众。要求游行队伍派出代表，双方可以坐下来好好谈。另外，市公安局要安排警力，加强戒备，严防这些人冲击市委、市政府。绝对不允许出现打、砸、抢行为！"

叶知秋见火车站的局面已经控制，叮嘱强局长加强警戒，防止闹事者再次回来冲击车站。然后，随同崔鸿鹄、石宏春赶往市委、市政府。

南岭市委、市政府在一起办公，市委在北楼、市政府在南楼，大院门口设有信访接待大厅。游行队伍赶到市委、市政府门口时，离大门五米外已经拉起了一道警戒线，一百多名警察排成两排人墙守护着大门。

游行人群见无法强行进入市委、市政府大院，就不再硬闯，而是围在大门口，里三层外三层地席地而坐。队伍显得井然有序，第一排坐着的都是些老头儿老太太。然后，有人开始分发矿泉水、饼干等食物，显然是要打持久战。

市信访局廖局长主动向请愿人群打招呼。他拎了个小喇叭，对着人群喊"我是市信访局局长，大家有什么愿望、请求，需要政府解决什么问题，可以派代表到信访大厅来好好讲。其他的人先回去，等消息。"

廖局长的话音未落，就被人打断了：

"你算个卵！要崔鸿鹄、石宏春出来！我们要问，政府说话到底算不算数！"

"那么多当官的集了资，把本钱、利息都弄回来了。只有我们这些老百姓吃死亏。"

"当干部的可以集资，吃高利息，老百姓集资就非法，不受法律保护，到底还有没有天理？"

……

人群里你一言，我一语，将廖局长的声音盖了下去。廖局长满头大汗，拎着小喇叭，一脸尴尬地站在那里。

叶知秋担心再这样拖下去，不利于控制事态和善后处置。他观察到，"鸭舌帽"是整个事件的领头人，总有几个彪形大汉围护在他周围，几个活跃的骨干分子有事都要向他请示。凭着在乡镇、县里、省信访局工作的经验，叶知秋知道大多数群体性事件都有组织、有预谋，要想化解，必须先做好挑头人物的工作。

叶知秋装作若无其事的样子，溜达到"鸭舌帽"面前，主动递上一根烟。"鸭舌帽"大大咧咧地接过烟叼在嘴里，叶知秋帮他点上火说："这样坐下去也不是办法。还是要找领导谈判才行。"

中年男子听叶知秋不是本地口音，猛吸了口烟，警惕地问："你是干什么的？"

叶知秋笑了笑，说："我是宏东人，来南岭搞点投资，看看热闹。你们这么坐下去解决不了问题，如果能要求与市长、书记谈判，应该会有点效果。"

"鸭舌帽"想了一会儿，向几个同伙招手。叶知秋知道自己的话起作用了，便悄悄走开。

果然，不一会儿，人群里有人对廖局长喊道："叫崔鸿鹄、石宏春出来对话。和你说有卵用！"

顿时，人群里爆发出"崔鸿鹄出来！崔鸿鹄出来！"的口号声，一浪高过一浪。

廖局长一时手足无措。叶知秋对一个信访局的干部低声耳语了几句，干部便走到廖局长身旁传话。廖局长等口号声渐弱，拿起喇叭大声说："大家要见崔书记、石市长，我可以联系他们。但是，你们只能派五名代表，人多嘴杂，想说的话没办法说，你们答应派代表，我就联系书记、市长。"

人群见廖局长说得在理，渐渐安静下来。几个骨干围聚到"鸭舌帽"身旁商量，最后"鸭舌帽"提出："五名代表太少，至少要十名代表。"

指挥中心通过电子监控摄像头对市委、市政府门前的情况看得清清楚楚。崔鸿鹄、石宏春一直在信访接待室，等候与代表对话。孔坤之指示："鸿鹄同志暂时回避一下，让宏春同志出面与上访群众代表对话。市委书记留在后面，有个缓冲的余地。"

崔鸿鹄本人却坚持要与群众对话，石宏春见此情景，劝道："崔书记，我先出面接访，看群众提什么条件。不要书记、市长都在一线，到时谈僵了，连个斡旋的人都没有。"

崔鸿鹄考虑了一会儿，觉得有理，便对石宏春说："我暂缓出面也好，你见机行事，我授权给你，必要时可以代表市委、市政府表态。"

在门口堵着群众的廖局长故意做出为难的样子，拿起手机拨通号码，煞有其事地请示了一番，然后对"鸭舌帽"说："请示了领导，同意你们派10个代表，但人群要解散，回去等消息。"

"鸭舌帽"手一挥，打断廖局长的话，说："解散是不可能的，大家要坐在这里等消息。我们派人进去，谈判期间，保证不吵不闹。"

廖局长只能让步，要"鸭舌帽"选好代表，一起去信访大厅。

二十分钟后，廖局长带着"鸭舌帽"等十个代表进了信访大厅。"鸭舌帽"一看只有石宏春在，就不满地大声吆喝："不是说崔鸿鹄见我们吗？他躲到哪里去了？你们到底有没有诚意？"其他代表跟着起哄。

石宏春强压住怒火，说："崔书记在外地出差，正在赶回来的路上。有什么事情，我们可以先谈。”

“鸭舌帽”气焰嚣张，咄咄逼人地提出了一长串问题：

——“凭什么说民间借贷是非法集资？”

——“南岭市搞民间集资是路人皆知的事情，要取缔早就应该取缔了，为什么到现在来取缔？是不是政府想要逃避责任？”

——“很多干部提前把利息和本金都抽回去了，现在开始清理非法集资，这不明摆着把老百姓当炮灰吗？”

——“市委、市政府怎么处理这些公开放贷、吸收存款的公司？怎么保障参与集资的老百姓的利益？”

……

这些问题如连珠炮般射向石宏春，空气里弥漫着剑拔弩张的味道。石宏春知道此时不能激化矛盾，努力让语气平和，回答说：“正常的民间集资、民间借贷，只要在政策和法律的范围内，是受保护的。但是，这并不意味着任何人、任何公司可以为所欲为，通过高额非法集资获取暴利，侵害老百姓的血汗钱，干扰国家正常的金融秩序。我们要打击的是非法集资行为。这些非法集资、侵害群众利益的公司所作所为已经触犯法律，将受到法律的严惩。政府和有关部门依法对这些公司进行资产清理，目的是尽力挽回大家的损失。发展一个地方的经济，政府有责任；维护一个地方的社会和谐稳定，政府更有责任。我从来没有说过政府没有责任，大家要相信政府，相信法律。清理整治非法集资，正是为了保护大家的资金安全和减少大家的经济损失。”

石宏春说话时，不断有人插话。他话音刚落，就有代表大声质问：“为什么要公司停止经营？魅力集团资产那么多，这点本金和利息完全可以退还。还有隆胜、彩星公司都说是政府下了命令不许还本付息，要我们来找政府。我们的本钱和利息在哪里？我们现在没钱吃饭，怎么办？”

石宏春从容回答：“请大家冷静地想一想，这些公司要是有能力，还会出现目前这种场面吗？他们在用谎言欺骗你们，今天拆东墙，明天补西墙，骗你们的钱填堵窟窿。如果政府不责令他们停止非法集资行为，只会让更多的人上当受骗。这些公司的资金链一旦断裂，所有的钱都会付之东流。大家的血汗钱，政府会想尽一切办法尽全力追回来，最大限度地保护集资户的合法权益。至于生活确实困难、上当受骗的集资户，可以到社区、村申请低保和救助。”

“鸭舌帽”气焰嚣张地问道：“既然市政府的工作组进驻了这些公司，为什么隆胜公司还贴出那个方案，说只偿还 5% 的本金？我们坚决不会同意这个方案。市政府工作组搞了这么久，还是没有一个明确的回答，到底是什么原因？我们要求了解真相，到底是你们无能还是在搞鬼？”

石宏春显然被这样带挑衅的质问激怒了，大声地说：“谁说只偿还 5% 的本金？那只是隆胜公司粘贴的一个告示，刚贴出来不久，工作组就把它撕了。明确告诉大家这个告示没经过政府同意，没有法律效力。目前，对这些公司的资产清理、核算正在紧锣密鼓地进行，每天都有新的进展，我们争取在法律规定的三个月期限内完成资产清理。请大家理解和支持，先到社区、村做好登记。我们不可能保证大家的钱百分之百能回来，但是南岭市委、市政府一定会尽最大努力将大家的损失减少到最小！”

说到这里，石宏春的语气激动起来，说：“大家可以先回去，给政府一段时间，如果这件事情处理不好，我石宏春这个市长就不当了，向南岭市的父老乡亲们辞职！”

石宏春正气凛然的回答，让会议室一片寂然。前来谈判的代表被他的诚恳和气势震住了。有的代表点头表示同意，有的代表交头接耳商量是不是暂时不要闹僵了。“鸭舌帽”见一些代表已经有退场的意思，便换了话题，大声质问：“为什么有些当官的连本带息都搞回来了？官员参与集资该如何处理？官商勾结政府管不管？处理不处理？”

这几句话，如同火上浇油，把代表们刚刚平息下去的怨气与愤怒再次点燃。

——“当官的都捞足了，不会管老百姓的死活！”

——“天下乌鸦一般黑！这些公司都是官商勾结，官官相护，欺上瞒下！”

——“他妈的，干部吃肉喝汤，我们老百姓钱都打了水漂，屁都没有看到！”

……

石宏春站起身来说：“大家静一静。我不否认有少数官员参与非法集资，牟取利益。请大家相信，这次集中清理整治非法集资，无论官有多大，级别多高，查到谁就是谁，一查到底，一律严肃处理！如果查到我石宏春有任何问题，怎么处理都行！”

“鸭舌帽”继续煽动代表：“现在说得这么好听有什么用？政府这么搞，我们只会血本无归！”带头喊起了“还我血汗钱！”的口号。

会议室一下子炸开了锅，闹哄哄的像一锅沸腾的粥。有人提出，把事情搞大一点，政府才可能解决问题。有人说，人多力量大，叫更多的人来围堵市委、市政府，逼当官的拿出解决方案。对话无法再继续下去，场面愈来愈混乱。

闹腾了许久，天色渐渐暗下来。廖局长示意石宏春早点退场，低声说："石市长，这么闹下去不是办法。这些人一时半会儿不会走，您先回去和崔书记商量对策，我在这里应付。"

看着这乱糟糟的局面，石宏春只好说："老廖你先顶着，稳住他们，绝对不能激化矛盾。那些堵在门口的群众一时不会散，不要去刺激他们。现在孔坤之书记正在召开紧急会议研究对策，我们再想办法。"

廖局长急中生智，掏出电话装模作样大声嚷了几句，然后站起身来，对代表们说："告诉大家一个好消息。刚才接到市公安局领导的电话，那些搞非法集资的公司老总都被控制了，请大家放心，我们会让大家少受损失。"他边说边把电话递给石宏春，"公安局的同志有事向您请示，请您接电话。"

石宏春会意说："大家可以继续提问，廖局长会给大家答复。"他故意把杯子、公文包留在座位上，拿着电话起身离开。

代表们显然被廖局长说的消息吸引，纷纷问他控制了哪些公司的老总。有人注意到石宏春离开会议室打电话，但看到他的杯子、公文包仍在位置上，心想市长也是人，也得吃喝拉撒，被围堵这么久，上趟厕所正常。

叶知秋一直站在会议室角落里，关注着事态发展。他跟着石宏春离开会场，匆匆赶到市公安局指挥中心。指挥中心灯火通明，孔坤之正在主持会议，南岭市所有在家的市级领导和市直单位一把手全部在座。见石宏春进来，孔坤之特意停了停，指着右手的空位说："宏春请坐，辛苦了！"仅仅七个字，让石宏春全身温暖，刚才所受的委屈顿时烟消云散。

孔坤之继续讲话："南岭市大规模非法集资的问题由来已久，冰冻三尺，非一日之寒。现在问题暴露出来，再捂着掖着，解决不了问题。当前首要任务是，把闹事的群众劝返回去，控制住事态，绝对不能让事态再蔓延、恶化下去。"

叶知秋注意到，孔坤之讲话时，会场显得很安静，但很多领导都在偷偷地用手机发短信、微信。坐在主席台上的个别领导手机不时有外面的电话打进来，领导的手机虽然调成静音，但电波干扰话筒的滋滋声还是泄露了秘密。

孔坤之右手用力一挥，说：“现在我代表省委省政府宣布几点意见：一是成立南岭市应急处置非法集资事件领导工作组，我任组长，下设三个小组，现场处置组由省委常委、政法委书记易坚同志担任，舆情引导组由省委常委、宣传部长方竹青同志担任，资金协调组由省政府副省长秦明同志担任，南岭市委书记崔鸿鹄同志任联络员。易坚、方竹青、秦明同志正从省城赶过来，一个小时后都能赶到。”

会场鸦雀无声。所有的人都知道事态的严重性，省纪委书记坐镇指挥，同时派出三位省级领导赶赴南岭处理非法集资事件，这在宏东省是第一次，在全国也极为罕见。

孔坤之继续说：“二是南岭市迅速组织工作队，进社区、村组做好集资群众思想工作。要组织机关、乡镇、街道、社区、村的干部，三人一组挨家挨户上门做群众工作。要把省、市处理非法集资事件的政策宣传到位，让群众了解党委、政府解决这一事件的决心。这项工作，由石宏春同志任联络员。三是加强舆论引导。组织好新闻通稿，做好舆情管控，加强正面引导。省、市外宣办、网宣办、报刊电台要全天候地发布关于处理非法集资问题的通告，及时发布处置工作进展情况，正确引导舆论。对境外、外省市来采访的新闻单位和记者，要有理有节、谨慎应对。对新闻媒体拟公开发表的稿件一律严格把关，防止利益群体利用新闻媒体、微博微信等自媒体搅浑水，干扰对非法集资问题的处置。省、市都要安排新闻发言人，适时召开新闻发布会。”

孔坤之话锋一转，掷地有声：“省委强调一点，南岭市各级党委政府、各个职能部门思想要高度统一、步调要保持一致，绝不允许搞小动作。自己参与或有亲朋好友参与非法集资的同志，要主动向组织交代情况，说明问题。凡是主动说清楚的，可以从轻或不予追责；隐瞒实情、拒不交代的，一旦查出来，严惩不贷！”

孔坤之说完，崔鸿鹄立即开始部署行动。

崔鸿鹄分析了形势，说：“目前在市委、市政府门口聚集的群众有一千多人，我们安排了几十个同志分散在上访队伍里，一方面收集信息情报，一方面做解释劝阻工作。各个单位回去要迅速传达省委、市委的要求，凡是干部亲属参与上访的，干部本人去做工作，什么时候工作做通了，什么时候再上班；涉及单位有干部职工参与上访闹事的，单位一把手要亲自做工作，不做通工作，一把手就地免职。对围堵在市委、市政府门口的群众，干部劝不走，单位领导去劝，单位领导劝不走，分管的市级领导去！毛主席说，世界上怕就怕认真二字，共产党就最讲认真。任何事情只要认真，没有办不好的！”

崔鸿鹄说得斩钉截铁，会议室却一片默然，气氛显得别扭，有股说不出的味道。有些参加会议的人面容严肃，正襟危坐，心里却在打着小算盘。

孔坤之宣布散会，要求“四大家”一把手留下来。空旷的会议室显得格外安静。孔坤之手里拿着一支烟，却不点燃，放在鼻子下闻来闻去，缓缓地说：“南岭市非法集资的事情，我早已有耳闻，没想到事情闹到这一步，捅出个天大的娄子！同志们，如果事态再继续恶化，处理不好，市委无法向省委交代呀！”

众人一时无语。孔坤之又说：“省委成立了处置工作组，大家要全力配合。对干部中的杂音、议论，甚至非议，我们要正确引导，赢得广大干部群众的理解和支持。我们的干部在这个时候要经受得住考验，要敢于担当、敢于负责。‘疾风知劲草，板荡识诚臣’啊！目前要做好两件事，一是把群众劝返回去，不允许再出现大规模的聚集；二是要把干部参与集资的情况摸排清楚。只有底数清了，才能科学决断，处理起来才有效果。同志们，很多事情闹得不可收拾，往往是有干部躲在幕后指使、操纵，甚至不排除有个别领导干部！在大是大非面前，同志们一定要保持高度的政治清醒，从大局考虑问题，坚决落实省委的指示！”

市人大袁主任、市政协马主席都表示坚决拥护省委、市委的决定。孔坤之说：“你们分头去做工作吧，要充分发挥人大代表、政协委员的作用，一起帮助做工作。我和鸿鹄、宏春同志在这里等一下省里来的同志。”

袁主任、马主席走后，孔坤之表情更为严峻，对崔鸿鹄、石宏春说道：“人大、政协都表了态，思想统一起来就好。你俩赶紧组织调集精干力量，务必抓紧平息事态。南岭市委、市政府要深刻反思，向省委、省政府做出深刻检讨！”

崔鸿鹄抢先说：“出了这么大的事情，我要负主要责任。市委、市政府在发展经济上操之过急，对民间非法集资问题认识上存在偏差，处理时没有周密研究和认真部署，导致出现群众大规模聚集。”

石宏春想说什么，却被孔坤之打断了：“现在还不是反省和追责的时候，先想办法平息事态，把火灭了再说。目前外面的实际情况到底怎么样，你们心里有没有数？处置预案的每个环节都要责任到人。要叮嘱公安部门准确掌握情报信息，防止为首闹事者酝酿更大的事端。”

孔坤之在会议室踱了几步，沉思了一会儿，对叶知秋说：“知秋，你上街实地看看，了解最新情况，随时向我报告。”

崔鸿鹄说：“让我的秘书小高陪叶处长吧。小高对当地情况熟悉，好有个照应。”

二十二

夜更深了，聚集在市委、市政府门口的人群还没有散去。已是初秋时节，夜里有微微凉意。平常这个时候，南岭市城区街上看不到行人，而现在街头巷尾挤满看热闹的人，人头攒动，人声鼎沸，热闹的场景宛若元宵灯会。

叶知秋和高振宇悄悄走上街头，故意往人多的地方挤。叶知秋大摇大摆，没有谁认识他。高振宇却将外套领子竖着，生怕被人认出来。挤在人群里，他俩听得最多的就是：政府要把所有涉嫌非法集资的公司强行关闭，集资户的血汗钱将血本无归。还有人散布谣言说，政府将出动武警部队镇压静坐上访的群众。

谣言就像脱光衣服招摇过市的漂亮女人，谁都忍不住凑过去看几眼，然后添油加醋描述一番。叶知秋注意到，群众对两个方面意见最大，一是有的公司能够偿还本金，也被强行关闭；二是一些政府官员参与集资，却在关停这些公司之前将资金撤回。叶知秋和高振宇绕着市区转了一圈，发现尽管围观、聚集的群众很多，但大多数人还是希望政府能够妥善处理好非法集资事件。

叶知秋问高振宇：“南岭市民间搞非法集资，不是一天两天了，为什么这么多年都不管？现在一脚踩死，处置办法显得草率，工作陷入被动，怎么会弄出这种局面？”

高振宇心事重重。他苦笑两声，说：“这些事情，岂是一句两句话能说得清楚？何况有些情况我也不了解，可能是发展的理念出现了偏差。”

叶知秋拉着他进了街角一家通宵营业的米粉店，说：“晚餐都没来得及吃，我肚子饿瘪了，吃碗米粉吧。”

南岭米粉是有名的地方特色小吃。将米碾成粉末，掺上糯米，用带漏眼的铝盘挤压出一条条线状米粉，放到烧得滚烫的骨头汤里烫一下，捞上来，浇上各式炒码，添加姜、葱、蒜、辣椒等佐料，是现做现卖的美味。

叶知秋叫了两碗牛肉米粉，不一会儿，老板就把热气腾腾的现榨米粉端上桌。叶知秋淋上一点麻油，大口吃起来。高振宇却没有胃口，把碗放在一旁，抽着烟。

叶知秋说："振宇，吃点东西，今晚还说不定要熬通宵。现在人群没散，闹得正起劲，各种谣言传播，事态并没有完全控制下来，极有可能会引起更大规模的聚集。"

高振宇长长地叹了口气，说："知秋，这次的事情闹大了，朝天捅了个大窟窿，谁也担不起这个责任。崔书记这次顶着巨大的压力，能不能挨过去，我都非常担心。我知道他心里难受，却又不能去安慰他，也帮不了忙。"

叶知秋想把省纪委正在调查崔鸿鹄的事告诉他，话到嘴边又咽了回去，劝道："现在考虑多了没有用，关键是要把事情妥善处置好。追不追责、怎么追责，肯定要等事情平息之后。"

见高振宇不吭声，叶知秋开玩笑说"莫非你集了一两百万，钱弄不回来了？"

高振宇干笑一声，说："我哪来的那么多钱？待在机关里，不就是那几个死工资？"说罢埋头吃起米粉来。

叶知秋三下五除二把一碗米粉吃了下去，意犹未尽地端起碗喝了几口汤，直呼过瘾。见高振宇还在慢条斯理地吃着，叶知秋便去结账。

叶知秋问店老板："多少钱？"

店老板说："八十块。"

叶知秋吓了一跳，一碗米粉竟要四十元？宏东米粉一般八元一碗，就算老字号最好的米粉、最好的炒码也只要二十元一碗。

高振宇见了，连忙说："让我来，我来付账。"

叶知秋抢着付了钱，回到座位上问他："真要四十元一碗？贵得太离谱了。"

高振宇说："一年前就是这个行情。昨晚逛风光带的时候我就跟你说过，因为民间集资普遍，各路资金都蜂拥到南岭，外地老板特别多，有钱没钱都喜欢充大爷，把房价、物价都哄抬了起来。"

俩人出了米粉店，上了一辆出租车。

的哥叼着根烟，心不在焉地问："两位老板到哪里去？"

高振宇用本地话说："到双清桥。"

双清桥乃南岭城区一座古桥，是南岭市地标性建筑。每逢节假日，市民们喜欢到古桥休闲、聚会。叶知秋刚和强局长通过电话，说那里有大量人员正在聚集。

一路上，叶知秋故意问的哥："师傅，这次事情怎么闹得这么大啊？"

的哥愤愤地说："还不是因为老百姓的血汗钱回不来了。早些年政府见民间集资能带动和搞活经济，没有说不能搞。现在政府看到民间集资的规模和窟窿越来越大，怕不好收场，就不准搞了。刚开始老百姓并不是对政府有意见，而是怪那些融资的公司不能按时给付利息、本金。现在政府清理整顿这些公司，老百姓就把矛头对准了政府。我看哪，其实是这些公司在背后搞鬼，挑起群众向政府施压。"

叶知秋见的哥分析得蛮透彻，递上一根烟，鼓励他继续说下去："政府出面整治，按道理说老百姓的资金还安全些啊！为什么要这么闹呢？"

的哥听叶知秋说普通话，以为是外地客商，说："老板您是外地来的吧？你有好多事情还不清楚。南岭这地方民风好，老百姓忠厚老实，拿到公司去集资的钱都是从牙缝里省下来的血汗钱。这些公司给出三分、五分的利息，比银行高几倍，搞集资早的有人发了财。人心都是贪的，这些人赚了钱，又把赚的钱投在里面，结果竹篮子打水一场空。尤其近几年，南岭民间集资、融资的风气愈演愈烈，到了近乎疯狂的地步，老百姓搞、当官的也搞。老百姓最恨的是，很多当官的事先知道消息，把钱搞回去了。而大多数老百姓不知道消息，血汗钱填了窟窿，当然要闹事。"

的哥说的话在理。他所说的 1 分或 2 分息是指大部分集资公司给出的月息，就是说一万元钱一年的利息是 1200 元或 2400 元，很多公司是在集本金的时候立即付给半年利息。最疯狂的时候竟然达到 1 元钱一月 1 角钱的利息。人心被钱蒙住后，智商也低了，不想想看，做什么生意会有这么高的利润？哪家正常经营的公司支付得起这样高额的利息？

赶到双清桥，桥上挤满了人，往这里聚集的人仍源源不断。人群情绪更显激昂，许多人拉出了横幅，不时叫喊着"还我血汗钱""我们需要包青天""人民爱政府，政府要为民做主"等口号。

叶知秋看到强局长带着一百多名全副武装的防暴警察手持盾牌站在两百多

米远的街上。目前情况下，既不能近距离与群众发生摩擦，同时又要密切观察事态发展，给予一定的震慑，防止出现打砸抢烧等极端行为。

人群密集处不时爆发出阵阵口号。叶知秋要高振宇留在桥边，自己往桥上走去。他好不容易走到桥尾，又看到了那个“鸭舌帽”，正叉着手指挥着七八个染着黄头发，手臂上文着刺青的小混混儿在搬运什么。叶知秋悄悄挨近，看清了那伙人搬运的竟是塑料桶装着的汽油！

叶知秋心里一惊，这伙人正在策划新的事端。果然，听到“鸭舌帽”说：“要干就干票大的，闹个惊天动地的事情出来。把这些汽油桶弄到市委、市政府门口去，把市委、市政府的招牌烧了！”

一个手臂文了只老虎的混混儿说：“昨天有个老太婆到公司讨钱，说把买棺材的老本都集了资，蚀得血本无归，被保安暴打一顿。老太婆在家哭闹着要吃农药，要不找她过来，打发点钱，浇了汽油，到市委大院门口弄个自焚事件！”

小混混儿们爆发出一阵哄笑。“鸭舌帽”恶狠狠地说：“如果烧政府招牌还没有效果，就这么干！那南岭市就闻名全世界了！我们就算被枪毙也值了！”

叶知秋听得心惊肉跳。这伙人策划的事情一旦付诸实施，那将是震惊中外的事件！“鸭舌帽”锥子般的眼神扫视人群，在叶知秋身上停顿了几秒，突然用手指着叶知秋问：“你是哪条道上的？怎么这么面熟？”

叶知秋给“鸭舌帽”递烟搭讪过，怕他认出来，连忙用纯正的普遍话说：“我不是什么道上的，我投了钱搞集资，现在公司被政府关了，我要找政府讨个公道。”

“鸭舌帽”一脸狐疑，问：“你的钱放到哪家公司？”

叶知秋装作气愤的样子，说：“我从亲戚朋友手中凑了 70 多万放到隆胜公司，南岭市政府强行把公司封了，我的钱都打了水漂，我要找政府！”

“鸭舌帽”点点头，说：“对！我们就是帮你们出头的，只要我们齐心，一定可以讨回公道。你可以叫集资的朋友都到街上来闹一闹，闹得越凶，钱才要得回来。”

“鸭舌帽”转过身去指挥手下搬汽油桶。叶知秋扭头和旁边的人搭讪起来，过了会儿，才若无其事地慢慢往桥边走。

叶知秋把刚才看到的情景告诉高振宇，说：“要采取紧急措施把这伙人控制住，收缴汽油桶。如果他们的阴谋得逞，南岭会成为全国的焦点。”

高振宇听得脸都白了，颤声说：“这里聚了这么多人，怎么强行去抓这些人？冲突起来，肯定会酿成流血事件。我们得赶紧向崔书记报告。”

叶知秋不像高振宇那般慌乱，立即拨通强健电话，约他到另一条街的拐角碰面，详细将“鸭舌帽”正在策划的阴谋说了。

强健说：“我们早盯住那个‘鸭舌帽’了，他叫谷建设，犯盗窃罪被判过刑。这次为首闹事的，大多数都是被查封公司的人，就是这伙人纠集在一起，散布谣言，煽动群众，对抗政府。我们对这伙人已经秘密摄像，固定了依法打击处理的证据。”

高振宇焦急地说：“情况紧急，他们正准备运汽油到市委、市政府门口去，想在那里纵火。必须采取强制措施，制止他们犯罪。”

强健摇摇头，说：“现在桥上人多，我们如果强制带离，肯定会招到不明真相的群众阻挠和围攻，弄不好会出现流血事件，这样太冒险。”

叶知秋沉吟片刻，说：“这样吧，我们立即将情况向指挥部报告。强局长你调几个精干警力化装成群众，想办法把‘鸭舌帽’悄悄控制住，群妖无首，那帮小混混儿就搞不出什么新花招来。另外，这伙人要将汽油运走，肯定会开车往市委那边去，你安排人在半路上拦截车子，一定要收缴汽油！”

强健觉得叶知秋说得对，立即去安排人手。叶知秋说：“振宇，你将情况详细向崔书记报告，看指挥部那边有什么指示。我再到桥尾去看看那伙人的情况。”

夜渐渐深了，一些看热闹的市民陆续离开了双清桥。叶知秋再次来到桥尾，看到那伙人已经将汽油桶装好，发动了一辆小货车。等车子开走，“鸭舌帽”挥了挥手，带着几个人到远处的烧烤摊上吃夜宵。

叶知秋悄悄打电话告诉强健：“一辆货车装着汽油桶走了，‘鸭舌帽’在吃夜宵。”

强健说：“知道，我已经安排好。”

不一会儿，叶知秋远远看到强健带着几个身材魁梧的便衣警察嘻嘻哈哈往烧烤摊走去，散开围堵在“鸭舌帽”四周。等“鸭舌帽”和手下发觉情况不对，已被一个个按倒在地，铐上手铐。

正在这时，叶知秋的手机响了，李晓蕾在电话里担心地问：“知秋，你还好吧？微信上到处转发南岭闹事的照片和视频，闹得蛮凶，好像还砸了警车，你要注意安全。”

叶知秋说：“怎么这么晚了还不睡？省里、市里正在抓紧处理，不会有什么事情。我可能会在南岭待几天，暂时回不来，你不用担心，要照顾好亮亮。”

刚挂了电话，就收到一条短信，叶知秋一看，是唐梦云发过来的：“世事变幻，一天之间经历了好多事。挂念你，祝一切安好！”他顿时心头一软。

叶知秋还来不及回味，高振宇跑过来说：“知秋，崔书记已经向孔书记报告了这边的情况，指挥部同意我们的办法。孔书记正在召开紧急会议，要我们赶回去。”

俩人好不容易拦到一辆出租车。快到市委附近时，出租车开不动了，俩人只能下车步行。到了市委门口，把守的公安民警认识高振宇，放俩人进去。

进了市委大院，叶知秋接到强健的电话，说：“叶处长，向你报告，车子成功拦截，十桶汽油已经收缴。我们抓捕了车上的五个混混儿。另外，‘鸭舌帽’已被控制，送到拘留所羁押。”

叶知秋高兴地说：“辛苦了，这个情况我会向指挥部汇报。”

秦明等三位省领导赶到后，孔坤之再次召集紧急会议，研究处置方案。叶知秋看到秦明，连忙上前打招呼。他本想向秦明汇报一下严峻的局势，但还来不及细说，孔坤之便宣布开会。

让叶知秋颇感意外的是，会上竟然出现了两种截然不同的意见，而且针锋相对，互不退让。

秦明是省政府分管金融的副省长，反复强调要“软着陆”，认为处理此类事情，不宜操之过急。他声音缓慢低沉，显得不容反驳，说：“从目前情况看，群众的过激情绪稳控化解后，要尽力做解释、说服工作。政府的处置方案完全可以告知群众：一些有偿还能力、资产良性的公司，只要能够继续经营下去，可以逐步、分批次退还集资的本金和利息；至于那些资金链条断裂、经营严重亏损的企业，可以采取政府托管的形式，通过资产拍卖清算，偿还一部分欠款，剩下的窟窿由政府兜底。这样，大约用三年左右的时间，可以让南岭市非法集资问题实现‘软着陆’。”

秦明提出的处理方案得到大多数南岭市的领导赞同。崔鸿鹄说：“如果实行‘软着陆’，各方面的矛盾会缓和下来，不会激化，同时尽可能地减少对立面，增强处置的效果。从目前掌握的情况看，的确有一部分公司的经营状况比较正常，有一定的偿还能力，可以陆续归还一些集资款，为老百姓最大限度地减少损失。这是比较稳妥的办法。”

省委常委、政法委书记易坚的意见则截然相反。他态度坚决地说："大家清楚，这次聚众闹事是参与集资的群众在得知利益受损后引发的一起重大群体性事件，当然有资金链断裂的公司在幕后推波助澜。他们的目的只有一个，就是要通过集访闹事对政府施压，逼迫政府对非法集资造成的严重后果买单。政府买得了这个单吗？"他大声说："我认为，如果不采取果断措施，会让群众产生错觉，以为政府继续默许高息集资，非法集资的参与人数会越来越多，局面将愈发不可收拾。那些躲在幕后的公司一旦达到逼迫政府买单的目的，气焰会更加嚣张，还会继续激化矛盾、煽动群众聚集闹事。另外，'软着陆'所需时间太长，就算最乐观的估计，也要三年以上。那么，未来三年内南岭市就是一座活火山，随时可能喷发出炙热岩浆！省、市、县三级党委政府都将坐在这座活火山口！我个人的意见是，长痛不如短痛，当断则断，当断不断、反受其乱。要有壮士断腕的勇气，抓住时机，彻底处理好南岭市非法集资问题。"

会场一下子沉寂下来。两位省领导说得都有道理，而且都是经过深思熟虑提出的处理意见。这两种意见，没有对与错，关键是哪一种办法更契合当前形势，更能够解决问题。

大家讨论来讨论去，两种处置方法各有利弊，意见一时无法统一。叶知秋注意到孔坤之一直没有说话，好像在思考着什么，手中夹着的烟燃了好长时间，长长的烟灰都没有弹去。

省委常委、宣传部长方竹青打破沉寂，说："舆情引导这一块，省内媒体都已经打了招呼，不会有问题。但是，手机、网络比较难办，虽然各大门户网站已经做了沟通、协调，不会发布南岭聚集闹事的讯息，但是微信、微博、短信、QQ群和论坛很难控制，网络上已经有南岭市集访、堵铁路的照片和视频，微信朋友圈转发较多。现在是深夜，评论和跟帖还不太多，估计明天上午评论、跟帖将会出现'井喷'。《华南新报》《京都快报》等七八家媒体已经派记者连夜赶到南岭。有的记者已经直接跑到居民家中调查采访去了。我们已经安排干部一对一地陪同这些记者，当面与他们沟通，请他们客观真实地报道，应该不会有太出格的负面报道。"

方竹青的普通话很标准，声音抑扬顿挫："目前群众的思想比较混乱，而且听不到正面的声音。我建议，要尽快召开新闻发布会，及时向群众发布相关处置信息，把人心先稳定下来。如果群众听不到政府的正面发声，只会让谣言四处传播。”

孔坤之指了指叶知秋说：“知秋同志，你把群众聚集现场的情况说一下。”

叶知秋把看到的情况和“鸭舌帽”一伙策划的阴谋做了汇报，说：“事态暂时控制住了，绝大多数群众对党委政府处理非法集资有信心和期盼。现在集资户怨气最大的方面，就是说有的干部得知即将开展清理整治的消息，提前把钱抽回来了，而老百姓却被蒙在鼓里。”

孔坤之环顾四周，问：“其他同志还有没有好的意见？可以大胆说，畅所欲言嘛！”往往这个时候，领导问大家还有没有意见，其实并不是在征询意见，而是表示他要说自己的意见了。

众人心领神会，纷纷打开笔记本，看着孔坤之，准备做记录。

孔坤之轻咳了一声，说：“刚才秦明、易坚、竹青同志都说了很好的意见，分析到位，措施可行。下步的处置意见，我会向省委汇报。当前要举全力做好三件事：一是迅速平息事态。南岭市要组织力量疏散人群，把在市委、市政府门口静坐的群众劝回去，控制住事态；二是正确引导舆论。我们不正面发声，别有用心的人就会四处造谣，我们要占领舆论阵地，而且要尽早尽快，明天上午9点召开新闻发布会；三是考虑善后事宜。非法集资留下的窟窿缺口由谁来补？如果政府兜底，有没有先例？利不利于事情解决？类似情况还有没有？请同志们会后好好思考，认真研究处置措施。”

大家以为孔坤之会长篇大论说一通，谁知就这么简短几句话，还没有回过神来，只见孔坤之扬了扬手，宣布散会。

众人陆续散去，按照任务分工，分头去做工作。

凌晨4点，叶知秋送孔坤之进了房间，说：“孔书记，您累了一天，抓紧时间休息一会儿，明上午您还要听取各个工作组的汇报。”

孔坤之此刻才露出疲惫之色，靠在客房的沙发上，说：“知秋，你坐一会儿，陪我聊聊。”

叶知秋依言坐下。孔坤之说：“知秋，这次你立了功。幸亏你及时发现，果断挫败了那伙人的阴谋。如果真的纵火烧了市委大院，后果不堪设想。”

叶知秋说：“这种规模的群体性闹事，我是第一次碰到，跟您说实话，我其实心里很紧张，生怕处理不慎酿成更大的祸端。”

孔坤之说：“这很正常。党的干部都是锻炼出来的，谁都没有生下来就具备处理复杂矛盾和问题的能力。靠的是在实践中摸索出工作规律，不断总结、完善和提升。干部不经过大风大浪，是没有办法成长的，永远无法独当一面。”

叶知秋怕聊久了，耽误他休息，说：“孔书记，您太辛苦了，还是抓紧时间休息一下吧。”

孔坤之却摆摆手说：“大家都辛苦。只要事情能妥善处理好，辛苦一点也值得。知秋，你看‘软着陆’好呢，还是果断处置为好？”

叶知秋没想到孔坤之会征询自己的意见。看着孔坤之信任的神情，他决定说出心里的真实想法：“孔书记，您既然问我，我就谈点不成熟的建议，请您批评。”

孔坤之鼓励他说下去。

叶知秋说：“南岭市民间非法集资涉及面广人众，资金缺口巨大，而且很多干部参与，各方面的利益交织在一起，错综复杂。这次集中治理过程中，准备不充分，猛地踩一脚刹车，集资群众没办法接受，加之干部提前将股本抽回，民怨很深。事情如何处置，不仅涉及老百姓切身利益，而且涉及很多官员的自身利益，在出台政策、执行过程中会出现很多不确定的因素。我认为，在制定出台处置办法时，必须充分考虑老百姓的利益，决不能以牺牲老百姓的利益换取减少官员的损失。因为制定政策的权力，在官员手中。这条不做到，事态不仅平息不了，而且有可能越闹越大。”

孔坤之若有所思地点点头。

叶知秋继续说下去：“正是因为南岭市参与非法集资的干部多，关系盘根错节，导致清理整治工作阻力重重。我认为，目前政府要站出来明确表态，非法集资本来就不受法律保护，造成的损失无论于法于理，这些集资户应该自己承担。政府的钱也是纳税人的钱，不能无原则地兜底。这个态度必须坚决，而且要加大政策宣传的力度。我们的政府是人民的政府，代表的是人民的根本利益。讲法讲理之外，也要讲情。我们有义务去维护集资人员的合法权益，为他们最大限度地挽回损失。对于确实经济条件困难的集资户，由政府进行摸排，给予一定程度的援助。援助的方式可以灵活制定。同时，要把在幕后指挥操纵闹事的公司负责人控制起来，将参与非法集资、受贿作乱的官员严肃查办，争得大多数的群众理解和支持，为下一步处置工作赢得主动权。”

叶知秋没有直接回答“软着陆”或是“硬着陆”的问题，而是将处理的办法说了，说完，见孔坤之没有吭声，不禁有些忐忑。

孔坤之站起身，说：“你说的不错。无论‘软着陆’还是‘硬着陆’，处理的原则就是要把老百姓的合法权益摆在首要位置，最大程度地减少和挽回群众的损失。一个地方存在如此大规模的民间非法集资，背后的利益群体之庞大、利益勾结之紧密肯定不容小觑。事情闹得如此大，教训如此深刻，值得我们深思，我们难辞其咎啊！”

叶知秋默默听着。

孔坤之又说：“对干部的追责、查处是下一步的工作。目前如何维护群众利益、保持社会稳定是当务之急。‘软着陆’也好‘硬着陆’也罢，都要基于这上面来决策。秦明同志主张‘软着陆’，也是为维护群众利益、保持社会稳定考虑的。但是南岭市的非法集资涉及面到底有广、规模有多大？我们做决策还需要数据做参考。南岭市政府派出的工作组正在全市的公司企业中摸排清查，具体工作由李新明负责。你替我私底下去跟他摸摸底，督促他尽快拿出翔实的数据。”

叶知秋说：“是。明天一早我就去找李市长。”

孔坤之轻叹了口气，说：“天不早了，你也回房间休息一下。我们还有大仗恶仗要打。”

二十三

叶知秋返回房间，身体虽然疲倦，精神却仍处于亢奋状态。他不知道自己的回答是否让孔坤之满意，但孔坤之话语里分明有赞许和鼓励。

胡乱睡了两三个小时，第二天一早，叶知秋便给李新明打电话。李新明接了电话，说：“叶处长好！有什么指示？”

叶知秋说：“我岂敢指示市长大人！新明市长，你在哪里？有些事情我想跟你了解一下，方便的话我现在就过来拜访你。”

李新明迟疑了一下，说：“我现在在市人民医院。不敢劳驾。叶处长是在宾馆吗？我马上过来。”

叶知秋听李新明的声音干涩沙哑、充满疲倦，关心地问道：“李市长身体不舒服吗？怎么还住院了？我现在就到医院来看你。”

李新明说："我倒没什么事。是我老婆病了，昨晚送到了医院，我在医院陪床。叶处长不必来，还是我到你那儿去。"

叶知秋说："嫂子病了，我去看看更是应该的。就这么定了。"他不由李新明分说就挂了电话，到宾馆附近的超市上买了一些营养品和水果，又到花店买了一束康乃馨，打了个车直奔市人民医院。

到了医院，叶知秋打听干部病房，去了却没有找到李新明，又到住院部查，最后在普通病房才找到他。

李新明的爱人瘦小枯干，脸上没有一点血色，手上打着吊瓶，正在昏睡中。叶知秋不敢打搅，问了一下李新明情况，原来他爱人长期患有糖尿病，这段时间控制得不好，再加上李新明这几天工作压力大，他爱人也跟着着急，昨晚就突发了非酮症高渗性昏迷。经过一夜急救，现在算是稳定下来了。

病房内其他床位上还有病人，其中一个床位的病人家属带了个两三岁的小孩儿，正在哭闹，大人哄都哄不住。叶知秋将鲜花和慰问品放在床头柜上，对李新明使了个眼色，两人来到病房外面，找了个安静的楼梯拐角处。

李新明说："感谢叶处长的关心，应该我去拜访叶处长才对。这病房里环境嘈杂，不是谈事情的地方。"

叶知秋说："李市长怎么不让嫂子去住干部病房？这普通病房条件是差了些，不利于病人休息。"

李新明摇摇头说："我老婆一个没工作的家庭妇女，住什么干部病房？再说这段时间医院人满为患。昨天晚上她突然昏迷，我急匆匆把她送到医院，能安排上一个床位就不错了，还管是什么病房。"

叶知秋略感诧异，问："怎么？南岭这段时间流行什么疾病吗？怎么医院这么多人住院？"

李新明嘲讽地笑了一下，说："流行的是'狂躁病'和'焦虑病'。非法集资把多少人的生活都搞乱了，那些把自己的积蓄投入到这场'全民狂欢'中，如今却血本无归的人，能不狂躁焦虑吗？一些上了年纪或原本身体不好的，受不了这打击，自然就倒下了。你刚才说干部病房，可以去看看，同样是人满为患。不少离退老干部也参与了集资，大部分也没有拿回自己的积蓄。"

叶知秋叹了口气，说："南岭市怎么会搞成这个样子！"

李新明看了叶知秋一眼，他不清楚叶知秋今天来找他，是代表孔坤之来的，还是代表别的谁，又究竟有什么事情。他斟酌着措辞说道：“南岭市为什么搞成今天这个样子，这不是一句两句话能够说得清楚的。问题积累已久，现在集中爆发，市里当然有不可推卸的责任。但有问题的，恐怕也不只是南岭一个地方。问题的根源，也不见得是出在南岭。”

叶知秋一听，觉得李新明的话里似乎还有话。但他只是省政府一个督查处长、南岭非法集资案省工作组的普通成员，现在临时给孔坤之当联络员，不宜牵扯更宽层面、更复杂的问题。他说道：“新明市长，你是市政府非法集资企业清理工作组的负责人，孔书记很关心这方面的工作进行得怎么样了，能不能加快速度完成？你可能知道，现在省工作组有‘软着陆’和‘硬着陆’两种意见，两种意见都有道理。工作组需要掌握南岭市最翔实的情况，尽快做出决策。”

李新明说：“市里派下去的同志正在加班加点地干，最迟明天就会形成详细的报告提交给省工作组。就我目前掌握的情况，非常不好。恐怕有超过80%的群众、一半以上的公司企业都卷入了这场集资案中。全市干部参与集资的恐怕也超过了一半以上。所涉资金非常巨大，目前报到我这里的数字已经超过两百亿。”

叶知秋心中一震，脱口而出：“这么严重？！”

李新明沉重地点点头，说：“是的。老实说，崔书记和石市长偏向‘软着陆’的方案，我能够理解。他们是不想破坏南岭市稳定的大局、不想破坏南岭市经济迅猛发展的好势头。但他们可能也低估了这次非法集资案的规模和严重性。我个人认为，靠南岭市自己，三年内实现‘软着陆’是很困难的，市财政兜不起这个底，也不应该兜这个底。即便是省里面支援，那也是治标不治本。更可怕的是，‘软着陆’非但不能消化矛盾，还可能养痈为患。”

叶知秋沉默了一会儿，说：“如果采取‘硬着陆’的方式，涉及的面这么广、规模这么大，会不会让矛盾更激化？而且对南岭市的经济环境会不会造成严重的负面影响？”

李新明说：“其实南岭非法集资案看起来涉及的企业众多、资金巨大，但主要集中在几家企业身上。只要抓住这几家企业，就抓住了主要矛盾，其他的问题自然就容易解决。群众这两天因为被人煽动起恐慌情绪，把矛头对准政府，这我可以理解。我们需要安抚他们这种恐慌情绪，尽可能地为他们挽回损失。同时真正做到公正、透明地处理这次事件，尤其对涉事的干部依法进行处理，相信一定能够得到群众的理解，跟随党和政府共同度过这次危机。”

叶知秋点点头，正要说话，却听有个小护士在走廊那头喊：“36 床的家属，36 床的家属，去拿药！”

李新明答应一声，回头看看叶知秋。叶知秋连忙说：“李市长你快去吧！我也要赶回去，孔书记找我还有事。”

李新明说：“那好，我就不送叶处长了。一会儿我还要去越市委，那里仍然还有群众在静坐抗议，崔书记和石市长不方便去，委托我去做做他们的工作。”说完他转身匆匆离去。

叶知秋经过李新明爱人的病房，又进去看了看。李新明的爱人还在沉睡，旁边人的说话、小孩儿的哭闹也没有吵醒她。叶知秋看看床头柜上杂乱的饭盒茶杯，还有搁在床尾的一床旧毛毯，心生感慨。他趁人不注意，从公文包里掏出一沓钞票，也没数，放进一个信封里，偷偷地塞在了李新明爱人的枕头底下。

晚上，叶知秋送孔坤之回房间休息，如实向他汇报了上午在医院与李新明谈话的情况。他只是还原两人的对话，没有作任何评价。汇报完毕，叶知秋静静地看着孔坤之，等他发表指示。

孔坤之却没有立即开口。他仰着头，沉思了一会儿，才缓缓地说道：“在这次事件中，省、市两级参与处理的领导都有自己的意见和看法，但即便意见一致的人，内心中的立场恐怕也不见得一致。应该说他们的意见都没有错，但只有新明同志跟你说的是心里话呀！”

叶知秋正在品味孔坤之这句话的意思，孔坤之却轻叹了口气，说：“你回房间去吧。我考虑考虑，再向曾省长和段书记汇报。”

今晚注定是一个不眠之夜。刚出电梯，叶知秋的手机响了，竟是秦明打过来的。叶知秋接了电话，秦明的声音透着疲倦：“知秋，你到我房间来一下。”

秦明的房间亮如白昼，崔鸿鹄、石宏春都在房间里。叶知秋进了房间，秦明示意他坐下，问：“孔书记休息了吗？”

叶知秋说：“我刚从他的房间出来，应该还没休息，估计这会儿正在给曾省长打电话。”

秦明从沙发上站起来，慢慢在房间里踱了几步，自言自语地说：“此事万万不能操之过急，如果一刀切，后患无穷啊！”

崔鸿鹄、石宏春都是赞成“软着陆”的——只有“软着陆”才不会激化矛盾，给他们留出稳妥处理非法集资的空间。如果一旦“硬着陆”，肯定由省里工作组为主牵头处置，也就意味着他们会失去处置此事的主动权。

崔鸿鹄问叶知秋：“孔书记倾向哪种处理意见？”

叶知秋回答：“他没说，只说要向曾省长和段书记汇报。”

崔鸿鹄转头对秦明说：“秦省长，请您一定要向孔书记争取支持‘软着陆’，我是怕‘硬着陆’的方案确定后，会引发一系列的连锁反应，到时候事态控制不住就非常麻烦了。我们个人去留是小事，给省委、省政府带来不堪设想的后果则事大……”

秦明依旧踱步，突然停下，问石宏春：“石市长，那些亏损严重的企业破产后，由政府兜底要多少钱？可不可行？”

石宏春皱了皱眉头，说：“目前到底多大的窟窿还不清楚，理论上来说，只要窟窿不大，政府可以来补这个洞。现在市政府派出的工作组正在对全市的公司和企业进行摸底清查，由李新明同志牵头调度。整个数据还没有统计出来，但是，我估计涉及面太广、数额过大，光靠市财政恐怕担不起这个担子。到时候还要请省里……”他看了一眼秦明，没有再往下说。

秦明脸上看不出表情，说：“鸿鹄、宏春，你们先走，组织力量把市委、市政府门口静坐的群众劝散。工作要耐心再耐心，责任要压实再压实，务必天亮前将群众劝回去。小叶，你等一下。”

等俩人走后，秦明坐下来，点燃一支烟，缓缓吸了一口，说：“知秋，南岭这次是闹了天大的事。你把知道的情况详细说一说。”

叶知秋理了理头绪，将过程细细说了一遍，但没有提到今天跟李新明的谈话。秦明听得非常认真，尤其是听到与魅力集团有关的情况时，手中的烟微微抖动了一下。

听叶知秋说完，秦明说：“从目前的情况看，南岭市主张‘软着陆’的意见居多，省里决策不能不考虑市里的意见呀。省里工作组的意见不统一，下步的工作不好做。省委授权由孔坤之同志牵头处理，可我们却不知道孔书记的真实想法是什么。”

叶知秋不知如何接话，只能沉默。

秦明似乎自言自语，说：“综合各方面因素权衡起来，‘软着陆’还是比较保险，可以缓和矛盾，缓解各级党委政府的压力，换来后续处理的主动权。现在有的同志只想毕其功于一役，一下子搞到位，显然与现实情况不符。”

叶知秋心想秦明分管金融工作多年，力主“软着陆”自有他的道理，便说：“您的意见还是蛮多人拥护和支持的，特别是市政府各部门的领导私底下议论，您懂经济工作，看问题准，考虑得长远。”

秦明又问：“市里其他领导的意见如何？”

叶知秋说：“孔书记专门找市人大袁主任、市政协马主席沟通过，他们表示只要省委、市委做出了决定，他们坚决拥护。”

秦明点了点头，说：“现在决策非常关键，牵一发而动全身。让孔书记休息一会儿吧，等天亮之后，我再找他商量。”

叶知秋拖着疲惫的身子回房间。刚到房间门口，一个人影闪过来，把他吓了一跳。

人影向他打招呼：“叶处长，是我。”

叶知秋定睛一看，是李新明，便说：“这么晚了，李市长还没休息？”

李新明脸色憔悴，说：“我刚从市委门口过来。工作组派人劝解静坐在市委大院门口的群众，劝走了大部分，仍有几十个损失惨重的集资户不愿意离开。”

叶知秋打开房间，让李新明进屋再说。

进了房间，叶知秋问：“嫂子还好吧？”李新明一边主动找电热水壶烧水，一边说：“我爱人已经脱离危险了，在医院再住上几天就可以出院。”

叶知秋真诚地说：“那也不可大意，还是多住一段时间，观察观察。要不要我帮你联系一下省人民医院，那里医疗条件毕竟好一些。我爱人就在那里工作，也能帮着打打招呼。”

李新明感激地说：“叶处长，真的非常谢谢你。我老婆这糖尿病是慢性病，治是难治好的，主要是靠养。市里医院的水平也不错，就不麻烦了。”

叶知秋知道这是实话，也就不再坚持。李新明坐到叶知秋的对面，掏出一个信封，递给他说：“叶处长，我知道这是你的好意，非常感谢！可是我实在是不敢当。”

叶知秋看那个信封，正是自己塞在李新明爱人枕头下的那个，连忙推拒，说：“李市长，这是我个人的一点心意，你千万要收下。也没多少钱。”

李新明还要推回来，叶知秋不悦地道：“李市长，你就收下吧！你这么退回来，未免寒了兄弟的心。再说咱俩在这拉拉扯扯的，万一有人进来看见，还以为我们在搞什么不可告人的交易呢！”

李新明听了，只好无奈地把信封又装回公文包里，苦笑着说：“那就谢谢叶处长了。”叶知秋说：“李市长，你比我年长几岁，我冒昧叫你一声新明老兄吧。你叫我小叶或者知秋就行。”

李新明点点头，说：“知秋，你虽然在省里工作，但我觉得你熟悉基层情况，问题看得准。南岭的事情闹到这一步，既可说是意料之外，又在情理之中。有些原因你还不了解。”

叶知秋说：“我在乡镇、县里都搞过，知道基层的难处。事情闹得这么大，原因肯定很复杂。不过，原因迟早都会浮出水面，只看时间长短。”

李新明叹了一口气，说：“我是常务副市长，协助书记、市长抓重点项目建设。你知道，副职对很多事情没有话语权，主要是落实书记、市长的指示。”

叶知秋点头表示理解。

李新明点了根烟，边抽边说：“有些事情明明行不通、搞不得，可是上面霸蛮要搞。现在出了问题，我是常务副市长，板子又全落到我身上。”

叶知秋不便评价南岭市主要领导之间的分歧，也不知道他说的上面到底是哪个上面，不好说什么，走到刚刚烧开的水壶边，泡了两杯茶，给他和自己面前各放了一杯。

李明新表示感谢，抿了一口，接着说：“你可能不清楚，南岭民间的高息集资其实是从景江市锰县传过来的。锰县与南岭绥东县交界，金、银、锡矿蕴藏丰富，大大小小的涉矿企业有120多家，当时开矿需要的资金量比较大，50%的企业通过民间集资来募集资金。只不过，那时的集资一般在内部进行，主要是以入股、债券的形式在企业记账挂名。为了吸引更多的资金，矿老板之间互相竞争，不断抬高融资的利息。个别矿老板开出月利率高达五分的价码，吸引老百姓集资。近几年，集资开始社会化，民间集资遍及各行各业，很快波及周边毗邻的县、市。南岭市首当其冲，从房地产业开始出现大规模高息融资风潮。”

叶知秋说：“昨天我们看了魅力集团‘晶鑫世家’项目，按理说，这类房地产项目应该很赚钱才对。只要资金周转得过来，企业不会去搞民间借贷和融资。”

李新明摇摇头，说：“这是个典型的‘花瓶’项目，是为了让领导视察好看培育起来的‘景点’。南岭城区面积本来就小，近两年冒出60多家房地产公司，哪有那么多土地可开发、那么多房子可建？其实很多房地产公司就是个空壳，注册登记一下，再搞非法集资，圈老百姓的钱。”

“魅力集团实力雄厚，应该是实打实在搞房地产开发，不会存在圈地屯地的问题吧？”叶知秋试探地问。

李新明说：“魅力集团背景复杂，老总江丽丽能耐很大，好多项目，通过上面直接打招呼，崔书记、石市长他们也顶不住。据我了解，这家集团公司一无实质性生产经营项目，二无拳头产品，利润和效益从哪里来？要打个疑问号。我总感觉魅力集团经营领域广、涉及项目多，摊子铺得太大，资金周转肯定存在问题。在南岭的几个项目，都是从银行贷款搞的，有的干脆直接用项目做抵押。”

“现在竟然还有‘空手套白狼’经营模式，难怪闹事的群众对天福地产公司意见最大，有的还将矛头直接指向江丽丽。”叶知秋听得直摇头，虽然与李新明接触不多，但听他说了实话，觉得他是个实在人，更添了几分好感。

李新明讲话时喜欢两只手相互搓摩，叶知秋知道从心理学上讲，下意识的动作最能够透露出人的个性。喜欢双手紧握搓摩的人通常自信心强，比较固执，敢于接受挑战、承担责任，一旦决定做某件事情，就会坚持到底。

天已快放亮了，叶知秋见李新明几次欲言又止，知道他还没有把真实来意说出来，便递了支烟给他，说：“新明老兄，你把我当作朋友，有什么事尽管说。我能帮忙肯定帮，帮不上忙也会给你出点主意。”

这几句掏心置腹的话打消了李新明的顾虑。李新明揉了揉太阳穴，下了决心似的说：“知秋，有些话憋在心里太久了，没处可说。我本来想直接去找孔书记汇报，但在这节骨眼上不合适，别人会认为我是去告状。我觉得魅力集团开发‘晶鑫世家’楼盘存在腐败问题，这个项目不但在银行违规贷款九千万，而且非法集资达三个多亿。这个项目一垮，幕后真相暴露出来，很多人要进监狱。”

虽说怀疑魅力集团有猫腻，但叶知秋仍听得瞠目结舌。李新明谈的已经不是非法集资问题，里面涉及当地官场腐败、营私舞弊的黑幕。这样的事情自己知道的越少越好，叶知秋有些后悔刚才不该鼓励他说这些。

李新明继续说：“知秋，这些都是扯麻纱的事情，憋在心里堵得慌，说出来好过些。我一直犹豫着要不要向孔书记报告这件事情。如果领导不了解这些实际情况，会影响决策，到时就被动了。”

叶知秋衔了一支烟，因为紧张，打火机按了三次才将烟点燃。

李新明说：“知秋，我们虽然交往不多，但感觉比较投缘。这件事迟早会曝光，肯定要有人来‘买单’。一旦追究起责任来，我首当其冲。我无所谓，已经做好当替罪羊的准备了！”

叶知秋宽慰他说：“清者自清，浊者自浊。你不用太担心。如果有必要，你可以找孔书记汇报，有些事情放到桌面上谈，对事不对人嘛！”

李新明苦涩一笑，叹了口气：“唉，就是很多事情不能放到桌面上谈啊！”他看了看表，说：“天都快亮了，打扰你休息了。今晚的话我不会对任何人说，你就当我没来过。”

叶知秋用力握了握李新明的手，表示理解。送李新明出房门，叶知秋望着他单瘦的背影消失在走廊尽头，心生无限感慨。

李新明的夜访，让叶知秋隐隐觉得这次非法集资事件后面有只看不见的神秘黑手。叶知秋仅是省政府办公厅的一个处级干部，南岭市官场的是是非非原轮不到他来插手。可玄妙的是，冥冥之中，南岭的人和事又与他有着千丝万缕的关系：高振宇是他的同学，崔鸿鹄是他敬重的地方领导，谜一样的江丽丽……也许命中注定他要与这个地方、这片山水发生些故事。

窗外，天边露出了鱼肚白，昼夜轮换，逝者如斯，新的一天已经来临。

叶知秋和衣躺了会儿，心里挂着事，脑袋里乱糟糟的。也不知过了多久，房间的电话铃响了，叶知秋拿起电话，迷迷糊糊听到有人通知十五分钟后到酒店三楼会议室开会。

叶知秋猛地清醒过来，看了看手表，已经 9 点钟了，冲进卫生间匆匆洗漱了一下便往会议室赶。

会议室已坐满了人。孔坤之正低声与易坚、方竹青、秦明说着什么，南岭在家的市级领导都挤在会议室里。看这架势，应该是通报重要情况。叶知秋看到高振宇，打个招呼，便紧挨着他坐下来。

孔坤之清了清嗓子，说：“先请崔鸿鹄同志通报一下昨晚劝退静坐群众和初步清查非法集资企业的情况。”

崔鸿鹄眼睛里布满血丝，估计是一夜没睡。他声音有些嘶哑，说：“目前，聚在市委、市政府大院门口的大多数群众已经劝散，秩序恢复正常，人员车辆能够出入。但是，仍有七十多个集资数额较大的上访人员待在信访接待室不愿走，我们派人在继续做工作。同时，派出工作组进家入户做耐心细致的疏导，参与集资人员的情绪逐渐稳定下来，暂时不会再上街聚集。”他低头看了看手中的材料，继续说：“这是李新明同志率领市政府清查工作组这一段时间通过初步摸底整理报上来的资料，涉及非法集资的公司、企业共有 140 多家，金额达 220 多个亿，全市群众有 82% 参与了集资，在职和离退休干部参与集资的比例也高达 51%，情况比较复杂，处置难度很大……”

等崔鸿鹄通报完情况，孔坤之说：“我昨晚向曾牧南省长做了详细汇报，提出了处理建议。牧南省长与省委段书记紧急磋商，要求我们在不激化矛盾的前提下，快刀斩乱麻，彻底解决非法集资问题。”

孔坤之话音未落，会议室响起一片议论声：

“这么简单处理，会不会引起新的一轮聚集闹事？”

“做决定容易，执行起来很困难，现在有些干部的思想都不通，怎么去做群众工作？”

“是否再向省委、省政府正式请示一下？”

“这一刀斩下去，千万别斩出大麻烦。”

……

市人大袁主任的声音最大，他站起来说：“孔书记，这个决定是不是有点草率？省里主要领导并不清楚南岭市目前的实际情况。一旦这个消息发布，涉及的企业闹事不说，所有参与集资的人可能又会再次聚集，制造事端，到时候，我们就被动了。”

袁主任的意见得到了很多人的附和。

孔坤之摆了摆手，示意大家安静，他目光扫视着众人，眼神坚毅，说：“这是省委、省政府的决定，尽管没有召开省委常委会，但分别与各位常委通了气、征求了意见。这个决定是综合了各方面的意见建议，慎重考虑做出来的。我们要统一思想，提高认识，理解和执行这一决定。这是原则问题，在大是大非面前，我们不能有丁点含糊！”

孔坤之眼睛并没有朝袁主任看，但仍让袁主任感到了他的威严。袁主任神情难堪地坐下，刚才附和他的人也不再言语。冷场片刻后，崔鸿鹄作表态发言，斩钉截铁地说：“既然省委、省政府已经做出了决定，南岭市‘四大家班子’和所有干部，不管理解不理解，都要统一认识、坚决执行！”

孔坤之接着说：“为稳妥起见，我们要对这 140 多家企业进行分类，根据类别约谈企业的法人代表，督促他们配合政府的清理、整顿工作。”

易坚接过话，说：“我们要坚持分类处置的原则。所有参与非法集资的企业分为三类情形：一是依法帮扶类。对生产经营类实体、资产负债比适当，能逐步清偿民间融资、银行愿意继续提供信贷支持的企业，由政府引导化解风险，依法依规予以帮扶。二是依法处置类。对严重资不抵债、不具备可持续发展的企业，引导债权人和企业在充分协商的基础上依法申请破产。三是依法打击类。对集资款不是用来搞项目建设，而是肆意挥霍的；高利息融资、恶意逃避债务的；幕后组织操纵群体性闹事的企业，要依法依规处置，对严重影响社会稳定的骨干分子，坚决打击，严惩不贷。”他停顿片刻，大声说：“省、市公安机关已经制定了打击处理的预案，安排了充足警力随时待命，作为处置非法集资事件的坚强后盾！”

叶知秋注意到整个会议过程中，秦明都没有发言，手里把弄着一支红铅笔，面无表情。

崔鸿鹄拿了份材料对石宏春低声耳语，似乎在商量什么。过了会儿，石宏春说：“按照初步摸排的情况，我们组织了 20 个工作小组，上午就开始约谈这些企业老板、公司法人。我把分组名单宣读一下。”

叶知秋与高振宇分在一组，约谈的企业中有魅力集团。俩人互看一眼，彼此苦笑了一下。

分组名单宣布完，方竹青主持召开省、市联合新闻发布会。等在门口的媒体记者一窝蜂涌进来。叶知秋看到蒋雨霖架着摄像机挤进来，问道：“你不是回宏东了吗？怎么也来了？省电视台准备作报道吗？”

蒋雨霖嘟着嘴，说：“现在网络媒体、自媒体发达得很，省电视台不播，它们一样会播。台里要求正面发声，安排我带人到南岭作个专题报道。”

叶知秋说：“那好，我还有事，有时间再联系。”

蒋雨霖说：“师兄，我等会儿找你，有什么内幕消息透露透露。”

叶知秋摆摆手，说：“哪有什么内幕？以新闻发布会发布的为准，你别瞎搅和！”

蒋雨霖吐了吐舌头，做了个怪脸。

叶知秋和高振宇安排工作人员分头打电话，找本组的企业、公司负责人谈话。

叶知秋有些担心江丽丽：这次聚集闹事的导火索系因魅力集团旗下的天福地产而起，引发了多米诺骨牌效应，她此刻身在何处？这个女人浑身散发着让男人无法拒绝的诱惑。那天夜里还和自己在一起，她主动投怀送抱，自己差一点就沉溺在温柔乡。

叶知秋拨了江丽丽的电话，已经关机。他知道今天有无数人拨打江丽丽的手机，想了想，便用微信留了一句话："江总，有事找你，方便时回个电话。"

仅仅过了一分钟，江丽丽用一个陌生的号码打电话过来，她声音透着焦躁，说"知秋，谢谢你关心。现在集团出了一些麻烦，市里要把集团所有的资金冻结、资产查封，我正在找领导汇报。"

叶知秋说："事情既然如此，就只能面对，不要回避，回避不是办法。你现在心里要有底，集团融资的金额以及整体运行情况到底如何？如果资可抵债或许还有一线生机，否则就麻烦了。"

江丽丽问："听说省里领导提出了'硬着陆'的办法，而且要对涉事的公司、企业法人采取强制措施。知秋，有这回事吧？"

刚开会的内容江丽丽竟然了如指掌！叶知秋不便正面回应，说："当前必须搞清楚南岭市民间集资、非法融资的总体情况，需要公司企业法人支持配合调查。你现在哪里？工作组需要你过来谈话做个笔录。"

江丽丽的情绪突然激动起来，说："工作组已经抓了一些老总，我对他们不信任。我明天一早就飞北京找首长汇报。现在是法治社会，不能随便抓人关人！"

工作组只是传唤、约谈一些公司法人，并不是江丽丽说的"抓人关人"。叶知秋好言劝她："江总，我们打过多次交道，你是个聪明人。古话说得好，识时务者为俊杰。你听我一句劝，务必积极配合工作组，按要求清理核算资产。作为朋友，我希望你能听进去。工作组要对所有涉及非法集资的企业负责人进行谈话调查，以便后续处理。今天有时间，就来找我。"

江丽丽没有吭声，许久才说："知道了，谢谢你。"

一上午，叶知秋和高振宇都分别在与一些企业、公司的负责人谈话，宣传相关政策，告诫他们要积极配合政府的清理整治。大多数老板态度较好，也有少数老板满不在乎，还一嘴牢骚怪话。叶知秋一直在看手表，临近中午了，江丽丽仍没有来。

叶知秋问高振宇说：“你说江丽丽会不会来？”

高振宇摇摇头，说：“我觉得她不会来。她平常都不把南岭市的领导放在眼里，她的关系在上层，现在说不定到处在找人摆平此事。”

叶知秋说：“这次的事情如何轻易摆得平？她如果看得清形势，应该要积极配合政府的清理行动。魅力集团只要资金链没问题，应该可以作为依法帮扶类企业渡过难关。”

高振宇说：“谁知道她公司的真实情况？在清查结果没有出来之前，她会咬定说公司没有问题。”

叶知秋说：“其实‘硬着陆’也好，长痛不如短痛。只要搞完资产清查，涉及非法集资的公司都会现原形。纸是包不住火的。对了，南岭市领导层似乎还有不同意见。袁主任公然质疑省委、省政府的决定，是不是昏了头？刚才，我还听到孔书记在批评崔书记，说‘四大家’思想没统一。”

高振宇低声说：“袁主任是本地人，是南岭政坛的‘不倒翁’，与这些企业有着千丝万缕的关系。他倒不一定是反对省委、省政府的决定，可能是身在其中，怕‘硬着陆’后引火烧身。”

叶知秋说：“我处理过很多群体性事件，大多数聚众吵事、缠访闹访都是因为有干部参与或在幕后策划操纵。南岭非法集资盛行，与领导干部默许、纵容有关系。正是因为如此，处置起来才很困难。”

正说着，叶知秋手机响了，他看是古力志的电话，便起身走到外面去接。

古力志简单问了一下南岭的情况，说：“秦老板对魅力集团很关心。你要想办法找到江丽丽，明确告诉她，魅力集团是始作俑者，能不能顺利过关，取决于她本人的态度。她如果不积极配合，我们想帮也帮不了。”

叶知秋低声说：“我和她通过电话，要她到工作组来谈话，但她一直没来。”

古力志沉默了一会儿，说：“那我等会儿联系一下，看她回不回电话。无论如何，你还是要争取和她见面好好谈谈。”

叶知秋说：“我会再和她联系。”

事说完了，那边却没有挂电话。叶知秋等了一等，古力志仍然没有吭声。叶知秋微感诧异，又“喂喂”了两声，古力志才在电话里说：“知秋，有件事情需要告诉你。你竞争上岗的时候，我是通过江丽丽才做通秦老板的工作，增设了竞争演讲的环节，最终才扭转了形势。”

听到这话，叶知秋顿时愣住了，他一直不明白自己为什么在竞争督查处长岗位时能够实现大逆转，没有想到是江丽丽帮的忙。

古力志说：“我晚上会过来看秦老板。有些事在电话里不好说，见了面再聊吧。你现在要尽快找到江丽丽，她的态度决定着魅力集团的命运。”

挂了电话，叶知秋一时没有缓过神来。江丽丽竟然帮助过自己？而且帮了这么大的忙？自己一直都不知道，蒙在鼓里。江丽丽还真有能耐，能把秦明的工作做通。这真是一个谜一样的女人。自己身处窘境时，她主动施以援手，如今她的处境险象环生，自己又该怎么办？

叶知秋再次拨了江丽丽的电话，仍是关机。他想了想，仍用微信留了言：“江总，古市长非常关心你，你尽快来找我。”

二十四

省、市工作组分头行动，迅速推进：对参与集资的干部群众摸底登记；对涉及非法集资的公司进行资产清算；组织宣传车滚动播放省、市处理非法集资的通告，宣传政策法规，引导群众依法维权。

这些措施渐渐稳定了人心，得到方方面面的拥护。参与集资的人员陆陆续续到社区登记，盼望政府能妥善处理。吵闹喧哗、群情激愤渐渐远去，人们似乎从狂热中清醒过来，多了一份冷静与理性。

夜幕降临，江丽丽仍没有回电话。

吃过晚饭，崔鸿鹄主持召开碰头会。叶知秋参加会议，会议开了十多分钟，古力志打电话过来，说：“知秋，我到了秦老板房间，你过来一下。”

叶知秋出了会场，径直去秦明房间。他敲门进去，心跳骤然加快——江丽丽竟然坐在秦明对面的沙发上！

古力志见他进来，打了个招呼，起身给他倒了杯茶。

秦明面前的烟灰缸堆满烟头，江丽丽的眼睛红红的，泪痕未干。窗户没开，房间里弥漫着烟味的空气闻起来愈发沉闷。

秦明示意叶知秋坐，缓缓地问：“知秋，今天谈话的情况如何？”

叶知秋垂手站着回答：“总体情况可以，大多数老板还是同意接受政府提出的处理方案。也有少数老板提出了异议，认为会把正常运行的公司搞垮。”他看了眼江丽丽，接着说：“另外，还有个别的公司负责人没来得及谈话。”

秦明点点头，说：“省里做出‘硬着陆’的方案，是经过慎重研究决定的。既然作了决定，我们只能服从。理解要服从，不理解也要服从。要从大局出发啊！”

江丽丽低头不语。

秦明继续说：“江总，现在形势很明朗，必须配合省、市两级政府搞好资产整理和清算。你说公司的资产能够填补集资借贷的窟窿，那么我们可以考虑纳入依法帮扶类。如果不能填补，那就要另当别论。回避不是办法，我们要实事求是。叶处长他们正在核查所有涉及非法集资公司的真实情况，你要积极配合，要有一个正确的姿态。”

江丽丽点了点头。

古力志也劝道：“江总，事已至此，我们还是要面对现实。秦省长非常关心魅力集团和你本人。你如果不主动配合，不是给领导出难题吗？这样也不利于解决问题。”

叶知秋接过话说：“江总，现在必须开诚布公，一起来想办法。底线红线摆在那里，是无法突破的。公司的真实情况，你最清楚。你要跟我们说真话，才能找到解决问题的办法。否则，信息不对称，我们也不好拿主意。”

江丽丽回答道：“谢谢秦省长、古市长和叶处长的关照。魅力集团的确是融了些资，一直按照协议在还本付息，公司的运转一切正常，只是现在舆论压力很大，矛头都对准我和魅力集团，我们希望有一个公平公正的处理方案。也请各位领导为我主持公道。”

叶知秋说：“你可以将情况与工作组正式说一说，留个笔录，作为下步处置的依据。我这就安排工作人员。”

江丽丽点头答应，说：“我还有个事情要单独向秦省长汇报……”

古力志看到秦明点头，便拉着叶知秋出了房间。

俩人在走廊上抽烟。叶知秋问：“你不是出差去了吗？我陪孔书记才从景江过来，陈大年书记说你招商引资去了。”

古力志说：“出这么大的事，我还不赶紧回来。陈书记对南岭的事情非常关注，他不方便过来，安排我来探探情况。宏东各地都存在类似的非法集资现象，只是轻重程度不一，没想到在南岭集中爆发了。再说秦老板亲自到南岭督阵，我肯定要过来看望他。”

陈大年、崔鸿鹄是竞争副省长岗位最有力的对手，陈大年对南岭有着异乎寻常的关心，也能理解。叶知秋说：“据初步查实通报的情况看，涉及面广、参与集资的群众多，短期内无法根本解决。肯定还有些深层次原因没有查清楚。这事对崔书记会有影响，说不定会改变南岭的政治格局。”

古力志深吸口烟，说：“事情很微妙。崔鸿鹄是省级后备干部，又是副省长的热门人选。如果他受到影响，陈大年书记晋升的把握会更大。这些事情大家都看得清楚，只是口里不说而已。”

叶知秋点点头。他忽然想起古力志在电话里说的话，便问：“对了，上次我竞争上岗，你怎么找了江丽丽？”

古力志说：“兄弟，当时大局已定，明显对你不公。秦老板分管办公厅，只有他出面才能够扭转局面。我找他汇报了你的事情，他说没有办法。我实在是为你抱不平，想助你一臂之力，想来想去只有找江丽丽了。我把你的事情告诉她，请她出面，她满口答应，做通了秦老板的工作。如果不增加演讲的环节，你也当不了督查处处长。”

叶知秋心里有些不悦，说：“你怎么不把真实情况告诉我？”

古力志拍了拍他肩膀，说：“知秋，你书生气重，我怕说了增加你的心理负担，怕你患得患失，演讲失利。我本来也不想告诉你，但现在江丽丽身处困境，你又在工作组，我怕你太坚持原则，让她以为你薄情寡义，造成误会。”

古力志的话点中叶知秋的死穴，叶知秋知道他也是一片好意，便说：“你放心，我能帮她的肯定会帮，但是不会突破底线。再说一些原则性的政策，我们也没有能力去改变，能否渡过这个难关，真要看她的造化了。”

正说着，房门开了，江丽丽走出来。她望着叶知秋说：“叶处长，辛苦你安排工作人员，我会如实说清楚公司所有情况。”

叶知秋点头，拨通电话，安排做笔录的工作人员。

古力志说：“那你们忙，我陪陪秦老板，等下就直接回景江了。明天上午还要开市政府常务会。”

叶知秋和江丽丽并肩往谈话室走去。江丽丽神态自若，似乎什么事情都没有发生。叶知秋想到她曾帮助过自己，便说：“江总，你也不要太着急。车到山前必有路。这次谈话时间不会太长，你说清楚情况就可以走的。”

江丽丽明白叶知秋的好意，感激地说：“知秋，你的好意和关照，我铭记在心底。希望这个坎，魅力集团能够迈过去。”

叶知秋安慰她：“天无绝人之路。也不要把事情想得太坏，魅力集团的资产只要能偿付借贷的资金，就不会有大问题。”

江丽丽轻叹口气，不再说话。

等电梯时，叶知秋忍不住说：“对了，我竞争上岗的时候，幸亏你鼎力相助。我一直都不知道，古市长刚刚才告诉我，谢谢你。”

江丽丽淡淡地说：“举手之劳而已。也是机缘巧合，秦省长的公子办了家广告公司，当时正在投标魅力集团的广告外包，魅力集团每年的广告投放费是笔不小的数目。我跟秦公子托的情，他出面做的工作。”

叶知秋恍然大悟，这才明白古力志为何要找江丽丽出面——他肯定清楚秦公子正在投标魅力集团的广告业务，请江丽丽出面斡旋才是唯一扭转局面的办法。

江丽丽接着说：“君子有成人之美。像知秋老兄这样有能力、人品好的干部，应该要上个台阶。你提拔重用了，可以为老百姓多做些事情。”

叶知秋看了看江丽丽，她脸上丝毫看不出慌乱的神情，举手投足仍如往日般从容优雅。叶知秋安排人作问话笔录，自己一直陪在旁边。问话是例行公事，江丽丽的回答也中规中矩，没有任何破绽。然而从江丽丽不时用手指轻轻敲击桌面的小动作，叶知秋知道她内心有多么焦灼。

问完话，已经到了晚上 11 点了。叶知秋送江丽丽出去，安慰她说：“你回去好好休息，最近可能还要找你问一些情况。没有过不去的坎。”

江丽丽脸上露出一丝疲惫，说：“你放心，我肯定会配合调查，魅力集团整体的资产摆在那里，偿还借贷的本金和利息不会有问题。”

两人挥手告别，江丽丽走出几步，忽然又转身回来，轻轻拥抱了叶知秋一下，说：“知秋，谢谢你，你也多保重。”

叶知秋笑了笑，望着她远去的身影，心生怅然。

回到宾馆，叶知秋猛地看到一个正在等电梯的人，像极了陈大年。正待细看，那人已经进了电梯，电梯显示停靠在秦明所住的 16 楼。叶知秋心想：“这么晚了，陈大年来南岭干吗？他不是派了古力志过来打探消息吗？有什么紧要的事还需要亲自跑一趟？”

过了会儿，叶知秋也进了电梯，想了想，按了 16 楼。他准备向秦明汇报与江丽丽谈话的情况，趁机弄清楚到底是不是陈大年来了。

走到秦明住的房间门口，叶知秋正准备敲门，突然听到秦明厉声斥责：“跟你说过多少次，当官就好好当官，不要又想当官又想发财！想发财，屁股又不擦干净。这不，麻烦找上门了吧！只要江丽丽把事情一讲，你如何脱得了干系？你还嫌惹的麻烦不够多吗？你把我说的话当耳边风！”他训斥的声音很大，叶知秋听得一清二楚。

只听见一个人慢条斯理地应道：“您息怒。这次非法集资的事情出在南岭，与景江并无直接的关联。虽然江丽丽在景江也搞过非法集资，但规模与影响都不大。她目前主要的业务都在南岭。另外，您放心，放到魅力集团的钱我没说是您儿子公司的，只要她不说，没有谁会知道。”叶知秋听得真切，说话的人正是陈大年。

只听秦明说道：“现在调查组正在找江丽丽问话，她能不能扛得住，听不听我们的招呼还很难说。一旦留下把柄，还是会追查到我们头上。”

陈大年沉默了一会儿，说：“那么，只好让她远走高飞了。”

秦明烦躁地说：“刚才我已经和她说了这层意思，她还有些犹豫，舍不得这些产业。你再跟她说清楚利害关系。如果我们都帮不了她，没人会真正帮她。要她越早走越好，走得越远越好。”

陈大年似乎在考虑什么，过了一会儿说：“就怕省纪委和工作组的人仍然不放过她，实在不行，就……”他这话并没有说下去，但秦明显然是听懂了，说：“别说了！不到万不得已不能走那一步！现在重要的是赶紧把景江的烂摊子收拾好！”

叶知秋无意中听到这番对话，心里一寒，晓得无论如何都不能进去了。正准备悄悄走开，又听到秦明说：“现在省里决定要‘硬着陆’，搞得一点回旋的余地和空间都没有了。矛盾一激发，群情沸沸，拔出萝卜带出泥。你不要把事情想得太简单，要把情况想复杂点，不要以为可以瞒天过海。”

陈大年似乎早已想好应对之策，说：“秦老板，我已经安排好了，马上就有重磅炸弹出来，会立刻扭转形势！”他的声音压低了，听不清楚在说什么。

叶知秋听得心惊肉跳，轻手轻脚地离开。回到房间，他细细回想陈大年与秦明的对话，越想越觉得复杂。事实明摆着，江丽丽在景江搞过类似的民间借贷和非法集资，在那里大赚特赚后，又跑到南岭圈钱。她的发迹和坐大，肯定离不开陈大年的支持。陈大年的后台就是秦明。秦明儿子显然也通过集资，在魅力集团收取高额利息敛财。至于秦明、陈大年与江丽丽之间是否还有什么见不得人的交易，那就不知道了。现在南岭非法集资事情爆发，城门失火，殃及池鱼，秦明怕牵扯到陈大年、甚至自己头上，他提出的“软着陆”，听起来理由充分，其实还是包藏着见不得人的私心杂念。

叶知秋想到这层，不禁惊出一身冷汗。秦明看上去循规蹈矩，说话处事滴水不漏，到头来却是个典型的“两面人”。尽管他对叶知秋颇为赏识，但叶知秋回想与秦明交往的点点滴滴，越感到此人虚伪。至于陈大年最后说的“重磅炸弹”不知是什么，叶知秋心里愈发忐忑。

叶知秋紧张地想着办法，过了会儿，他拨通古力志的电话，问：“力志兄，你现在在哪里？我和江丽丽谈完了，没有谈出什么实质性的情况。”

古力志已经回到了景江，说：“那好。反正秦老板还在南岭，你把情况反馈给他。江总的事情，我感觉没有那么简单。知秋，你处理这事，还是要慎重一点。”

叶知秋想搞清楚他是否知道陈大年正在秦明的房间里密谋，便试探地问：“秦省长不知休息了没有，我想向他报告一下江丽丽问话的情况，他晚上不会约人谈事吧？”

古力志说：“我走的时候，他说想早点休息，这段时间压力挺大。这么晚了，他应该睡了，你明天再找他汇报吧。我明天会向陈书记详细汇报南岭的情况。这事也不是一下子能处理好的。你也早点休息。”

看来，古力志并不知道陈大年偷偷过来拜访秦明，也没有参与密谋制造混乱的计划。叶知秋挂了电话，心里稍微松快了一些，一阵倦意袭来，懒得洗漱，一头倒在床上睡去。

清晨，叶知秋被急促的门铃声吵醒，他光着脚开了门，看到高振宇满脸焦躁地站在门口。叶知秋问：“什么事，这么急？”

高振宇递过手机，说：“你看，网上到处在传这个帖子，手机都刷屏了，今天清早才发的文章，点击率就过了百万，好多网站、微信朋友圈都在转。”

叶知秋仔细一看，是一个叫宋妙笔的网络大V写的网文，标题很抢眼——《南岭市非法集资百亿元的前世今生》，内容是当地政府决策失当，将一批合法经营企业强行关停，让老百姓的血汗钱白白蒸发，文章细节丰富，文笔生动，包括政府部门的处置方案都写得很翔实，显然是知情人爆料。文章矛头直指当地官员实施“硬着陆”方案，完全没有考虑老百姓的合法利益，纯粹是为了平息事态，保住头上的乌纱帽。

高振宇说：“这个宋妙笔是出了名的网络渣渣，经常利用写负面文章，敲诈勒索，借机敛财。他是调查记者出身，写过一些揭黑幕的新闻报道，积攒了一些人气，近几年网络自媒体发达，他专门批评政府部门，又会炒作，很快就成了拥有五百多万粉丝的网络大V。”

叶知秋知道宋妙笔这人，也关注过他的微博、微信，最初觉得他的文章还能针砭时弊，直指社会问题，后来发现他的文风大变，文章全无风骨，或是死缠乱绊如泼妇骂街，或是赤裸裸地吹牛拍马，也就不再关注。难而，此时正是南岭市处置非法集资案的关键时期，他发出这篇文章，针对性又如此强，肯定不是偶然为之。

看完文章，叶知秋说：“这篇文章显然是受人指使写的，要不然情况那么清楚，细节这么吻合。一定是内部人在搞鬼，想把水搅浑！”

高振宇问：“你认识宋妙笔吗？”

叶知秋摇摇头，说：“我不认识，但听薛松林提到过此人，说他利欲熏心，有钱就是娘，一件事情翻来覆去炒作，利用舆论绑架政府部门，坐收渔利。他道德败坏，全无职业操守，早在圈内被人不齿，但他好歹有百万粉丝，又擅长包装炒作，所以他发出来的网文还是有很大的影响力。”

高振宇说：“现在网上炒得一塌糊涂，只怕又会引起南岭的集资户借机闹事。崔书记要我来问问你，有什么办法能平息一下网络舆情？”

叶知秋在省里工作，与宣传部门、新闻单位打交道多，又参与处理过网帖事件，对这方面比较熟悉。他清楚，宋妙笔这种文章极具煽动性，而且转发率高，容易给政府部门带来压力，甚至会通过舆论干扰最终的处置意见。这种如病毒式传播的文章是无法直接删除或屏蔽的，只能想办法找到宋妙笔本人沟通，让他自己删除原始帖，或者再写一篇文章缓和一下。叶知秋说：“等下我和薛松林商量一下，看他能不能托朋友找到宋妙笔。”

两人一起去了市委。叶知秋注意到沿途的一些门店、电线杆上都张贴着宋妙笔的文章，有不少人围着看，显然有人从网上下载后，到处张贴。

走到了市委门口，已经围了一大群人，还有人陆陆续续地过来。叶知秋看到一些人手里握着报纸和传单，上面都有宋妙笔的文章。帖子传播得这么快，到处散发，显然是有组织、有预谋的。有些不明真相的集资户被文章煽动，又到市委门口来聚集。

叶知秋突然想起陈大年说过的"重磅炸弹"，难道就是这个？

进了市委办公楼，各个工作组的人都忙得团团转。孔坤之要求9点之前召开调度会，各个小组要汇报工作进度。叶知秋将工作情况稍做梳理，9点钟准时进了会场，一进会场，他就看到主席台上的孔坤之面前也摆着一份传单。

各个工作组依次做了汇报。崔鸿鹄把摸底清查和资产清核情况汇报完，说："整个工作进展顺利，但昨晚有个网络大V发了一篇文章，混淆视听，制造谣言。今天南岭市城区到处出现张贴此文的传单，干扰非法集资事件的处置，产生了很坏的影响，现在有很多集资户正在市委门口聚集。"

易坚脸色冷峻，说："这篇文章披露了很多我们开会研究的内容，有些数据也是保密的，明显有人违反保密纪律和工作纪律，向外面擅自发布信息，被别有用心的人利用，炮制出了这么一篇东西。这个事情一定要查清楚！一定要严肃处理！"

易坚说这些话时，秦明面无表情，眼睛直视着前方。

孔坤之环视会场，问："哪位同志还有补充？"

这时，市人大袁主任从座位上站起，说："孔书记，各位领导，我发个言行不行？"

孔坤之示意可以。袁主任拿过话筒，说："省里决定'硬着陆'的方案，南岭市本地的多数同志是持保留意见的，但省里决定的事情，我们要坚决拥护、不折不扣地执行。尽管集资的老百姓有怨言，总体来看，前段时间的处置比较顺利。可是宋妙笔这篇文章，对我们的处置措施提出了质疑，如强行关停正常经营的企业、对集资户威逼恐吓、没有考虑减少集资户的损失等，说得有鼻子有眼，在群众中产生了很大的影响。现在有很多集资户说政府欺骗他们，准备再次到市委门口来静坐抗议。这让我们的处置工作非常被动。我建议还是要尽快说明情况，挽回影响，同时一些过激的处置措施，慎重起见，可以缓一缓。"

待袁主任说完，秦明发言，说："这两天，我也听到一些反映，说集资户认为强行关停正常经营的企业的做法不对，本来可以挽回一部分损失，结果全打了水漂。南岭本地的干部都有七大姑八大姨参与了非法集资，涉及方方面面的利益，让处置工作变得很被动。这个问题如何解决，请同志们认真考虑。我个人意见，还是要充分考虑南岭市的实际情况，急躁冒进不得，要稳打稳扎，稳妥解决问题。”

秦明的发言实际上支持了袁主任的意见。会场一下子冷下来，叶知秋心里暗暗着急。孔坤之见状，不紧不慢说道：“大家都说了很好的意见，我觉得很好。各个工作组汇报了工作进展，很多同志又从各个方面分析了利弊，讲得很多，很到位。但是，我要提醒大家，目前有人在不择手段破坏、阻挠我们依法处置非法集资事件。”他提高嗓门儿，用力扬了扬那份传单，说：“这是一场错综复杂的斗争。我们既要切实维护好群众的合法利益，又要维护南岭的社会大局稳定，还要依法打击不法商人以及与其勾结在一起的利益同盟！同志们啊，我们面前的形势异常复杂，真正考验我们的时候到了！”

会场非常安静，一根针掉在地上的声音都能听见。孔坤之说：“我们必须旗帜鲜明地表明态度，必须坚持不移地执行‘硬着陆’的方案，必须彻底查明破坏干扰依法处置的黑幕！南岭市要组织力量，对群众特别是集资户表明党委政府的态度，要定期发布工作进度等信息动态，要争取绝大多数的群众支持和拥护处置办法，要把舆论权牢牢掌握在自己手里。”他停顿一会儿，说：“我已经向省委建议，由省纪委牵头，进驻南岭市，对非法集资事件的幕后操纵者一查到底，依法依纪严惩！”

散会后，高振宇悄悄对叶知秋说：“刚才强局长跟崔书记和石市长报告，说江丽丽已经失联了。”

叶知秋一惊，他没料到陈大年那边的动作这么快，说：“不会吧？才谈完话，我还叮嘱她要配合调查，她答应随叫随到。”

高振宇摇摇头。叶知秋正好看到强健局长走在前面，便拉住他问。强健悄声说：“省里要求对这些涉嫌非法集资数额大的公司负责人采取强制措施，刚才我们准备派人控制江丽丽时，发现她早已不在南岭。不过请叶处长放心，我们上了技侦手段，所有的边境海关都发了协查通报，料她插翅也难逃。只要她还在国内，就能抓回来。”

江丽丽最终还是没有听自己的劝告，一条道走到黑，叶知秋不禁在心里长叹一声。他又想，现在省纪委已经正式站到了前台，在清理集资案的同时，反贪反渎职的工作也会疾风暴雨一般展开。不知道这一次省纪委会由谁带队？他想起了易天水，这位老兄政治过硬、能力强，领导案审三室后颇有建树，查处了几起省内具有影响力的大案。景江、南岭两市又恰巧在他的职辖范围之内，孔坤之多半会把这副担子交给他。

果然第二天，易天水打电话给叶知秋，说："我明天就会带队到南岭市来。这次宋妙笔发文章的事情，我们已经初步查明，是南岭这边有人送了 50 万元，让他写一系列的不实报道，干扰政府处置工作。省公安厅已经成立了专案组，会对宋妙笔等人依法处理。"

二十五

省纪委工作组的进驻，让南岭市的气氛骤然变得紧张起来。工作组由易天水任组长。易天水原来是案审一室副主任，如今已是省纪委常委、案审三室主任，从宏东纪委系统最年轻的处长成长为最年轻的副厅级干部了。

省纪委工作组一到南岭就分头找市委班子成员谈话，谈话聚焦非法集资事件的来龙去脉，以及一些重点工程项目是否存在腐败问题。易天水亲自找崔鸿鹄谈话。谈完话出来，崔鸿鹄铁青着脸，英俊的面庞愈发冷峻。

南岭市坊间开始流传着各种说法。有的说，省纪委已经对崔鸿鹄立案调查，江丽丽是他的情妇，俩人通过非法集资赚了不少钱，这次东窗事发，俩人在劫难逃。这么传了几天，人们看到崔鸿鹄依旧出现在南岭新闻联播上，依旧出席这个活动、那个活动，传言版本又发生了变化：省纪委对崔鸿鹄调查后，发现他是个清官，没有用权力谋取任何私利，江丽丽是省里某个领导的情妇，这次非法集资事情败露后，崔鸿鹄没有保护江丽丽，惹怒了领导，便派出工作组来调查他，实施打击报复……各种版本经过添油加醋成为一个个离奇的故事。

听到这些传闻，叶知秋暗暗发笑，佩服传播者的想象力。叶知秋清楚，不管崔鸿鹄是否参与这些企业幕后经营，是否存在以权谋私的行为，都不重要，这次非法集资引发的群体性事件已经成为他晋升的拦路虎。从某种意义上来说，非法集资事件的爆发，让崔鸿鹄原本一片光明的仕途变得暗淡无光。

叶知秋与易天水长谈过一次。他把这些天跟着孔书记工作所掌握的情况原原本本地告诉了易天水。易天水说：“省纪委初步掌握了一些线索，正在查实相关证据。南岭市民间集资问题早有反映，但主要是涉及民营企业、私人公司，没有举报官员贪腐问题。这次群体性事件后，举报官员参与非法集资，支持纵容企业违规借贷的线索一下子多了起来。我们要通过初查后，才能决定下一步的行动。”

案件的事情不宜多打听。叶知秋告诉易天水：“南岭市的干部群众对处置方案还是有些不理解，尤其是一些领导干部不支持，说了不少风凉话。认识有分歧，行动上就有抵触，给下步的处置带来很大障碍。”

易天水说：“这里面的原因肯定很复杂。非法集资涉及的群体里面，有的是既得利益者，有的是利益链条中的一环，有的是怕引起动荡后危害到自身的利益……这些群体会不择手段地影响调查取证和审查办案。不过，再狡猾的狐狸也会留下痕迹。我们会剥丝抽茧，找到证据的。”

叶知秋说“孔书记对局势的判断和把控很到位，牢牢抓住了处置的主动权。”

易天水说：“他水平高，我们都很服。他不仅宏观把控能力强，而且对侦办案件很有办法，有时我们案子办不下去，都会向他请教。他总能找到问题的症结，想出解决的办法，许多难题就迎刃而解。”

叶知秋又说：“我听说魅力集团的江丽丽失踪了。”

易天水叹了口气，说：“唉，非常可惜！她的魅力集团是南岭市非法集资案排在第一号的企业。本来我们已把她列为众多线索中最关键的一环，正准备联合南岭市公安局将她控制起来，没料到还是让她先一步逃脱了。我怀疑有内部人向她通风报信。”

叶知秋没有向易天水提起在秦明门外偷听到的谈话，说了也无法作为指证秦明和陈大年的证据，反而会把自己陷进到那个可怕的漩涡中爬不出来。但他确实担心江丽丽的安危，便对易天水说：“江丽丽作为案件的关键人，你们希望她活着开口，但有些人却希望她死，因为只有死人才是最安全的，永远不会开口。”

易天水说：“这一点确实是不能不防。我们已经跟南岭市公安局商量过抓捕方案，成立了专案小组，同时请求公安部和省公安厅的支持，一定要尽快将她抓捕归案。”

易天水带的人开展外围谈话。这天找了高振宇，尽管没有查到实质性的问题，高振宇的情绪仍受到了影响，不知道是没有休息好，还是压力太大，他烟抽得很凶，一支接一支。

高振宇感到郁闷，不仅因为纪委工作组找他谈话，而且最近崔鸿鹄多次发无名火，为些琐事厉声斥责他。很多人看到电视上或者主席台坐着的领导总是那么和蔼端庄，只有领导身边的工作人员才知道他们最真实的一面——有普通人的喜怒哀乐，也承受着普通人无法承受的压力。高振宇理解崔鸿鹄的处境，一个全身心扑在工作上、扎实干事的市委书记却要忍受那么多的流言蜚语，内心的委屈困苦可想而知。虽然爱莫能助，但从内心里他也希望崔鸿鹄能够度过这一关。不仅仅是因为崔鸿鹄倒了，他也不会有什么好结果，更因为他跟随崔鸿鹄多年，了解这位领导，也敬重这位领导，知道南岭的经济发展离不开这样的人。

晚上，高振宇约叶知秋到家里吃饭。他叫老婆炒了几个菜，开了一瓶“飞天”茅台，一人倒了一半，边喝边聊。

叶知秋料想高振宇担心崔鸿鹄出事，影响自己的前途，劝道：“振宇，你别闷闷不乐。身正不怕影子斜，组织的调查结果没出来，不见得崔书记会有事。再说了，就算万一崔书记有事，也牵连不了你。来，喝酒！”

高振宇猛灌一口酒，说：“这事出得不是时候啊！我对崔书记提出过想到县里去锻炼，他考虑影响没有答应。碰到干部双向交流的机会，好不容易找了欧阳群处长答应帮忙，结果这非法集资一闹腾，推荐的事又泡汤了。”

叶知秋完全理解高振宇的失落。干部升迁的机会就像挤公共汽车，拼命挤上去了，才能到下一站转车。如果这趟没有挤上去，下趟车来了可能更拥挤，而且有没有下一趟车还难说。机关干部就像运动员，运动会三五年一届，这届没夺得奖牌，下届或许就超龄退役了。

叶知秋安慰说：“你别灰心。现在组织还没做结论，别想太多。就算你这次没有遴选到省直厅局，不表示以后没有机会。”

高振宇苦笑说：“崔书记要求自己很严，钱物看得淡，说得不好听一点，有政治洁癖。但是，如今有些事情，方方面面打招呼的人多，好多是上面强压下来的，甚至还有掌管他乌纱帽的人物，不可能事事强顶着不办。他也有难处和苦衷啊！”

叶知秋把省纪委曾经找唐梦云谈话的事情告诉高振宇，说：“早就有人在举报崔书记。不管是真是假，都对他有负面影响。纪委找唐梦云调查时，主要就是问崔书记与魅力集团的事情。”

高振宇问：“什么时候的事情？”

叶知秋说：“就是我们到南岭市调研的那天。”

高振宇端起手中的酒杯，凝视着杯中晶莹透亮的液体，淡淡地道：“按理说，唐梦云是景江市的驻省办主任，为什么要通过她调查崔书记？她与崔书记应该没有直接的交往呀！知秋，你知道是什么原因吗？”

叶知秋疑惑地看着他，说：“我估计是了解江丽丽的情况，从江丽丽身上找崔书记的线索。江丽丽是景江人，从景江到南岭来做生意，生意又做得这么大，没有崔书记的支持是不可能的。唐梦云肯定了解一些她的事情。”

高振宇一口将杯中酒饮尽，叹道：“不是冤家不聚头啊！我一直没有告诉你，唐梦云与江丽丽有一段说不清道不明的纠葛。我曾经跟你说过，唐梦云的老公是个官二代，游手好闲，喜欢在外面拈花惹草。江丽丽长得漂亮，当时做生意也需要官方背景，一来二去，俩人粘上了。江丽丽通过他的关系赚了蛮多钱。俩人关系公开后，唐梦云知道了，才下决心离婚。”

“哦，还有这段纠葛？”叶知秋听高振宇说过唐梦云的坎坷经历，却不知道她与江丽丽还有这故事，不禁愈发好奇：“难怪她们两个人在一起时，互相不太搭理，感觉总是怪怪的。”

高振宇说：“这个八卦，我是听别人说的。你知道我这个人，天南地北、三教九流的人都认识一些。唐梦云老公吸毒，与唐梦云离婚后，死缠着江丽丽不放。江丽丽是个聪明人，不愿意与他再耗下去，就找机会离开景江，到南岭市来发展。”

叶知秋说：“这么说来，她俩还真是冤家。省纪委找唐梦云，说不定也是掌握了这个方面的情况。”

高振宇说：“唐梦云老公本就是个渣男，全怪江丽丽也不对。现在这世道，女人要成功，所付出的远远超过男人。江丽丽开始并不认识崔书记，后来是省里有个领导出面打了招呼，崔书记才开始对魅力集团的项目给予支持。江丽丽长袖善舞，左右逢源，这几年生意如滚雪球般越做越大。”

两个女人与叶知秋都有交集与缘分，其中的牵扯，高振宇并不都清楚。叶知秋不愿再说下去，转了话题：“振宇，你现在要沉住气。越是这个时候，越能考验一个人的意志与品行，过了这个坎，雨过天晴就好了。”

高振宇闷头喝酒，忽然问：“今天是易天水找我谈的话，听他的口音似乎是嘉林县人？”

叶知秋说：“是啊，他是我老乡，又是好朋友。你有什么事需要找他吗？”

高振宇摇摇头，说：“他人挺和气，但问话很干脆，一针见血，容不得一点糊弄。”

叶知秋笑着说：“他一直在纪委系统，原来在案审一室，后来才转到案审三室的。你如果有什么话想要找他单独谈，我可以转告他。”

高振宇端着酒杯，似乎在想什么，过了一会儿，叹口气，仰头将酒一口喝了。

一瓶酒喝完，叶知秋不准高振宇再开酒。俩人又闲坐了一会儿，叶知秋便告辞了。

省、市工作组虽然力度大，但效果却不明显。随着清核资产工作的推进，涉事企业的抵触情绪很大，躲避、推诿、拒不配合的企业负责人愈来愈多。

一股无形的阻力正在对抗着工作组。这股阻力不是空穴来风，而是有组织有策划的。

秦明牵头负责资产清核与资金调度，推进非常缓慢。他把叶知秋叫到房间，询问其他各组的进展情况。

秦明慢条斯理地问着，时不时拿着红铅笔在纸上作记录。叶知秋隐隐觉得他并不真正关心各组的工作进度，他要了解的是另外一些信息。

果然，秦明不经意地问道：“魅力集团清查出的主要问题是什么？孔书记有什么明确的处理意见没有？”

叶知秋已经知道秦公子与江丽丽有生意往来，又知道秦明内心的真实想法，他回答便很谨慎，说：“目前还在核查资产，不过可以肯定，魅力集团参与非法集资的金额巨大，资产是否可以抵债还不清楚。孔书记对整个资产核查处置有指示，但没有针对特定企业或对象，都是一些原则意见。”

秦明点点头，说：“那个江总，我是认识的，也打过几次交道。本来以为是做正规企业的，没想到非法集资搞得这么厉害。出人意料啊，出人意料！”

秦明的感慨，看起来发自肺腑。叶知秋便说：“听说魅力集团实力还是蛮强，主要是摊子铺得过大，导致资金周转出现问题。”

秦明轻轻摇了摇头，说：“没有这么简单。现在中小企业融资难，像魅力集团这样的企业应该有主营产业来确保核心利润，但现在看起来，完全是一个空壳公司嘛！我本来还想拉魅力集团一把，但这家公司的问题大得很哪！我们都受了蒙骗。”

叶知秋想问秦明有什么具体指示，秦明却已站起身，说：“知秋，你去忙吧，好好干。”

叶知秋出了房门，耳边还回荡着“好好干”这几个字。秦明非常关注魅力集团，却又不能对外表露，他想问的其实是魅力集团资产能否清偿负债。叶知秋心想，魅力集团与秦公子有生意往来，想必秦明是知道的，他现在焦灼的是如何摆脱这层关系，让儿子顺利脱身。

这天夜里，孔坤之召集省纪委工作组碰头，听取调查情况汇报。叶知秋列席会议。

易天水把调查情况做了汇报，说：“孔书记，我们发现有些调查对象不配合，阳奉阴违，甚至出现了攻守同盟。最近调查的几家企业，回复的腔调、陈述的情况都高度一致，我们怀疑有人在组织串通，对抗调查。”

孔坤之的眉头紧锁着。

易天水接着汇报，说：“有的企业讲的都是虚假情况。如魅力集团近三年来大肆借贷，出现了巨额亏空，一直在拆东墙补西墙勉强维持，但在工作组调查时，却说企业运转正常，资产完全可以偿还债务。而且，我们初查发现，魅力集团不但有违法违规经营的行为，还存在大量利益输送，存在向一些领导干部行贿、送干股等违法行为。涉及官员贪腐问题，我们早就掌握了一些线索，对举报魅力集团以及崔鸿鹄滥用职权等问题进行初查。目前有干部主动找工作组，主要反映崔鸿鹄、石宏春、李新明等人不作为，默许纵容非法集资蔓延。市人大袁主任还联名一些干部，交了书面材料，实名举报崔鸿鹄的问题。”

孔坤之“哦”了一声，似乎略感意外。他眉头皱得更深了，说：“看来，矛盾公开化了。既然是实名举报，应该会反映些实质性的问题。你们调查了没有？”

易天水说：“我们有针对性地进行了调查。崔鸿鹄谈话时，主要是检讨工作中的失误，还算比较客观。袁主任举报的事情有些夸大，有的内容完全不靠谱，明显是道听途说、添油加醋的。”

叶知秋心想袁主任表面上拥护市委、市政府的决定，背地里却向工作组告状，不是君子所为。但转念一想，必定是涉及了他的切身利益，关系到身家性命，所以才会破釜沉舟，放手一搏。

孔坤之神情严峻，说：“纪委的同志们要排除一切阻力，一查到底。我可以负责任地告诉大家，省委、省政府是下了决心，不惜一切代价，要把问题查个水落石出的。不管涉及谁，不管是哪个领导，都要一查到底。这个态度是鲜明的、坚决的，同志们要有信心，也要有底气。有省委、省政府的坚强领导，我们一定能把南岭的黑幕掀开！还南岭一个朗朗乾坤！”

孔坤之的话，给纪委工作组吃了一颗“定心丸”。工作组的同志加班加点，分组找人谈话、调查取证，推进的节奏明显加快。

这段时间叶知秋作为孔坤之的联络员，经常参加各种协调会。每天他都要把协调会的内容和各个工作小组的工作进度，简明扼要地向孔坤之汇报。

这天，李新明主持召开清算核资协调会。市人大袁主任提出由市财政先拨付 200 万作为依法处置类企业的清算核资经费，这笔钱本应由企业支付或在资产中核除，由政府财政垫付显然违反政策。李新明作为常务副市长刚提出不同意见，袁主任的脸立马拉了下来，说：“这也不行，那也不行，你倒提出个解决办法看看？现在是非常时期，只能特事特办。市人大是支持市政府工作的。如果李市长为难，那么下次市人大审议市财政预算报告还得仔细一点。”

面对这种赤裸裸的要挟和挑衅，李新明气得手发抖、脸涨得通红，却没有反驳。

叶知秋印象中李新明不是一个怕事的人，作风硬朗、性格刚强，面对袁主任的咄咄逼人，他似乎一直在隐忍着什么。

路见不平一声吼。叶知秋看不下去，胸中腾起一团火，拿起话筒说：“我讲一点意见。我认为，由市财政垫付清算核资经费是不妥的，不仅会助长企业的依赖心理，把责任往政府推，而且会引起其他类型企业的攀比，更不利于稳定工作。请同志们认真考虑。”

叶知秋的话不多，却说到点子上。他是省工作组的成员，又是孔坤之的联络员，他的发言某种程度上代表了省工作组甚至孔坤之本人的意见，一时无人敢反驳。

袁主任的脸阴沉沉的，像蒙着一层灰幕。

散会的时候，叶知秋与李新明并肩出了会议室。李新明握了握他的手，对他的仗义执言表示感谢。

叶知秋说：“我是从工作出发，对事不对人，袁主任的意见明显不利于后续处理。”

因为离得近，叶知秋看到了李新明眼中布满的血丝和灰白的脸色，不由说道：“老兄，你要注意休息，我看你人都瘦了一圈。这么下去案子没搞清楚，你人先吃不消了。”

李新明苦笑道：“人辛苦不要紧，就怕卖力不讨好。坚持原则得罪人，不坚持原则触底线，难哟！”

叶知秋表示理解，问：“这几天没看到崔书记、石市长，他俩出差了吗？”

李新明说：“他俩专程到省里汇报去了，除了要作深刻检讨，还要接受省纪委的调查。要说辛苦，要说委屈，比起他俩，我好多了。”

出了走廊，叶知秋看到易天水带人等在门口，看样子早就约了李新明谈话。叶知秋上前打了个招呼，目送李新明上了易天水的车。

叶知秋整理好会议简报，向孔坤之汇报。他说：“整个处置过程还比较顺利。但是触及一些深层次问题时，阻力很大。从目前掌握的情况看，当地的领导干部参与非法集资的现象比较普遍，而且参与非法集资的数额较大。”

孔坤之态度坚决地说：“我看，正是触动了这些人的利益，他们才会层层设置阻力。知秋，你以领导小组的名义下发个通知，要求各个工作组态度要坚决，措施要过硬，追责要严厉。”

经过紧锣密鼓的工作，南岭市的局势日趋平稳。所有参与非法集资的公司都停业整顿，有的进行资产评估核算、有的进行融资清付、有的对集资户退还本金……整个处置工作成效明显。

魅力集团借贷的民间资金是个无底洞，被划定为“依法处置类”。如今魅力集团总部大门紧闭，人去楼空，一些公司高层被收押，但唯独董事长兼法人代表江丽丽不知去向。

这晚，刚进宾馆房间，叶知秋手机响了。电话是李新明打过来的，问：“知秋，你还没休息吧？我想到你那里聊聊。”

叶知秋无法拒绝。他知道李新明一直等在附近，见自己进了宾馆，才打的电话。

果然，过了一会儿，李新明便在走廊敲门。叶知秋请他进房间坐，给他沏了杯茶。

李新明将公文包顺手放在桌上，说：“这段时间，你一直没回宏东吧？”

叶知秋说：“没有办法，走不开。孔书记交代过，要将后续工作处理到位后才能撤回去。其实你们最辛苦，冲在第一线处理具体矛盾。”

李新明说：“只要能把问题解决好，辛苦一点又算什么！我一直没有找到合适的机会向孔书记汇报。但是，我听说省纪委工作组掌握了一些线索，这次应该会查清楚。”

叶知秋见他话有所指，便说：“纸包不住火。有问题迟早都会暴露，这种事是隐瞒不住的。省纪委一般带着线索来，一旦查实问题，就会对相关人员采取措施。”

李新明压低嗓子说：“知秋，你是我值得相信的人。省纪委易主任找我谈了话，主要是了解‘晶鑫世家’项目的情况。我具体负责这个项目，参与了项目立项、规划、拆迁、建设的整个过程。工作组对项目经营不太感兴趣，却问了很多关于项目如何立项、如何从银行贷款等问题，矛头显然对着崔鸿鹄。”

纪委调查没有下结论的事情，再讨论也无实际意义。叶知秋不愿意听下去，见李新明说得起劲，又不忍打断。

李新明沉浸在自己的情绪里，继续说道：“我把了解的情况如实说了。纪委的同志还问了许多我不知道的问题，诸如江丽丽的背景，这个项目是如何招商引资过来的，项目非法集资的金额，等等。我说，我知道的，一定如实向组织交代；我不知道的，也绝对不会捏造。问话的同志说我态度不好，不积极配合调查。”

叶知秋说：“你这么回答是对的。不过，你没有必要与纪委的同志搞得太僵，大家都是为了把事情调查清楚和处理好，没有必要赌气结怨，伤了彼此的面子。”

李新明叹了口气，说：“是啊，这些道理我也明白，可是我也不会违心去逢迎，尤其是为了摆脱个人干系捕风捉影说些违心的话。古人认为，‘人贵在有义’，这是人区别于禽兽的根本标志，也是我们堂堂正正做人的前提。作为一名老党员，坚持什么、反对什么、倡导什么、抵制什么，我心里必须有一杆秤。”

叶知秋深有同感，说：“秤砣虽小，能压千金；杆秤虽短，能称人心。新明兄，你说得对，如何看待荣辱、得失，是我们的立身之本。”

李新明说：“我了解和敬重崔书记的为人，他对党忠诚、为民尽责，把这个作为最高追求和荣耀，他一直这么说，也是这样做。尽管工作中有些分歧，但我对他始终是敬重的，不负责任、落井下石这种事，我是绝对不会干的！”

没想到李新明还这么有风骨，叶知秋暗生敬佩，说：“纪委倒不一定是冲着谁来，肯定是有这方面的线索，需要查实。如果查实清楚了，反而可以为崔书记正名。”

李新明说：“其实为‘晶鑫世家’违规借贷的并不是崔书记，而另有其人。这些人故意混淆视听，把水搅浑，将矛头往崔书记身上引。”

“是谁？”叶知秋问。

“市人大袁主任。”李新明喝了口茶，说：“他儿子是天福地产公司的实际控制人，只是知道这内幕的人极少。他儿子和江丽丽搭上线后，在魅力集团下面注册了一个天福地产公司，从立项到向银行借贷，一有阻力，都是袁主任出面协调、摆平。我是常务副市长，分管金融。袁主任找过我。我碍于情面，也为了今后的工作不会被人暗中下绊子，帮忙协调过一些事情。”

叶知秋说：“如果是这样，省纪委肯定会查清楚。任何人想瞒天过海，都做不到。难怪我发现崔书记、石市长的一些意见，经常遭到袁主任的反对。”

李新明说：“袁主任是土生土长的南岭人，是地方势力的代表。他当过市委副书记，一直想提拔当市长，后来因年龄偏大转到市人大当主任。他在南岭政坛颇有影响力，崔书记、石市长都不免让着他几分。至于我这个外来的常务副市长，他更不放在眼里。”

叶知秋说：“袁主任大会小会喜欢放炮，提不同意见，不了解的人还以为他是直性子，脾气不好。上次省里宣布‘硬着陆’的方案，也是他带头反对，原来是为了干扰非法集资事件的处置。”

李新明气愤地说：“袁主任是南岭一霸，心狠手辣，唯我独尊。他儿子是天福地产公司的实际老板，他本人就是保护伞。只要有人不听他的招呼，他就会想尽一切办法打击报复，明枪、暗箭轮番上阵，什么卑劣的手段都做得出。崔书记公开批评过他的一些做法，他早就怀恨在心。前段时间有人向省纪委举报崔书记，极有可能就是他指使喽啰搞的名堂。”

叶知秋说：“这些情况你应该告诉省纪委的同志，这是对你自己最好的保护。”

李新明点点头，说：“我会考虑的。对了，知秋，听说你曾经参与调查过网上反映景江市干部入股煤矿经营的事情？”

叶知秋点了点头，说：“你听谁说的？”

李新明说：“我听高振宇提起过。听说一直没有找到发帖的人？”

叶知秋说："查了好久，帖子是从一个网吧发出来的，网吧摄像头录下的人像很模糊，查不出来。"

李新明目光直直地盯着叶知秋，说："实话对你说，那帖子是我发的。"

叶知秋吓了一跳，问："你为什么要发帖呢？"

李新明说："我看不惯景江市有的干部违法参股经营矿山，特别是市委书记陈大年带头入干股，为非法矿山当后台，搞得官场乌烟瘴气，才冒险发了帖子。我本以为会引起上级领导的重视，刹住这股歪风，结果事情却不了了之。"

叶知秋问："你去网吧发帖，的确很冒险。还有谁知道是你发的帖吗？"

李新明摇摇头，说："这件事我没有告诉过任何人，连我老婆都不知道。老实说，这件事我主要就是想阻止陈大年接副省长的位置，这样的人如果到了高位，有了更大的权力，将会给国家和人民带来更大的灾难。网帖事件省纪委和你参加的省工作组虽然没能查实陈大年什么具体问题，但他终归有些嫌疑不清不楚，有些事情也多少要负个领导责任，中央和省委担心带病提拔，因此刘副省长调走后的空缺并没有让他来接任。至于崔书记，别人以为他是副省长的热门人选，其实我到了南岭后，才真正了解了他的想法，他是立志要在南岭扎根，好好干一番事业，将南岭的经济水平提升一个台阶的，对刘副省长留下的那个位置并不热衷。"

叶知秋只知道李新明是从景江市平调到南岭市来的，没想到还有这些内幕。李新明将这些秘密托盘告诉叶知秋，已是把他当作可以交心的朋友。叶知秋说："新明，你可以光明正大向省纪委反映陈大年的问题呀？"

李新明摇摇头，说："我也考虑过这么做。但是，陈大年在省里有硬后台，一些举报材料交上去或是石沉大海或是辗转到了陈大年的手里，对他完全没有杀伤力，只会让他变得更加嚣张，也只会让他变本加厉地报复我。"

在官场上某些利益同盟的面前，像李新明这般坦诚磊落的人自然容易被孤立、排挤。叶知秋真诚地说："新明，感谢你对我的信任，我绝对不会把这些事说出去。"

李新明顿时目光里充满感激，不等叶知秋把话说完，便从公文包里拿出一个文件袋递过来，说："知秋，这里有一些关于'晶鑫世家'的材料，可能对处理非法集资事件有帮助。我想来想去，交给谁都不合适，能不能先暂时放你这里？用得着的时候，我再过来拿。"他话说得缓慢，却又字字千钧。

叶知秋的第一反应，这个文件袋绝对不能接。接过文件袋，自己就会卷进是是非非。李新明应该将材料交给省纪委工作组才对，却没有这样做，反而要将材料交给自己保管，他葫芦里究竟卖的是什么药，叶知秋心里没底。

叶知秋说："老兄，这个材料你可以交给工作组或者省纪委，放到我这里不合适。"

见叶知秋犹豫，李新明竟然猛地单膝跪下，说："知秋兄弟，这些材料事关我的身家性命。你不知道，有些人是巴不得我赶紧死的，只有我死了他们才能够安枕。他们一定会对我有所动作，明着来暗着来都有可能。如果你相信我，就请帮我一把，暂时放你这里保管。如果你怕惹来麻烦，那就算了，我也不怪你。不过我想谁也想不到我会把这些材料交给毫无瓜葛的你，不会对你造成什么不利的。"

叶知秋赶忙去扶李新明，刹那间感动战胜了犹豫：男儿膝下有黄金。堂堂一个副市长跪在自己面前，李新明是把自己视为值得信赖的朋友啊！

叶知秋扶李新明坐好，说："新明，感谢你看得起我、信任我。这些材料放在我这里不合适，但既然你这样说，我就暂时帮你保管一下。我也不问这里面是些什么内容，随时原样奉还。"

李新明的眼泪在眼眶里打转，连连作揖道："给老弟添麻烦了。你的帮助，我牢记在心。"

叶知秋不愿他再说下去，问："你坐车过来的吗？司机在下面等久了。"

李新明摆了摆手，说："我一个人打出租车过来的。没有谁知道我来过，我也不会跟任何人说。"

叶知秋这才稍微心安。李新明见时间不早，起身告辞。叶知秋想送他出门，李新明指了指四周，意思让别人看到不好，叶知秋就不再坚持。李新明轻手轻脚地出去了。

李新明走后，叶知秋看了看密封好的文件袋，方方正正的，像一块板砖。冷静下来，他后悔刚才一时冲动，答应了李新明的要求。在这个非常时期，接受一个被省纪委调查对象的材料，是多么愚蠢而冒险的行为！

叶知秋将文件袋锁进宾馆保险柜。一连几天，这个黄色文件袋就像一枚炸弹搁在叶知秋心头，弄得他心神不宁。

二十六

南岭市非法集资事件的处理进入清理扫尾阶段，各方面工作有条不紊地推进。见局势已经平缓，孔坤之率三位省领导打马而去。

走之前，孔坤之交代叶知秋说："你继续留下来参与扫尾工作。处理这类事情，对你是个极好的锻炼。这种机会可遇而不可求，你好好把握。"

后续处置由南岭市委、市政府为主负责。易天水带队的纪委工作组仍继续驻扎。大家对叶知秋的工作能力都非常认可，加之他的身份又相对超脱，很多事情都请他出面协调。

叶知秋准备带队回趟省城，调查魅力集团在省工商局注册登记情况。他离家快一个月了，心里挂念着李晓蕾和亮亮，很想回家看看。同时，他又惦记着唐梦云，一肚子的话要说，恨不能马上见到她。

叶知秋带市工商局的小程一起回宏东。看到个服务区，叶知秋叫司机停车，休息一下。他悄悄打电话给唐梦云，说："我正在回宏东的路上，今天见个面吧。"

唐梦云接了电话，高兴地说："好奇怪呀，昨晚还梦到你呢，今天你就回宏东了。什么时候到？我在家里等你。"

通了电话，叶知秋的心情畅快，一路上与司机、小程开着玩笑。小程参加工作没多久，见叶知秋平易随和，便恭维说："叶处长，您有水平、没架子。和您这样的领导出差，能学到好多本事。"

车子直接开到省工商局。省工商局办公室郭主任是叶知秋党校处干班同学，叶知秋提前打过电话，郭主任早把相关资料准备好。事情办好，郭主任留叶知秋吃饭，叶知秋只想早点见到唐梦云，便婉言谢了。

小程见事情办得这么顺利，郭主任那么热情，佩服地说："叶处长面子大，事情一下子办好了。过去我们到省工商局来办事，盖个章子都要等两天。"

叶知秋笑着说："小程难得到省城来一趟，你和师傅找个宾馆住下来休息，四处转转。明天我还得到办公厅处理一些事情，后天我们再一起返回南岭。"

碰到如此体谅关心下属的领导，小程和司机感激不尽。

叶知秋让司机将车开到省政府大门口，下车掏出工作证亮了一下进了大院。看车开走了，叶知秋出了大院，走出几百米拦住一辆出租车，直奔唐梦云的住处。

唐梦云早等在家里。门铃一响，梦云开了门，从鞋柜里拿出一双新布拖鞋，弯下腰来帮他换上。

叶知秋环顾房间，见梦云精心打扫过了，家具擦得干干净净，餐桌上还摆了一盆盛开的海棠花。俩人四目相对，浑无欲念，却如久别重逢的亲人，有着浓浓的依恋。

梦云围着围裙，显然从厨房里出来。叶知秋问："做了什么好吃的？闻着好香，我肚子饿了。"

梦云笑着说："叶处长，别着急，尝尝我最近新学的菜。"进厨房端了一碗汤出来。

叶知秋闻着那碗汤香味浓郁，看上去却又清冽无比。他浅浅地尝了一口，夸道："好香啊，真好喝。"这道汤是叶知秋最喜欢喝的榴梿土鸡汤。原本是景江办事处的一道招牌菜，用文火炖土鸡，等汤熬到七成时，放入榴梿，炖出来的汤香甜可口又大补。叶知秋有次随口对梦云夸过，没想到梦云不但记在心里，还学会了做这道菜。

唐梦云问："南岭的事情处理得怎么样？你去了这么久都没回来，我好担心。"

叶知秋说："很多的事情要处理，脱不开身。如果不是要调查魅力集团工商注册情况，我现在还待在南岭呢。你那天晚上打电话给我，不知道我有多担心。电话里又不能多说，真是急死人。"

唐梦云说："上次省纪委找我谈话，问的都是崔鸿鹄与魅力集团开发'晶鑫世家'项目的事情，我又不了解情况，把我折腾得够呛。这次省纪委工作组进驻南岭，崔书记恐怕麻烦大了。"

叶知秋摇摇头，说："那倒不一定，崔鸿鹄为人正派，不贪钱财，过得硬。但这件事影响太大，肯定会影响他的仕途。"

唐梦云说："对任何人来说，仕途总有到头的一天。当官不为民做主，不如回家卖红薯。在岗位上，就尽力为老百姓干点实事，不当官成了老百姓就更要安安稳稳过日子。"

叶知秋笑了，说："一个月不见，你倒开悟了。说的话浅，道理还蛮深刻。"

吃过饭，叶知秋有了倦意。唐梦云见他疲惫的模样，劝他休息一会儿，自己回厨房洗碗筷。叶知秋坐在沙发上，连日来的疲倦与压力松懈下来，不知不觉竟睡着了。

这一觉睡得很沉，所有的辛劳和紧张都因这个好觉得到了释放。叶知秋醒来，觉得精神饱满，浑身是劲。睡前，他把手机调成了静音，这会儿拿过手机一看，竟有十多个未接电话，他逐一翻看，其中高振宇打了五六次。

叶知秋不知道发生了什么事情，急忙回拨过去，电话通了，高振宇在电话里焦急地说："知秋，出大事了，李新明自杀了！"

叶知秋耳边"嗡"了一声，心里隐隐的焦虑和不安似乎得到了印证。

高振宇简略将事情经过说了一下：省纪委工作组根据掌握的情况正式宣布对李新明进行"两规"，准备将他带到省纪委办案中心进行审查。易天水在市政府会议室宣布了"两规"决定后，当时李新明显得很平静，表示一定配合将问题查清楚，说要到办公室去拿早已经准备好的检举材料。省纪委两名干部陪他去了八楼的办公室。李新明假装在办公桌抽屉拿东西，趁陪同的干部不注意，一个箭步跳到桌子上，从八楼窗户上跳了下来，当场摔得七窍流血，死相很惨。

叶知秋心里一沉，南岭市常务副市长跳楼自杀肯定会引发社会各方面的高度关注和猜疑。无论事情真相如何，外界的猜疑与传言必将沸沸而来，更何况发生在查处非法集资的敏感时期。

叶知秋立即拨通了小程的电话，要小程和司机立即赶到附近来接自己。

接着，叶知秋又给易天水打了电话。易天水正忙得焦头烂额，说："知秋，我现在没时间，正在处理善后事宜。回头有空儿再跟你详细聊。"

唐梦云听说李新明自杀了，也是一脸愕然，说："李新明原来在景江市工作，人蛮正派，性格刚直。后来被陈大年排挤去了南岭市。因为不是本地干部，他始终游移在南岭官场之外，是个逍遥派。"

叶知秋叹道："我和他交往过多次，他在南岭的口碑还算不错。他可能为一些企业非法融资出过面、开过绿灯，但也不至于走上绝路！"

唐梦云惋惜地说："李新明是常务副市长，分管城建、财政、国土等部门，经手的资金项目多，免不了与私营老板有着千丝万缕的关系。"

叶知秋说："非法集资事件造成的影响大，他肯定要负领导责任，心理的压力太大！或许对他宣布'两规'，是压垮他的最后一根稻草。梦云，事情发生得太突然了，我得马上赶回去。"

叶知秋心里着急，不愿将李新明找过自己的事情告诉梦云。过了会儿，他抬起手腕看了看表，忍不住又打了小程的电话，催车子快点赶到。

唐梦云宽慰道："你不用太着急，省、市工作组都在南岭，会妥善处理。路上不要太赶，千万要注意安全。"

叶知秋叮嘱了梦云几句，便下楼赶到附近约好的地点。小程和司机已等在那里。上了车，叶知秋对司机说："辛苦师傅，有紧急任务，我们赶回南岭吧。"

小程试探着问："叶处长，听说李副市长出事了。"

叶知秋点了点头，说："我也是刚刚才接到电话，具体情况还不太清楚。"他想，李新明自杀只怕在整个南岭市都传遍了，网络一炒作，会成为一条爆炸新闻。他最担心的还是李新明留下的那个文件袋，不知道装了什么，该如何处理。

来去匆忙，连李晓蕾和亮亮的面都没有见着，叶知秋心里愧疚，特意打电话给李晓蕾，没说回了省城，详细问了亮亮的学习情况，叮嘱她要照顾好儿子。

叶知秋用手机上网查了一下，网络上还没有关于李新明自杀的报道，仅在南岭论坛出现了一两个标题隐晦却打不开内容的"网尸"。虽然公共门户网站没有消息，但微信、微博是无法控制的，南岭市宣传部门又得忙乎一阵了。

回到南岭，已是深夜。叶知秋径直往市委办公楼去，他约了高振宇见面。

南岭市处理非法集资领导小组办公室设在市委办公楼三楼，专门腾了五间办公室给省工作组。上电梯时，叶知秋碰到了急匆匆从电梯里出来的崔鸿鹄，崔鸿鹄双眼布满血丝，主动打招呼说："叶处长好。这么晚还不休息？"

叶知秋随口说："崔书记你好。我到办公室拿一个材料。"

等崔鸿鹄坐车走了，叶知秋才去高振宇的办公室。门虚掩着，高振宇正在来回踱步，一看到叶知秋，连忙让他在沙发上坐下，把门关严实。

叶知秋说："刚才在电梯门口碰到崔书记，他脸色不好，急匆匆的，不知去哪里。"

"真是屋漏偏逢连夜雨。崔书记刚刚主持完常委会，研究处理李新明自杀的善后工作，正赶去易天水那儿。"高振宇摇头长叹。

叶知秋说："这段时间真够崔书记受的。这些事堆在他的肩上，抗压能力不强早就垮了。"

高振宇叹着气说："事情越闹越大，难以收场。李新明自杀，把处置非法集资工作搞得非常被动。听说段书记、曾省长都非常恼火，要求立即查清事情缘由，严肃追究相关人员责任。"

高振宇房间满地烟头，嘴唇因烟抽得太多而显得发黑。他又把李新明自杀的经过细细说了一遍，话语里充满悲怜。

叶知秋说：“事情发生了，只能做好善后事宜。现在关键是安抚好李新明的亲属，只要家属不闹，就好办。另外，宣传部门要做好舆情应对，不能让人在网上肆意炒作。官方要第一时间回应这件事情。”

高振宇递过一张稿纸给叶知秋，说：“这是市委宣传部拟的通稿，崔书记亲自审定的，马上会向媒体发布。”

叶知秋接过仔细一看，是则非常短的消息：“11 月 6 日，南岭市常务副市长李新明同志不慎坠楼身亡。据悉，李新明同志生前患有重度抑郁症。”

这是底稿，崔鸿鹄只在原稿上加了“不慎”两个字。

叶知秋搞文字材料出身，不禁佩服“不慎”两字加得真见功力。“不慎”既巧妙地回避了自杀的事实，又将责任进行了化解，既可理解为李新明自己不慎，也可以说是省纪委工作人员不慎，南岭市委、市政府倒没有什么责任。

叶知秋问：“李新明到底有没有抑郁症啊？难道他的亲属没提出异议？”

高振宇说“李新明在办公室早留好了一封遗书，上面写着自己患了抑郁症，怕家人担心，瞒着家人长期服用丙咪嗪、阿米替林等药物。他办公桌抽屉里有这些药，还有去年以来多次在省人民医院精神科看病的病历本。李新明在遗书里仅提出了一个请求。”

“什么请求？”叶知秋问。

“请求组织能照顾解决他老婆的工作。”高振宇烟不离手，深吸了一口。

叶知秋听说李新明的老婆原来是景江市塑料厂财务室的会计，下岗后就一直没有再就业。李新明不允许老婆往其他单位调，说是影响不好。到南岭任职后，老婆随迁，按政策可以安排工作，但李新明仍不同意。可能感到对妻子愧疚，李新明死后的唯一要求就是请求解决她的工作。

高振宇说：“市委常委会已经研究同意将李新明老婆作为特殊情况安排到市财政局，正抓紧办手续。”

“万事皆有利有弊。李新明一死，尽管会带来一些负面影响，但非法集资事件的处理进度反而会加快。”叶知秋说了心底话。在回南岭来的路上，叶知秋就在想，李新明绝命而去或许是他注定的结局。他主管城建、财政、国土这一摊子，很多非法集资的问题他最清楚，就算他本人没有任何经济问题，领导责任也是要负的，渎职失职的责任亦要追究。表面上看是因为近期内的巨大压力加重了李新明的抑郁病情，而被“两规”成了压垮他的最后一根稻草，实际上有些人早就巴不得他死，甚至逼着他死。因为他死了，很多线索就断了，很多秘密就永埋地下，很多事情就会尽快了结，那些惶恐不安的人才能睡得着觉。

这样的想法他不能跟高振宇说，也不能跟任何人说。

高振宇皱着眉头继续说：“我也巴不得快点结束，事情拖得越久，对整个南岭的稳定与发展愈发不利。我们跟着倒霉。”

俩人聊了很久，叶知秋才回宾馆休息。刚进房间，他就接到了易天水的电话：“知秋，我听说你返回南岭了。”

叶知秋说：“是的。一听说李新明自杀的消息，我就赶回来了。天水兄，这到底是怎么回事？”

易天水叹了口气，说：“我们根据举报的材料和掌握的线索，按规定对他实施‘两规’，谁也没想到他会走这一步。其实‘两规’仍然是调查的一种手段，并没有对他的案子定性嘛！我们也是想将他隔离后，能够避免一些干扰，然后从他身上摸到其他人的一些情况。”

叶知秋知道李新明是一个性格刚强的人，而且极度爱惜自己的羽毛，连自己个人出于同情给他爱人送点慰问金他都要追着退回来！可想被宣布“两规”对他来说是一个多么沉重的打击。他在电话里问道：“我听说你们检查了他的办公室，有什么发现吗？”

易天水说：“并没有发现什么进一步的证据。只是发现了他的遗书和治疗抑郁症的药物，看起来确实是因精神扛不住了，所以自杀。”

叶知秋想了想，说：“既然他一直在进行抗抑郁治疗，怎么还会这么想不开要跳楼呢？”

易天水说：“这种医学上的事我们就不清楚了。我们也问过心理治疗方面的专家。据专家说像抑郁症这种疾病是难以完全治愈的，只能通过心理干预手段和药物治疗进行控制。”

叶知秋说：“天水兄，我了解李新明的为人，说他自杀我没意见，但现在社会上，甚至某些官员说他是‘畏罪自杀’，我觉得欠妥。他曾经跟我说过有人巴不得他死。当然，他并没有指出是谁，当时我也只是以为他这是一时激愤之下口不择言。毕竟一个堂堂的常务副市长，谁敢对他下黑手？不过我总觉得这件事有蹊跷，你们纪委不妨联合公安部门，再深入查一查。”

易天水说：“是的，不能说他是‘畏罪自杀’，他的案子现在并没有定性。孔书记也反对用‘畏罪’这样的字眼，南岭市这边就更不同意了。所以崔鸿鹄才用了‘不慎坠楼’这样的说辞嘛！不过你提醒得对，人死了并不一定就说明线索断了，我们会继续往下调查的。”

叶知秋挂了电话，把门反锁，拿出李新明交给自己的那个文件袋。他担心李新明告诉别人，留了个文件袋在这里。如果这样，他不及时将文件袋交出去，后患无穷。但是，如果李新明没有告诉其他人，这时贸然将文件袋交出去，一旦查究起来，自己百口莫辩，跳进黄河也洗不清。

文件袋里到底装着什么呢？叶知秋犹豫着是否要将袋子打开。好奇心驱使他几次想将文件袋上的封印撕开，然而理智最终占了上风——文件袋没拆封，对他来说就是一种保护。交还是不交？只能做单选题。权衡良久，犹豫再三，叶知秋还是将文件袋放回保险柜锁好。

李新明的意外死亡，让南岭市处理非法集资案的力度空前加大。各个专项小组对一些细枝末节不再纠缠。调查情况汇总后，事件的来龙去脉逐渐清晰起来，形成了一份调查处理报告：

南岭市大规模的高息融资，是从毗邻的景江市矿业大县锰县传过来的。当时，月利率一般是 1.5 分到 2 分之间，近三年来，利率开始大幅上涨，一些房地产公司开出 2 分到 3 分的条件吸引民间资金，个别企业甚至达到了 5 分。这三年里南岭市经济出现一个迅猛发展的态势，政府对企业的民间集资行为睁只眼闭只眼。以江丽丽的魅力集团为例，最初魅力集团旗下的天福地产公司给出的月息是 2.5 分。由于各家地产公司都有拿到地块和项目的各种机会，但普遍缺乏资金，需要筹集巨额的土地使用权出让金、搬迁安置资金和建设资金。然而，从银行贷款手续复杂，周期太长，再加之通过民间集资完成的首期项目比较顺利，各家地产公司的扩张欲望愈加强烈，资金需求量急速上涨，因此，民间融资市场开始形成畸形竞争态势。天福地产公司率先给出了 5 分的高息，因为魅力集团是南岭房地产的龙头企业，其他公司只能跟风提息，这就加速了整个房地产行业资金链的断裂。

随着集资风潮的蔓延，从最初以企业为主体集资经营办厂，逐步演变成非企业实体和私人老板恶意圈钱，南岭市参与民间集资的主体与融资利率发生了质的变化。老百姓看到有利可图，钱来得快、来得轻松，参与的人就像滚雪球样越来越多。随着融资活动从原来的亲戚朋友圈扩大到普通老百姓之中，借贷利率和借贷风险也水涨船高。集资的风潮波及各行各业各类人群，很多领导干部、公务员也参与其中，更加助长了非法集资的风气。雪球越滚越大，终于引发了雪崩。据初步统计，南岭的民间融资总量已经达到了 221.56 亿元之多。

……

看了这份调查报告，叶知秋倒吸了一口冷气。这场民间非法集资引发的经济雪崩对南岭市会发生怎样深远的影响？这么巨额的资金黑洞谁来填补？怎样才能避免类似的悲剧不再发生？

调查报告提出了四条处理意见：

一、对魅力集团等五家非法集资规模居前的企业进行资产清算，按集资金额比例给予清退部分款项；清退的原则是只清退本金，不付利息；群众优先，干部排后。

二、凡是参与集资的干部，主动向组织交代，只要不是入干股、分红利，以权谋取暴利的，一律不予处理。

三、对已经立案查处的涉嫌以权谋私、权钱交易，事实确凿，性质恶劣的案件，一查到底，依法严惩。

四、对魅力集团等五家企业的法人代表，以非法集资罪移交司法机关，追究法律责任。

调查报告逐级报送领导。省长曾牧南批示了一段话：“原则同意此调查报告。善后处理要慎之又慎，要尽可能让老百姓的损失降到最低，尽可能将负面影响减到最小，尽可能让更多的干部受到教育。”

“三个尽可能”的指示很快传达到了南岭市。崔鸿鹄召开全市干部大会传达学习贯彻曾省长的指示，要求各级各部门全力做好清偿、退款、查处、宣传教育等工作。

南岭市委大院又恢复了往日的宁静。原来弥漫在院内的紧张气氛已经消散，一切显得平静如初。崔鸿鹄仍然主持召开常委会，出席各种会议和活动，仍然还是南岭新闻联播的男一号。他出现在公众场合时，要说有什么不同，就是说话更为谦逊，待人更加亲和。

然而，宛若平静的海面下暗流涌动，关于崔鸿鹄即将调走的传言在坊间传播：有人说，南岭事件在中央挂了号，省委书记、省长专程到中央做了汇报，崔鸿鹄的官运到头了；有人说，南岭非法集资虽然由来已久，但恶性膨胀是在崔鸿鹄主政期间，尽管他本人没有参与非法集资，但难辞其咎，要负领导责任……虽说版本各异，但一个核心信息就是：崔鸿鹄已经不再适合担任南岭市委书记。

崔鸿鹄身处风口浪尖，内心却底气十足。他是一个有抱负有情怀的人，比别人更加珍惜这个能够让他施展才华，实现人生理想的平台。一个真正的政治家，把实现政治抱负作为终身追求的人，会顾忌很多东西，也要舍弃很多东西。沿途的旖旎风光和温柔之乡不会牵绊住他前进的脚步。崔鸿鹄真正担心的是，那些竞争对手传播的谣言，会“绑架”舆论，让他的抱负施展不开。

南岭市还有一个人比崔鸿鹄更郁闷，不是别人，就是高振宇。作为市委书记的秘书，高振宇的前途与崔鸿鹄的仕途密切相连。南岭非法集资事件给崔鸿鹄的仕途蒙上了阴影，而对高振宇来说，却是致命的打击。自从非法集资事件爆发，他就陷入了恐慌，这几个月没有安睡过一晚，夜夜失眠。可是到了上班时间，他还得振作精神，认真履行市委办副主任、市委书记秘书的职责，不能出一点纰漏。

随着省纪委工作组的到来，高振宇更加惶恐不安。纸包不住火，他知道迟早有东窗事发的一天！

作为市委书记秘书，高振宇身份特殊，成为各个公司、企业围猎的对象。他瞒着崔鸿鹄在天福地产公司入了干股，先后领走 100 多万元的“红利”，还另外投了 300 多万元在另外的公司获取巨额利息。当得知南岭市即将开展清理整治民间非法集资行动，高振宇第一时间收回了所有集资款。

高振宇也曾想过主动向省纪委工作组交代问题，他甚至想通过叶知秋找易天水，看有没有办法减轻罪责，但这样做等于结束政治生命。强烈的侥幸心理让他放弃了选择从轻处理的机会。他只能暗自祈祷上天保佑。

曾牧南批示传达后的第三天，省纪委正式对南岭市人大袁主任、市委办副主任高振宇等10多名厅、处级干部实行“两规”。消息发布那天，有群众在市委、市政府大院门口燃放鞭炮，拉出了“支持惩处贪官，振兴南岭发展”的横幅。

听说高振宇被“两规”后，叶知秋万分震惊。印象中，高振宇处事谨慎，有时甚至到了谨小慎微的地步，没想到他竟然这么糊涂！尽管叶知秋从买古玉、攀附欧阳群、托孟澄明打招呼等事情中觉察到高振宇的一些变化，但万万没有想到他不仅参与非法集资，而且介入如此之深！回头已是万千劫。回想起这些日子高振宇的言行举止，叶知秋明白了他为何常常惴惴不安、欲言又止。

对这10多名厅、处级干部的查处非常顺利。因事实清楚，证据确凿，没有人负隅顽抗，相继交代了参与非法集资、入干股分红等违法违纪问题。高振宇的认罪态度最好，主动交代了纪委没有掌握的问题，他声泪俱下的忏悔，让办案人员都为之动容。最后的处理意见是，开除高振宇公职、开除党籍，移交司法机关处理。

崔鸿鹄对查办高振宇从不过问，似乎身边从来就没有过这个秘书。市委大院就有人议论，说崔鸿鹄太冷血，丝毫不讲感情，对鞍前马后服务的人都这样，对其他人就更别提了。

然而，没人知道崔鸿鹄内心有多么恼怒。崔鸿鹄是第一个获悉高振宇将被“两规”的人。省纪委专案组出于尊重和信任，由易天水向他通报了高振宇入干股、参与非法集资活动的情况。崔鸿鹄态度非常坚决，说：“我的秘书出了这样的问题，我感到很痛心，也很惭愧，我没有管好、教育好身边的干部，负有不可推卸的责任。我坚决支持对高振宇立案查处，请求组织一查到底！”

事实上，崔鸿鹄并不像外界所传的那样冷酷无情，反而有着官场里难得的人情味。将高振宇移送检察院的前一天晚上，崔鸿鹄打通叶知秋的电话，问：“休息了吗？”

叶知秋正准备洗漱，听他口气觉得有事，便说：“崔书记，我还没睡，在房间里看电视。”

崔鸿鹄说：“小高的案子明天就要移送检察院了。如果方便的话，我们一起去看看小高吧。”

叶知秋忙说：“好的。我一直想去看看他。”

崔鸿鹄说：“我十分钟后到楼下来接你。”

叶知秋上车后，崔鸿鹄语气沉痛地说：“我知道你和小高是大学同学，关系很好。现在他出了事，你还得多关心帮助他，让他面对现实，振作起来。检察院、法院的同志跟我汇报说，从小高交代问题的态度和退还赃款的情况看，可以酌情从轻量刑。”

听了这些话，叶知秋有点意外，崔鸿鹄对高振宇案件十分关注，处理到哪一步、哪一个环节都了如指掌。叶知秋说：“感谢崔书记的关心，我会劝劝振宇，让他摆正心态，改过自新。”

崔鸿鹄说：“小高的事情，我也有责任，关注不够、提醒不够。天上不会掉馅儿饼，地上到处是陷阱。一旦对自己放低要求，放松警惕，最容易落入欲望的圈套。小高岗位特殊，围着他打主意的人多，我敲打得不够呀！”说完长叹几声，话语里满是痛惜。

高振宇见到崔鸿鹄、叶知秋时，既羞愧又感动，一个劲地说：“崔书记，对不起，我给您丢脸了！”

崔鸿鹄说：“小高啊，你还年轻，以后的路还很长，你不要背思想包袱，要振作精神，多向前看。”

高振宇并没有像后来外界传说的那样，长跪不起，但确实流下了悔恨的眼泪。

经过这件事情后，叶知秋慢慢与崔鸿鹄亲近起来，觉得崔鸿鹄既坚持原则又蛮有人情味，不像有些人浑身官味却少了人味。好感如同深埋的酒饼，慢慢发酵，随着叶知秋与崔鸿鹄接触增多，对一些事物的看法和感受接近，俩人关系更为融洽。

叶知秋听说崔鸿鹄坚持练习书法多年，学的是怀素的草书，看到的人都不相信温文尔雅的崔鸿鹄能够写出如此狂放不羁的字。

崔鸿鹄劝叶知秋留在南岭，说：“知秋，你在南岭市待了三个多月，全程参与处理非法集资事件，熟悉南岭的情况。如果你愿意，我可以向省里提出要求，让你留在南岭，挂职、任职都可以，先任市委副秘书长，过一两年再任副市长。你愿意在南岭干，就多干几年，不愿意干了，就调回省城。你能在市里把副厅级解决了，回省里发展的空间更大。”

这番话说得叶知秋怦然心动。他清楚，李新明死了，崔鸿鹄此时需要信得过、能力强的人当帮手，如果自己留下来，那将是个双赢的结果：一方面，能够在较快的时间内上一个台阶，当上副市长后平台将更广阔；另一方面，崔鸿鹄欣赏叶知秋的能力，知道孔坤之信任他，留下叶知秋不仅是一个得力助手，同时保留了一条能够直接与省委常委沟通的渠道。

叶知秋说："谢谢崔书记看得起，如果能有机会一起工作，我求之不得。"

"市委和省委组织部那边我会去说，估计问题不大。省政府办公厅那边你自己做工作，要办公厅同意放人才行啊！"崔鸿鹄用力拍了拍叶知秋的肩膀。

12 月底，南岭市非法集资处置圆满结束，叶知秋随省工作组返回宏东。返程的路上，看着车窗外草木瑟瑟，叶知秋不禁感慨万分：都说世事难料，短短的几个月时间，南岭市经历了如此巨变，许多老百姓一辈子的积蓄付之东流，昔日挥金如土的老板一夜之间变得一贫如洗，领导干部从座上宾变成了阶下囚，自己最要好的大学同学也锒铛入狱……

叶知秋的思绪像风中摇摆的树叶，怎么也无法平静。

二十七

领导的爱好永远是潮流的风向标。前任王省长在位时喜欢围着宏东公园的淡泊湖散步，每天就会有很多干部在湖边转悠，装作无意中碰到，常常是转了半圈他身后就会围着五六个人，转完一圈后面跟着的人就会排成一长溜。现任省长曾牧南喜欢爬山，有空儿就去城郊爬麓山，结果宏东很多干部都有了爬麓山的爱好。淡泊湖边倒是清净了许多，偶尔还能看到王老省长形单影只地在湖边慢慢踱步。

曾牧南爱爬山，孔坤之却喜欢打羽毛球。孔坤之打球达到了专业水平，省里能陪他练几手的干部寥寥无几。有阵子曾牧南肩颈酸痛，听医生说打羽毛球能改善这个毛病，便开始打起羽毛球来。于是，宏东爬麓山的干部少了，打羽毛球的干部日渐多起来，省里还举办了首届"和谐杯"省直机关羽毛球赛。

从南岭市回宏东后，叶知秋一直想找孔坤之汇报，孔坤之总没得空儿。这天，孔坤之主动打电话给他，要他赶到省体育局的羽毛球馆。叶知秋赶到球场，已经有三五个人围着孔坤之说说笑笑，省财政厅厅长钱有为也在。

钱有为主动打招呼，说："叶处长，你先坐会儿，我陪孔书记练练手。"

钱有为是孔坤之的老球友，球打得好，吊球、扣杀力道十足，丝毫不讲客气。

孔坤之一身球衣球鞋，一会儿弓步接球、一会儿跳起扣杀，颇有专业运动员的范儿，一口气打了一个多小时。看孔坤之来回奔跑，挥汗如雨的样子，根本不像个快 60 岁的老头儿，倒像个 20 出头的小伙子。

叶知秋在球场边帮忙捡球。打完一场，孔坤之坐在椅子上休息，叶知秋递了条毛巾给他，又帮他端来水杯。孔坤之兴致很高，说："知秋，打羽毛球是个很好的运动项目，你可以练一练。办公室坐久了，身体淤着气，打羽毛球可以畅通气血，活动筋骨。"

趁着休息的间隙，叶知秋把南岭市后段处置情况作了简要汇报，还说了崔鸿鹄挽留自己在南岭任职。叶知秋说："孔书记，我觉得还是个机会，打不定主意，想听听您的意见，请您指点。"

孔坤之喝了口水，说："崔鸿鹄是一个好同志。可南岭出这么大的事情，市级班子按常理来说是要调整的。崔鸿鹄能否继续留任南岭，还是个未知数。你若留在南岭市，如果崔鸿鹄继续当市委书记也许能够兑现承诺，他一旦调离，那你的处境还能有那么好吗？你要认真考虑，还是慎重一点好。"

叶知秋说："崔鸿鹄肯定不愿意调离南岭，他想要个帮手，想留我在南岭应该是在做长远打算。"

"有些事情由不得他啊！南岭市委班子调整是迟早的事情，组织一旦作了决定，个人只能服从。"孔坤之在球场不像在办公室那般严肃，话说得直率："明年办公厅有一个副巡视员退休，有岗位腾出来，你已经具备竞争资格，到时争取上个台阶。在省里提拔后再到市里任职，会比较好。你也能够更好地一展抱负。"

叶知秋知道孔书记是真正为自己考虑，点头说："孔书记，经历了南岭的集资风波后，我对个人的升迁、荣辱得失看得更明白了，反而更想踏踏实实为老百姓做点事情。想留在南岭的出发点，也是为了能更加务实。"

孔坤之称赞道："不错。你有这个想法非常好。为人民服务是党的宗旨，新形势下，作为一名共产党员，就要始终心系国家，坚定党性，怀揣民心，处处为民，唯有如此，才能行得正、站得稳，才能在追求党和国家的事业过程中实现自身价值。"

孔坤之的一席话，让叶知秋不再纠结。南岭市领导班子肯定会调整，从目前的形势和孔坤之话语里透露的信息看，崔鸿鹄调离南岭的可能性非常大。南岭非法集资事件虽然暂时平息，但责任追究还没开始，在这种情形下，自己留在南岭的可能性很小，也没有施展的空间。

从这天起，叶知秋开始练起羽毛球。他虽然不太会打，但是从小喜欢体育锻炼，还是有点基础。他特意请省体校羽毛球队的一个老教练“开小灶”，经过一番强化训练后，摸出了门道。平常有空儿，叶知秋不打麻将了，而是找几个朋友一起打羽毛球。他悟性好，打球的水平突飞猛进。

叶知秋陪孔坤之打了场球，那场球他铆足了劲，还是被孔坤之打了个三比零。孔坤之见叶知秋认真学打球，鼓励说：“不错，有基础，再坚持打一段，会有很大进步。”

叶知秋受到鼓舞，每周都要抽空儿打上一两场，如果一周不打一场球，总好像缺了点什么，浑身不自在。

打羽毛球比打麻将好多了，既锻炼了身体，又接触了领导。叶知秋发现，孔坤之在打球的时候就像个孩子，经常会为一个球是否出线、接球的动作标不标准争执一番。当然，一般情况下，真理都掌握在孔坤之手里。偶尔叶知秋也会较真，孔坤之并不生气，倒觉得他实诚。打得久了，无论双打单打，叶知秋都能陪孔坤之打满一场。

人的欲望一旦平息，心境自然平和。叶知秋看到微信圈里传一篇心灵鸡汤，标题是《争名利的烦恼》。他想这句话说对了，人心里一旦有了争名夺利的欲望，烦恼自然来了。这个“争”字用得好，名利不去“争”，不会自动飞过来，一去“争”，谋划、暗算、欺诈、巧取豪夺统统来了，不烦恼才怪呢。

经历了南岭事件之后，叶知秋对一些事物的看法变得不一样了。每天按时上下班，有空儿就陪着李晓蕾、亮亮，日子过得安静。李晓蕾原来对知秋经常在外应酬，不顾家颇有怨言，现在看到男人总是按时准点回家，偶尔还弄一桌丰盛的晚餐，原来的抱怨抛到九霄云外，对知秋愈发温柔体贴。

很快就要开省人大、省政协“两会”了。一号楼看上去一切如常，但私底下的各类聚会、宴请频繁起来。秦明副省长已经到了要退下来的年龄。虽然只有一个副省长的空缺，但官场如棋局，一动则百动，一挪则百挪。宏东官场的气氛就变得有些暧昧。

叶知秋在督查处，经常被邀请参加各种饭局。饭局上免不了谈论秦明退休后，谁会晋升副省长的话题。其实这个话题早在一年前就在私底下被人议论开了。那时候地市领导最有竞争力的当然还属崔鸿鹄和陈大年，俩人都是老资格的市委书记。一个主政景江，得天独厚，经济总量排在全省前列；一个主政南岭，奋起直追，经济增速排在全省前列。但南岭发生了非法集资事件，尽管善后处置较好，影响还是很大。陈大年明显大占上风。而秦明本人支持的肯定是陈大年，这让陈大年又增加了一块重要的筹码。省直厅局这边，最有竞争力的是钱有为。钱有为任财政厅长快两届，是省委书记、省长都信得过的“钱掌柜”，人脉广泛、根基深厚。副省长人选，应该会在他们两个人中产生。

陈大年专程带人到省政府汇报过一次光伏产业园建设情况，描述光伏产业园的未来前景：光伏产业园开园投产后，将解决当地 1 万人劳动就业，年产利税将达到 2 亿元，成为景江市头号纳税大户，全市城镇居民人均可支配收入将达到 3 万元。

叶知秋参加了汇报会，觉得陈大年在“画大饼”，产业园建成投产还要一年多的时间，这些数字在陈大年离任后多半只能停留在报告里。

周六下午，孔坤之本来约好钱有为打羽毛球，叫叶知秋作陪，但临动身时却接到通知，中组部派人到宏东来考察省级干部候选人，要征求孔坤之的意见。

因为孔坤之没来，钱有为的球打得心不在焉，连发三个球都没有过网。叶知秋见状，说：“钱厅长，要提前恭喜你。这次中组部来考察，你是热门人选，希望很大啊！如果晋升了，你可得好好请次客。”

钱有为急忙打断他的话，说：“老弟，这话可不能乱说，犯忌讳。符合条件的人选多得很，我当好财政厅长就心满意足了。”

钱有为话虽这么说，其实心底却充满希冀。中组部来考察省级干部人选，省委酝酿推荐名单是关键，听说候选人名单会从市委书记中产生一人、省直厅局产生一人。市委书记中，陈大年呼声最高；而省直厅局最有竞争力的就是他。

叶知秋笑着说：“钱厅长，我盼着你榜上有名。我听说省直厅局长里面只推荐一个人，非你莫属。虽说是差额推荐，但你的资历排在最前面，应该有希望。”

说话间，钱有为起跳扣杀，将球扣死，说：“今天就打到这儿吧，哪天有空儿，我俩再陪孔书记一起切磋。”

俩人握手而别。叶知秋开车回家的途中，接到古力志的电话，问他是不是有个朋友在省电视台，说要采访光伏产业园项目。叶知秋以为是薛松林，便说：“是的，我大学有个同学在省电视台当总编室主任，一个寝室睡了四年。”

古力志调侃地说：“人家说是你的小师妹。还没结婚就让你睡了四年？”

叶知秋一下子没反应过来，直到听到“蒋雨霖”这个名字，才恍然大悟。

南岭事件后，叶知秋与蒋雨霖就没怎么联系。这个 90 后的小姑娘，漂亮乖巧，就是有些懒散，第一次集合就迟到。后来和叶知秋混熟了，师兄长、师兄短地喊起来，偶尔打打电话，过年过节发个祝福短信。

叶知秋说：“噢，是有这么一个小姑娘，纯粹工作关系。如果你能出面接见一下，既宣传了光伏产业，又报道了风流倜傥的古市长，一举两得啊！”

古力志笑着说：“我还以为真是你的小师妹呢。现在的小姑娘个个是人精，要吃要喝要回家。不过省电视台来做节目，我们热烈欢迎，何况又是你的小师妹，我会出面接待。”

放了电话，叶知秋正犹豫着要不要打电话告诉蒋雨霖，蒋雨霖的电话就过来了。蒋雨霖的声音还是一如既往地嗲声嗲气：“叶师兄，向你报告，我打着你的招牌办了件事，你不要生气哟。”

叶知秋已经知道原委，说：“小蒋师妹，打我的招牌没用，不过如果提前告诉我，师兄可以给你出点主意。”

蒋雨霖说：“台里要搞一个‘全面深化改革’的系列报道，景江市的光伏产业园搞得好，台领导要求拍一集专题。听说主管的古副市长是省政府办公厅下去的，我就冒昧地打电话给他，他开始架子蛮大，我只好自报家门说是你的小师妹，他就变得好客气。师兄，还是你面子大。”

叶知秋体谅她的难处，笑着说“你别给我戴高帽子。古市长和我过去是同事，关系蛮好。他刚才打电话给我，说非常欢迎你们去采访，还说会亲自接待。”

蒋雨霖在电话里欢喜地叫起来：“那太好了！叶师兄我要好好感谢你。你今天晚上有没有空儿，我请你吃饭。”

叶知秋被她的孩子气弄得哭笑不得，推辞说：“不客气，以后再说。”

蒋雨霖却说：“今天是我的生日，又联系好了景江市光伏产业园的采访，我要庆祝一下。好师兄，你就给师妹一个面子吧！上次到南岭市出差后，好久没见你了，想看看帅哥师兄。”

叶知秋喜欢这个丫头的古灵精怪，跟她在一起时很放松，现在又被她电话缠着不放，便答应了。

下班后，叶知秋开车往吃饭的地方去，出于礼貌顺路买了一条丝绸围巾，用礼品盒包好。蒋雨霖定的地点是一个私家菜馆，不太好找。停好车，叶知秋按照短信上的地址，七拐八拐走进叫化龙池的小巷。小巷里有好多私家菜馆，起了“一家餐厅”“有关部门”“回家吃饭”等奇怪而有趣的店名，门面装修得前卫新潮。

叶知秋进了“外婆家”饭馆，看到蒋雨霖坐在一张靠窗的桌子旁。她穿了件浅橘色皮大衣，脸色红润，眼睛亮亮的，人愈发显得漂亮时尚。叶知秋坐下，把礼物递给她，说：“你今天长尾巴，生日快乐！”

蒋雨霖接过礼物，做了个夸张的表情：“哇！谢谢！还是叶师兄最好。”

叶知秋问：“怎么只有我们两个人？你们小姑娘过生日不是都喜欢搞个派对，热闹一下吗？”

蒋雨霖嘟着嘴说：“今晚我就想和你一起过，其他人我不想搭理。”

不一会儿菜上桌了。蒋雨霖要了两瓶啤酒，给叶知秋倒上，自己也倒了满满一杯，端起杯敬酒：“叶师兄，今天我过生日，你能来，我好感动好感动。来，我敬你一杯，先干为敬！”

话音未落，杯子已见了底。叶知秋劝她慢点，可她喝酒和说话一样干脆利落。菜虽说是普遍的家常菜，但口味很好，俩人慢悠悠地吃着，饭馆安排人拉小提琴烘托气氛。蒋雨霖告诉叶知秋，前两天和男朋友大吵一架，正在闹分手。她和男朋友是大学同学，都是紫阳县人，男朋友家里为他在县城找了个稳定的工作，催他回去上班。男朋友想要蒋雨霖一起回县里，蒋雨霖不答应，她不愿意离开电视台，或者说她不愿意离开省城。

蒋雨霖目光幽幽，说：“我和他摊牌时说过，如果在爱情与省城两者之间选择，我会毫不犹豫选择留在省城。省城或多或少带给我希望，而家乡的小县城一眼能望到老，也会埋葬我和他的爱情。”

叶知秋劝道：“你和男朋友谈了四年多了，不能说分就分。既然你不愿意回紫阳县，就要男朋友争取留在省城，俩人在一起感情才能稳定。”

蒋雨霖喝了酒，脸红扑扑的，眼里泛着泪花：“我喜欢宏东。虽然我在宏东是个外乡人，没房、没车、没亲戚，但在这里我总是充满希望，何况我这么年轻，现在不闯一闯，以后就没有机会了。只有闯荡过、奋斗过，才能够年轻时不后悔，老了后不遗憾，就算没有成功，至少我尝试过。”

叶知秋觉得她的话有道理，一代人有一代人的想法，很难说是对是错，便说：

“你们90后的想法和我们不一样，难怪说有代沟。我们这一代人兄弟姐妹多，从小就学会了照顾小的、听从大的，始终伴随着责任感长大。成年后步入社会，背负的家庭责任感和社会责任感越来越强。你们生活的时代不一样了，更多地强调个体的感受，更加注重自身的体验。这当然不是你一个人的问题，是普遍的社会现象，或者说是时代病。我没有批评你的意思，只是有感而发。”

蒋雨霖点了点头，做个鬼脸，说：“你说得没错，我们90后就是这样没心没肺、活着不累。”

叶知秋忍不住笑了。蒋雨霖接着说：“师兄，我们除了给景江市光伏产业园做一集专题节目外，还想做点广告业务。你能不能想办法，打个招呼？电视台给每个员工都分配了广告任务，我愁死了。当然拉到广告，我能拿到台里规定的提成。”

叶知秋说：“这事我不敢打包票，但是可以和古市长说说。你到时候找他，看能不能想点办法。”

蒋雨霖一听，高兴地搂着叶知秋，在他脸上猛亲一口。蒋雨霖真情流露，大方自然，倒是叶知秋猝不及防被她亲了一口，有些尴尬。

吃过饭，蒋雨霖邀叶知秋泡吧。宏东酒吧一条街相当有名，整条街有三、四十家酒吧，每晚有近万人聚集在此。酒吧分为清吧、歌吧、演艺吧，可以满足不同层次顾客的需求。很多外地人来宏东旅游，都要到酒吧一条街来玩。

今天是蒋雨霖过生日，叶知秋碍不过情面，只好跟着她到一家“似水年华”酒吧。这是一家演艺吧，台上有时装秀、钢管舞和驻唱歌手演唱。

蒋雨霖要了一瓶洋酒，兑着绿茶饮料，一杯接一杯，变着花样与叶知秋喝。叶知秋很少泡酒吧，不喜欢酒吧的氛围，嫌人杂又吵闹。蒋雨霖却像条鱼儿游入大河，一会儿随着音乐跳舞，一会儿抱着叶知秋旋转，玩得起劲。

蒋雨霖身上的活力与激情，让叶知秋似乎年轻了许多。蒋雨霖一口一小杯洋酒，嘻嘻哈哈地闹着，叶知秋开了车，只是偶尔浅浅抿一点。

11点过后，酒吧的音乐到了高潮。忽然灯光灭了，只有远远几支烛光，人群随着音乐跳起了黑灯舞。蒋雨霖紧贴着叶知秋跳起舞来，身上有淡淡的香水味。幽暗的光影里，蒋雨霖双手紧紧搂着他的腰，嘴里喃喃道：“叶师兄，你人又帅，又绅士，我真的好喜欢你。”

叶知秋手心冒汗，美人在怀，却没有丝毫邪念，心想这个90后的姑娘太直白了，没有任何铺垫，张口就说爱。

三支曲子后，场内灯光亮起，叶知秋看到蒋雨霖眼眸亮亮的，火辣辣地看着自己。叶知秋知道她在想什么，酒吧里暧昧的灯光和氛围，让叶知秋怦然心动。可是蒋雨霖比自己小了十多岁，年龄的差距如一道无法跨越的鸿沟，更何况此时是她情感的“空窗期”，叶知秋既不想乘人之危，更不愿当“备胎”。

叶知秋让自己冷静下来，看了看表，说：“哟，12 点了，时间不早了，我送你回去。”

俩人出了酒吧，大街上人流如织，霓虹灯闪闪烁烁。叶知秋准备去开车，蒋雨霖拉住他，贴在他耳边说：“今晚我不回去了。我在如家酒店开了间房，我先去，等你过来。”说完，她把一张房卡塞给叶知秋，消失在人群里。

夜风吹过，夜色温柔，一个正常的男人，哪能没有想法，谁能抵挡住这种诱惑？看着远处“如家酒店”的霓虹灯，叶知秋心里激烈斗争。他喜欢蒋雨霖的年轻、活泼，此刻美人投怀送抱，何乐不为？但是他一直把蒋雨霖当妹妹看，内心深处不愿意破坏那份纯粹的情谊。人生处处充满抉择，舍与得、义与欲、占有与放弃、天堂与地狱，就在一念之间。

叶知秋转身回到车上，发了条信息给蒋雨霖：“你早点睡吧，我回去了。祝你生日快乐，也祝你以后的每一天都顺顺利利！”

过了一会儿，蒋雨霖发来信息：“叶师兄，以为你会来……虽然你没来，我一个人好孤单，但你是个好人，我会永远记得你。”

回到家里，已经夜里 1 点，李晓蕾已经睡了。叶知秋蹑手蹑脚冲了个澡，上床睡觉。

第二天全省经济工作会议开幕，要求着正装，叶知秋早早起床换一身西装走了。

叶知秋抽空儿打了个电话给古力志，说：“老兄，蒋雨霖最近会过来采访。听说省电视台给工作人员都下达了广告任务，没完成任务奖金福利都没有。现在年轻人不容易，你能关照就关照一下。”

古力志说：“放心，你打了招呼，我肯定会想办法。产业园每年安排了三千多万的广告费用，正在与省电视台洽谈广告业务，可以算她的任务，要她直接来找我吧。”

一连几天，李晓蕾对叶知秋都不冷不热，进门出门都没有好脸色。叶知秋刚开始没在意，后来发现不对劲，早上出门时便问李晓蕾：“最近怎么啦？一天到晚板着脸？”

李晓蕾冷冷地看着他，说：“你天天在外面应酬，家里的事情不闻不问，到底还要不要这个家？”

叶知秋以为她发无名火，解释说“年底确实忙，最近会议多，应酬也比较多。”

李晓蕾冷笑几声，“啪”地拿出样东西甩在桌上，叶知秋一看，脑袋一蒙，是张酒店的房卡。

没等叶知秋解释，李晓蕾气恼地说：“请把你的房卡收好，别到处乱放！你们加班是在酒店加班吗？你们开会总不会开到如家酒店去吧？”

叶知秋这才想起那晚蒋雨霖塞给自己一张房卡，放在口袋里忘记了。难怪这几天李晓蕾总是气呼呼的，一定是洗衣服时发现了。看着那张房卡，叶知秋百口莫辩，又不能把实情告诉妻子，急中生智，说：“哦，前几天王建军来了个云南的客户，喊我一起陪客户泡吧。结果那个客户在酒吧里喝醉了，王建军就近开了一间房子让他休息。我和王建军扶着那个客户去的房间，房间有两张卡，当时手忙脚乱，这张房卡就放在身上了。不信，你可以打电话问王建军。”边说边要拨王建军的电话。

李晓蕾见他说得滴水不漏，将信将疑，说：“你现在打电话有什么用，说不定你们早串通好了。反正你别在外面胡闹，否则我和亮亮都饶不了你。”

叶知秋放下手机，赔着笑脸说：“你就别胡思乱想了，我一天到晚忙得要死，没那闲工夫。从今天起，不必要的应酬我就不去了，保证按时回家。”

李晓蕾脸色稍稍缓和。叶知秋搂着她说：“别闹了，我们不能放过一个坏人，也不能冤枉一个好人。好了，我上班去了。”

李晓蕾恨恨地拍了他胸脯一掌。

危机化解。叶知秋知道李晓蕾好面子，不会直接打电话问王建军，但仍怕穿帮，便将事情告诉王建军，叮嘱他记得圆场。

王建军替叶知秋可惜：“送上门的菜都不去夹一筷子，你是不是男人？”

叶知秋笑骂道：“你以为人人都像你。到咱们这年纪，要学会拒绝，知道不知道？”

王建军说：“我怕了你，不讨论这个问题了。这个周末，我们和薛松林一起去看看高振宇吧，他现在处境可怜，我们还是要多关心他。”

叶知秋一口答应，自从高振宇入狱服刑后，他还没有去探望过。

周末，王建军开车接了叶知秋、薛松林。一路上谈的都是四个人在一起的事情，说起高振宇老婆提出离婚，儿子丢给了高振宇母亲，妻离子散，光景凄凉，免不了叹惜一番。

叶知秋问薛松林：“你也该结婚了，难道准备打一辈子单身？”

薛松林撇撇嘴说：“我无所谓啊，现在蛮好，一人吃饱全家不饿。再说了，现在生活压力这么大，把自己伺候好就行了。你看振宇，妻离子散，有什么意思！”

王建军说：“我不是独身主义者，但独身有独身的好处。可以谈一辈子恋爱，泡一辈子小妞，又不用负一点责任。松林，我好羡慕你。”

叶知秋说：“你是钱多了撑的。松林是完美主义者，要求女孩子又漂亮又贤惠，又挣钱又持家，挑来挑去挑花了眼，你别看现在自由，老了孤单！”

薛松林说：“我真无所谓，女性朋友不缺，身体幸福，精神健康！”

车子下了高速，又颠簸了一小时后才到宏东监狱。今天是亲属会见的日子，王建军办好手续，左等右等都不见高振宇出来。过了好久，有个狱警出来说高振宇不愿见面，让他们回去。

三人面面相觑，别无办法，各自掏了两千元钱到监狱管理中心为高振宇的餐卡充值。

回去的路上，气氛有些沉闷。薛松林心直口快，说：“我们老同学去探望着他，他都不肯见面，太不够意思了。”

叶知秋说：“振宇这人好面子，老同学见面他脸上挂不住。到了目前境地，心态要调整好，还去在乎别人的看法又有何益？”

王建军说：“我探望过振宇三次。听说他老婆提出离婚，办了离婚手续后便离开南岭市，不知道跑哪儿去了。振宇的父亲过世早，是母亲一手拉扯大的，吃了不少苦。老婆离婚出走后，五岁的儿子由他母亲抚养，老人家一个人带着孩子，日子过得蛮艰难。我上门送过几次钱，估计振宇知道了，他面子观念重，就连我也不愿见了。”

薛松林、叶知秋听了心里难受，半天都不说话。薛松林说：“知秋，你在省政府机关工作，振宇的事情你多操点心，让他少受点罪。”

叶知秋说：“你们放心，监狱那边我已经找人打过招呼，会尽量关照。宏东监狱是省级模范监狱，内设了干部监区和女犯监区。他是处级干部，与其他罪犯是分开关押的。他只要好好改造，多减刑期，就会早些出来。”

王建军有些伤感，说：“知秋、松林，我正在办理投资移民手续，估计年底就会移民加拿大，以后你们替我多来看看振宇。”

听了这话，叶知秋、薛松林并不感到意外，只是有些不舍。王建军一直就有移民的想法，这些年他挣的钱越多，举家移民的想法越强烈。

三人约好，等王建军办好移民手续，痛痛快快喝一场酒。

二十八

人事问题是人世间最复杂的问题。中组部考察组分头找宏东省级、厅级领导谈话，广泛听取意见，考察省级干部人选。

就在这节骨眼上，北京一家电视台播出了长达30多分钟的新闻专题片——《“光伏之都”之谜》。电视台记者乔装成打工仔，暗访了景江市太阳能光伏产业园，园区绝大多数企业已经停产多月，有的公司拖欠工人工资达半年之久。每当有领导来视察或参观时，附近农村的农民就会被叫到厂里穿上工作服，在车间装模作样地搞生产。

暗访记者到了园区生产规模最大的先科光伏公司，问门卫是否招工？门卫回答，现在公司订单少，开机生产的时间也不多，原来的一千多工人已经裁减了一半，还招什么工？一名女工向记者透露，她和工友们的工资已被拖欠三个多月，从元旦开始，她们都是每上五天班就休息十天，每月工资才800元，领了那800元，就要保证领导或考察团来时随叫随到。每当有领导来参观，公司就发通知，叫大家去“上班”。“上班”时，公司负责人领着一帮人到各个车间参观，等领导参观完后，她们就“下班”回家，该带崽的带崽，该放牛的还去放牛。

暗访记者恰巧拍到了外省的一个参观团到园区参观学习的场景：参观团到产业园和公司车间时，到处站满了穿着白色防静电服的“工人”，生产场面热火朝天，等参观团一走，“工人”们就一哄而散。片中质疑，这些企业在光伏产业园大量征地侵占农田，当地群众认为是“圈地”，过一段时间就会修楼搞房地产开发。

在结束语中，记者辛辣地质问，这种装门面搞假政绩的产业园究竟是怎么回事？当地领导干部为何视而不见？假园区假产业后面隐藏着什么？

电视报道引起了轩然大波。倍受关注和好评的景江市光伏产业园竟然是个弄虚作假、搞政绩作秀的“面子工程”！

中组部正在宏东考察干部，关键时期出现如此戏剧性的事件让一切变得波谲云诡。南岭市出了非法集资群体性事件，景江市出了重大负面舆情，一时间，关于崔鸿鹄与陈大年的负面声音不绝于耳。

省委迅速成立调查组赴景江市调查。省委要求，调查组必须在省“两会”前查清楚事情真相，对电视台曝光的内容要有所回应。必须查清楚电视报道是否与事实有出入？光伏产业园的实际情况如何？这个电视报道幕后是否有推手……

叶知秋打电话给古力志，了解实情。古力志不愿多谈，说：“谢谢老弟关心。我早知道光伏产业园的事情迟早会曝光，总会有这么一天。”

宏东坊间纷纷议论说，这次陈大年翻不了身了。当大多数人认为陈大年的仕途将画上句号时，事情又如好莱坞大片般发生了逆转。

报道播出当晚，陈大年就飞赴北京，动用所有关系开展了一场与时间赛跑的危机公关。第二天下午，景江市委市政府在北京召开媒体通气会，邀请许多知名媒体参加。陈大年在会上详细介绍了景江市光伏产业园的相关情况，回应媒体曝光的问题：园区建成投产后，入园的企业良莠不齐，大多数企业在正常生产，也有极少数像先科光伏公司存在弄虚作假，囤地圈地的恶劣行径，欺骗党委、政府，损害当地群众利益。

陈大年说到动情处，几度哽咽：“我们诚恳地接受新闻媒体的监督，正在对暴露出来的问题认真整改。市委、市政府经过调查核实，已经做出三项处理：一是对先科公司勒令出园。经调查发现该公司根本不具备生产能力，已经责令其迁出产业园，对相关违法问题移交司法机关侦查；二是对负有监管责任的园区党工委班子进行调整，对副市长兼产业园区党工委书记古力志给予党内严重警告处分，免去其园区党工委书记职务；三是对引进先科公司入驻产业园的6名相关工作人员分别给予降级撤职等行政处分。”

最后，陈大年诚恳地说：“作为一个地级市建设光伏产业园非常不容易，其过程充满汗水、苦水与泪水，我恳请大家对新兴的产业园给予更多的关爱与呵护，真诚地欢迎各位媒体朋友监督与支持！”

会前，陈大年早已使出浑身解数，逐一拜访各家媒体管理层和宣传主管部门，争取到他们的支持。媒体通气会只是形式，走个过场而已。媒体见面会的效果立竿见影，宣传舆论转了方向，各大主流媒体纷纷发声，舆论一边倒地同情景江市，呼吁社会各界要更多地关注地方区域经济在夹缝中求生存的现状。

陈大年的危机公关迅速扭转局面。他打的悲情牌赢得了新闻媒体和老百姓的同情，有媒体专门撰文挺他，称赞他是“为民求福（伏）的好书记”。叶知秋从网上读到这篇报道，不禁哑然失笑。

陈大年从北京回来，专门到省政府找秦明汇报。碰巧秦明在开会，陈大年就顺便到叶知秋办公室坐坐。陈大年略略说了一下产业园的情况，拜请叶知秋多支持，多在领导面前美言。叶知秋勉强应付了过去。俩人又闲聊起南岭的非法集资事件，聊到李新明，陈大年说：“李新明是我手里提拔起来的，一步一步走到副市长，后来当了常务副市长，交流到南岭市任职。他这个人工作能力强，但性格太硬，是个犟脾气，认死理、不转弯。听说他出事，我难过了好久。组织上培养一个干部不容易，再怎么样，也不能走绝路呀！”

叶知秋惋惜地说：“我和他交往不多，感觉他蛮正直、清廉。他老婆下岗，他不同意特殊照顾，一直就没有上班，闲在家里。他死后唯一的遗愿，就是请求组织给他老婆安排个工作。”

陈大年摇摇头说：“他就是脾气倔。他在景江市给老婆安排个单位没点问题，调到南岭市任常务副市长，老婆随迁，按政策可以照顾安排工作，他死犟着不干。当领导干部，老婆孩子的事情都安排不好，同志们是要笑话的。”

陈大年话语里暗含嘲讽，叶知秋听着别扭，没有搭话。

陈大年又说：“当初我不愿意放他走，但组织上要交流任职，我就没有强留，结果弄成这样。如果他不离开景江市，或许不至于走到这一步。人啊，有时就是一个命。”

当初就是因为李新明硬气，敢顶陈大年，陈大年才找机会把他挤走的。此时，陈大年却惺惺作态发这番感慨，让叶知秋一股寒气直冲脑门儿。

秦明散会后即要陈大年去他办公室。陈大年打着哈哈与叶知秋握手告别，叶知秋送他出门，看着他矮胖的身影离去，忽然觉得喉咙里哽着什么，想吐却吐不出来。

知道古力志成了“背锅侠”，叶知秋特意打电话，想安慰安慰他。没想到古力志并不在意，淡淡地说：“知秋，事情总要有个说法，总要有人负责。处分我也对，当初我没有坚决抵制搞这个项目，我认这个罚。唉，倒是陈大年，耍个花招就把自己拉的屎掩盖起来了，秦老板照样相信他。我现在对官场真是厌倦了，觉得没意思。”

叶知秋好言劝慰，说：“你不用这么灰心丧气，到底怎么回事，大家心知肚明。你暂时受点委屈，并没有什么实质性的影响。”

古力志说:“知秋你放心，我现在心态很好，把很多事情看淡了。名利、荣辱、得失都是过眼云烟，也许哪天我就辞职不干了，还去计较这么多干吗？”

叶知秋不知道说什么好。放下电话，他点着了一支烟，望着窗外阴雨连绵的天空，沉默不语。

世事如棋局，变幻莫测。就在省“两会”正式报到的前一天晚上，钱有为出事了！说起来不是什么大不了的事情，但摊上了，就是大事——钱有为因酒驾被治安拘留。

宏东官场上流传了多个版本，众说纷纭。叶知秋了解的情况却是这样：省“两会”报道前一天，一家上市公司董事长约几个朋友请钱有为吃饭，预祝他荣升。因为是小范围聚会，钱有为不方便带司机，自己开车赴宴。酒席上，推杯换盏，钱有为高兴就多喝了两杯。席散后，他开着车经过一个路口，碰到省交警总队和省电视台联合直播严查酒驾。一个年轻交警拦住了他的车子，看到他脸红通通的、一身酒气，便要他吹酒精测试仪。钱有为平常威风惯了，又喝了点酒，大声叫嚷自己没喝酒，不愿意配合吹仪器，年轻交警把他狠狠训斥了一通。钱有为一时头脑发热，和交警顶起牛来，叫嚣说：“我是省财政厅厅长，我还是你们聘请的执法监督员！你有什么资格来教育我？你们张总队长是我的老朋友，我打电话给他，要他好好管教管教你！”这话一说，把年轻交警惹毛了，一把夺过钱有为的手机，责令他配合检查。钱有为哪受过这种气，就和年轻交警撕扯起来，被几个交警上来摁住，带到医院进行血检。整个过程被省电视台的记者现场直播出来，一夜之间省财政厅厅长酒驾耍威风成了爆炸性新闻。等钱有为酒醒后，事情已经无法挽回，他成了全省第一个因酒驾被查处免职的厅级干部。

省“两会”如期举行。因秦明下个月才到年龄，退休的文件没有正式下发，还得过一段才办理退休手续，陈大年已确定为副省长人选，暂时担任省政府秘书长兼省政府办公厅主任，过渡一段时间。

尘埃落定。很多事情，多数人看到的是表象，内幕实情却知者甚微。叶知秋再听到这些议论就不以为然，看多了悲喜离合，大起大落，他心态日趋平和。

神龙见首不见尾的老芒突然打电话约叶知秋去个好玩的地方。叶知秋一直想带梦云出去散散心，便答应了。

从南岭回来后，俩人见面的次数渐渐少了，唐梦云总像有什么心事，叶知秋问她，她却不说。借着老芒邀请的由头，叶知秋约梦云周末到近处走走。梦云开始推辞，后来见叶知秋诚意款款，才勉强答应。

叶知秋看到她刚更新了朋友圈，在微信上转载了一首诗：《柴垛》

柴垛在那儿
不知堆了多久
轻易不语
不动声色

我蹑手蹑脚走过
不敢惊扰
我有心事
怕它看破

大山深处
风在云上
我和柴垛
皆为隐者
孤独又克制
克制是外表
孤独是灵魂

叶知秋看了，点了赞，评论这首诗用字极简，却意境深远。唐梦云没有回应。

周六上午，老芒开车接了叶知秋、唐梦云，往城郊白云岭驶去。白云岭原本有个国有林场，林场改制后，工人遣散，林子由当地村民看护。因地方偏远，没有搞旅游开发，一年到头没有几个人来，整个山林保留了原始风貌。

老芒把车子停在山脚。上山只能走小路，阳光晒在身上，暖暖的。老芒在前面带路，不时地哼几句京戏，自我陶醉，知秋、梦云跟在后头。

山路崎岖，杂草丛生，叶知秋就牵了梦云的手。梦云第一次见到老芒，悄悄对知秋说："你这个朋友蛮有意思，活得好自在。"

叶知秋说："是啊。他是真正的江湖散淡人，我的朋友里只有他活出了意思。"

唐梦云说："你和他不一样，永远不可能有他的自在。"

叶知秋知道她话的意思，应道："境由心造。我们这些俗人偶尔能有片刻的安宁清静就知足了。"

俩人说的话被老芒听到了，老芒笑着说："滚滚红尘，熙熙攘攘，谁不被尘世的名利得失羁绊？每个人所处的环境不同而已。知秋你虽有慧根，却无清静地放置清凉身。"

叶知秋说："错了，我是慧根不够。你说的境，是指外部环境，而不是人内心的境界。陶渊明说过，结庐在人境，而无车马喧，问君能何尔，心远地自偏。现代都市，多的是凡夫俗子，几个人做得到心远地自偏？"

老芒说："其实，舍不得、放不下，在佛语里是一种执念，细想起来，是另一种自在。"

唐梦云听他们俩对谈，话语满是机锋，微笑听着并不插话。

走了大约二十多分钟，老芒说："走累了吧，再坚持一下，马上就到了。"

叶知秋、梦云走走停停，看会儿风景说会儿话，倒不觉得累。走过一片枫树林，看见一幢茅草屋，老芒推开竹门，径直往屋里去。屋里已经有了三四个人，老芒问："觉一师父呢？"

有人指了指里面一间屋子，说："时间还没到，他在里面坐禅。"老芒就不问了，招呼叶知秋、唐梦云坐下。

叶知秋环顾屋内，窗明几净，墙上挂了一幅字，写着"乐舍"二字。屋中央摆着一张古琴，房屋四角各摆着一个香炉，燃的是紫檀香，青烟缭绕，幽香袭人。再看屋内几个人，相貌平常，衣着简单，似乎与老芒并不熟识。

叶知秋低声问老芒："这是些什么人？"

老芒说："我也不认识。这间茅屋是觉一师父修炼的居所，每月开门迎客一次，朋友带我来过。觉一师父喜欢吟诵、长啸，古琴弹得妙绝，号称是宏东第一琴。知道他的人慢慢多了，便以他为中心组织了'乐舍'琴社，不定期雅聚，大家弹琴吟诗，互相交流。来这里的人多是慕名而来，都是朋友带朋友过来。"

说话间，有个人从里间走出来，朝大家揖揖手，算是问好。叶知秋起初以为觉一师父应该是个出家人，鹤发白须，仙风道骨，却没想到是个英俊儒雅的中年男子。男子点了一支檀香放在琴桌上，说："各位朋友远道而来，觉一十分欢喜，各位茶水自取，随意自在。上次弹的是《高山流水》，今天窗外秋风暖阳，就为大家弹一曲《平沙落雁》。"

室内安静下来。觉一缓缓抚琴，曲调悠扬，旋律起而又伏，绵延不断，琴声有清微淡远的韵味。

叶知秋附在梦云耳边说："明朝此曲称《雁落平沙》。演奏时隐时现的雁鸣，呈现出雁群降落前在天空盘旋顾盼的情景。对于曲子的理解，见仁见智。既可以看作清秋寥落之时，鸿雁飞鸣，也可视为秋日天际大雁高飞，云程万里，借鸿鹄远志，抒发逸士情怀。"

梦云偎着他肩膀，柔声说："你书读得多，我闻得到你身上的书卷味。"

一曲终了，琴音绕梁，众人皆沉醉。

叶知秋转身问老芒："为何琴家都喜欢弹奏这首曲子？"

老芒还沉醉在古琴声里，缓缓答道："这是古琴曲中流传最广的一首琴曲，是经典曲目。琴家喜欢演奏此曲，除因此曲被大众熟知之外，它所表现的天高地阔、大雁远飞的境界，与古琴蕴含的沉静淡远的精神境界最为契合吧。"

叶知秋和唐梦云都觉得有道理，点头称是。

正说着话，听众中有俩人上前，一人抚琴，一人拿根长箫吹起来，合奏《欸乃》。

老芒轻声说："此曲又称为《渔歌》，根据唐代诗人柳宗元的七言古诗《渔翁》改编，也有人认为此曲就是柳宗元所作。'欸乃'指的是桨橹之声或渔家号子声，乐曲音调悠扬，清新隽永，以山水为意象抒发感情，是托迹山野渔樵，寄情水波烟霞的一首名曲。"

觉一伴着琴箫声，吟诵起古诗《渔翁》：

渔翁夜傍西岩宿，晓汲清湘燃楚竹。

烟消日出不见人，欸乃一声山水绿。

回看天际下中流，岩上无心云相逐。

觉一精气内敛，声音抑扬顿挫，字句转承圆润，琴箫声与吟诵声相辅相成，颇为动人。

叶知秋听着琴箫相和的吟诵，只觉得有一种不同寻常的清逸之气，如同万壑松风、大河奔流、孤云出岫，清越空灵之美撼心动魄，能感受到一个人独立于苍茫天地间的孤寂与落拓。

过了好久，众人才回过神来。老芒悄声说：“我最近在练习吟诵。吟诵时，心里特别的沉静，古人的心态，古诗的意境，只有在吟诵之时才最接近，最能体会。”

叶知秋说：“对，吟诵是诗乐传统的核心，是传承中华文化的重要手段。古时讲授诗歌、诗学时，特别重视诗教与乐教的紧密结合，以孔子为代表，这也是‘弦歌’的缘起。通过吟诵才能真正了解汉语的音韵之美、汉文学的精妙之处，所以说中华文化，弦歌不绝。”

老芒说：“日本、韩国的吟诗社众多，社员据说有数百万之众，至今仍保留着诗文吟诵的传统。日本的吟诗社通常吟诵日本俳句和汉语古诗，吟诵时常有乐器伴奏，并有很多吟诵谱代代相传。”

叶知秋叹道“我们把好多优良传统都丢弃了，可惜至极。最近流行一个说法汉唐文化在日本，宋明文化在韩国，清民文化在台湾地区，美国文化的皮毛在中国大陆。我们传统的东西反而在外族异域大放光彩，说起来太羞愧了。”

这时，又有人上台吟诵李白的《将进酒》，声音激越，豪情澎湃。

过了两三个时辰，到了吃午饭时候。觉一就捧出一些花生、红薯，大家拿出自带的干粮，就着清茶吃了起来。饿了半天，这些粗食吃起来格外香。

唐梦云说：“现在好多地方流行禅修，到寺庙、道观、庵堂闭关，吃些粗茶淡饭，三五天为一班，都市白领趋之若鹜。我看倒不如到这里来，听上半日的琴曲，喝上半壶闲茶，置身喧杂污浊外，天地清幽尽入怀。”

听了这话，老芒不禁多看了梦云两眼，觉得她不似寻常女子。老芒喝口茶，说：“这么多人报名参加禅修，说明现在世态浮躁，人心不安，大家都想追求心灵的平静。普通禅修班，过于注重形式，并没有传授让人真正心平气静的道理，甚至有好多是伪禅修，骗人骗钱。”

叶知秋主动上前与觉一师父攀谈，说：“觉一师父，听你的琴，有一股清越空灵之气，让人久久回味。”

觉一彬彬有礼，话语谦逊，微笑着说：“您过奖了。古人说过，‘清者，大雅之原本，而为声音之主宰。地不僻则不清，琴不实则不清，弦不洁则不清，心不静则不清，气不肃则不清。’古琴的最高境界就是‘清’，我离这个境界还差太远。”

叶知秋问：“为何现在学古琴的人多，古琴容易学吗？”

觉一说：“学琴的人多，是个好事。不过说实话，很多人除了崇尚文化，附庸风雅也是重要原因。古琴自古知音少，一方面是师传不多，古琴不同其他乐器，一定要师传，自学是学不好的，另一方面，古琴的曲调不是所有的人都能接受的，需要有一定的文化修养。古琴的演奏难度大，节奏缓慢，喜欢强烈节奏感的年轻人会觉得不中听，倒是上了一定年纪的人，学古琴会快一些。”

叶知秋又问：“此处如此清雅，来‘乐舍’雅聚的人岂不越来越多？”

觉一微笑道：“到‘乐舍’来的人，都是朋友口耳相传，互相介绍而来，彼此间并不熟悉，也不常联系。只因有这份雅好，大家率性而聚，人数并不固定，兴致而来，兴尽而归。”

俩人相谈甚欢，聊了很久。叶知秋得知，觉一从国内一所著名大学音乐系毕业，在广东惠州开了一家琴行，同时办了一家传授古琴的连锁教育机构，赚了不少钱。生意做大后，他有了归隐山林的想法，四处游历名山大川。三年前，他把生意交给合伙人打理，自己到终南山寻访隐士，追随一个师父到了白云岭，一起在山中结庐修禅。后来师父云游去了，他留在白云岭，教来游玩的人弹弹古琴，吟诵诗词。一年中，他有四五个月在白云岭，其余时间会回惠州。

觉一温文尔雅，谈吐不俗，叶知秋与他对谈，有如沐春风之感。叶知秋佩服觉一能够抛弃城市繁华和锦衣玉食，来到这山林间修身养性；觉一亦觉得叶知秋儒雅端庄，非等闲之辈。时间不早了，俩人相见恨晚，依依惜别。

下山途中，老芒为叶知秋、唐梦云表演觉一传授的长啸。只见他对着幽静的山林“噫、吁、兮”地阵阵长啸，声音清昂高亢，在山谷久久回荡。

叶知秋望着满目青山和山间的白云，心潮澎湃，拥着梦云，大声吟诵起南朝人陶弘景的诗来：“山中何所有，岭上多白云。只可自怡悦，不堪持赠君。”他觉得拥有此时此刻的幸福与愉悦，胜过世间万物。

快到停车处时，老芒悄悄对他说：“知秋，你这位朋友，双眉紧蹙，面有戚容，可有不开心的事情？”

叶知秋回头看落在身后的唐梦云，只见梦云眉目含情，笑意盈盈，哪像不开心的样子？

二十九

陈大年到省政府上班的第一天，主动提出到办公厅各个处室走走。

到了督查处，叶知秋带着全处人员列队欢迎。陈大年亲切地和大家一一握手，笑着说：“督查处的同志都很年轻呀，年轻人有活力、有朝气。”

陪同的郑风浪介绍说：“陈秘书长，办公厅里督查处平均年龄最小，平均学历却最高。叶知秋同志带了支好队伍，执行力很强。”

陈大年蜻蜓点水般握了握叶知秋的手，然后去了下一个处室。

叶知秋在机关里待久了，知道很多人有多重脸谱，对着领导是张脸，对着下级是张脸，对着同事是张脸，对着老百姓又是另一张脸。他没有觉得陈大年对自己冷淡有什么不对，反而理解：原来陈大年当市委书记，叶知秋在省政府机关，陈大年的客气是下级官对上级吏的客气；现在陈大年成了自己的领导，不可能再有那种客气。

与秦明慢条斯理的风格迥然不同，陈大年的工作节奏很快，仍旧是当市委书记时雷厉风行的做派。秦明的办公室已经腾出来，也很少到一号楼来了。办公厅后勤中心安排办公室时，有人劝陈大年干脆搬进秦明办公室算了，说反正一个月后陈秘书长就是陈副省长了。

陈大年坚决不同意，板着脸批评说：“秦省长没正式退休之前，仍然是秦省长，在位一天办公室要保留一天。我现在还是秘书长，怎么能搬到省长办公室呢？一点政治觉悟都没有！”

陈大年就在秦明办公室隔壁选了一间小办公室，办公桌椅和设施都非常简单，只在左侧靠墙的位置放了个茶几，摆了一块很大的泰山石。民间流传泰山石能避邪镇宅、消灾弭难、保佑平安，近年来成为炙手可热的风水石。很多人喜欢在办公室摆上一块泰山石，希望石（时）来运转，稳如泰山。

知道这事的人，都纷纷赞扬陈大年尊重老领导，既懂规矩又低调。

叶知秋第一次向陈大年汇报工作，进了办公室，看到那块泰山石，笑着夸了一句："秘书长，这块石头摆在办公室蛮好看，气场强大。"

陈大年没有接话，身子往皮沙发里一靠，淡淡地问："小叶，有什么事吗？"

叶知秋急忙收住笑，说："秘书长，我想把督查处的工作向您作个汇报，您是否有空儿？"

陈大年并不叫他坐，说："哦，不着急。我刚过来，好多事情没有理顺，过一段时间我会专门听一次情况。"

叶知秋说："好的。秘书长，您已经到办公厅了，我想请你吃个便饭，为您接风。"

陈大年摆摆手，说："这段时间事情多，以后再说吧。我新来乍到，情况不熟悉，还要你们多支持啊！"他官腔一打，叶知秋不好再说什么，嗫嚅着点头，准备告辞。

陈大年突然问："古力志同志辞职了，你知道吗？"

叶知秋早就知道，因为光伏产业园的事情受了处分，古力志一气之下辞职下海。古力志辞职后还给叶知秋打过电话，聊了很久。可是陈大年问起，叶知秋只能摇摇头，装作不知道。

陈大年说："力志同志还是有能力的，就是受不得一点委屈。光伏产业园的事情被电视台曝光，捅了天大的娄子，组织调查后作了处理，处分了一批同志。力志同志作为分管的副市长肯定要负领导责任，受了党内严重警告处分，其实对他没有实际的影响，结果他却辞职不干了。这叫受不了委屈、经不起考验啊！他本来仕途前景非常好，这么和组织对着干，不是瞎胡闹吗？我专门向秦省长汇报过这事。秦省长气得直摇头，骂他小孩子脾气。革命工作岂能任性而为？特别是作为组织上重点培养的年轻干部！所以说，性格即命运啊！"

说这些话时，陈大年始终皱着眉头，眼睛眯着。叶知秋发现他笑起来眼睛眯成一条缝显得亲切，生气时眼睛眯着却让人不寒而栗。

叶知秋告辞出来，细细揣摩陈大年的意思：自己是古力志介绍与陈大年认识的，陈大年显然对古力志辞职不满，说这番话是在提醒他与古力志保持距离。

从这天起，叶知秋见了陈大年总是恭敬地问好，陈大年也会微笑着点点头，有时还会停下来说几句不咸不淡的话。领导对下属越客气，下属进步越没希望，俩人看起来挺亲近，其实已经隔着万水千山。

月底，省政府办公厅马副主任到龄退休，省信访局向副局长调任为办公厅副主任。按照“进出平衡”的惯例，省政府办公厅会提拔一个人到省信访局任副局长。叶知秋和其他几位处长符合提拔条件。尤其是叶知秋，本就是从省信访局调过来的，熟悉信访工作，综合各类因素判断，最适合这个职位。而且南岭事件之后，很多人知道，省纪委书记孔坤之对叶知秋非常赏识。这么好的机会，孔坤之只需说句话，一切水到渠成。因此，很多人都认为这个职位已经内定，非叶知秋莫属，推荐考察不过是走个形式。

叶知秋向孔坤之汇报了这个情况。孔坤之不把他当外人，直截了当地说：“知秋，我向陈大年同志推荐过你，但他对你的印象似乎不太好。你没有什么事情得罪过他吧？”

叶知秋说：“没有啊！他任景江市委书记的时候，我帮他协调过一些事情，关系还蛮不错。可不知道什么原因，他任省政府秘书长后对我有意疏远，我也感觉到了。”

孔坤之思索了一会儿，说：“他有次提起过，你和崔鸿鹄秘书小高是大学同学，小高违法被判了刑，你们同学还去监狱探望过。难道是因为这个？”

叶知秋恍然大悟，原来陈大年知道自己与高振宇是大学同班同学，就把自己划入崔鸿鹄的阵营，打入另册。

叶知秋无法对孔坤之细说缘由，只好说：“孔书记，我对信访工作比较熟悉，也有感情，如果有机会上个台阶，做事情的平台更宽广。您放心，我一定会牢记您的教诲，踏踏实实把工作干好。”

孔坤之点点头，说：“我再跟陈大年同志说说，你也向他汇报一下真实想法。提拔干部，总要有些基本原则和条件嘛。选拔干部，导向最重要，我们要提拔能干事、想干事、干实事的同志。”

办公厅酝酿了推荐方案报省委组织部，待方案审批后将正式启动干部推荐考察程序。

从各方面反馈的信息来看，叶知秋这次提拔是板上钉钉的事。然而，就在这时，中组部突然一纸调令，调孔坤之到北京某部委任常务副部长。调令来得如此突然，一周之后，孔坤之就要赴京上任。

叶知秋得知消息后，如寒冬腊月一桶冰水从头泼到脚。孔坤之调离，叶知秋最大的优势不复存在。

孔坤之走之前，对叶知秋说："知秋，你有足够的实力竞争副厅长岗位，我相信你能胜任这个岗位。你的情况和请求我已经告诉陈大年同志，省委组织部会认真听取办公厅的推荐意见。我即将调离宏东，帮你说话的分量也就轻了。提拔干部最容易发生变数。你要尽早向大年同志汇报，争取把握主动。干部升迁的机会不多，往往错过一次，步步皆迟。"

叶知秋感谢孔坤之的提醒，心里晓得人走茶凉，就算孔坤之想提携自己，也是爱莫能助了。

果然，启动推荐干部的时间一拖再拖，一延再延。叶知秋知道，拖延的时间越长，对自己越不利。错过这个机会，不知又要熬到何年何月。可是叶知秋没有办法，陈大年对他始终一副拒之千里的样子，尤其是孔坤之调走后，陈大年对他的态度愈发冷淡。

过了一段时间，叶知秋去找欧阳群。欧阳群说："我知道这事，办公厅本来催得急，现在反而不着急了。厅里报的初步方案已经研究了，正在走程序，报分管副部长审定。"

叶知秋问："欧阳兄，你帮我分析一下形势，有没有机会？"

欧阳群说："你想留在南岭市任职的时候征求过我的意见，我当时劝你等机会，说的就是这次机会。你在信访局工作过，岗位经历的优势比较明显。不过，陈大年秘书长的意见很关键，你找他说过没有？"

叶知秋叹了口气，不知道怎么说才好。

欧阳群说："干部找领导汇报思想很正常啊，又不是要你去送钱送礼。你必须要找他，他是秘书长，又兼了办公厅主任，他那关不过，肯定提拔无望。"

叶知秋苦笑着点点头。

说完这些，欧阳群从办公桌抽屉里拿出一本红色的证书，递给叶知秋。叶知秋一看，是市博物馆的收藏证书。他纳闷儿地看着欧阳群。

欧阳群说："上次你陪我在南岭市古玩城买了块古玉，还记得吗？"

叶知秋说："记得呀，是我同学高振宇陪着去的。"

欧阳群淡淡地说："我把古玉捐给市博物馆了。"

叶知秋感到惊讶，问："你不是挺喜欢那块古玉吗？为什么要捐了？"

欧阳群说："听说那块古玉是从宏东这边流转出去的？"

叶知秋心跳骤然加快，说：“哦，这，我不太清楚。”

欧阳群说：“前不久中央电视台在宏东搞民间寻宝活动，我托了个朋友拿那块‘鸿运当头’的玉器去鉴定，果然是块汉代的好玉，我让朋友当场捐赠给市博物馆了。其实，这本证书应该给小高，你帮我转交给他吧。”

叶知秋告诉他高振宇目前的境况，说：“南岭乃是非之地，他自己没把握好，参与非法集资，最后移送司法机关，判了四年刑。前不久，我和几个同学还一起去探过监，他却不愿意见我们。”

欧阳群摇了摇头，说：“小高是蛮聪明的人呀，怎么会如此糊涂。他后来找过我，说想参加省里干部上下交流遴选考试，按他当时的条件，选拔到省直厅局来应该没有问题。可他步入歧途，真是可惜了。”

叶知秋也轻轻叹了口气。

欧阳群若有所指地说：“年轻人呀，不能急功近利，小聪明多了总是要吃亏的。”

叶知秋一脸羞愧，恨不得地上有条裂缝钻进去。虽说将古玉当作仿品低价卖给欧阳群，是高振宇自己想出来的点子，叶知秋事先并不知道，但是心里终究有愧。他讪讪地坐了一会儿，手心全是冷汗，告辞出来。

古玩圈都是通的，稀罕的东西大都能寻出个来龙去脉。欧阳群将玉器拿到玩玉的圈子里鉴赏，肯定会有人告诉他那件“鸿运当头”的来历。欧阳群一定是想明白了高振宇的套路，所以将玉器无偿捐献给了市博物馆。

欧阳群可能以为自己参与了布局，会对自己有不好的看法，可是，叶知秋百口难辩，说什么都无益，只能再找合适的机会解释了。他看着手中鲜红的收藏证书，长叹一口气，默默在心里说：“振宇啊振宇，你可把我也套进去了。”

明知要经过陈大年这关，叶知秋却不知道应该如何过关。陈大年已经把他打入另册，说与不说，效果其实一样。叶知秋内心纠结万分，在心里多次设计向陈大年汇报的场景，有次甚至到了陈大年办公室门口，可脚就像灌了铅似的，总是迈不开进门的那一步。

这天清晨坐地铁上班，经过省政府大门口，叶知秋看到有个身材瘦小的中年妇女穿了一件白麻的外套，前胸后背用墨笔各写了一个大大的“冤”字，跪在地上，面前摊着一大沓信访材料。中年妇女跪在大门前，口里大声呼喊：“我丈夫死得冤啊，死得不明不白啊，请省里领导为我做主啊！”

过去上访喊冤的多，近年来规范信访秩序，倡导依法依规上访，这种架势倒不多见。不一会儿，门口就聚满了人，有看热闹的，有上班的机关干部。人一多，进出的车辆把大门都堵住了。

门口的武警立即通知了保卫处，保卫处长带着几个保安急匆匆地赶过来。他们围着中年妇女好言相劝，要她到信访接待室好好反映情况，可是中年妇女就是不起身，反而哭闹起来：“我到省里反映过多次，写了多少信、交了多少材料，都没有半点消息。今天如果没有领导主持正义，我就不起来！”她一哭闹，看热闹的人越聚越多。

保卫处长脸色一沉，使了个眼色，几个保安就围上去，准备架起中年妇女往信访接待室去。中年妇女放起泼来，趴在地上不肯起来，终究势单力薄，被保安抬走了，信访材料散落一地。

叶知秋看着中年妇女远去的背影，突然想起一个人来。他连忙捡起散落在地上的材料，见上面有“南岭市”的字眼，便翻阅起来。原来材料竟然是反映南岭市在处理非法集资时逼死了常务副市长李新明，要求沉冤昭雪。

材料白纸黑字，叶知秋读起来字字诛心。他想起来了，这个看着眼熟的中年妇女就是李新明的老婆。李新明的事情已经作了结论，组织上也给他恢复了名誉，并安排了他老婆工作，怎么还在上访？

叶知秋进了一号楼的办公室，呆呆想了一阵儿，拨通了南岭市公安局长强健的电话，寒暄几句，把李新明老婆在省政府门口喊冤的事说了，问：“不是说安抚好家属了吗？他老婆怎么还会上访？”

强健气呼呼地说：“叶处长，省里通知我们接人，我正和市信访局廖局长往省里赶。李市长老婆的性子比李市长还犟，做了好多工作，她就是不同意安置意见。崔书记、石市长为这事开了多次协调会，连她到市财政局上班的手续都办好了，可她就是不去，天天堵着崔书记、石市长要讨个说法，多次到北京、省里上访，成了上访钉子户。大家都看李市长的面子，不愿为难她，没想到刚把她从北京接回来，她又跑到省里上访了。”

叶知秋问：“她到底要个什么说法？”

强健说：“她反正一口咬定，李市长是被人逼死的。说李市长绝不会贪赃枉法，是知道非法集资内幕，被人逼上绝路的。”

叶知秋问："她这么闹，也解决不了问题。不会有人在幕后指使吧？"

强健说："我们也调查了，背后倒是没人指使。李市长在世时，夫妻俩感情蛮好，可能她觉得丈夫死得太突然，接受不了这个现实。再加上，李市长的女儿原本非常优秀，品学兼优，李市长出事后，女儿性格变得内向，不愿意去学校读书，一直休学在家。各种因素堆聚起来，让李市长老婆钻牛角尖，上访的方式也越来越偏激。"

叶知秋心生悲凉，说："强局长，你还是要手下留情。她在省政府门口闹访不对，但也蛮可怜的。她心里有疙瘩，钻牛角尖后愈发想不通。你们带回去还是要多做做心理辅导，特别是要想办法改变她女儿的状况，让她看到家庭的希望，这样可能会有利于后续处理。"

强健说："叶处长果然是专家，你这个主意好。我们接回去后，试试这个办法。崔书记、石市长是诚心想帮助这个家庭，但她不领情。"

叶知秋说："换位思考，人不是逼到这个份上，谁愿意走上访这条路。对了，你们到省里出差，中午我请你们吃顿便饭。"

强健笑着说："谢谢，咱们兄弟之间不用讲客气。我们接了人就要往回赶，耽搁不得，下次再专程拜访，请你好好喝两杯。"他正要挂电话，又说："哦，对了，还有件事要告诉你，江丽丽已经抓回来了，我们今天还要到省看守所去提人。"

叶知秋心里"咯噔"一下，对强健说："刚好有个朋友托我去看看江丽丽，我能不能跟你一起去看守所？"

强健爽快地答应说："好，我们来了两台车，一台送李市长老婆回南岭，一台去看守所。你坐我的车吧。我们到省政府门口碰头。"

叶知秋回想与江丽丽的交往，对她愈发同情，觉得浊世里一个女人要混出样子来很不容易。半个小时后，强健就到了省政府门口，安排好送李新明老婆先回去。

俩人见了面，寒暄一阵儿，叶知秋上了强健的车。在去看守所的路上，强健说："江丽丽是从云南边境被抓回来的，她本想从越南偷渡到法国去。听看守所的警察说，这个江丽丽是个女中豪杰，问什么都不讲，把所有的事情都扛在自己身上。不像有的男人，在外面飞打飞杀，一进去就认怂，交代问题竹筒倒豆子，一粒不剩。"

叶知秋说："她是要强的个性，宁折不弯。"

强健说："省纪委和公安厅查到她与一个省领导的儿子有经济往来，怀疑有利益输送，她却一口咬死是正常的业务往来，结果查不下去。"

省看守所的会客间很小，叶知秋独自等在会客室，内心有些凄惶，不知见了江丽丽该说些什么。过了片刻，江丽丽蓬头垢面站在门口，脚上竟然戴了脚镣，她见是叶知秋，露出微笑，不由自主地用手拢了拢头发。

叶知秋望着她，一阵难过，心脏像是被谁狠狠捏了一把。

江丽丽先开口说话，说："叶处长，没想到在这里又见面了。"

叶知秋听她称呼"叶处长"这样疏远的官称，内心很不是滋味，颤声道："你还好吗？为什么不主动交代、配合调查？有些事情你不要一个人扛，你扛得动吗？不要犯傻！"

江丽丽凄婉一笑，说："谢谢你还为我考虑。可开弓没有回头箭，我自己酿的醋，再难吃也只能咽下去。这件事不怪别人，只怪我自己太贪。贪心让我丧失了本性。"

叶知秋说："我劝过你，你怎么不听呢？"

江丽丽说："我从心底感谢你。可是，我已没有办法回头了。借贷的窟窿太大，我几辈子都没有办法偿还。其实我也害怕，总有要面对事实的那一天。我从最初的提心吊胆，到后来的麻木不仁，心想走一步算一步，混一天算一天。"

叶知秋劝道："你还是要配合办案机关的调查，该交代的都要交代。这是对自己负责，也是对自己的救赎。"

江丽丽说："谢谢你关心，今后你也不必来看我。我在看守所把很多事情想明白了、想通透了。说实话，我在这里，倒还能睡个安稳觉，不像在外面天天担惊受怕。我认罪，心甘情愿接受法律的惩罚。我造的孽，我得承受。"

叶知秋沉默了一会儿，说："你自己的罪，你应该认；你自己造的孽，也只有自己承受。这我不反对。可是别人的罪不应该由你来扛，别人造的孽也不应该由你来还。如果戴罪立功，你是可以获得轻判的。你还年轻，依然美丽，依然智慧，不应该在这种地方消磨掉自己的大好年华。"

江丽丽微微一笑，似乎又变回了那个风情万种的江总，说道："知秋，你真的觉得我这么好吗？"

叶知秋点点头，说："是的，你是一个非常有魅力的女人，男人见到你不会不喜欢，我……也不例外。可是，我不能接受你，你明白原因。”

江丽丽心里一酸，幽怨地说：“可是，你却可以接受唐梦云。”

叶知秋一愣，脸色变得苍白，他不知道自己与唐梦云这么私密的交往，怎么会被江丽丽知道的。

江丽丽眼神定定地看着他说：“知秋，这么些年真正让我爱上的，只有你这一个男人。女人在有些方面的感觉是很灵敏的，你可以理解为一种无法解释的直觉。当你和唐梦云在一起的时候，即便是在一个公众场合，你们看似疏远，但眼神的交集也会不一样。对你我有兴趣，对她我同样有兴趣。于是我就想知道，你们究竟是什么关系，而这对于我来说轻而易举，只要用钱就能办到。”

叶知秋皱着眉头问：“你找人跟踪我们？”

江丽丽凄然一笑：“请原谅一个渴望爱情而不得的女人的疯狂吧！我喜欢你，却不知道怎样才能讨得你的欢心。我用对付其他男人的方法来对你，却只能得到你的厌弃。在你面前，我忽然感到很自卑，自卑到怕离你太近。我羡慕唐梦云、嫉妒唐梦云。我曾经从她身边夺走过男人，但我却夺不走你！”

叶知秋苦笑道：“我跟她……没有任何实质的关系，只有精神上的慰藉。我们不是夫妻，也不算情人，甚至我觉得也不像一般人眼中的红颜知己或蓝颜知己。我把她当成我的精神依靠、我的灵魂归处……我不知道怎么表述我对她的这种感情。”

江丽丽说：“她爱你吗？”

叶知秋茫然片刻，摇头说：“我不知道。”

江丽丽一声叹息，说：“我知道。可是，现在我突然不嫉妒她，也不恨她了。我这一辈子也许都得不到你，但知道你对我有感情、你还关心我，这就够了。”

她像放下了什么包袱似的，轻快地用手拂了拂额前散乱的刘海，微笑着说：“我一直以为，我只要保护住那些人，他们也会来保护我。可是我错了。在云南边境，我经历了一次生死，就已经对他们死心了。我这一辈子，没有真正信任过什么人，除了你。如果你想知道这一切，我会如实地都告诉你。”

叶知秋摇了摇头说：“不，你要如实交代的对象不是我，而是专案组的同志。只有这样你才能拯救自己。还记得我曾经跟你说过的一句话吗？像我这样的干部有很多，只是你在那个圈子里很少接触到。专案组的易天水就是这样的干部，他也是我的好朋友，希望你把愿意向我交代的一切，都向他交代。”

叶知秋站起来，用非常肯定的语气对江丽丽说：“我一定会再来看你的！”转身离开的那一瞬间，他看见她的脸庞上悄然流下了热泪。

叶知秋怅怅然地出了看守所。他对强健说：“江丽丽一个弱女子，又不是重刑犯，为什么给她戴脚镣？你让人把脚镣取了吧。”

强健说：“她一直不配合审讯，专案组又怕她想不开寻短见。既然你开了口，我这就安排人去办。”

叶知秋说：“她已经答应配合了。你请专案组的同志过来吧。尤其是易天水，最好亲自来。”

江丽丽最终没有逃过牢狱之灾，如果当初她听自己的话投案自首，是否能躲过这一劫呢？叶知秋为她惋惜，又有些心疼，万般滋味涌上心头。

叶知秋转念又想，或许入监服刑，对她来说是个真正的解脱。虚幻光环下的荣华富贵不过是一场终要破灭的泡沫。所谓的铁关系、硬后台，在法律面前最终不堪一击。面对党纪国法的底线，谁都不能去触碰！

李新明老婆上访和江丽丽的归案，让叶知秋想起了一件事：李新明还留了个文件袋在自己这里。

叶知秋打开档案柜，找出李新明留下的文件袋。从南岭市回来，他一直将文件袋锁在柜子里，时间一长，几乎都忘记了。

文件袋没有打开过。叶知秋把办公室门反锁上，用剪刀小心翼翼地沿着文件袋的封口剪开一道缝。文件袋里装着一摞材料和一张光盘。叶知秋先看材料，不禁倒吸了一口冷气：材料举报陈大年任景江市委书记时入股矿山，收受矿山老板巨额贿赂，所述的每件事都有名有姓、有时间地点，细节翔实生动，举报人署名为“李新明”。这份举报材料所说的事情只要查实一件，陈大年就会有牢狱之灾。

还有一些材料，是反映南岭市人大袁主任的。袁主任因为参与非法集资并占有干股、获取分红，已经被纪委“两规了”。而这些材料不但提到了这些纪委已经掌握的情况，还说到魅力集团旗下天福地产公司的实际控制人除了袁主任的儿子外，还有副省长秦明的儿子。

材料中不但有非常详尽的记述，还有一些证照、合同、账册的复印件，也不知道李新明是怎么得到的。

叶知秋把光盘放进电脑。光盘里刻录了一段 2 分钟左右的视频，陈大年正骑在一个性感丰满的女人身上驰骋。视频是用针孔摄像头偷拍的，尽管画面不是特别清晰，但一眼就能看出片中的男主角正是陈大年。

叶知秋连忙将光盘退出电脑，把光盘和材料一起放回文件袋，细心地用胶水将文件袋粘贴好，锁进档案柜。整整一天，叶知秋脑中各种念头宛如电光石火，久久不能平静。

文件袋中所展现的，是一个庞大利益集团的内幕，陈大年、袁主任、秦明都是这个利益集团中的主要人物。

这些手握实权、手眼通天的人物，李新明搬不动，难道自己一个小小的处长就搬得动？

叶知秋猜想，李新明把东西交给自己时，可能预感即将被纪委立案调查，他无法弄清调查背后的真相，以及调查的结果如何，便想暂时找个人保管一下，而把这些东西交给一个与他自己无任何瓜葛的人最安全。

如何处理这个文件袋？一连几天，叶知秋脑海里都琢磨着这个问题。如果把文件袋交给纪委，他无法说清楚为何不在第一时间就将文件袋上交，反而会惹上无穷无尽的麻烦。内心深处，叶知秋清楚举报这些人没有任何好处，还可能惹祸上身，然而，他总是忘不了李新明跪在自己面前时的情景。

再看到陈大年时，叶知秋总会胃部痉挛。陈大年的大背头梳得油光发亮，依旧笑眯眯的，像尊弥勒佛，看外表怎么都是一个和蔼可亲的好领导。

办公厅内部开始有人传言，这次厅级干部推荐人选是档案处处长赵磊。赵磊上次竞争上岗落败，李心平退休后，他顺理成章地当上了档案处处长。人事问题，往往无风不起浪。叶知秋从侧面了解到，赵磊的呼声的确很高，有人甚至说赵磊不知通过什么关系将陈大年搞定了。虽说都是小道消息，但有个细节是真实的：陈大年的确小范围地找人征询过对赵磊的看法。

这些消息让叶知秋心绪波动：干部晋升的过程无论多么艰辛，结果只有一个，要么提拔，要么没戏。提拔你有一万条理由，不提拔你也有一万条理由。叶知秋内心激烈斗争，似乎有两个声音在耳朵边轮番说教，一个声音叮嘱他要守住道德的底线，一个声音却说，你手里握有扭转局势的筹码，此时不用，更待何时？

一个想法始终缠绕着叶知秋——只要把文件袋交给陈大年，陈大年自然会投桃报李，这次提拔副厅级就能如愿以偿。可是，强烈的罪恶感让他无法这样做——李新明将这份生死攸关的文件嘱托给自己保管，绝不会希望落到陈大年手里。叶知秋为萌生的这个念头感到羞愧，他无法跨越心中的道德底线。他想起尼采说过一句话：当你凝视深渊的时候，深渊也在凝视你。他暗暗警醒自己，绝对不能让心中的恶念迷惑心智。

晚上，叶知秋独自枯坐书房，不知道该向谁征求一下意见？老芒、孟澄明、唐梦云、古力志、易天水……怎么说这些事情，谁又能真正理解他内心深处的犹豫？桌上的闹钟滴滴答答，时光就在身边悄悄流逝，此时此刻，他没有一人可以诉说，一种深入骨髓的孤独笼罩着他。

人生不如意事常八九，可与言者无一人。叶知秋起身在书房踱步，目光缓缓从书柜上掠过。书柜里堆满了他读过的书。他随手拿起一本《柏拉图语录》，翻到一句话："人生最遗憾的莫过于，轻易地放弃了不该放弃的，固执地坚持了不该坚持的。"他又拿起路遥写的《人生》，封面上印着柳青先生的名言："人生的道路虽然漫长，但紧要处常常只有几步。特别是当人年轻的时候。"

叶知秋感到奇怪，怎么今晚读到的都是这些句子？

他又顺手拿起美国人塞林格写的《麦田守望者》，看到一段话："一个不成熟男子的标志是他愿意为某种事业英勇地死去，一个成熟男子的标志是他愿意为某种事业卑贱地活着……"叶知秋恍然大悟，这些句子早写在书里、印在纸上，早就读过，自己只不过是在为内心的挣扎寻找依据。

叶知秋想起了唐梦云。梦云是最理解自己的，很多事情不用多说，她都能提出很好的建议。他拿起手机，给梦云发信息："要做一项抉择的时候，你最先考虑的是什么？"

唐梦云回复得很快："听从内心的召唤。"

叶知秋写道："内心迷茫，听不到声音。"

唐梦云回道："你必须安静下来，就能听到。其实你心中早就有答案，只是如何做选择！"

叶知秋写道："真的很难抉择。"

唐梦云回了很长一段话："当夕阳与黑夜相遇，你是否为那一刻的灿烂而后悔；当现实与梦想相悖，你是否会为曾经的初心而坚守；当尊严与生命交织，你是否会为生存而将信仰抛弃？每个人内心都有光明和黑暗，重要的是我们如何选择。我们一旦清楚自己是什么人，就能做出正确的选择。"

叶知秋久久看着这段话，临睡时，又翻出来看了一遍。

第二天，快下班时办公厅发了通知，明天召开全体干部会议，没说会议内容，但谁都知道是推荐干部。形势迫在眉睫，叶知秋已经没有退路，他必须做出抉择。

在省政府门口，叶知秋碰到了李心平。李心平退休后，两鬓白发变成了满头白发，看上去人一下子衰老了许多。他没有解决副巡视员待遇，仍是正处级退休，心态还算好，不像有的干部骂天骂地一肚子牢骚。

俩人好久不见，寒暄过后，李心平拉着他的手，语重心长地说："知秋啊，你看我在机关待了一辈子，处长当了二十多年，一眨眼就退休了，想想这一辈子算是安稳踏实。你年轻，好好干，得抓紧机会上台阶。机关里啊，一耽误就是三五年，人一辈子又有几个三五年呢？"

叶知秋说："李处长说得非常对，按您的指示办，有机会我一定会争取。"

李心平似乎又找到了当处长的感觉，拉着叶知秋鼓励一番，才恋恋不舍地放他走。

叶知秋远远地看着李心平的背影，止不住心里有些怅然。李心平的今天或许就是自己的明天，机关里面一待就是四十年，每天一样的工作、一样的面孔，想一想都觉得恐怖。

"各行各业都是一样，成功的永远是少数人，站立在金字塔尖的人永远是少数人。要想成为这少数人，自然要有取舍。"叶知秋想起老芒曾说过的这段话，终于下定决心，给陈大年打了电话，说："秘书长，您好，我有一件事情要向您汇报。"

陈大年正在外面应酬，接了电话，声音懒懒的，嗯啊着爱理不理，当听到叶知秋说起"李新明"这个名字后，骤然警觉起来，应道："那好，你晚上8点到我办公室来吧。"

陈大年提前十分钟到了一号楼的办公室，他没带秘书，独自一人在办公室抽烟，等着叶知秋。

8点整，一号楼值岗的武警看到叶知秋拿着个文件袋进了办公楼，步子走得缓慢，腰杆却挺得很直。

那天晚上，陈大年办公室的灯一直亮着。

三十

叶知秋母亲打电话过来，说父亲生病了，又不愿意住院，要他回去劝劝。叶知秋便请了一个星期的公休假，他知道父亲年纪大了，性格固执，别人的话都听不进去，只有他才能劝动父亲。

李晓蕾说："你先回去，无论如何要爸爸住院治疗，他年纪大了靠自身抵抗力肯定不行。我会把亮亮安排好，周六也赶回去。"

叶知秋说："老人家是心疼那点钱。听妈妈讲，他能吃能睡，应该没有什么大碍。我回去看看情况，如果他同意住院，你就不用赶回来了。"

李晓蕾问："你们单位不是正在推荐厅级干部吗？你休假不会有影响吧？"

叶知秋说："管不了那么多，老人家的身体要紧。"

李晓蕾知道他这段时间情绪不好，就不多问，帮他清理好衣物，叮嘱他注意休息，别太劳累。

叶知秋买了些父母喜欢的保健品，塞了满满一尾箱，开车回乡下去。一路田园风光，山清水秀，偶尔见到一群牛、羊在山坡上撒欢，充满生气。叶知秋心中的郁闷一扫而光。

水泥路修到了家门口，叶知秋把车停好，母亲已经迎了上来，帮忙把东西提回院里。

叶知秋进了卧室，老父亲躺在床上，脸色苍白，见了他露出笑容，说："知秋崽，你上班那么忙，回来干什么？"

叶知秋在床头坐下，问："您身体哪里不舒服？有病就得看，需要住院治疗就要去，您要听医生的话。您不去，妈妈担心，我们也牵挂，放心不下。"

父亲不以为然地说："我现在一身的毛病，最近心脏有时闷得慌，走快了一点就像打鼓，全身没得劲。"

父亲有心绞痛的老毛病，随着年纪愈大，心脑血管方面的毛病越来越多。中老年人是心脑血管病的高发人群，而且容易带来生命危险。叶知秋不愿吓到老人，便说："您一直有心绞痛，除了按时吃药，还是要到医院去检查，不能够强挨。这样吧，我下午陪您去医院，如果没什么事，咱们就不住院，好不好？这样妈妈也放心。"

这时，母亲也在一旁相劝。叶知秋又说："爸，现在农民都参加了'新农合’（新型农村合作医疗），大病住院都能报销，钱不是问题，身体最重要。”

父亲说：“我不是心疼那点钱。钱财是身外之物，生不带来，死不带去。我是不想到医院折腾，搞这个检查那个检查，这里抽血那里化验，没病也被折腾出病来。”

叶知秋笑了说：“您要相信科学。医生治病是凭依据，不作检查，不能确诊，怎么对症下药？我开车送你去，方便得很。只要检查没问题，我们就回来。”

父亲被说动了，不再坚持，同意下午到医院去检查。

吃过中饭，叶知秋送父亲到县人民医院检查。如今医院的诊疗秩序规范，手续便捷，不用托熟人。检查结果出来，父亲还是心肌供血不足引发心绞痛，前段时间又患重感冒诱发了病情，医生开了些药，叮嘱说好好调养一阵儿就行了。

回家的路上，叶知秋边开车边与父亲闲聊。父亲见检查没有问题，精神顿时好起来，话也很多，一会儿问李晓蕾和亮亮的近况，一会儿问叶知秋的工作情况。

叶知秋很少与父亲交流工作上的事情，只说一切顺利。知子莫如父。父亲却说：“你这次回来，气色不如原先。你不说，我也知道你心里有事。崽啊，爸爸不知道那些大道理，当了一辈子农民，知道吃安稳饭最重要。当官发财是没有止境的，老话讲，良田千顷不过一日三餐，广厦万间夜眠不过三尺。你在政府工作，多为老百姓干点事，尽心尽力就行了。”

叶知秋手握着方向盘，眼睛看着前方，说：“你放心，我记着你说过的话。”

父亲又问：“你还记得小时候跟讲过的点灯寻宝的故事吗？”

叶知秋小时候喜欢缠着父亲讲故事。父亲虽然是个农民，却也博闻强记，一肚子的故事。他曾给叶知秋讲过一个点灯寻宝的故事：一群强盗想找到一个埋藏在深山里的宝藏，费尽周折都没有找到。后来强盗头子杀了当地一个嗜财如命的地主，挖出心脏，用地主的心油点了盏灯，强盗们点着灯到处照，照到一处，灯芯垂下来，挖开一看，果然找到深埋地下的一大笔金银财宝。叶知秋小时候听到这则故事觉得好恐怖，强盗残忍，用人心点油寻宝，长大后，才明白这是一则寓言，说的是人的贪欲，就算肉体消亡了，贪心贪念仍很强大。

叶知秋明白父亲提起这个故事的意思，便说：“爸，我懂规矩，参加工作这么多年，我始终坚守着原则和底线。无论何时何地，都不会轻易放弃。”

父亲说：“我知道现在很多事情难办，吃公家饭不容易，再难的事情你摸着良心办，总错不到哪儿去。”

父亲虽是一介农人，说的话却颇有道理。叶知秋想万事万物都有规律，大道至简，复杂问题简单化，任何事情想处理周全，唯有说良心话、办良心事。

回到家里，母亲听说并无大碍，喜上眉梢，高兴地张罗饭菜。

晚上，父亲母亲睡后，叶知秋一个人在卧室里，看看书、练练字，心里格外平静。乡村的夜晚，空气比城里清新，星星比城里明亮，远远几声狗吠更显夜色静谧。

他年少时在这间房里读书学习，那时只想考上大学，跳出农门，有个牢靠体面的工作；二十多年过去，重新坐在当年的书桌旁，心胸眼界不再似当年，可是那份纯真与简单的美好，也流时光一同逝去。

独坐房中，叶知秋的思绪如脱缰野马，驰骋万里：

——时间是一只被弹弓吓飞的鸟。自己到宏东工作生活一晃已经十年，经历的好多事情就像发生在昨天。自己努力过、奋斗过，从嘉林县乡镇调到省政府大院，在外人眼里风光无限，而个中的辛酸艰险，又有谁能体会？扪心自问，这十年里，自己又做过多少有意义多少值得回味的事情？

——陈大年与崔鸿鹄是两类截然不同的官员，在衡量官员的能力、政绩和贡献时，能否提拔升迁成为标尺。自己佩服崔鸿鹄的人品与政声，却又不得不与虚伪、贪腐的陈大年周旋。甚至一度为了个人升迁，想去逢迎。难道为了仕途的顺畅，就要放下做人处世的准则与尊严？

——孟澄明灌输的是一种“侠之大者为国为民”的经世怀情，而现实中自己碰到更多的是“人在江湖身不由己”的无奈感慨。治国安邦那么遥远，而能够真正做到修身齐家的又有多少？越是迷茫时，越要坚定信念，或许这才是自己走向仕途的初衷。总有那么一段时间，人渴望追求功名利禄，沉迷灯红酒绿，觉得这样的生活带劲、刺激，但这样的热闹里深藏着无尽的孤独、无边的寂寞。经过时间的沉淀，才会发现，越是平淡、宁静的日子，内心越丰富、越快乐。

——江丽丽像酒，让人沸腾、迷醉、放纵，而唐梦云像茶，让人冷静、清醒、克制，而蒋雨霖却像一曲摇滚乐，可以让你释放内心深处的自由与激情。所有的这一切，却都只能“发乎情，止乎礼”。

……

夜深人静，叶知秋把经历过的事情一一梳理，藏在内心深处的郁闷、烦躁与怨气都慢慢淡去。

叶知秋学校毕业后就在外工作，难得有这么长一段时间陪伴父母。这次父亲生病，他端茶送水，洗衣做饭，诚心诚意侍奉。父亲在他的悉心照料下，身体很快康复，整天乐呵呵的，有时还要知秋陪他喝杯小酒。

幸福时光总如樱花般短暂。回城前的晚上，堂弟叶知福、叶知涯过来陪他，三人闲坐。叶知涯说："知秋老兄，如今基层村干部不好当，待遇低、责任重，上面工作要求严、下面老百姓期望值高，真是不好搞。"倒了一肚子苦水。

叶知秋并未责怪，而是鼓励他俩要想办法把村里的人心聚集，齐心协力把村里建设好。

休假完上班后，叶知秋心态平和很多。周一上班，一切如旧。叶知秋忙着批办文件。郭凡找到叶知秋，掩上门说："叶处长，别人为升迁晋级的事情忙得不亦乐乎。你倒好，休假去了。这次是个好机会，你可别错失良机。"

叶知秋笑笑，说："谢谢郭老弟的好意，组织上肯定会安排合适的人选，强求不得。"

郭凡说："你该找的领导还得找，该汇报还得汇报。你不找人不汇报，别人觉得你还蛮清高。"

叶知秋说："道理是这样。但我相信组织用人的标准，我当然也想晋升晋级，可以为个人的升迁钻山打洞，非我所愿，顺其自然吧。"

郭凡只得摇头离开。

下班时，叶知秋碰到陈大年被一大群人簇拥着。陈大年似乎心情蛮好，瞧见他，主动问："知秋，最近忙些什么呀？休假去啦？"

叶知秋连忙说："父亲身体不好，我休了一周的假。"

陈大年停住脚步，关心地问："哦，老人家年纪多大啦？身体有什么毛病？"

叶知秋简单说了一下，表示感谢。陈大年好像还有话说，犹豫几秒，却转身走了。别人看不出来，叶知秋却知道他想问什么。

就在叶知秋休假期间，办公厅完成了推荐程序，赵磊被推选为省信访局副局长候选人，已报省委组织部，等部务会研究后再报省委常委会审定。

知道这个消息的人颇多议论，觉得这种安排难以服众。叶知秋一副事不关己的模样，每天埋头工作，两耳不闻窗外事。

陈大年好几天不见了踪影。又过了一个星期，陈大年还是没见着人，有说他去外省开会了，有说到中央党校学习去了，办公厅没人确切地知道他的去向。慢慢大家都觉得不太对劲，一个即将提拔为副省级的领导干部三天两头不在办公室很正常，几个星期不知去向就不正常了。

很快有人传出风声，中纪委正在调查陈大年！说得有鼻子有眼睛：“八项规定”后，明确要求领导干部不能出入私人会所吃饭、休闲，中央巡视组赴各地暗访督查，陈大年在一个私人会所吃饭时被巡视组查了个正着，撞到枪口上了。还有人说，魅力集团老总江丽丽抖出了陈大年的所有问题，中央巡视组以此为突破口查实了陈大年的违法违纪事实。

一传十，十传百。说的人绘声绘色，细节传神入画，好像当时在场似的。赵磊急得像热锅上的蚂蚁，到处打听陈秘书长到哪儿去了。

整个办公厅唯有叶知秋心里明镜似的——李新明留下的举报材料和江丽丽的供述发威了！如果说，当初李新明觉得陈大年有后台，担心仅靠一些举报材料是无法扳倒他的，但这次不同，既有李新明的举报材料，又有江丽丽归案后交代的供词，两道利剑让陈大年无处遁逃。

约好陈大年那天晚上，叶知秋并没有去见陈大年。如果说给陈大年打电话时他还内心挣扎，但放下电话那一刻就已经下了决心，知道该如何去做了！叶知秋进入一号楼时对自己的抉择更加坚定。他在办公室打电话问清了李新明老婆的电话和地址，当晚就把文件袋匿名快递出去。

叶知秋做这一切时异常清醒，他相信自己做出了正确的抉择。叶知秋听从了内心深处正义和良知的呼唤，他不愿意出卖灵魂！

这件事情，叶知秋没有告诉任何人。他知道，只要李新明老婆收到这份材料，一定会寄给省纪委、中纪委。

那天陈大年碰到他，肯定是想问，为什么那天晚上，他失约了？

没过多久，中纪委网站报道了一条消息：“宏东省政府秘书长、办公厅主任陈大年因严重违法违纪，正在接受组织调查。”

陈大年是在去烧香拜佛的路上被中纪委宣布“两规”的。当时他正开车驶往省界的一座千年古寺，祈求菩萨保佑躲过此劫。半路上，下起了瓢泼大雨，天雨路滑，暗中跟着他的中纪委专案组怕他外逃出事，便驱车挡住，将他控制住。当场从陈大年的车尾箱搜出了一百万元现金，一审问，原来他准备将这一百万元捐给寺庙。

干了坏事，花多少钱也买不来菩萨的保佑。短短一个月，陈大年的人生发生了如此重大的逆转，从一个待提拔的副省级后备干部沦为了阶下囚。命运跟他开了一个大玩笑。

陈大年出事后，办公厅的气氛有些怪异。有人在背后议论，说叶知秋不与陈大年同流合污，遭到打压，所以陈大年把推荐人选作了更改，换成赵磊。还有人悄悄议论，没有无缘无故的爱，也没有无缘无故的恨，赵磊给陈大年送了10万元钱，陈大年出事，赵磊肯定会牵扯进去。既然如此，那原本就最有资格，也最有希望的叶知秋理所应该就会被作为推荐人选。

对这些流言蜚语，叶知秋一概一笑了之。对于官位，他早已看开了，不再刻意去追逐。得之未必是荣，失之未必是辱，荣辱的转换常常只在一念之间。把得定自己、拥有坚定的理想和信念的人，才能驾驭住权力这匹烈马，才能长荣不辱。

秦明正在办理退休手续的时候，中纪委的人就来了。自南岭事件后，他变得低调，过着深居简出的日子，但仍然没能逃过这一劫。

赵磊显然受到牵连影响，他任省信访局副局长的候选提名被省委组织部部务会否决。省委组织部另外推荐了一名优秀县委书记作为考察人选，不久后就通过了考察，公示上任了。

叶知秋虽说心里早有准备，但是知道结果，还是多少有些失落。他有好多话想向唐梦云倾诉，可好电话却打不通。自从那次白云岭相聚后，梦云电话就一直打不通，发信息也不见回复。叶知秋在梦云的QQ和微信上都留了言，要她见到留言后与自己联系。一连几天，梦云都没有回话。叶知秋心里直纳闷儿。

这天，叶知秋看到省委、省政府联合印发的一份文件，说是市、县两级的驻省、驻京办事处从下月起一律撤销，他急忙拨唐梦云电话，想将此事告诉她。

这次电话通了。叶知秋问："梦云，你最近到哪儿去了？电话打不通，信息也不回，我很担心。"

唐梦云淡淡地说："我现在外地，不方便接电话。"

叶知秋把清理驻京办、驻省办的事情告诉她。唐梦云沉默了一会儿，说："知秋，有件事我一直没有告诉你，我已经辞职了，暂时不会回宏东。谢谢你的陪伴，以后我们再别联系了。"

叶知秋如同遭到当头一棒，被打得晕头转向。尽管不舍，尽管不知道缘由，他心里明白，唐梦云已经决意分手，俩人缘分已尽，不能强求。

过了会儿，手机收到信息，是梦云发来的一段话：“我走了，你不要再牵挂。我常常会问自己，什么时候最爱你？答案是，你不在身边的时候。”

叶知秋怔怔地看着这段话，知道是电影《两个人的烟火》里的台词，分手时男主角与女主角的对话。叶知秋回复道：“梦云，为何要用这种方式逃避？”

片刻，梦云又发了段话来：“人生如逆旅，我亦是行人。我们常因身边的人、身边的物，来了，而喜，走了而忧。面对于这个世界来说，我们本身就是一个过客。所以我提醒自己，注定不会有一件事物陪你走完一生，因为没有人陪这个世界走到尽头。”

叶知秋明白梦云去意已决，再挽留也不可能了。他记起第一次和梦云到赊月山洗心禅寺，读到寺前那副对联，下联是“有几天缘分，便住几天”，没想到竟一语成谶。

连日里，叶知秋心情恍惚，与唐梦云的交往幕幕如昨。夜静时，叶知秋翻看着曾经发给梦云的短信——“悲与喜，原来就是手心手背，覆下来是阴云密布，翻过去就是晴空万里。”这是省纪委找唐梦云谈话之后，他宽慰梦云的话。此刻读来，叶知秋心里百味杂陈，百感交集，相处这么久，竟然没有觉察到温婉柔弱的梦云内心竟如此决绝果敢。

其实，唐梦云早在春节之前就向南岭市委组织部提交了辞职报告。与叶知秋同游白云岭后，她辞职去了广州。也就是说，白云岭之行，最终让唐梦云决心结束与叶知秋的感情。

彼时，洞烛人心的老芒已经看出了端倪。后来叶知秋回想起来，才明白唐梦云那段时间为何对自己若隐若离。她必定是心中有百般不舍，反复煎熬后，才最终做出远走他乡、跳出这段感情旋涡的抉择。

周末这天，叶知秋独自开车到了麓山，停好车一人朝麓山走去。青山绿水仍无法排遣他的烦闷。脚步似乎有记忆，不知不觉，带他到了孟澄明家门口。

叶知秋好久不曾来了，轻轻敲门。孟澄明开门见是叶知秋，像见了自己孩子般高兴。师母忙着端茶倒水。

孟澄明说：“知秋，告诉你一个好消息，东华出版社准备出版我的回忆录，已经签了合同，三个月后正式出版。”

“恭喜孟老师，您总算实现了心愿。这本书出来不但会成为畅销书，而且会成为长销书。”叶知秋由衷佩服。

孟澄明说：“写回忆录就是回头看自己走过的路，感慨很多呀。走过弯路，遇到小人，犯过错误，逢上贵人，有失败有挫折，有成功有喜悦……所有这些，就串成了人生。”

叶知秋点头，说：“个体的体验如此，放大来看，一个国家、一个民族也是如此，所有这些汇聚起来，就成为历史。”

闲聊起来，孟澄明免不了要问起高振宇、薛松林、王建军等人的情况，叶知秋择好的说了，不想惊扰老师的清静。

提到高振宇，孟澄明叹道：“我早说过，这孩子太过聪明，总是想走捷径。人这一辈子，哪有那么多的捷径可走呢？脚踏实地才能成功。”

见叶知秋神色郁郁，孟澄明问：“知秋，你气色不太好，心里有事，说给老师听听。”

面对恩师，叶知秋不再隐藏自己的情绪，讲了心底的许多困苦，尤其是在仕途分岔口时的艰难抉择。他说完后如获重释，整个人轻松了许多。

叶知秋倾诉的时候，孟澄明只是默默地听着，偶尔给他杯子添点水。等叶知秋安静下来，孟澄明问：“知秋，你说完啦？心里痛快了？”

这么一来，弄得叶知秋不好意思，说：“孟老师，你别笑话我。我心里有些积郁，发泄发泄罢了。”

孟澄明脸色严肃起来，说：“知秋，我看你糊涂！你这点委屈算得了什么？”

叶知秋不明白孟澄明为何这么说。孟澄明点了支烟，深吸一口说：“一个人的选择，体现了他的精神追求和价值取向。屈原选择投江，陶渊明选择归隐，文天祥选择抗争，谭嗣同选择就义……这些先贤们做出选择都不是一时冲动，而是融入他们血液与骨骼中的道德规则与人生信念，让他们做出了选择。你的选择，是你对这件事的判断和反应，不要患得患失。我认为你是对的，你做出了正确的选择，你没有为当更大的官而出卖自己的灵魂。我要告诉你，你这样做，既是尽了一个党员应尽的职责，也是你道德和信念的底线。没有人能够无底线地存在。”

叶知秋羞愧地看着恩师。孟澄明目光如炬，继续说：“在大是大非面前，我们通常说遵守原则，其实遵守的就是内心的道德律。如果你违背自己的良知做出选择，你终究会后悔。而这种懊悔，将伴随你的一生。”

叶知秋沉思一会儿，说："孟老师，您说得很对。我知道自己在这件事情上做对了。我没有怀疑过自己的抉择，只是不知道如何摆脱目前面临的困境。"

孟澄明说："知秋，我建议你有机会还是要扎根到基层去，你看看县、乡一级的干部面对诸多矛盾、诸多困难是如何解决的？你用心去体悟一下老百姓的所思所想，去了解一下他们热切盼望解决的问题是什么？你要想有所作为，就必须下定扎根基层、埋头苦干的决心。基层的天地更加广阔，也更能锻炼人。"

叶知秋说："是呀，生于忧患，死于安乐。机关待久了，容易滋生懒惰，思维方式都僵化了。太顺利太舒适的环境会消磨一个人的意志。目前的境况，我感觉自己就像温水里煮着的那只青蛙。"

孟澄明说："你不用这样灰心，机会总会有的。你要振奋精神，千万不能放弃最初的理想。不因时间境况，忘记初心，最为重要。"

叶知秋感谢恩师的开导。离开孟澄明家，来时看到的青山绿水变得格外养眼。

三十一

日子倏忽而过。转眼又到秋天，省政府大院那颗古银杏树的叶子又变得金黄。好多人路过时，都会拿出手机来拍张照片。

叶知秋经过时，见郑风浪正端着手机拍照，便问："郑秘书长，要不要我帮你拍一张？"

郑风浪看是叶知秋，便说："哦，是知秋啊。我正想找你谈谈。这次虽然没有提拔，你要调整好心态，以后还有机会，千万不能消极怠工，这可是机关里的大忌。"

叶知秋与他并肩走着，说："您放心，我会正确对待。不过，如果有机会，我真想换个环境。"

郑风浪说："知秋，你的心情我非常理解。人争一口气，佛争一炷香，人有时活着就是为了这张脸面。目前办公厅的境况对你的确不利，如果能够换个环境也好。"

叶知秋看他似乎有话要说，便问："郑秘书长，您有什么建议？"

走到一号楼前，郑风浪沉吟片刻，说："我听说省委组织部今年会继续开展干部双向交流，从基层遴选一批干部到省直厅局任职，从省直机关里挑选一批优秀的处长到县市区任书记。只要省政府办公厅有名额，我会鼎力推荐你。关键是你要想清楚，到下面去任职，要做好吃苦的准备，而且要想再上一个台阶的难度更大。任职不同挂职，以后能不能调回省里，要看个人的造化。所以，下不下去，你一定要慎重，要考虑清楚。”

郑风浪眼神充满鼓励，他知道叶知秋是个好苗子，应该创造环境和条件，让他深扎基层，在实干中长成参天大树。

时过境迁。此次不同于上次崔鸿鹄的挽留，叶知秋不再犹豫，而是下定决心到基层去。

叶知秋找易天水和欧阳群小聚，谈到自己想要下去任职的事。叶知秋说：“经历过一些事情后，我觉得个人升迁、得失、荣辱都是小事。人的一辈子总要做点有意义的事情。我现在最想的，就是到基层去，脚踏实地为老百姓干些实事。”

易天水、欧阳群俩人都很支持他的想法。

欧阳群说：“告诉你们一件事。南岭事件之后，省委准备调整南岭市的班子，本来考虑将崔鸿鹄平调任省文化厅厅长。找他谈话，他却说仍想在南岭干，要把南岭非法集资的后续工作处理好。陈大年出事后，省委要增补人选，因崔鸿鹄是省级后备干部、考察时又排名靠前，想让崔鸿鹄任副省长。谁知他竟然婉拒了，请求省委给他三年时间，他一定要让南岭重整旗鼓，重新腾飞。最终，省委同意了他的请求。现在，像崔书记这样放弃个人名利得失，一心谋事干事的领导干部太值得宣传和学习了。”

叶知秋和易天水是第一次听到这件事，都啧啧称赞，由衷钦佩崔鸿鹄。叶知秋举起酒杯，大声说：“此事当浮一大白，干了！”易天水和欧阳群纷纷举杯响应。

易天水喝干了杯中酒后，放下杯子，对叶知秋说：“知秋，谢谢你说服了江丽丽。她的供述对案件的突破起到了重要的作用。当然，李新明的爱人向省纪委和中纪委举报的材料也是炸翻那些贪腐势力的一颗重磅炸弹。真没想到，李新明的手中竟然掌握了多情况。唉，他当时为什么不把这些材料交给我们，却要走上跳楼自杀这条道路？”

叶知秋默然无言，自斟了一杯酒，一口干了下去。

易天水又说：“有一件事情你们可能不知道，原南岭市人大袁主任的案子又有了新发展，现在已经进入到刑事案件的侦结起诉阶段了。”

叶知秋诧异地问：“他还干了什么坏事？”

易天水说：“他涉嫌谋杀原南岭市常务副市长李新明。”

叶知秋大吃一惊，说：“谋杀？”

易天水点点头，说：“你还记得当时提醒我李新明虽然自杀，但他的线索不一定就断了吧？你还说，李新明自己曾说过，有人巴不得他早点死。而李新明的老婆也坚持她丈夫是被人害死的。我和强健局长想起他服用过的抗抑郁药，拿去检验，竟然发现药的外观虽然还是丙咪嗪、阿米替林这些抗抑郁药的样子，但里面的主要成分却换成了会加重抑郁症状的氯丙嗪，而且剂量超过一般用药的五倍，其中还含有一种致幻剂。这两种药物的配合使用，会加重抑郁病人的自杀倾向。我们询问李新明的爱人，知道李新明长期秘密在一位心理医生处治疗、开药。通过审讯这名医生，我们最终找出了想要通过这种方式让李新明自杀的幕后黑手，就是袁主任。”

叶知秋听得目瞪口呆。没想到这些人竟然这么狡诈，又这么狠毒，会用如此隐秘的手段去谋害一位市级领导干部。看来从某种程度上来讲，反腐确实是一场你死我活的斗争。

易天水支持叶知秋下基层任职，说：“树挪死人挪活，你能够下去任县委书记肯定是好事。任职的岗位重要，有工作平台，能够为老百姓多办实事。再说，有基层任职的经历，未来的发展空间更大。”

欧阳群鼓励说：“知秋，干部的成长，既要个人努力，更要组织培养。当然，你的想法已经超越了个人晋职晋级的范畴，你想得更多的是追求个人价值和为民做实事，我完全支持你。当你去掉这些官本位的考虑，你的人生必然会达到一个新境界。”

易天水说：“知秋，如今县委书记是省委直管干部，你还年轻，在县委书记的岗位上可以施展拳脚，好好地干番事业。关键是要牢守住底线，千万不能摔跟头。我支持你下去任职！”

欧阳群也表示赞同。

叶知秋说：“欧阳兄、天水兄，我的情况你们最清楚，如果说我有为国为民的情怀可能夸大了、太高尚了，但我一直坚持尽己所能为老百姓做事的想法。机关里待久了，我的确想换个工作环境。”

欧阳群说："现在报名的同志还挺多，竞争还蛮激烈，组织部门会严格按照标准和程序进行选拔。你们这批干部是省里下派的，组织上会更加关注。再说，世事难料，很多事情看不得那么远，走一步看一步。还是咱们嘉林县那句话，'到哪个山头唱哪支山歌'。"

听了这番话，叶知秋更坚定下去任职的决心，说："谢谢两位老兄指点。办公厅那边会推荐我，组织部这边请欧阳兄关照。我如果能下去任县委书记，一定会珍惜这个平台，清清白白做人，踏踏实实做事。"

欧阳群答应一定会尽力帮忙。

叶知秋又专程去了孟澄明家中，将此次省委干部双向交流的安排说了，拜托老师出面向曾牧南推荐一下。这次孟澄明没有推辞，爽快答应，提笔当面写了一纸便笺：

牧南省长：

您好。

听我的学生叶知秋说，此次省里择优选派干部下基层锻炼，他报了名，已列入考察人选。请您关注。

顺颂政祺！

老朽孟澄明即日

孟澄明拿个信封封好，叫叶知秋捎带给曾牧南。当天，叶知秋就将信送给曾牧南的秘书，请他转交。

一个月后，省政府办公厅贴出公示：

经民主推荐和组织考察决定：

省政府办公厅督查处处长叶知秋同志任黎阳县委书记。

公示张贴出来，叶知秋思绪万千，莫名的悲凉大过任职的喜悦。他把自己一个人关在办公室，掏出手机想打电话跟人聊聊，犹豫了半天竟然不知道电话该打给谁……叶知秋记起一句话："真正的寂寞是一种深入骨髓的空虚，一种令你发狂的空虚。纵然在欢呼声中，也会感觉到内心的空虚、惆怅与沮丧。"

下了班，叶知秋不愿意回家，独自往老芒的“舍得茶馆”走去。

来到“舍得茶馆”，却见大门紧闭，门上了锁。叶知秋不知老芒跑哪儿去了，打手机，号码却已是空号。他问隔壁超市的老板，老板用诧异的目光看着叶知秋，说：“这家茶馆已经关门一个多月了。听说老板得了癌症，把这间铺面转让了。”

叶知秋听了，凛然一惊，想不起多久不曾与老芒联系了。作为朋友，每当自己碰到困惑时就会想到老芒，志得意满时却很少与老芒联系。好朋友身患癌症，自己却根本不知道。在别人眼里自己能够算一个真正的朋友吗？

叶知秋知道老芒既然不辞而别，肯定不愿意别人去找他、打扰他。或许无声无息地离开，就是洒脱一世的老芒最想要的结局。

看着满大街的人来人往，一时间，叶知秋有找不到方向的恍惚。他忽然一阵头晕目眩，赶紧扶住人行道上的栏杆。这时有人轻轻扶住他，说：“叶干部，你没事吧？”

叶知秋仔细一看，搀扶着他的人，竟是自己当年在信访局时救助过的讨薪民工李平安。这么些年过去，李平安还是当年那模样，憨厚实诚，一张娃娃般的笑脸。

叶知秋接过李平安递过来的一根烟，点火吸上。

后　记

这部小说写得断断续续，历时四年多，2013 年岁末动笔，2018 年仲夏完篇。写作动机很简单，想表现一种生活状态。写的过程很辛苦，利用的是碎片时间，零打碎敲未免仓促。写长篇既是一种体力的坚持，更是意志的考验。写作时，经常会怀疑写作的意义。否定原来的构思和删改写好的章节成为常态，甚至屡次想到放弃。然而我还是坚持下来，无论写得好与坏，终是对生活中某个阶段心绪的了结。

一个人会经历很多事情，一部小说也会有它自己的命运。这部小说陪我辗转了许多地方，度过了许多日夜晨昏，让我寂寞时不空虚，困顿时不迷失，失意时不灰心，得意时不自大……它用慈悲法相包容我，成为我随时可以倾诉的朋友，让我坐拥万千变幻的文字山河。

叶知秋，就生活在我的身旁。我感受得到他的呼吸和心跳。2015 年在美国旅行时，搁笔了一段时间，安静时总会惦记着他。中国人经世致用的心结很重，“学而优则仕”的家国情怀千年未变。叶知秋是想在仕途上有所作为，施展一番抱负的人。仕途的多舛和吊诡，与他隐藏的士人情怀格格不入。叶知秋是官场中人，亦是凡夫俗子，有七情六欲，有贪嗔痴念，面对升迁进退、荣辱得失、爱欲情仇，和我们一样，会纠结、会彷徨、会迷惘、会患得患失，会有灵魂的拷问和精神的回归。尽管他不是那么完美，甚至有那么多的缺点，但我想让他活得真实，活得有血有肉。

这是一部现实主义小说，关注当下，关注俗世生活。一个作家，对现实生活和所处的境况总会有一种天然的敏锐与洞察，用艺术创作的形式展示出来，说大了是书写时代，从小处讲是记录普通小人物活在当下的世间百态。

小说完稿时，我有了一个机缘，能够重新审视个体成长、社会教育、生命价值等一系列厚重的人生问题。思考的过程，痛苦而怅惘。这些问题也许不会有正确、清晰、真正的答案，但却让我冷静清醒下来，鞭策自己花更多的时间去做有意义的事情。

如果这部小说能给读者带来一点思考，我会感到欣慰。

2018 年 8 月 6 日

荣　辱

出版统筹：新华先锋

出版策划：王　铭　木易雨田

特约监制：黎　靖

营销统筹：杨文璐

版权运营：刘　洋

策划编辑：黎　靖

文字编辑：黎　靖

封面设计：王　鑫

封面绘图：王　鑫

版式设计：吕文晓

责任印制：李　静

天猫旗舰店

京东旗舰店

当当自营

微信公众号

投稿邮箱：tougao@coolldu.com

新浪微博：@新华先锋（免费精品好书天天送）